KB237557

飛雷刀

비뢰도

비뢰도 25

검류혼 장편 新무협 판타지 소설

초판 1쇄 찍은 날 § 2008년 8월 21일
초판 1쇄 펴낸 날 § 2008년 8월 29일

지은이 § 검류혼
펴낸이 § 서경석

편집장 § 문혜영
편집책임 § 이재권
편집 § 서지현 · 문정흠

펴낸곳 § 도서출판 청어람
등록번호 § 제1081-1-89호
등록일자 § 1999. 5. 31
어람번호 § 제2-1561호

주소 § 경기도 부천시 원미구 심곡1동 350-1 남성B/D 3F (우) 420-011
전화 § 032-656-4452 팩스 § 032-656-4453
http://www.chungeoram.com
E-mail § eoram99@chollian.net

ISBN 978-89-251-1444-6 04810
ISBN 89-5831-855-4 (세트)

飛雷刀

Fantastic Oriental Heroes

검류혼 장편 신무협 판타지 소설

25

사로잡힌 봉황

도서출판
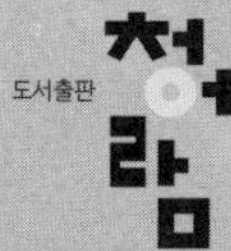

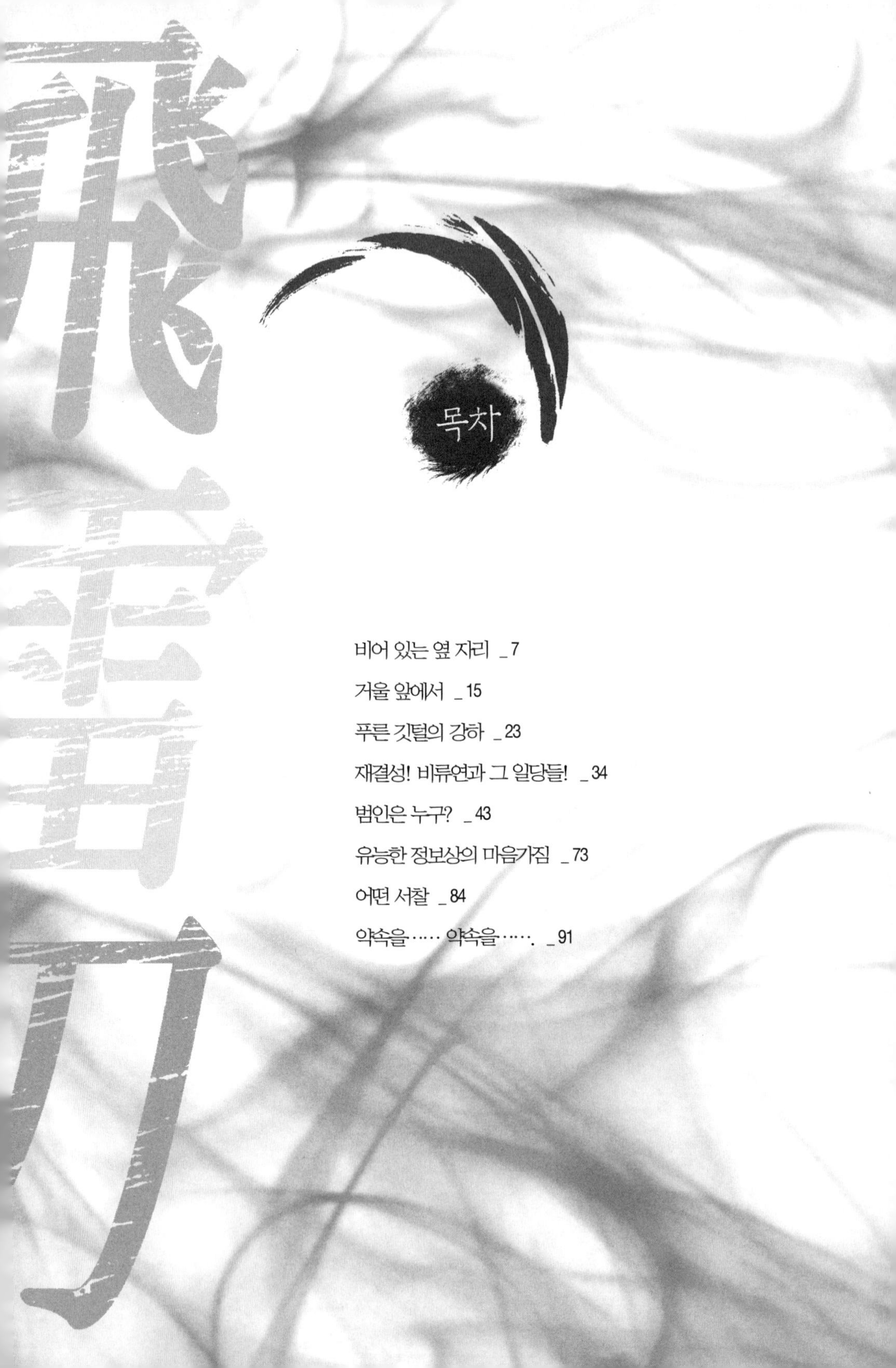

목차

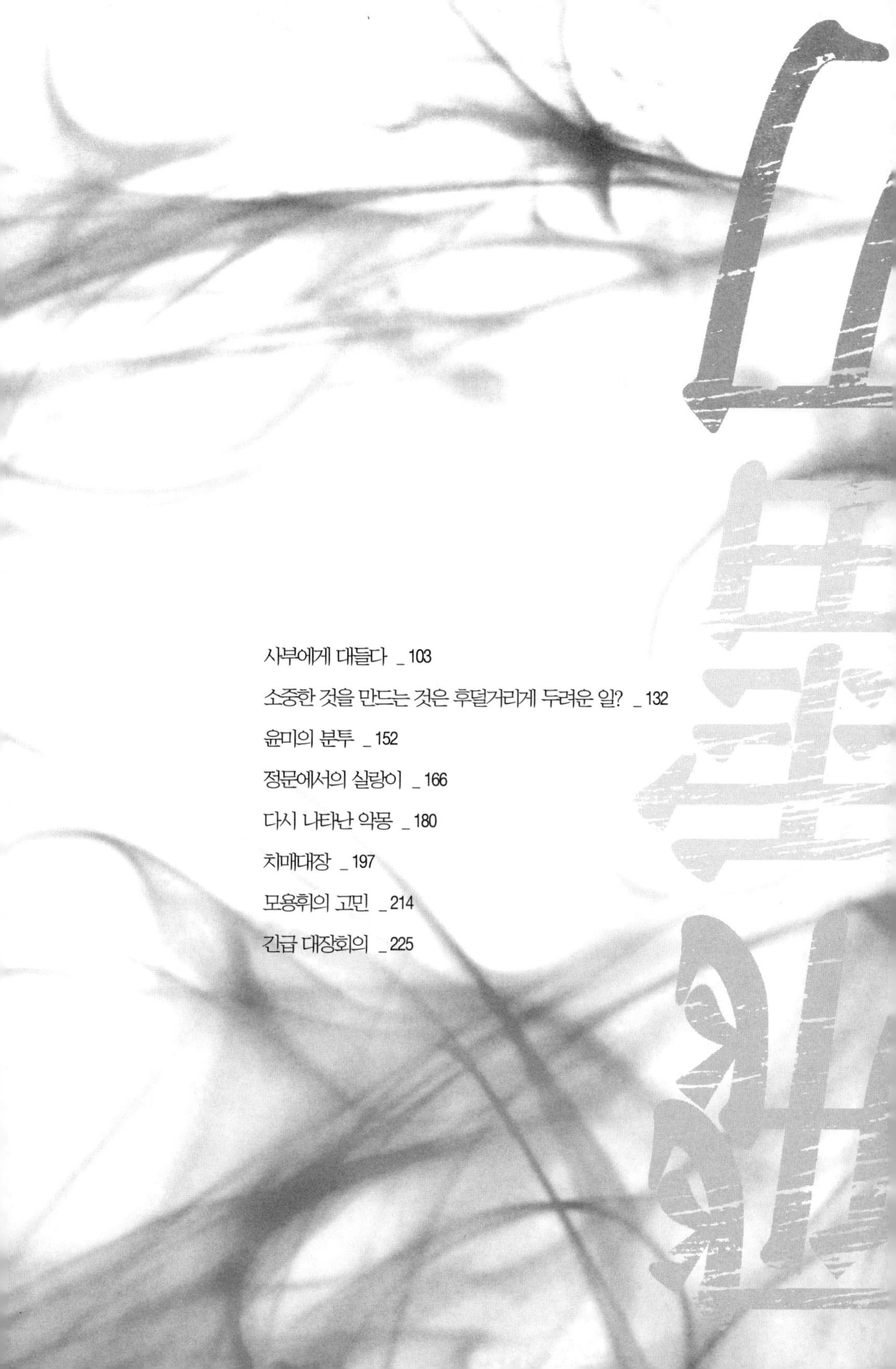

비어 있는 옆 자리
―있어야 할 본연의 모습

여기 한 자루의 검이 있다.

날카롭고 예리한, 강철이라도 벨 듯한 그 검은 세상 사람들이 소위 말하는 명검으로 그 명(銘)은 '백뢰'라 한다. 이 검을 쥐고 있는 자는 무림에서 손꼽히는 대고수로, 한편으로는 백도 무림맹인 정천맹의 맹주라는 아주아주 높은 자리에 앉아 있는 최절정의 검객이었다.

단단한 바위도 두부처럼 간단히 벨 수 있을 듯한 이 검의 예리한 날은 지금 한 사람의 목을 겨누고 있었다. 검은 머리카락과 그에 어울리는 밤처럼 검은색 옷을 걸친 그 사람의 이름은 바로 '연비'라 했다. 막다른 곳까지 몰린 탓인지 연비의 등은 벽에 딱 달라붙어 있었다. 좌우로 도망치려 해도 틈이 없다. 회피할 만한 모든 경로는 백뢰에 의해 사전에 완전히 봉쇄되었다. 과연 명불허전의 검술이었다.

연비는 두 손을 축 늘어뜨린 채 씁쓸한 시선으로 나백천의 얼굴을 바라보았다. 그의 생기를 잃고 거무죽죽하게 변한 얼굴에 박힌 두 눈동자 속에는 소중한 딸을 잃어버린 분노가 맹렬히 타오르고 있었다.

당장에라도 검을 휘둘러 이 현의여자의 목을 베어버리고 싶다, 나백천은 그렇게 생각했다. 신기체(神氣體) 일체(一體)의 경지에 오른 검객답게 마음을 품은 것만으로도 몸이 저절로 마음에 따라 움직이려 한다. 지금 그가 품고 있는 마음의 이름은 '살인 충동'. 당장에라도 검을 휘둘러 피를 보고 싶은 충동이 가슴 깊은 곳에서부터 용솟음쳐 올랐다. 고절한 인내력으로 그 충동을 억누르지 않았다면, 조금이라도 그가 의식의 끈을 느슨하게 푼다면 대항의 의지를 완전히 잃고 있는 연비의 목은 아마 일검에 잘려 나가고 말 것이다.

하지만 연비의 잘려진 목덜미에서 선혈이 뿜어져 나오더라도 지금 이글이글 타오르고 있는 그의 뜨거운 분노를 식혀줄 수는 없었다. 가장 소중한 보물인 자식을 잃어버린 부모의 마음에 이글거리는 분노의 불꽃은 그만큼 뜨거웠다.

"할 말은 있느냐?"

한마디 한마디에 자욱한 살기가 어린 목소리로 나백천이 물었다.

"없습니다."

대답하는 연비의 호박색 눈동자는 매우 흐릿하게 변해 있었다. 항상 반짝이는 총기와 여유가 가득하던 호안석처럼 투명한 그 눈동자가 맞긴 한 건지 의심스러울 지경이다.

부르르르르.

연비의 목에 겨눠져 있던 나백천의 애검 '백뢰'가 부르르 떨리며 하얀 목을 조금씩 조금씩 파고들어 갔다. 검은 옷과 대비를 이루던 연비의 하얀 목에서 붉은 피가 배어 나오더니 목 선을 타고 흘러내렸다.

“……”

연비는 아무런 변명도 하지 않았다. 신음도 내지 않았다. 그저 이를 악문 채 침묵할 뿐이다. 목을 파고드는 칼날의 고통 때문이 아니었다. 자기 자신을 용서할 수 없을 정도로 분했기 때문이다.

“크으으으!”

나백천은 당장에라도 검을 휘둘러 버리고 싶었다. 아무리 대단한 무인인 그도 지금은 미쳐 버리기 일보 직전인 것이다.

‘린아……’

사랑스러운 딸 나예린은 그 천생적인 미모 때문에 어려서부터 많은 어려움이 있었다. 주위로부터 뜻하지 않은 위협에 작은 새처럼 떨 때도 얼마나 많았던가. 어린아이는 어린아이답게 살아갈 권리가 있었다. 때문에 그는 더욱더 그의 능력과 권력 전부를 사용해 딸을 지켜왔다. 아이의 권리를 지켜주는 것은 어른들의 당연한 몫이자 의무였다. 부모라면 더 말할 것도 없었다.

세월이 흐를수록 딸아이의 아름다움은 더해져만 갔고, 그만큼 위협도 더 커져 갔다. 손이 많이 갔지만, 힘든 일도 많았지만, 늙어서 얻는 딸은 그걸 상쇄할 만큼 어여뻤다. 그리고 그 무엇과도 바꿀 수 없는 그의 소중하고 귀한 장중보옥(掌中寶玉)이었다.

그런데 지금 그가 가장 경계하고 있던, 딸에게 가장 크고 치명적인 정신적 상처를 입혔던 자가 그 소중한 보물을, 그 무엇과도 바꿀 수 없는 지보(至寶)를 빼앗아갔다. 그가 미치지 않는 게 오히려 이상한 일이었다.

지금 연비에게 칼을 들이대고 있는 사람은 무림맹주가 아니라 한 아이의 아버지였다. 연비는 그 사실을 이해했다. 때문에 연비는 손을 쓸 수 없었다. 피하려는 생각조차 할 수 없었다. 저 늙은 아버지의 보물은 연비 자신에게도 마찬가지로 더할 나위 없는 보물이었기 때문이다.

'보물?'

아니, 그런 말로는 부족했다.

그것은 자신의 생명이자 인생의 반쪽이었다.

보물 없이는 살 수 있지만, 생명 없이는 살 수 없다. 그녀를 잃어버 렸다는 사실이 이렇게 무겁게 마음을 짓누를 줄이야…….

'그걸 잃어버린 다음에야 그 진실한 가치를 깨닫게 되다니…….'

이 얼마나 한심하기 짝이 없는 이야기인가. 스스로에게 부아가 치밀 어 올랐다. 때문에 박제된 시체처럼 못 박힌 듯 서 있을 뿐, 어떤 반항 도, 반응도 할 수가 없었다.

"모두 너 때문이다. 네가 이런 쓰레기 같은 대회에 나오자고 하지만 않았어도 린아는 무사했어!"

검을 쥔 손이 격정으로 부들부들 떨렸다.

"그건 가정일 뿐입니다."

연비가 말했다.

"아니, 가정이 아니라 확신이다. 모두 자네 책임일세. 각오는 되어 있겠지?"

어떻게 책임을 지란 말인가? 지금 이 사태에 대해 책임질 수단이 있 기라도 하단 말인가? 그녀 없이는 모든 것이 무의미한데 말이다.

"제가 책임질 부분은 제가 모두 책임지지요. 하지만 모든 원망은 린 을 되찾은 다음에 듣겠습니다."

"찾는다고? 어떻게?"

나백천이 눈썹을 치켜세우며 반문했다.

"제게 생각이 있습니다."

"생각? 그런 알량한 변명으로 이 자리를 벗어날 수 있을 거라 생각하느냐?"

분노에 가득 차 있던 나백천은 연비의 말을 쉽사리 믿어주지 않았다.

"변명이 아닙니다. 린이 위험에 처했는데 그런 한가한 짓이나 하고 있을 틈은 없으니까요."

연비의 목소리는 무척 단호했다.

"일단 들어보도록 하죠."

수심에 잠겨 있던 예청이 힘겹게 입을 열었다. 지금 그녀는 지푸라기라도 잡고 싶은 심정이었기에, 아무리 증오스런 원수가 있다 해도 말을 들어줄 용의가 있었다.

"말해보거라."

못마땅한 기색이 역력한 목소리로 나백천이 말했다.

"그가 필요합니다."

연비의 대책은 무척이나 짧았다.

"그? 누가 있어 이 사태를 해결할 수 있단 말인가?"

그의 연륜 깊은 두 눈동자에 불신의 빛이 가득 떠올랐다.

"있습니다. 그 사람만이 이 사태를 해결해 줄 수 있습니다."

연비의 어조는 확고했다.

"진짜 그런 사람이 있단 말이냐? 그게 대체 누구냐?"

연비는 한 사람의 이름을 입에 담았다.

“비류연!”

“……”

영원히 이어질 것 같은 침묵 후에 터져 나온 반응은 엄청났다.

“비류연이라고라고라고라고라고라고?!”

나백천이 체통도 잊고 길길이 날뛰었다.

“말도 안 되는 소리! 절대로 인정 못해!”

“나도 그다지 마음에 들지 않는구나.”

침중한 얼굴로 침묵하고 있던 예청도 거들었다.

“당연하오! 어떻게 그런 망할 놈을!”

나백천이 보기에 비류연은 현장에 없었다 뿐이지 또 다른 원흉에 불과했다. 아니, 사건이 이 지경이 되고 보니 모든 잘못이 그 녀석에게 있는 듯한 기분도 들었다. 그렇다. 역시 그놈이 모두 나쁜 게 틀림없었다. 지금 나백천은 누군가를 원망하지 않고서는 참을 수가 없는 것이다. 그러나 연비는 꿋꿋했다.

“지금 저의 힘만으로는 부족합니다. 그 사람이 필요합니다.”

“안 돼, 안 돼, 안 돼! 절대로 안 돼!”

“왜 안 됩니까?”

“무조건 안 돼!”

“지금 가장 중요한 건 린을 구하는 것 아니었나요?”

“그, 그건…….”

“지금은 개인적인 감정 따위를 모두 제쳐 두어야 할 때입니다.”

“그렇다고 해도 그 비류연이란 녀석은 지금 천무학관에서 근신 중이 아닌가? 불러오는 데만 해도 왕복 한 달은 족히 걸릴 텐데? 지금 한가하게 그런 시간 낭비나 하고 있을 틈이 없어! 절대로!"

"시간 낭비할 필요 없습니다."

"시간 낭비할 필요가 없다고?"

"예, 왜냐하면…… 그는 이곳에 있으니까요."

나백천의 눈이 휘둥그레졌다.

"엥? 그 녀석이 왜 여기에 있어?"

"저도 자세한 건 모릅니다. 다만 이곳에 있다는 것만은 알고 있습니다. 천무학관으로부터 비밀 명령이라도 받았겠죠."

절대로 진실을 말해줄 수는 없는 노릇인지라 이유에 대해서는 대충 얼버무리는 게 가장 좋았다. 나백천과 예청도 마음이 급하니 깊이 캐묻지는 못했다.

"진가 녀석! 나한테 한마디 상의도 없이 일을 벌였단 말이지~"

나백천이 혼잣말처럼 중얼거렸다. 그 부분이 약간 분한 모양이었다.

"당신한테 말했으면 승낙하지 않을 걸 뻔히 아니까 그랬겠죠."

한마디 가볍게 툭 던진 예청의 말이 나백천의 가슴에 비수처럼 날카롭게 박혀들었다.

"그건 내가 신용이 없다는 소리요?"

"아뇨, 단순한 팔불출이란 뜻이죠."

"……."

더 이상 팔불출 짓 그만 하고 무림맹주답게 행동하라는 속뜻이 담긴 그녀의 말에 나백천은 대꾸할 말이 없었다.

"한데 왜 하필이면 그 자식인가?"

이번에는 연비를 향해 묻는다.

"그자만이 이 일을 해결할 수 있으니까요."

“난 믿을 수 없다.”

“아뇨, 믿어야 합니다. 왜냐하면 린을 구하는 길만이 반쪽으로 쪼개진 그의 세계를 온전한 모습으로 되돌릴 수 있는 유일한 길이니까요. 그는 그러기 위해서라면 무슨 일이든 할 겁니다.”

“무슨 일이든?”

“무슨 일이든!”

나백천은 잠시 고민하지 않을 수 없었다. 그 녀석 따위는 꼴도 보기 싫다는 감정과 일단 상황이 이러니 고양이 손이라도 빌려야 돼, 라는 이성이 내면 속에서 치열한 전투를 벌이고 있는 중이었다.

“원망이나 책망은 린을 구한 다음에 해도 늦지 않습니다. 제 말이 틀렸나요?”

그 누구도 이 질문에 ‘틀렸다’ 라고 대답할 수 있을 리가 없었다.

침묵이 대답을 대신했다.

거울 앞에서
—다시 본래의 모습으로

　맑은 호수처럼 깨끗한 커다란 거울 안에 진한 고동색과 황금색이 뒤섞인 호안석 같은 눈동자가 비쳤다. 호안석을 닮은 눈동자가 지그시 거울을 바라본다. 그 눈동자는 거울에 비친 자신의 모습이 아닌 다른 모습을 보고 있었다.

　한 방울의 물방울이 떨어지기라도 한 것처럼 거울의 표면에 파문이 일며 거울 속의 상이 일렁거렸다. 그러자 그 안에서 과거에 함께했던 광경이 어른거리기 시작했다. 나예린과 처음 만난 날, 하늘에서 떨어졌던 그녀, 선물로 준 은단검, 운향정에서 다시 만났을 때, 무당산에 갔다가 적들을 만났던 일, 폭우가 쏟아지는 동굴, 그녀의 따뜻했던 몸, 시험을 치르다 동굴에 떨어졌을 때, 서로의 손을 잡고 밤바람 소리를 들으며 별을 바라봤을 때, 화산에서 입을 맞췄던 일, 깨어나자 그녀가 눈물이 그렁그렁한 눈으로 자신을 바라보던 일, 뺨에 떨어진 눈물이 불처

럼 뜨거웠던 일, 감옥에 갇혔을 때 그녀가 넣어줬던 웃지 못할 음식들
이 거품처럼 끊임없이 떠올랐다 사라지기를 계속해서 반복했다.

기억의 거품이 떠오르면 떠오를수록 호박색 눈동자의 깊숙한 곳에
는 고통이 똬리를 틀며 맺히기 시작했다.

고통을 참지 못하고 눈을 감는다.

그러자 현실보다 더 생생하게 마지막 모습이 떠올랐다. 손에 잡힐
것 같은 현실감, 그러나 현실은 상상보다 더욱 잔인했다.

*　　　*　　　*

"금방 돌아올 거죠?"

침상에 몸을 누인 채 나예린이 물었다. 아직 몸이 회복되지 않아서
몸을 일으키는 것만으로도 그녀는 힘겨워 보였다.

"물론이죠. 금방 돌아올게요. 그러니 잠깐만 기다려요. 칠상흔인지
팔상흔인지 모르지만 절대 지지 않을 테니까요."

연비가 웃으며 말했다.

"그럼 기다릴게요."

나예린이 미소 지으며 말했다. 저 미소를 볼 수 있는 사람은 행운아
였다. 물론 그녀는 류연이라고 직접 소리를 내서 이름 부르지는 않았
다. 하지만 그의 귀에는 그렇게 들렸다. 아무리 겉이 다른 모습을 취하
고, 다른 인격을 연기하고 있어도 그의 본질이 변하는 것은 결코 아니
었다.

"그럼 린을 잘 부탁해요, 윤 미소저."

연비의 장난스러운 말에 화산파의 소심쟁이 윤준호, 아니, 윤미가

얼굴을 붉히며 대답했다.

"마, 맡겨주세요."

나예린이 웃으며 손을 살짝 흔들어주었다. 연비도 마주 흔들어주었다.

"눈 깜짝할 사이만 기다리면 돼요, 그럼 다녀올게요."

나예린은 잔잔한 미소로 배웅했다.

"다녀오세요."

비록 내상으로 몸이 힘들었지만, 그걸 내색하지 않았고 애써 미소를 지어주었다. 그 마음이 고마웠다. 그래서 한시라도 빨리 다시 돌아와야겠다고 생각했다. 이렇게 약한 상태인 나예린은 처음이었던 것이다. 일말의 불안을 애써 억누르며 연비는 방을 나섰다.

문이 굳게 닫혔다. 닫히는 문 사이로 손을 흔드는 나예린의 애잔한 모습이 아직도 그의 두 눈에 아로새겨져 있었다.

*　　　*　　　*

검은 옷이 스르륵 바닥에 떨어진다.

새하얀 어깨를 지나 매끄러운 등을 타고 늘씬하게 뻗은 다리를 따라 미끄러지듯 흘러내렸다. 피부는 윤기가 날 정도로 매끄럽고 팔뚝은 얇았으며 어깨 또한 좁았다. 그리고 허리도 잘록하게 들어가 있고 다리는 쭉 뻗었다. 뒷모습만 보면 조각 같은 여인의 몸이었다. 찬찬히 거울에 비친 자신의 나신을 바라보던 호박색 눈동자는 천천히 숨을 들이쉬었다 내쉬기를 반복했다. 규칙적인 호흡에 따라 몸 안의 내공이 사지의 구석구석을 향해 흘러가기 시작했다. 정수리에서 발가락 끝까지 촘

촘한 그물처럼 펼쳐진 신경을 타고 의지가 뻗어나갔다.

"후우우우!"

다시 한 번 깊게 숨을 들이쉰 다음,

육체를 속박하고 있던 의지를 일순간에 해방했다.

우드드득! 뚜득!

좁게만 보였던 어깨가 넓어지고, 매끄럽게 쭉 뻗어 있던 팔과 다리에 단단한 조각 같은 근육이 잡혔다. 그저 풍선처럼 커다란 근육이 아니라 근육 한 올 한 올에 단련된 힘이 어려 있는 강하면서도 날렵하고 유연한 근육들이었다. 자신의 의지에 순간적으로 반응할 수 있도록 단련되어진 육체는 예술에 가까웠다. 자신의 육체를 변형시키는 '축골공(蓄骨功)'을 가능하게 한 것도 이렇게 의지에 반응하도록 훈련된 근육들 덕분이었다.

예전에 입었던 옷은 천무학관에 두고 왔기 때문에 새로 산 옷으로 갈아입었다.

새 옷의 색깔도 검었다. 다만 좀 전에 벗었던 옷과 달리 이것은 남성용이다. 옷을 걸치고 허리띠를 조른다. 등과 소매에는 은은하게 날아가는 새의 날개 문양이 수놓아져 있다. 그러나 검은 바탕에 검은 비단실로 수놓은 탓에 눈에 확 띄지는 않으면서도 빛의 각도에 따라 문양이 신기루처럼 드러났다 사라졌다. 한 가지 아쉬운 점은 소매 안에서 항상 느껴졌던 묵직한 비도의 감촉이 부족하다는 점이었다. 하지만 그것은 옷이 해결해 줄 문제가 아니었다.

눈이 번쩍 떠졌다.

거울을 본다.

호안석의 눈동자는 지금 황금빛으로 형형히 빛나고 있었다.

"일단…… 좀 가려야겠군."

사르륵.

얼마 전에 가위로 자른 탓에 앞머리가 잘려져 눈이 조금 드러나 있었다. 그것이 영 어색해 주변의 머리카락으로 눈 부위를 가린다.

연비일 때는 당당하게 드러내고 다녔지만, 이 눈은 다른 눈에 비해 상당히 뚜렷한 특색이 있다. 특히 무공을 쓸 때는 특유의 현상이 나타나기 때문에 조심하지 않으면 누군가에게 눈치 채일 가능성이 있었다.

그건 막아야 했다.

머리카락으로 눈동자를 가리자, 모든 준비가 끝났다. 거울 속에 서 있던 검은 옷의 미녀는 온데간데없고, 한 명의 날렵해 보이는 흑의 청년이 그곳에 서 있었다. 그를 아는 사람들이 비류연이라고 인식하는 바로 그 모습이었다. 원래의 모습으로 돌아온 그가 소중한 것의 이름을 입에 담아본다.

"예린……."

그녀는 충분히 힘냈다, 자신의 소중한 것을 돌려받기 위해. 소중한 언니를 위해. 최선을 다해 싸웠다. 그녀가 낼 수 있는 최대한 힘을 써서 전력으로.

그 마음이 상대에게도 틀림없이 닿았을 거라고 그는 믿었다. 그런 간절한 마음마저 상대의 가슴에 닿지 않는다면 그 어떤 마음도, 사람과 사람 사이의 무한한 단절을 넘어 타인의 마음에 도달할 수 없으리라.

만약 마지막에 영령이 정신을 잃지 않았다면 어땠을까? 아니면 그들이 보는 앞에서 다시 깨어났으면 어땠을까? 그리고 지금쯤 깨어난 영령은 또 어떨까? 그녀에게도 어떤 변화가 있었을까?

아직 예린은 그것조차 확인해 보지 못하고 있었다.

얼마나 열심이었는데, 얼마나 힘냈는데 그 결과조차 확인하지 못한다는 것은 너무나 슬픈 일이다. 결코 있어서는 안 되는 일이었다.

그리고 무엇보다…….

그녀는 지금 있을 곳에 있지 못했다. 존재해야 마땅한 유일무이한 장소에 부재중이었다. 그 사실이 그 무엇보다 그를 고통스럽게 했다.

예린, 그녀가 있을 곳은 바로 어느 곳도 아닌, 하늘 끝과 땅 끝 너머, 아니, 전 우주를 통틀어도 오직 한 곳, 바로 자신의 곁뿐이었다.

그것이야말로 이 우주의 바르고 올곧은 진리(眞理)! 음양이 나눠지기도 전, 시간의 시작 전부터 결정되어져 있는 사실인 것이다.

그러므로 지금의 사태는 이 우주에 있어서, 있어서는 안 될 뒤틀림! 그 심각한 왜곡은 그의 세계 자체를 뿌리부터 뒤흔들고 있었다.

쉽게 말하자면 우주 종말의 위기에 해당됐다.

"이런 우주 따위, 이런 세계 따위 신이 인정해도 나는 인정 못해!"

이 세계는 무의미(無意味)하다.

한 장의 거대한 백지와 같은 이 세계.

세계가 무의미하다면 좋다. 내가 새하얀 세계에 의미를 부여하면 되니까.

그것은 자신의 세계는 자기 스스로 창조하라는 뜻이었다. 그리고 그 세계에 책임을 지라는 뜻이었다.

그렇다면 좋다.

내가 사는 세계의 의미는 나 자신이 정하겠다. 다른 누구의 손도 빌리지 않고 나 자신의 의지로.

그러니 그 소중한 백지에 더러운 발을 들이미는 악적에게 하늘의 철퇴를! 저 높은 곳에서 떨어져 악을 불태울 벼락을! 나의 세계를 침식하는 자는 백 번, 아니, 백억 번 죽어 마땅했다.

그런데 나의 백지 위에, 나의 세계 위에 오점이 생겼다. 제멋대로 난입한 누군가가 그어놓은 상처! 결락(缺落)!

"감히 잘도 이런 짓을!"

나예린이 존재해야 마땅한 곳에 지금 그녀는 존재하지 않고 있었다. 이것은 이 세계가 본래 있어야 할 모습이 아니었다. 잘못된 것은 바로잡지 않으면 안 된다.

사물이 본래 있어야 할 본래의 모습 그대로, 뒤틀어진 세계를 본래대로 되돌리겠다고 그는 맹세했다.

"무슨 수를 써서라도! 나의 세계를 지키기 위해 수단을 가리지 않겠다! 범인들의 종알거림 따윈 아무래도 좋다. 짖을 테면 짖어라! 내 눈썹이 반 치라도 깜빡이는지. 어떤 오명을 쓰더라도 나는 나의 세계를 지킨다. 내가 나이기 위한 나의 미래를!"

마천각을 확 뒤엎어서라도 그녀를 다시 되찾겠다고 아무런 망설임도 없이 그렇게 결심했다.

"그러기 위해서라면 귀신이든 도깨비든 악마든 뭐든 되어주지!"

그자가 누구든.

"이 세상에 태어났다는 것 자체를 후회하게 해주마! 두 번 다시 윤회의 수레바퀴에 들어가고 싶어지지 않도록!"

흉적(凶賊)에겐,

피의 철퇴(鐵槌)를!

"하늘을 두려워하지 않는 자여, 두려워하는 게 좋을 것이다. 하늘이 아니라 바로 이 나를! 그러는 편이 신상에 이로울 거라고 충고해 주지. 왜냐하면 하늘보다 내 쪽이 더 무서울 테니까."

물론 무릎을 꿇고 빌어도 이미 그 운명에 어떤 변함도 없을 테지만.

"어차피 너의 종말에 변함은 없을 테지만 말이다."

밖으로 나가 하늘 저편을 바라본다.

그녀가 사라졌는데도, 그녀가 내 옆에 없는데도 하늘은 눈이 시릴 정도로 파랬다. 결코 기쁘지 않았다. 이것은 바람직하지 않은 현상이었다.

손가락을 입에 대고 숨을 강하게 내뱉는다.

휘이이이이이이익!

날카로운 휘파람 소리가 바람을 타고 드높은 하늘로 높이, 그리고 멀리 퍼져 갔다.

얼마 뒤,

푸드드드득!

삐이이이이이이이이이이이이이!

강호란도의 한쪽에 위치한 숲에서 매가 울음소리와 함께 푸른 날개를 펄럭이며 하늘을 향해 날아올랐다.

푸른 깃털의 강하
—비류연 강림!

　강호란도에 위치한 원통투기장 안에 위치한 치료원. 여기는 투기장에서 싸움 도중 죽지 않고 살아남은 자들이 치료를 받는 곳이었다. 이곳은 패자를 위한 곳이 아니라 승자를 위한 곳이었다. 패자가 가는 곳은 치료원이 아니라 장례원이었다.

　끼이이익, 치료원 정문이 열리면서 사람들이 줄줄이 나오기 시작했다. 모두들 무기를 하나씩 차고 있는 것을 보니 무림인이 틀림없었다. 그것도 이십대의 젊은 무인들이었다. 그중에 특이한 존재가 섞여 있었는데, 그는 거지였다. 그러나 거지치고는 얼굴에 상당한 활기가 돌고 있는 이상한 거지였다. 거지답지 않은 거지, 노학이 기지개를 쭈욱 켜며 입을 열었다.

　"이야, 이번만큼은 정말 죽는 줄 알았어, 궁상이."

　팔짱을 긴 채 옆에서 걷고 있던 현운이 고개를 끄덕였다.

“용케도 목숨은 부지했군. 난 오늘 드디어 친구의 송장을 치우게 되는 줄 알았네.”

현운은 실로 두려운 듯 고개를 절레절레 저으며 말했다.

“참으로 무시무시한 조공(爪功)이었어. 마구잡이인 듯 법식이 없는데도 궁상인 전혀 피하지를 못하더군. 덕분에 의원이 할 일이 더 늘었어. 얼굴에 못 보던 혈선이 열 개나 생겼으니까. 여자들은 모두 그런 기술을 하나씩 가지고 있는 걸까? 그러고 보면 당령이도 때때로 상상할 수 없는 기술로 나를 괴롭힐 때가 있어. 막아야 하는데 막을 수 없는, 마치 신기루같이 잔인한 수법을 말이지.”

당삼은 당령이 자신을 괴롭히기 위해 쓰던 잔인한 기술을 떠올리며 동변상련의 마음에 젖었다.

“진령도 진령이야. 기력을 다 소모한 줄 알았는데 어디서 그런 기운이 솟아났지? 마치 호랑이 같더군. 당장에라도 궁상이를 찢어발길 것 같았지. 잠력이라도 격발시킨 걸까?”

“원래 여자는 요물이라 하지 않나. 남자들이 조금만 방심해도 곧장 삼도천 너머로 보내 버리고 말지. 궁상이는 오늘 운이 좋았어. 그 건수면 열두 번 정도 죽을 수도 있었거든.”

“에이, 그건 스스로의 생명을 깎아먹는 짓이라고. 아무리 궁상이 양다리를 걸쳐서 불만이었다 해도 그렇게까지 했겠어?”

“분노의 힘이라는 거지.”

“아냐, 그건 분노라기보다 일종의 ‘한(恨)’ 이 아니었을까?”

“한(恨)?”

“진령조의 조 이름처럼 오뉴월에도 서리를 내리게 하는 무시무시한 힘이지.”

"그거 정말 무섭군."

"그 누구지? 류은경이라는 은발 아가씨도 굉장했어. 그 피보라가 몰아치는 곳에서 끝까지 도망치지 않다니 말이야. 자기 의견을 철회하지도 않고. 그것도 '한' 인가?"

"아뇨, 그건 '정(情)' 이죠."

가만히 사내들의 작태를 보고 있던 남궁산산이 한마디 했다.

"정(情)? 사내의 한 사람으로서 잘 이해가 가지 않는 표현이군."

현운이 고개를 갸우뚱했다.

"하지만 일부다처제가 그리 드문 일도 아니잖아? 솔직히 무림세가 내에서도 흔히 있는 일이고 세가에서 자손의 수란 곧 세력의 증가를 의미하니까. 울 아부지만 해도 부인이 벌써 다섯이라고. 내년에 또 한 명을 들이려 해서 안채에서 반발이 심하다고."

금영호가 두 겹짜리 자신의 턱을 긁적이며 의견을 피력했다.

"다다익선이라는 뜻?"

현운이 반문했다.

"그런 거지."

"그렇다면 궁상이가 종마(種馬)라는 이야기?"

명색이 도가의 제자이면서도 현운의 표현엔 망설임이 없다.

"팔대세가의 선두를 다투는 남궁세가의 씨잖아. 품질보증은 이미 되어 있는 거라고. 쑴풍쑴풍 나아 번창시켜야 할 의무가 있는 거지. 그러기 위해선 아내 한 명으론 부족하지 않을까? 난 적어도 네 명 정도 생각하고 있는데?"

"누구를?"

"부인을! 게다가 우리 집은 돈도 많잖아. 삼처사첩도 꿈은 아닐지도.

꼭 영웅들만 삼처사첩 가지라는 법 없잖아? 금력의 힘으로 나도 삼처
사첩에 둘러싸여……. 으헤헤헤헤헤.”

망상의 바다에 빠져 버린 금영호의 입가를 타고 한줄기 침이 흘러내
렸다.

“이래서 남자들이란. 천박하게. 그 말, 진령이 앞에서 똑같이 해보
시죠?”

남자들의 경박함을 참다못한 남궁산산이 쏘아붙였다. 그러자 금영
호의 안색이 대변했다.

“아이구, 남궁 소저. 그것만은 참아주시구려. 안 그래도 요즘 살이
너무 빠져 체형이 무너졌는데, 가죽밖에 안 남는다고요.”

“그러니 처음부터 입조심을 했어야죠.”

남궁산산이 날카롭게 대답했다. 이들의 논쟁에 화산의 화설옥과 투
명삼인방이 가세하면서 대화는 더욱 격렬해졌다. 결혼하고는 거리가
멀기가 무당파보다 더 먼, 개방의 제자 노학은 그들의 팔자 좋은 이야
기에 어울릴 생각이 들지 않아 잠시 한걸음 물러나 있었다. 그런 그의
옆에서 공방은 귀가 따갑도록 진행되고 있었다. 가까운 곳에서 시끌시
끌 떠들어대고 있지만 왠지 너무나 아득하게 먼 이야기처럼 들려 자신
도 모르게 아득히 먼 하늘에 시선을 옮겼다. 푸른 하늘 위에서 내리쬐
는 햇빛이 눈이 시릴 정도였다.

“응?”

그때, 눈을 가늘게 뜨고 창공을 바라보던 노학의 눈이 뭔가를 포착
했다.

푸른 하늘 위를 빙글빙글 돌고 있던 그것은 처음에는 단지 하나의
점에 불과했다. 너무나 높은 곳에 자리하고 있었기에 아무도 그것을

발견하지 못했다. 그것을 맨 처음 발견한 것은 개방의 거지이자 차기 방주 후보이기도 한 노학이었다. 특별히 감이 뛰어나거나 시력이 좋아서는 아니었다. 단지 남궁상이 입원해 있는 치료원을 나와 순전히 별 생각없이 올려다본 하늘에서 우연히 이질감을 발견한 것뿐이었다.

"저게 뭐지?"

노학이 혼잣말처럼 중얼거렸다.

"뭐가?"

"저거 말야, 저거! 하늘에 빙빙 돌고 있는 까만 점 말야."

그 말에 주작단 몇몇의 시선이 노학의 시선을 따라 움직였다.

"확실히 점 같은 게 보이는군."

현운이 말했다.

"새 아냐?"

당삼이 의식적으로 시력을 집중하며 말했다.

"근데 기분 탓인가? 점점 커지는 것처럼 보이는데?"

현운의 눈이 더욱 가늘게 뜨여졌다. 무의식적으로 눈에 힘을 주고 있기 때문이었다.

"기분 탓이 아니에요, 현운. 진짜로 커지고 있다고요."

남궁산산이 내리쬐는 햇빛 때문에 눈살을 찌푸리며 말했다.

"……."

처음에 하나의 점이었던 그것은 점점 커지더니 어느새 면이 되고, 이제는 형체까지 뚜렷이 보이기 시작했다. 그런데 왜 저것은 계속 보면 볼수록 마음이 이리도 심란해지고 불안해지는가? 이 정체불명의 불안은 대체 어디에서 기인하는 것일까? 주작단원들이 불안으로 술렁거리는 가운데, 점은 점점 커지더니 하나의 형상을 이루었다. 당당하게 좌우로 활짝 편 늠름한 날개, 그것은 바로 한 마리의 매였다.

"어디서 많이 보던……."

"어? 저 새는? 설마!!!"

저게 이곳에 있을 리가 없는데? 어디서 나타났단 말인가? 저 청포로 물들인 듯한 푸른 깃털의 날개를 지닌 새는 무척 드물었다.

"에이, 설마……."

순간 비명이 터져 나왔다.

"까아아아아아아아아악!"

비명을 터뜨리는 사람은 다름 아닌 화산파의 화설옥이었다. 그러나 누구도 그녀의 경박함을 책망하지 않았다. 왜냐면 비명을 지르고 싶은 것은 모두 다 같은 마음이었던 것이다.

"저, 저것은…… 저것이 왜 여기에……."

이들은 자신의 눈앞에 펼쳐진 푸른 날개의 현실을 필사적으로 부정했다.

"미, 믿을 수 없어! 이, 인정할 수 없어!"

자신들을 향해 춤추듯 날아 내려온 그것의 진정한 정체를 안 순간, 주작단원들은 너나 할 것 없이 집단적인 착란 상태에 빠졌다.

"이, 이건 꿈이야아아아아아아!!!!"

이딴 잔혹한 현실이 자신들을 덮쳐 온다는 사실을 그들은 인정할 수 없었다. 그때 조용한 목소리로 그들의 고막을 창처럼 꿰뚫는 한마디가 있었다.

"아니, 현실이다."

푸드드드득!

그리고 날아 내려온 푸른 날개의 매는 기쁜 듯이 날개를 접으면 그의 어깨에 앉았다. 주작단의 눈이 일제히 접시처럼 동그랗게 커졌다. 숨이 턱 막혀하는 이들도 있었다. '딱딱딱' 이를 부딪치는 이도 있었다.

"대, 대, 대사형!"

주작단원의 입에서 동시에 똑같은 말이 흘러나왔다.

해동청이라 불리는 아름다운 푸른 날개의 매와 함께 나타난 사람은 의심할 여지 없이 대사형 비류연 본인이었다. 지금쯤 천무학관 근신실에 처박혀 있어야 할 사람이 어찌 이곳에 나타날 수 있단 말인가? 그러나 그들의 눈앞에 펼쳐진 이 광경은 부정하려야 부정할 수 없는, 더할 나위 없이 생생한 현실이었다.

"오랜만이다, 아가들아."

그러나 비류연의 얼굴에 언제나 보이던 장난스런 웃음은 이번엔 보이지 않았다. 그 사실이 그들의 불안을 더욱 가중시켰다. 그 무시무시하기 짝이 없는 미소를 거둬갈 수 있는 것은 혹시 존재하지 않는 게 아닌가, 그들은 의심해 왔던 것이다.

"여, 여, 여, 여, 여긴 어인 일로……."

현운이 용기를 내서 먼저 입을 열었다.

"왜, 난 오면 안 되냐?"

퉁명한 대답을 들은 현운이 깨갱하며 물러났다.

몸에 두르고 있는 묘하게 진한 살기가 바늘처럼 그들의 피부를 따끔따끔 자극했다.

"아, 아니요. 그럴 리가요. 당치도 않습니다."

살기가 풀풀 넘치는 비류연을 앞에 두고 자초지종을 캐물을 만큼 간이 큰 이들은 여기 없었다. 아무리 강해져도 이상하게 대사형 앞에서는 한없이 초라해지고, 약해지고, 하찮아지는 그들이었다.

"그래? 난 또 안 되는 줄 알았지. 놀라는 꼬락서니하고는. 누가 보면 새총이라도 맞은 줄 알겠다."

사실 새총 알로 엉덩이에서 입까지 꿰뚫린 기분이었다. 심장이 목 밖으로 튀어나오지 않은 게 천만다행이었다.

"너희들이 도와줄 일이 생겼다."

비류연이 간단하게 말했다.

"대사형이 저희들의 손을 빌릴 일도 있습니까?"

당삼과 노학이 깜짝 놀라 반문했다.

"당연하지. 난 인간도 아닌 줄 아느냐?"

그러자 몇몇 사람들이 뜨끔하는 표정을 지었다.

'인간이었대!'

'정말?'

'에이, 거짓말. 분명 뻥일 거야.'

'맞아, 맞아! 인간일 리가 없잖아? 분명 착각일 거야.'

'사람들은 자기 자신을 잘 안다고 생각하지만 의외로 잘 모르는 법 이지. 스스로의 존재를 깨닫는 것으로 인간의 영혼은 더 높은 곳으로 올라갈 수 있는 법.'

'그럼 대사형이 인간이 아니면 뭐야?'

'그건…… 알고 싶지 않아! 알아서는 안 된다는 기분이 들어.'

비류연의 말을 믿는 사람은 주작단 중에 아무도 없었다. 그들의 속 닥거림을 듣다 못한 비류연이 한마디 내뱉었다.

"너희들, 죽을래? 다시 지옥의 특훈 맛을 좀 볼까?"

안 본 사이에 기합이 좀 빠진 것 같았다. 다시 한 번 기합을 구겨 넣어줄 필요가 있을 것 같았다.

"히꾹! 딸꾹!"

거짓말처럼 속삭임이 뚝 멎었다. 석상처럼 딱딱하게 굳은 사제 겸 제자들을 둘러보며 비류연이 말했다.

"자, 현실 부정은 그만 하고, 정신들 차려라. 그런고로 급히 인원을 차출하겠다."

앞말과 뒷말의 연관성이 현저히 떨어져 있었다.

"어떤 인원인가요?"

당삼이 손을 번쩍 들고 물었다.

"구출대다."

비류연의 안색이 조금 더 어두워졌다. 사라진 나예린의 존재가 무거운 바위가 되어 그의 마음을 짓눌렀던 것이다.

"누구를 구출합니까?"

"……."

비류연은 대답하지 못했다. 그걸 말한다는 것은 또 한 번 이 잔인한 현실을 자각해야만 하는 일이기 때문이다.

"대사형?"

현운이 조심스레 반문했다. 이런 대사형은 지금까지 본 적이 없었기에, 오히려 공포스러웠다. 이렇게 음울할 바에야 차라리 예전의 막나가는 모습이 더 나았다.

"……나예린. 너희들의 대사저가 될 분이시다. 그녀가 납치당했다."

말을 하지 않는다 해서, 현실을 외면한다 해서 현실이 사라지는 것은 아니었다. 그의 약함이 그것을 받아들이길 거부하고 있었던 것이다. 그걸 알기에 비류연은 싫지만, 다시 한 번 현실과 눈을 맞추었다.

그것은 무척이나 고통스러운 과정이었지만, 그는 견뎌내야만 했다.

"나예린 소저가요?"

"납치요?"

"대체 언제요?"

"그게 사실입니까?"

주작단원들이 금세 소란스러워졌다. 만일 그게 사실이라면 일대 사건이 아닐 수 없었다.

"사실이다."

"범인은 찾으셨습니까?"

"지금부터 찾으러 갈 생각이다. 그러기 위해서 너희들이 필요하다."

오늘의 대사형은 뭔가 분위기가 이상했다. 눈동자가 투명하다고 느껴질 정도였다. 일종의 무기질이나 무생물 같았다.

뜨거운 분노도, 차가운 이성도 느껴지지 않았다. 무언가가 송두리째 없어져 버린 듯한 모습이었다. 지금 그에게는 무언가가 결여되어 있었다.

"샅샅이 뒤져라. 아직 이 강호란도를 벗어나지는 못했을 터. 분명 어딘가에 꼬리가 남겨져 있을 것이다."

목소리는 얼음처럼 차가웠지만 그 얼음 안에는 불꽃이 일렁이고 있었다.

"반드시 찾아라! 이 동정호를 피로 붉게 물들이는 한이 있더라도, 난 그녀를 되찾을 것이다. 그럼 가라!"

"예, 대사형!"

반문은 용납되지 않았다. 이렇게 무서운 느낌의 대사형은 모두 처음이었다. 그래서 어떻게 반응해야 될지 알 수 없었다. 그저 말에 따르는 수밖에 없었다.

모두가 사라진 것을 확인한 후 비류연은 몸을 돌렸다.

순간 참았던 기침이 터져 나왔다.

"쿨럭!"

비류연은 다시금 한 움큼의 피를 토했다. 그는 물끄러미 자신의 손을 물들인 피를 바라보았다. 그러나 어떤 감정도 느껴지지 않았다.

손에 묻은 피를 '획!' 하고 땅에 흩뿌린 다음 무심하게 발걸음을 옮겼다.

아직 할 일이 남아 있었다.

편하게 쉬고 있을 시간 따윈 없었다.

그의 귀에는 환청처럼 나예린의 비명 소리가 울려 퍼지고 있었다.

'아직 사람들이 더 필요해. 유능한 사람들이…….'

머릿속으로 몇 명의 이름이 스쳐 지나간다.

'역시 그 녀석들이 필요하겠지…….'

지금 자신들의 이름이 비류연의 시커먼 머릿속에 떠오르고 있다는 사실을, 불행히도 그들은 몰랐다.

재결성! 비류연파 그 일당들!

—다시 만난 친구들

모든 시합이 끝나고, 사람들이 썰물처럼 빠져나가고 텅 비어버린 투기장에서 장홍과 효룡, 두 사람만이 여전히 자리를 뜨지 않고 앉아 있었다. 두 사람의 시선은 투기장의 시합장에 고정되어 있었고, 마치 바둑의 복기라도 하듯 좀 전에 있었던 연비와 칠상혼의 전투를 되새겨보고 있었다. 특히 효룡은 아직도 칠상혼의 정체가 밝혀졌을 때의 충격이 가시지 않고 있었다. 그 역시 칠상혼과 과거에 깊은 인연으로 얽혀 있던 사이였던 것이다. 효룡이 여지껏 자리를 뜨지 못하는 것도 그런 이유에서였다.

그들은 무언가에 대해 이야기하고 있었는데, 그 주제는 바로 '그 인물' 무신마 갈중혁의 제일제자 칠상혼에 관한 것이었다.

"설마 칠상혼의 정체가 '그 사람' 일 줄이야… 깜짝 놀랐습니다, 장형."

"나도 마찬가지라네, 룡룡. 그는 대체 왜 모든 영광을 버리고 칠 년 동안 저런 모습으로 살아온 것일까? 더구나 이런 투기장의 노예로서."

엄밀한 의미에서 그는 효룡의 대사형이었던 사람이다. 게다가 무림의 전설이라 할 수 있는 무신마(武神魔) 갈중혁의 첫째 제자였다. 그런 대단한 신분에 있는 인물이 아무리 전락했다고는 하지만, 이런 투기장에서 검투노예 같은 걸 하고 있을 줄 누가 상상이나 할 수 있었겠는가.

"어디까지나 추측이지만 그는 무언가로부터 도망치고 있었던 게 아닐까요?"

"일리있는 추리로군. 가능성이 높네."

"그렇다면 왜 이렇게 가까운 곳에……. 이곳은 강호란도입니다. 마천각에서 배로 반나절도 걸리지 않는 곳이라고요."

엎어지면 코 닿는 곳으로 도망이라니, 언어도단이었다.

"등잔 밑이 어둡다는 이야기지. 실제로 칠 년 동안 아무도 그의 정체를 밝혀낸 사람이 없지 않은가?"

"확실히 그것도 그렇군요."

장홍의 말도 일리가 있었다. 연비와 싸움에서 그가 스스로 정체를 드러내지 않았다면 칠상흔의 정체는 여전히 세인들 사이에 비밀로 남아 있었을 것이다. 그러나 아직 의문점은 여럿 남아 있었다.

"문제는 그가 무엇으로부터 도망쳤느냐 하는 것이겠지. 두 가지를 생각해 볼 수 있겠군."

"두 가지요?"

"맞네. 첫 번째는 어떤 일로부터 도망쳤을 경우지. 듣자 하니 그가 모습을 감춘 것은 '피의 밤' 이후라고 하더군."

그날의 일을 생각하자 효룡은 마음이 칼로 찢기는 듯 아파왔다. 유

년 시절 벌어졌던 그 일은 그에게 있어 결코 잊을 수 없는 정신적 상처
였다. 확실히 그는 그의 형 갈효봉의 돌연한 광태로 발생한 '피의 밤'
사건과 가장 밀접한 연관을 맺고 있는 사람이었다.

"그가 범인이라던가……."

"절대 그럴 리 없습니다."

단호한 목소리로 효룡이 외쳤다. 장홍이 깜짝 놀란 얼굴로 효룡을
바라보았다.

"절대 그가 범인일 리 없습니다."

효룡이 같은 말을 반복했는데 두 번째는 장홍이 아니라 자신에게 들
려주기 위한 것 같았다.

"하지만 정확하게 밝혀진 건 아무것도 없지 않나? 게다가 아직도 마
천각 내에서는 그를 범인으로 의심하는 사람도 적지 않다고 알고 있는
데?"

칠상혼 그가 비록 대제자라고는 하지만, 무신마의 적통을 이은 갈효
봉은 커다란 위협일 수밖에 없었다. 때문에 제거했다, 라고 생각하는
사람들도 아직 많았다. 그가 모습을 감춘 것도 그렇게 중첩되어 가는
의혹이 그를 압박해 들어왔기 때문이 컸다. 그러나 효룡은 아직도 그
를 믿고 있었다.

"두 번째로, 만일 그가 범인이 아니라면, 누군가로부터 생명의 위협
을 받았기 때문일 수도 있네."

"누구로부터요?"

"아마 그가 진짜 그날의 범인이겠지."

하지만 그걸 확인하기 위해서는 본인에게 직접 물어보는 수밖에 없
었다. 그전에는 모든 게 어둠 속에 묻혀 있을 수밖에 없었다.

“마천각 제일의 강자에게 그토록 공포를 심어줄 수 있는 게 도대체 누구일까요?”

“보통 고수는 아니겠지. 적어도 사천멸겁에 준하는 자가 아니었을까 하는 생각이 들어. 그렇지 않다면 그는 적으로부터 도망친 것만이 아닌지도 몰라.”

“그렇다는 이야기는?”

“그래, 그는 스승으로부터도 도망쳤다는 이야기지.”

“무신마로부터…….”

“그래, 그래야 앞뒤가 맞어. 아무리 사천멸겁 급의 고수라 해도 무신마의 명성에 비하면 부족함이 있지. 설마 ‘그’를 두려워해서 도망친 건 아닐 테고 말이야.”

“서, 설마, ‘그’가 아직 살아 있을 리 없지 않습니까?”

“아무도 그의 시체를 확인하지 못했잖나? 세상일이란 건 아무도 모르는 일이지. 백 년 전 천무학관이나 마천각이 세워진 것도 그런 이유 때문이 아니었나? 무서운 일이지만 ‘그’가 살아 있을 가능성도 영은 아니라는 거지. 뭐, 어디까지나 가정일 뿐이지만 말일세.”

“…….”

효룡은 너무 많은 생각이 한꺼번에 머릿속에서 휘몰아치는 바람에 제대로 대꾸조차 할 수 없었다.

“아마 그는 보지 말아야 할 것을 보고, 도망칠 수밖에 없었던 걸걸세. 그가 이런 데서 검투노예를 하고 있는 것만 봐도 알 수 있지.”

“뭘 알 수 있단 말입니까?”

“그는 힘을 키우고 싶었던 걸세. 생사가 교차하는 치열한 전장에서 처절한 실전을 통한 단련, 그는 그걸 위해 일부러 이 장소를 택했을 걸세."

"힘을 키우고 있었다는 것은 쓰러뜨리고 싶은 목표가 있었다는 이야기겠군요."

"바로 그거지. 문제는 그 누군가가 누구냐 하는 것이겠군."

"그걸 알려면 본인의 입으로 직접 듣는 수밖에 없겠군요."

생각이 거기까지 미치자 왜 자신이 여기에 그냥 우두커니 앉아 있나 하는 생각이 들었다. 당장에라도 칠상혼이 있는 곳으로 달려가 자초지종을 듣고 싶었다. 아직 칠상혼이 독무에 당해 쓰러졌다는 사실을 효룡은 아직도 모르고 있었다. 효룡이 안절부절못하고 있을 때 장홍의 등을 치는 손가락이 있었다.

툭툭!

장홍은 처음에는 대수롭지 않게 받아넘기다가 그만 화들짝 놀랐다.

'누, 누구지?'

뒤를 돌아보지 않은 채 생각했다. 은신잠행의 대가인 자신의 뒤를 이렇게 아무런 기척도 없이 다가온 게 대체 누구란 말인가? 보통 놈은 아니었다. 조금 전 적의 손에 만일 무기라도 들려 있었다면 그는 죽은 목숨이나 다름없었다. 다행히 그의 목숨은 아직까지 붙어 있었으니 망정이지, 만일 상대가 악의를 품고 있었다면 큰일 날 뻔한 것이다. 조그만 방심이 험난한 무림에서는 곧장 죽음으로 이어질 수 있었다.

상대에게 살의가 없다는 것을 감지하고서야 비로소 장홍은 조심스럽게 고개를 돌렸다.

"허걱!"

장홍의 무거운 엉덩이가 의자로부터 붕 떠올랐다. 그 모습에 효룡의 고개도 덩달아 돌아갔다.

'뭐가 있기에 그렇게 놀라…….'

그리고 그 역시 그만 깜짝 놀라고 말았다.

"류연!"

장홍과 효룡의 입에서 동시에 외침이 터져 나왔다.

"오랜만. 좀 도와줄 수 있을까?"

나예린의 납치라는 초유의 사태에 대응하기 위해서는 비류연 개인의 힘만으로는 벅찼다. 그도 만능은 아니었다. 그리고 개인이 할 수 있는 일에는 한계가 있었다. 그렇기에 사람은 무리를 이루고 조직을 만드는 것이다. 이 사태를 한시라도 빨리 해결하기 위해서는 그동안 쌓아놓았던 모든 힘과 인맥을 총동원해야 했다. 그동안 조용히 축적해 놓았던 자신의 저력을 끌어내 보일 때였다. 그렇다면 이 '연비' 라는 모습은 방해였다. 이 모습이 쌓은 역량은 거의 전무에 가까웠다. 지금 그 모습으로는 예린을 도울 수 없었다. 원래의 모습으로 돌아갈 필요가 있었다. 그는 주작단원들을 찾은 다음, 곧바로 장홍과 효룡을 찾았다.

추적술에 대해서만은 장홍이 자신보다 우수했다. 본인은 숨기려 애쓰고 있긴 했지만, 이미 주변에서 아는 사람은 다 알고 있었다, 그의 실력에 대해서. 그렇다면 그에게 맡기는 게 나았다. 흔적을 추적하려면 오랜 시간에 걸친 전문적인 훈련이 필요한데, 상대가 전문가라면 이쪽도 전문가가 필요했다. 당장에라도 강호란도를 뒤엎고 싶은 것을 참고 장홍과 효룡, 이 두 사람을 찾아온 것은 비류연에게 남아 있는 최후의 이성이라 해도 과언이 아니었다.

"간 떨어질 뻔했네. 그런데 자네가 어떻게 여기에?"

"그런 술에 전 간은 주워봤자 별로 소용도 없어. 그리고 지금 중요한 건 그게 아냐."

비류연이 단호하게 말했다.

"자네가 귀신처럼 이곳 강호란도에 나타난 것 말고 그럼 뭐가 중요한가?"

"한 여인."

"한 여인? 무슨 일 있나? 왠지 오늘은 평소의 자네답지 않군."

먼저 이상을 눈치 챈 사람은 장홍이었다. 뭐가 다른지는 잘 알 수 없었지만 본능적으로 그는 지금 비류연의 상태가 어딘가 이상하다고 느꼈다. 멀쩡한 것은 겉보기뿐이다. 저 속에선 지금 무언가가 들끓고 있었다. 언제나 세상에 대해 무관심하거나 냉소적이거나 따분해하던 비류연은 지금 여기에 없었다.

"대체 무슨 일이기에? 정사대전이라도 벌어졌나? 자네가 갑자기 귀신처럼 뜬금없이 나타났다는 것은 터무니없는 일이 벌어졌다는 증거로 봐도 되겠지. 난 자네가 평온과 함께한다는 말을 믿지 않아. 자넨 언제나 산더미 같은 문제의 폭풍을 몰고 다니는 사람이니까. 이른바 자연재해 같은 친구지."

"비슷한 말, 옛날에 종종 듣고는 했지. 그립군, 이라고 태평하게 말하고 있을 때는 아니지만 말야. 아, 자네 말이 맞아. 터무니없는 일이 벌어졌지. 이 세상에서 벌어져서는 안 되는 일이 말야!"

그리고 비류연이 자신의 용건을 이야기했다. 몇 번을 이야기해도 그때마다 가슴을 비수 끝으로 찌르는 듯한 고통이 전해졌다.

묵묵히 듣고 있던 장홍과 효룡의 표정이 여러 번 급변했다.

“……그럴 수가…… 나 소저가…….”

좀 전까지 저 투기장에서 화려한 한 마리 봉황처럼 싸우던 여인이 납치당했다니. 장홍으로서는 쉽게 믿기지 않는 일이었다.

“어떤 놈이 감히…….”

“과거의 망령이지.”

분노가 깃든 목소리로 비류연이 대답했다.

“도움이 필요해.”

조금의 주저도 없이 비류연이 말했다.

“자네한테서 그렇게 순수하게 도와달라는 말이 나올 줄을 몰랐군. 예상외라서 좀 당황스럽네, 솔직히.”

“그래서 안 도와줄 건가?”

“물론 도와줘야지. 자네에게 빚을 만들 기회가 그리 흔한 게 아니니까. 이런 절호의 기회를 그냥 보낼 수는 없지.”

“미리 말해두지만, 쉽지는 않아.”

“어련하시겠나. 이미 각오하고 있는 바이네. 그렇지 않나, 룡룡?”

“아, 물론.”

잘나갈 때는 개나 소나 다 함께할 수 있었다. 하지만 어려울 때 역경에서 함께할 수 있는 친구는 몇 없다. 그런 친구가 진짜 친구인 것이다. 시원시원한 두 사람의 대답에 비류연은 비로소 미소를 지으며 한마디 했다.

“좋아. 그럼 비류연과 그 일당들 재결성이군!”

왜 네 이름만 걸려 있고 우린 뭉텅이냐? 우린 덤이냐, 는 효룡의 항의는 바람에 묻히고 말았다.

“자, 그럼 어디부터 가야 하지?”

“이미 정해놨어.”
“어딘데?”
“돈왕의 집무실.”

범인은 누구?

—추적

일단 달렸다.

마치 도망치듯 달렸다. 시간이 맹렬히 그들의 뒤를 쫓고 있었다. 시간의 끝에 무엇이 기다리고 있는지 알지 못한 채, 그저 달렸다. 그것을 알고 싶지 않았기에 달렸다. 시간에 늦지 않기 위해. '그때'가 오는 것을 막기 위해.

대화 따윈 달리면서도 충분히 할 수 있었다.

"지금 우리가 제대로 가고 있긴 있는 건가, 류연?"

쾌속하게 달려가면서 효룡이 약간 불안한 목소리로 물었다.

"물론."

대답하는 시간도 아깝다는 듯 비류연이 짧게 대답했다.

주변의 경물이 빠르게 그들을 스쳐 지나갔다. 겉으로 보기엔 평범하게 걷는 것처럼 보이지만 이미 그들의 발끝에선 고도의 경공이 펼쳐지고 있는 중이었다.

"돈왕의 집무실엔 왜 가는데?"

"당연히 범인을 잡으러 가는 거지."

"누가 범인인지 알고 있나?"

그러자 전혀 의외의 대답이 돌아왔다.

"그래."

비류연이 힘주어 대답했다.

"뭐라고!! 범인을 알고 있다고?"

그냥 한번 물어본 것뿐이었지, 정말 알고 있을 거라고는 생각지도 못했던 효룡이 깜짝 놀라 반문했다.

"그래. 아까 얘기했었잖아, 과거의 망령이라고."

"난 어디까지나 비유적인 표현인 걸로 알았을 뿐이야. 아니면 단체 이름이던가."

"아니, 비유적인 표현도 단체의 이름도 아냐. 난 그놈이 어떤 놈인지 정확히 알고 있어. 예전에 그놈이 무슨 짓을 했는지도 똑똑히 기억하고 있고. 다만 그가 지금 어디에 숨어 있는지, 그것이 문제일 뿐이야."

"그 범인, 설마 그게 돈왕인가?"

돈왕의 집무실로 범인을 잡으러 가고 있으니 돈왕이 범인이라고 생각해도 큰 무리는 없었다.

"아니, 그 돼지는 흉수가 아냐. 하지만 공범이지."

"그럼 거긴 왜 가는 거지? 자네의 행동을 봐서는 확신하고 있는 것 같은데?"

장홍이 경공의 속도를 떨어뜨리지 않은 채 물었다.

"양편의 선수 대기실에 중독성 강한 독향이 펼쳐졌다는 이야기는 들었지?"

"그래, 들었지. 좀 전에."

그전에는 그런 소동이 대기실에서 일어나고 있는지를, 관중석에 앉아 있던 그들로서는 꿈에도 몰랐었다.

"그 독향은 투기장 내에 설치된 비밀 관을 통해 흘러나왔어. 그것도 양쪽 모두. 그렇다는 건 그것이 이미 오래전부터 그곳에 설치되어 있었다는 이야기지. 그리고 이 일을 꾸민 범인은 그 사실을 알고 있었고. 범인은 어떻게 그 사실을 알고 있었을까?"

"……!"

효룡도 장홍도 깨닫는 바가 있었다.

"자, 여기서 간단한 문제야. 이 투기장의 주인은 누구일까요?"

더 이상의 대화는 필요없었다.

쾅!

문짝이 부서져 나갔다.

떨어져 나간 문짝이 삼 회전을 하며 벽에 세로로 박혔다.

비류연은 들어 올려져 있던 발을 내리고 안으로 걸어 들어갔다. 장홍과 효룡이 그 뒤를 따랐다.

그들이 올라온 계단 밑으로 수많은 무사들이 쓰러져 있었다. 여기저기 피를 흘리고 있거나, 입에 게거품을 물고 있거나, 무기가 부러지거나, 옷이 찢어지거나 했지만 생명에는 지장이 없었다. 비류연으로서는 충분히 참은 것이었다. 하지만 당분간 생활에 지장이 있는 것만은 분명했다. 그들의 뼈와 근육은 무사하지 못할 테니까 말이다.

최대한 쾌속하게 치고 올라왔음에도 불구하고 집무실 안은 텅 비어 있었다.

"이미 튀었군."

무수한 경비병들을 공깃돌 집어 던지듯이 해치우고 도착한 돈왕의 집무실은 텅 비어 있었다. 그의 뒤룩뒤룩한 비계로 찬 거구가 앉아 있었을 거라 추정되는 의자뿐만이 아니라, 주변의 책장은 물론 몇몇 서랍장도 모두 활짝 열린 채 안은 텅 비어 있었다. 급하게 떠난 티가 역력했다.

"좋아. 잘됐군."

텅 빈 집무실을 확인한 비류연의 입가에 무시무시한 미소가 맺혔다. 그 미소는 심하게 일그러져 있었다.

"뭐가 잘됐다는 건가, 류연? 우리는 그를 놓치지 않았나."

옆에 있던 효룡이 어이없어하며 물었다. 좀 전에 장홍이 보내준 전음대로 오늘의 비류연은 어딘가 이상했다. 나예린의 일이 있으니 무리도 아니라고는 생각하지만…….

"그가 여기 그대로 앉아서 범행을 부인했다면 좀 더 시간이 걸렸을지도 모르지. 하지만 이렇게 자리를 떴다는 것은 분명 뒤가 구린 데가 있다는 거 아니겠어?"

뒤가 켕기지 않는다면 이렇게 부랴부랴 짐 싸서 야반도주하는 사람처럼 도망칠 리 없었다. 아마 그들이 무서워서라기보다 다른 노인 한 명을 더 두려워해서였을 수도 있다. 그러나 지금 그가 누구를 두려워했냐 따위는 중요한 일이 아니었다. 자신의 성이라고도 할 수 있는 집무실에서 그의 모습이 사라졌다는 현상(現狀) 자체가 중요했다.

"여기 없다는 것 자체가 자신이 범인 중 한 명이라고 자수하는 꼴이지. 그럼 이제 우리는 일단 돈왕의 뒤를 추적하면 되겠군. 정체불명의 외팔이보다는 그쪽이 훨씬 더 수색하기 쉽겠지.”

“외팔이?”

“그래, 범인은 절름발이, 아니, 외팔이야.”

그러나 자세한 이야기는 더 이상 하지 않았다. 지금은 한시라도 바빠 돈왕의 흔적을 추적하는 게 우선이었다. 그리고 그 일에 가장 적임인 것은 장홍이었다. 비류연이 다른 말을 하지 않았는데도 장홍은 자신이 해야 할 일을 하기 시작했다.

“방심하지 말게. 그는 터무니없는 부자야. 부자는 여러 가지 수단을 한꺼번에 쓸 수 있다네.”

날카로운 시선으로 의자가 바닥에 남긴 흔적과 떨어진 체모, 남겨진 먼지의 흔적 등등을 살피며 장홍이 말했다. 말을 하면서도 손은 멈추지 않았다.

“그들의 돈은 안됐군. 곧 자신의 주인을 잃어버리게 될 테니 말이야. 그 돈으로 그의 목숨을 살 수 있는지 한번 두고 보자고!”

“이제 어디로 가야 하지? 이대로 있을 수는 없잖아?”

효룡이 주위를 살펴보며 물었다. 무언가 단서가 나오면 좋을 텐데, 급하게 떠난 것치고는 흔적이 거의 없었다.

“기다려, 장홍이 뭔가 찾기를 기대하자고.”

기다려라. 누구보다도 비류연 자신이 가장 하기 싫은 말이었다. 그가 아마 다른 사람에게 그 말을 들었다면,

‘미쳤냐? 지금 기다리게 생겼냐? 시간이 뒤쫓아오고 있다고. 너, 시간보다 빨라? 시간은 황금빛 잔물결, 시간[時]이 보인다, 라는 말도 몰라? 때를 놓친 사람과 시대를 제대로 파악하지 못하는 사람은 말야, 영

원한 패배자일 수밖에 없어. 그런 멍청한 패배자들이 시간을 이십 년 전으로 되돌린다고. 주제 파악을 못하면 시간 읽는 법이라도 배워.'

라고 말했을 것이다.

하지만 지금은 장홍과 그의 실력을 믿고 기다려야 할 때였다. 부탁한 사람은 그였으니, 기다려 주는 것은 그의 의무이기도 했다. 안절부절못한 것은 효룡보다 그가 더 심하면 심했지 덜하지 않았다. 하지만 그래도 기다려야 했다. 그때, 여기저기 흔적을 더듬던 장홍이 멈추어 섰다.

"잠깐. 이것 좀 보게, 둘 다."

장홍의 한마디에 비류연과 효룡의 움직임이 멈추었다. 재빨리 장홍의 곁으로 달려간 두 사람 중 효룡이 먼저 입을 열어 묻는다.

"뭔가요, 장 형?"

장홍의 손가락은 집무실 책상 뒤에 놓인 책장 하나를 가리키고 있었다.

"뭔가 이상하지 않나? 다른 책장은 거의 다 텅텅 비어 있는데 이 책장만은 책이 가득 차 있어. 이유가 뭐라 생각하나?"

"시간이 없었거나 아니면 빼내서는 안 되는 이유가 있다는 거겠지."

비류연이 대답했다.

"책을 빼내지 못할 이유? 그게 뭘까?"

멀뚱히 선 채 두 눈을 끔벅이고 있는 효룡은 아직 두 사람의 대화를 따라가지 못하고 있었다.

"글쎄? 짐작 가는 게 있나 보지?"

그러자 장홍이 의미심장한 미소를 지으며 말했다.

"우선 생각해 볼 수 있는 건 이 책들이 아무짝에도 쓸모없는 책들이

거나 아니면…… 이 책 뒤에 뭔가 장치가 되어 있을 경우겠지."

"장치? 무슨 장치?"

"기관 장치."

장홍의 말에 비류연이 동의한다는 의미로 고개를 끄덕였다.

"일리가 있군. 한데 잘못 책을 뽑으면 '펑!' 하고 터질 가능성도 배제할 수 없겠는걸."

그것은 매우 즐겁지 못한 상황이 될 터였다.

"건물의 구성 위치로 봐서는 저 벽 뒤는 단순한 하늘이 아니야. 비밀 통로가 있을 가능성은 충분하지."

"그렇다는 건 저 책장은 비밀 통로를 여는 기관 장치일 가능성이 크다는 거군."

그렇겠지, 라고 대답하며 장홍은 좀 더 책장에 가까이 다가갔다. 그리고는 평소의 느긋하던 표정이 아닌 긴장되고 진지한 표정으로 책장을 유심히 살펴보기 시작했다.

"아무래도 다중 입력식 시건(鍉鑰:자물쇠) 장치인 것 같군."

"다중 입력… 뭐?"

짧게 이름 붙여요, 혀가 꼬이잖아, 라고 효룡이 항의했다.

"간단히 말해 책을 당길 때 조합을 잘못하면 폭발하는 구조라는 것이지."

"열 수 있겠어?"

장홍은 고개를 가로저었다.

"아니, 이건 단순한 기관이 아니라 함정과 열쇠가 동시에 붙어 있는 장치야. 잘못하면 이 방 전체가 폭발해 날아갈 수도 있어. 그런 모험은 하고 싶지 않네."

평범하게 철사 두어 개를 후비적거려서 열 수 있는 편리한 놈이 아니었다.

"그럼 다른 방법은? 비밀 통로로 들어갈 다른 방법은 없나?"

장홍은 잠시 고민했다. 위험을 무릅쓰지 않고도 비밀 통로로 들어갈 수 있는 방법이 필요했다. 자물쇠를 열 수 없다는 이유로 전진을 포기할 비류연이 아니라는 것을 그도 잘 알고 있었다.

"딱 한 가지 방법이 있네. 하지만 그 방법을 지금 쓸 수가 없다는 게 문제야."

"그 방법이 뭔데? 일단 말이라도 해봐."

"통로의 입구를 벽째로 도려내는 걸세. 비스듬한 방향으로 기관 장치가 없는 방향으로 뚫고 들어가는 거지."

장홍의 의견은 정말로 파격적인 것이었다. 누가 들으면 놀리고 있는 게 아닌가 하는 생각까지 들 정도였다.

"무식하군. 하지만 간단해서 마음에 들어. 그렇게 하자고."

비류연은 아무런 망설임도 없이 그 황당해 보이는 의견을 채택했다.

"하지만 문제가 있네."

그 말에 비류연은 고개를 갸웃거렸다.

"문제? 뭐가 또 문제라는 건데?"

장홍의 안색이 일순간 침통하게 변했다.

"벽을 단 한 번에 통째로 도려내야 하네. 두부처럼 돌을 자를 수 있는 기량이 필요하지. 적어도 무림맹주 급의 검강(劍罡)을 펼칠 수 있는 자가 아니면 안 돼. 그러니 불가능하다 한 걸세."

침통한 표정의 장홍을 향해 비류연이 말했다.

"뭐야, 겨우 그런 고민이었어?"

"겨우 그 정도라니? 남이 기껏……."

비류연이 그 말은 중도에서 잘랐다.

"마침 딱 잘됐네."

"뭐가 잘됐다는 건가? 하나부터 열까지 몽땅 다 안 되는 것 같은 데?"

"때마침 '하나' 있거든."

"뭐가?"

"그 무림맹주."

"말도 안 되는 소리! 무림맹주는 무림맹에 있겠지, 이런 동정호 외딴 섬에 있을 리가 없잖나."

"있어. 무림맹이 아니라 동정호의 외딴섬에. 지금 바로!"

"믿을 수 없네. 무림맹주가 둘로 분열이라도 됐단 말인가? 아무런 이유도 없이 무림맹주씩이나 되는 사람이 지금 이 시각 이곳에 있다면 그것 직무유기밖에 되지 않아. 왜냐하면 맹주씩이나 되는 사람이 있어 야 할 곳에서 있지 못하고, 해야 할 일을 하지 못하고 있으니 말이야."

"좋은 말이네. 그런데 그 말 그대로 본인 앞에서도 할 수 있는 거야?"

"날 뭘로 보는 건가? 당연히 그럴 수 있지. 바른말을 하는데 본인 앞이라고 꺼릴 게 뭐가 있단 말인가?"

"그러니까 할 수 있다는 얘기?"

"물론!"

그렇게 아무런 망설임도 없이 호언장담을 들려준 장흥이었으나 실제는 많이 달랐다.

"……!"

장홍은 물 위에 머리를 내민 붕어처럼 입을 뻐끔뻐끔거릴 뿐 한마디도 말을 할 수 없었다.

"왜? 말 안 해? 말할 수 있다며?"

"말? 무슨 말 말인가?"

급하게 끌려온 나백천이 인상을 찌푸리며 반문했다. 게다가 그는 지금 몹시 심기가 불편한 상황이기도 했다.

"아, 아닙니다. 아무것도 아니고말고요. 아하하하하하!"

장홍이 손사래를 치며 어색하게 웃었다. 비류연 앞에서는 호언장담을 했지만, 진짜로 무림맹주 본인이 나타날 줄 그가 어찌 알았겠는가. 확실히 마천각의 영역 안에 들어온 이후 자기에게 그림자들로부터 정보가 전달되는 속도가 늦어진 것 같다고 속으로 탄식했다. 아무래도 대대적인 조직 개편이 필요할 것 같았다.

"실없는 사람이군. 그것보다 나를 급작스럽게 이곳으로 데려온 이유가 뭔가?"

비류연이 눈짓하자 장홍이 차근차근 이유에 대해 설명하기 시작했다.

"이 벽을 뚫으라고?"

애검 '백뢰'로 책장을 가리키며 나백천이 물었다.

"네, 길쭉하게 뽑은 검강으로 될 수 있으면 단번에 부탁드립니다. 잘못하면 불꽃 통구이가 될 가능성이 다분하니까요."

장홍이 손바닥을 비비면서 웃으며 말했다.

"내 검강이 무슨 가래떡인 줄 아나?"

"하지만 되도록 길게 부탁드립니다. 그렇지 않으면 무슨 일이 벌어질지 모르니까요. 벽에다가 미리 표시를 해놨으니 그대로 자르시면 됩니다. '썩둥!' 하고."

단단한 돌벽을 무슨 두부라도 되는 듯 말하는 장홍이었다. 하지만 지금 그의 앞에 서 있는 사람은 다름 아닌 정천맹의 맹주, 백도무림의 최강자 중 한 명인 진천뢰백검 나백천이었다. 천무삼성에 비해서도 그 무위가 전혀 꿀릴 것이 없는 사람이었다. 물론 천무삼성 본인들이 들으면 콧방귀를 뀌겠지만 말이다. 옥에 티라고 할 만한 유일한 문제인 '딸에 대한 팔불출'도 지금 이 상황에서는 잠재력을 극도로 끌어내 주는 불씨가 될 터였다.

"하아아아아아아……."

길게 내뱉는 호흡과 함께 시퍼런 검날이 파도처럼 일렁이며 새하얀 검기를 뽑아내기 시작했다. 실처럼 뽑아져 나온 검기가 한 덩어리가 되면서 더욱더 단단한 형태를 유지하며 길어지기 시작했다.

한 자… 두 자… 세 자…….

검에서 뿜어져 나온 백색의 기는 점점 길어지더니 또 하나의 거대한 빛나는 검을 만들어냈다.

"엄청난 내공이군……."

점점 더 길어지고, 견고해지고, 강렬해지는 검강을 보며 효룡은 감탄성을 내뱉었다.

저 정도 검강을 뽑아내면서도 힘들어하는 기색이 없다니…….

믿을 수가 없을 정도였다.

지금 내공을 물 쓰듯 하는 상태일 텐데…….

하지만 이미 자신의 눈앞에는 벌써 그 경지에 올라 숨 쉬는 것처럼 자연스럽게 그것을 행하는 사람이 있었다. 이 광경을 망막에 새기며 효룡은 마음속으로 생각했다.

'저것 역시 벽이구나, 내가 넘어야만 할 벽……'

백뢰진천검(白雷震天劍)

오의(奧義)

뇌광참영(雷光斬影)

만월참(滿月斬)

새하얀 뇌광이 커다란 원을 그리며 내달렸다. 바람을 찢는 검풍음이 고막을 때렸다.

찰칵!

어느새 다시 검집에 꽂힌 백뢰를 쥔 채 나백천이 몸을 돌렸다.

비류연과 장홍과 효룡은 숨을 죽인 채 책장이 놓여 있는 벽을 바라보았다. 누구도 저 벽이 멀쩡한데요, 라고 딴죽을 거는 이는 없었다. 모두들 알고 있었다. 방금 걸 못 알아봤다면 그런 동태 눈깔은 차라리 뽑아버리는 게 나았다. 쓸데없이 박혀 있는 것보다 그 편이 훨씬 도움이 될 터이니 말이다.

ㅈㅈㅈㅈㅈㅈㅈㅈㅈㅈ!

눈에 착각인가, 벽이 앞으로 튀어나오고 있었다.

"내가 지금 꿈을 꾸는 건가?"

그러나 착각도 착시도 아니었다.

조금씩 조금씩, 그러나 확실하게.

벽은 앞으로 튀어나오고 있었다. 커다란 원형을 그린 채. 마치 거대한 마개가 열리기라도 하는 것처럼.

쿵!

둥글게 도려내어진 거대한 돌덩어리가 앞쪽으로 넘어지며 요란한 굉음을 울려 퍼뜨렸다.

"과연, 대단한 검기(劍技)였습니다. 오늘 눈을 다시 한 번 개안했습니다."

보통 주먹으로 때리면 사람은 뒤로 넘어가게 되어 있다. 검에 베인다 해도 마찬가지다. 옆으로 넘어가면 옆으로 넘어갔지, 앞으로 넘어지는 경우는 없다. 그런데 지금은 어떤가? 저 벽은 뒤로 넘어가지 않고 앞으로 넘어졌다.

검강으로 벽을 도려냈을 뿐만 아니라 힘의 방향을 조절해 뒤로 넘어가게 하지 않고, 앞으로 넘어오게 만든다는 것은 네댓 가지 수법을 단일 초에 펼쳐 보였다는 뜻이었다.

"감탄은 나중에 해도 되잖아? 자, 꾸물거리지 말고 빨리 들어가자고. 시간은 사람을 기다려 주지 않는다고."

그제야 비류연의 존재를 제대로 인식한 나백천이 다그치듯 물었다.

"아까부터 계속 궁금했는데 자네가 왜 여기 있나? 지금쯤 천무학관에 얌전히 감금되어 있어야 할 사람이?"

비류연이 어깨를 으쓱하며 대답했다.

"감금이라뇨? 그 정도로 나쁜 일은 한 적이 없는데요? 누명을 썼을 뿐이라고요. 일종의 억울한 피해자라고 할 수 있죠. 저 같은 선량한 사람에게 자주 있는 일이죠."

"억울한 피해자가 자네에게 다 몰살당한 모양이군."

나백천이 코웃음을 터뜨리며 대꾸했다.

"지금은 비상사태잖아요. 그런 사소한 건 나중에 차분히 차라도 한 잔 마시면서 얘기해도 될 것 같은데요?"

"난 아직 대답을 듣지 못했네, 비류연 군."

나백천은 비류연의 얼렁뚱땅에 넘어가지 않았다. 마음에 걸리는 부분은 짚고 넘어가지 않으면 안 되는 모양이었다.

"예린이 납치당했는데 가만히 있을 수 있을 리 없잖아요. 게다가 연비가 저에게 도움을 청했습니다. 두 분께도 이미 허락을 받았다고 하던데요?"

확실히 도움을 청하겠다는 말에 급한 마음에 허락은 했지만, 어떻게 그런 일이 가능한지에 대해서는 미처 생각하지 못했었다. 하지만 다시 생각해 보니 비류연은 이곳에 있어서는 안 되는 존재였다.

"사소한 일은 그냥 넘어가죠."

"이건 사소한 일이 아닐세."

"아뇨, 예린의 구출 문제에 비하면 사소하죠. 아닌가요?"

반박할 말 있으면 반박해 보라고 시위라도 하는 듯한 태도였다. 나백천은 평소 자신 스스로 공과 사를 구분할 줄 아는 공평무사한 사람이라고 생각하고 있었다. 그래서 망설이지 않고 말했다.

"사소하지."

공평무사함과는 한 수만 리쯤 떨어진 대답을 들으며 장홍과 효룡은 잠시 회의에 잠겨야만 했다.

"그런데 두 사람이 아는 사이였나? 그냥 이름을 부르다니, 보통 사이는 아닌 듯하군."

딸의 사생활에 조금만 관련될라 치면 비상한 관심을 보이는 나백천이었다.

"조금 아는 사이죠. 그리고 사소한 얘기지만 이쪽에는 특수한 비밀 임무를 받고 온 겁니다. 확실히 허가를 받고 온 거니까 걱정 마세요. 그것보다 지금은 이런 재미없는 심문보다 먼저 해야 할 일이 있지 않을까요?"

그러면서 검강으로 휑하게 도려내어진 통로를 가리켰다.

"우리는 한시라도 빨리 되찾아야 할 게 있지 않나요? 한 걸음 지체하면 한 걸음 더 멀어질 뿐이에요."

더 이상 지체해 봤자 서로에게 좋을 일은 하나도 없다는 뜻이었다. 그 말은 사실이었기에 분하지만 고개를 끄덕일 수밖에 없었다.

"나중에 더 얘기하도록 하지."

"물론이죠. 예린을 되찾은 다음에요."

의견 일치를 본 두 사람은 비밀 통로 안으로 걸어 들어갔다.

"잠깐!"

그때, 그들을 불러 세우는 목소리가 있었다.

"뭔가?"

나백천이 물었다. 그러자 장홍은 두 사람 앞으로 나서며 말했다.

"지금부터는 적의 비밀 통로입니다. 어떤 기관이 장치되어 있어도 이상하지 않은 곳이죠. 제가 앞장서겠습니다. 맹주님께서는 만에 하나라도 다치셔서는 안 되는 분입니다."

"부탁하네, 홍식."

"홍~ 식?"

나백천의 말에 비류연은 눈을 동그랗게 떴다.

"……!"

그제야 나백천은 '아차!' 하고 자신의 실수를 깨달았다.

“미안하네, 내가 다른 사람과 착각한 것 같군, 장홍 군. 미안하네.”

그러자 장홍이 고개를 절레절레 저으며 어색한 웃음을 터뜨렸다.

“아하하하하, 아닙니다. 실수는 누구에게나 있는 법이죠. 절대로~ 신경 쓰지 않습니다. 그렇고말고요.”

그러면서 그는 비밀 통로로 들어가 내려가는 계단 바로 앞에 서둘러 섰다.

마치 누가 쫓아오기라도 하듯이.

“자자, 비전문가는 물러나 있어요. 이제부터는 전문가의 영역이니까. 자칫 기관 장치를 잘못 건드리면 죽창이나 쇠화살에 항문을 꿰뚫리는 수가 있어요. 그랬다가는 평생 치질로 고생하게 된다고. 뭐, 안 죽었을 때 얘기지만.”

전문가적인 예리하고 날카롭고 뾰족한 감각을 발동시키며 장홍이 의기양양한 목소리로 말했다.

[“잘난 척하네, 저 아저씨.”]

[“그러게. 그래도 장 형, 오랜만에 나온 나설 자리잖아.”]

[“그래서? 눈감아주라고? 눈꼴신데?”]

[“개도 자기 영역에서는 자기가 왕이라고. 누구나 자기가 최고라고 생각하는 구역 하나 정도는 가지고 있는 법이야.”]

[“룡룡, 방금 자네 장 아저씨를 개랑 동급 취급했어. 아저씨가 들으면 슬퍼할걸?”]

[“자네 특기 있잖나? 사소한 것엔 신경 쓰지 말자고, 서로서로.”]

“이봐, 다 들리거든? 아저씨 일하는 데 방해하지 말고 좀 닥치고들 있어. 전음으로 얘기하는 척하면서 소곤거리지 말고! 다 들리잖아! 아저씨 상처 입는다고!"

장홍은 버럭 소리를 지르면서도 시선은 여전히 어두운 통로 내부를 살피고 있었다. 여기서부터는 조금의 실수도 곧바로 황천행 직행으로 연결될 수 있었다.

"일할 때는 좀 신경질이 되는군."

"그러게."

"시끄러, 둘 다! 전문가가 전문적인 일을 할 때는 누구나 섬세해지는 법이라고. 이런 작업은 매우 예민하고 민감해서 칼날 위에서 춤추는 거랑 비슷해. 나예린 소저를 빨리 구하러 가고 싶으면 모두 다 조용히 해."

"미, 미안하네. 방해 안 할 테니 열심히 하게나."

정작 사과한 것은 나백천 혼자였다.

조금 조용해진 작업환경에서 장홍은 묵묵히 자기 할 일을 하기 시작했다. 바닥에 남아 있는 흔적과 그 흔적을 토대로 기관들의 종류와 위치를 살폈다. 그런 다음 품 안에서 주머니 하나를 꺼내 들었다. 푸른 비단 주머니에 붉은 끈이 매어져 있는 주머니였는데 안에는 하얀 가루가 들어 있었다.

"그게 뭔가?"

"흔적분입니다. 이걸 이렇게 계단 위에 살포시 뿌려주면……."

장홍이 소지하고 있던 특수 가루를 뿌리자 통로를 갈지자로 사람이 밟고 지나간 발자국이 뚜렷한 형태를 지니며 나타났다. 무척 신기한 가루였는데, 어디서 났는지는 묻지 않았다.

"자, 가시죠."

장홍이 앞장서고 나머지 세 사람은 그 뒤를 따랐다. 장홍이 밟은 곳만 밟자 신기하게도 기관이 작동하지 않았다.

"과연, 전문가! 나이는 헛먹은 게 아니었어."

만일 그가 없었다면 벌써 비류연 일행은 몇 번이나 작동되는 기관으로부터 생명을 지키기 위해 힘과 신경을 소모해야 했을 것이다.

"느리군."

전진은 더뎠다. 함정을 일일이 찾아내면서 가야 했기 때문이다.

―다 밟아버려!

라고 비류연이 생각없이 외치면,

―좋은 생각이다.

라고 딸바보 아빠가 맞장구를 쳐서 사태는 최악의 최악으로 굴러갔을 가능성이 심히 높았…….

딸깍!

"아, 미안. 밟았다."

비류연이 밟은 계단이 움푹 꺼져 있었다.

"아하하하하!"

비류연은 뒷머리를 긁으며 웃었으나, 나머지 세 사람의 안색은 저승사자라도 본 것처럼 핼쑥해졌다.

"달려어어어어어어어!!!"

낯빛이 흑색이 된 장홍이 소리쳤다. 말을 마치자마자 용수철처럼 튀어나갔다.

파바바바바박!

슈슈슈슈슈슉!

푸샥푸샥푸샥!

일제히 작동된 기관으로부터 무수한 수의 화살들, 암기, 죽창, 쇠 꼬치 등이 날아오거나 솟아오르거나 푹 꺼지거나 했다.

그런 것을 나백천은 검강으로 검막을 펼쳐 모두 쳐냈고, 효룡은 현란하게 쌍검을 휘둘러 막아냈다. 비류연은 비 사이로 막가는 사람처럼 그 무수한 공격들을 미꾸라지처럼 피해냈다.

"일부러 그랬지! 일부러 그랬지! 분명 고의였어어어!"

휘두르고 구르고 달리며 장홍이 외쳤다.

"실수야, 실수. 미안."

그의 뒤쪽 사선 방향에 바짝 붙어 달리며 비류연이 말했다.

"사과에 마음이 안 담겨 있어, 마음이!"

"장 형, 그건 사치예요, 사치! 누구한테 뭘 바라요."

여전히 풍차처럼 쌍검을 휘두르면서 날아오는 화살비를 막으며 효룡이 한마디 했다. 그러자 잘한 것도 없으면서 비류연이 지지 않고 한마디 했다.

"어쨌든 빨라졌잖아."

확실히 좀 전과는 비교할 수 없을 정도로 비약적으로 빠른 속도로 그들은 통로를 달려 내려가고 있었다.

"그건 확실히 그렇군."

문자 그대로 가장 눈부신 활약을 펼치고 있는 나백천이 납득한다는 듯 고개를 끄덕였다.

"당신들, 너무 긍정적이야, 너무 긍정적이라고!"

보통 사람이 아니라서 아직 살아 있는 거지, 다른 이들이었으면 이미 화살 꼬치가 되어 여기저기 널브러져 있었을 것이다. 이런 상황에서 웃음이 나와, 웃음이 나오냐고! 장홍으로서는 그 정신세계를 정말이지 이해할 수도 없었고, 이해하고 싶지도 않았다.

"역시 일부러 그랬어!"

장홍의 안타까운 비명이 어두운 통로 깊숙한 곳까지 울려 퍼졌다.

"헉헉헉! 일단 살아 있군."

기관을 있는 대로 몽땅 작동시켜 놓고도 상처 하나 없이 도착하다니…….

"봐, 아저씨. 무사히 도착했으니 됐잖아. 안 그래?"

이건 그야말로 기적이었다. 그러므로 어디까지나 우연의 우연, 결코 임의적으로 바라서는 안 되는 상황이었다. 한마디로 엉망진창, 무모무도무리의 향연이라 할 수 있었다. 본의 아니게 목숨을 노리개 삼아 한바탕 연회를 벌이고 만 장홍이 성질을 이기지 못하고 외쳤다.

"안 그래! 얼렁뚱땅 넘어가려 하지 마! 이 아저씬 마음에 상처를 받았다고. 치유될 수 없는 상처를! 아직도 심장이 벌렁거린단 말이야. 난 방금 주마등(走馬燈)을 봤다고!"

지나온 인생을 한순간에 돌려본다는 것은 결코 상쾌한 경험이 아니었다.

"소심하기는. 사소한 일에 신경 쓰지 말라니까."

"인생이 끝날 뻔한 게 사소한 일이냐, 이 막가파 녀석아!"

멱살을 잡으러 달려들었지만, 잠자코 잡혀줄 비류연이 아니었다. 달려드는 장홍을 살짝 피하며 말한다.

"자자, 다시 활약할 시간이라고."

그러면서 무언가를 손으로 가리킨다. 계단이 끝나자 그들 앞에 또다시 기다리고 있는 것은 피처럼 붉은 문 하나였다.

"또 문이군."

지겹다는 듯 나백천이 한마디 했다.

"장 형, 여기도 기관 장치가 되어 있을까요?"

문을 살피고 있는 장홍을 향해 효룡이 물었다.

"아마도."

장홍이 대답했다.

"장 아저씨가 한번 열어봐. 난 여기서 기다릴게."

저만치 물러난 곳에 서서 비류연이 말했다.

"남의 불행을 먼 곳에서 지그시 지켜볼 생각이면 집어치워. 왜 내가 해야 되는데? 자네가 하게."

"아니지, 이런 전문적인 일은 전문가에게 맡기라고 했잖아? 나 같은 비전문가가 나서면 장 아저씨를 무시하는 처사지."

"……."

노골적으로 장홍이 싫은 표정을 지었다. 지금이라도 좀 전에 했던 말을 전면 철회하고 싶은 장홍이었다. 저 문을 열고 들어가면 무엇이 기다릴지는 아무도 알 수 없었다. 장홍은 자신이 실험체가 되어야 한다는 생각에 좀 더 신중하게 붉은 문 주변을 살피기 시작했다. 그런 꾸물거림이 나백천은 마음에 들지 않았다.

"비키게."

"예?"

"거기서 얼쩡거리지 말고 비키게, 도려낼 테니."

여기서 얼쩡얼쩡 시간 낭비하고 있을 틈이 없었다.

철컥!

검이 뽑혔다.

우우우우우우웅!

검이 하얗게 운다.

"아, 잠깐만요, 잠깐만! 피합니다, 피하…… 으헉!"

장홍은 급히 허리를 숙이며 앞으로 한 바퀴 굴렀다. 좀 전까지 그의 목이 있던 곳 위로 하얀 뇌광 같은 검강이 훑고 지나갔다.

하마터면 문짝과 함께 같이 베어질 뻔한 장홍이 벌떡 일어나며 항의했다.

"주, 주, 죽을 뻔했잖습니까! 아무리 맹주님이라지만, 아무리 급하다지만 너무하신 거 아닙니까?!"

그러자 나백천이 그의 어깨를 두드리며 진지한 얼굴로 한마디 했다.

"난 자네를 믿고 있었네!"

"뭘 말씀이십니까?"

"자넨 이 정도로 죽을 사람이 아니란 걸!"

빠직!

아니, 이 아저씨가 지금 시비 거시나! 저기, 방금 당신 때문에 죽을 뻔했거든요, 엉? 맹주면 다야, 맹주면? 확 담가 버린다, 라고 외치고 싶은 장홍이었으나, 봉급 받는 처지에 있는 몸이라 할 수 없이 참고 말았다.

스르르르르륵! ㅈㅈㅈㅈㅈㅈ—즈! 쿵!

문은 붙어 있던 벽째로 쓰러졌다. 이번에는 앞이 아니라 뒤쪽으로 넘어졌다.

"매복이 있을지도 모르니까."

혹시 기다리고 있는 적이 있다면 문째 찌부러뜨릴 심산이었던 모양이다.

과연 유명한 딸바보 아빠, 딸에게 위해를 가한 놈들에게는 인정사정이 없었다.

"들어가 보세. 홍, 자네가 앞장서게."

"또 접니까?"

"자넨 전문가잖나."

말 한마디의 업보에 다시금 대열의 선두에 서게 된 장홍이었다.

＊　　　　＊　　　　＊

"실패했다고? 그건 칠상흔이 아직 살아 있다는 뜻이냐?"

붉은 옷을 걸친 주군 앞에 꿇어앉은 채 돈왕은 두려움에 몸을 부르르 떨었다.

"예, 하지만 독무를 마시고 아직 정신을 차리지는 못하고 있습니다. 하지만 무신마의 방해로 숨을 끊지는 못했습니다."

일을 수행하는 데 실패했으니, 자비를 기다리는 수밖에 없었다.

"이곳을 파기한다."

붉은 옷의 외팔이 남자가 위엄있는 어조로 명령했다. 돈왕은 깜짝 놀랐다. 그 말인즉 그의 죄를 묻지 않겠다는 것과 동일한 이야기였던 것이다.

"벌을 내려주십시오."

돈왕이 실패한 것에 대한 벌을 청했다. 죄를 면해주겠다는데도 벌을 청하다니, 보통 사람으로서는 있을 수 없는 일이었다. 하지만 그는 자신의 충성심을 보일 필요가 있었다. 책임을 회피해서는 신뢰를 받을 수 없었다. 그는 아직 쓸모가 있었다. 그의 주군은 단순한 분노만으로 그를 처벌하진 않을 거라는 믿음이 있었다.

"됐다. 어차피 그자의 입막음 같은 건 부탁받은 일이었을 뿐이니까. 이유를 가르쳐 준 것도 아니고. 나머지는 '그'가 알아서 처리할 문제지. 본좌는 더 이상 그에게 관심이 없다. 하지만 지금 그와 같이 있는 갈중혁 그자를 얕봐서는 안 돼. 그는 반드시 이곳을 찾아낼 것이다. 그에게는 그만한 능력이 있으니까."

무신마랑 부딪쳐 봤자 득보다는 실이 많았다. 지금 그의 목표는 어디까지는 무신마가 아니라 나백천과 그의 부인 예청이었다.

"저 침상 위에 눕혀져 있는 여자 아이는 어쩔까요?"

"옮겨야겠지. 사람들을 준비시켜라."

"알겠습니다."

"그리고 폭염진을 준비시켜라. 이 비밀 방 안에 발을 들이자마자 발동하도록. 여기까지 온 사람들에게 선물이 없다면 실망하겠지."

*　　　　*　　　　*

비밀 통로 끝에 위치한 밀실은 상당히 호화롭게 꾸며져 있었다. 음침할 것이라는 생각과 달리 벽에는 그 비싸다는 야광주가 아낌없이 박혀 있었고, 가구나 기물들 모두 최상품들이었다. 게다가 지하에 있는데도 공기가 답답하지 않다는 것은 그만큼 환풍이 잘되도록 신경 써서 만들었다는 뜻이었다. 그러기 위해서는 무척이나 많은 정성과 그보다 더 많은 돈이 필요했다.

"대체 뭐지, 이 방은?"

방 한가운데는 태사의가 놓여 있었는데, 그것은 금과 옥으로 장식되어 있었다. 그리고 매우 섬세한 조각이 새겨져 있어 딱 보기에도 정말

화려했다.

"지나치게 고급스럽군. 돈왕의 집무실보다 훨씬 더 고급이야."

어떻게 하면 돈을 지나치게 쓸 수 있을지 고심한 흔적이 역력한 방이었다. 좀 전에 봤던 돈왕의 집무실하고는 그 분위기가 전혀 달랐다.

"아무래도 이 방의 주인은 돈왕이 아닌 것 같군요."

"왜 그렇게 생각하나?"

"이 방은 한 개인에게 딱 맞춰 제작된 것입니다. 저 태사의만 봐도 어느 한 사람만이 가장 편하게 앉을 수 있도록 만든 특상품. 돈왕의 체형은 아무리 생각해 봐도 저 의자에 맞지 않습니다. 모든 가구들이 돈왕이 아닌 다른 사람을 위해 만들어져 있습니다. 그리고 이곳의 호화스러움은 돈왕의 집무실의 수배. 그렇다는 것은……."

"이곳이 바로 돈왕의 주인이 지내던 곳이란 말이군. 하긴 내 집무실보다 열 배는 더 화려한 것 같군."

"예, 이번 납치를 획책한 자가 있던 곳이 틀림없습니다. 얼마 전까지 이곳에 사람이 머물렀던 듯 흔적이 여기저기 남아 있습니다. 뭔가 남겨진 단서가 없나 한번 찾아보겠습니다."

"부탁하네."

장홍은 신중한 발걸음으로 방 안 구석구석을 살피기 시작했다. 방은 하나가 아니었다. 벽 두 곳에 다른 곳으로 통하는 통로가 보였다. 문은 달려 있지 않고, 수정 주렴이 내려져 있을 뿐이었다. 장홍은 혹시 모종의 기관이 설치되어 있는 건 아닌지 주의하며 건넛방으로 넘어갔다. 그곳은 침실이었다. 침상 역시 역시 꽤 호화스러운 물건이었는데, 역시나 텅 비어 있었다.

"누군가가 이곳에 있었습니다. 게다가 미약하지만 남겨진 흔적들로 보아 한두 사람이 아니군요.”

나름대로 흔적을 지운다고 한 것 같지만, 장홍은 떨어진 머리카락이나 쓸려 나간 먼지들의 형체로부터 어림대중으로 인원을 파악할 수 있었다. 특히 텅 비어 있는 침상에는 조금 전까지 누군가가 누워 있었던 듯한 온기가 남아 있었다. 그리고 미약하지만 그윽하고 부드러운 향기, 이건 분명 여성의 체향이었다.

“예린의 체취야, 이건!”

어느새 장홍의 옆에 다가와 침상을 살펴보던 비류연이 미간이 찌푸리며 중얼거렸다.

“확신하나?”

“물론! 내가 그녀의 체취를 틀릴 리가 없잖아?”

자신만만한 목소리로 비류연이 대답했다.

“뭐, 뭐, 뭐, 뭐, 뭣이라!! 네, 네, 네놈이 어떻게 예린이의 체향을 아느냐! 어떻게 감히! 우리 딸애의 냄새를 알아!”

나백천이 얼굴을 시뻘겋게 붉히며 길길이 날뛰었다. 외간 남자의 입에서 그런 말이 나오는 것 자체가 얼토당토않은 일이었다. 소중한 딸에게 꼬이는 구더기를 절멸(絶滅)시키는 것이야말로 아버지 된 도리라고 제멋대로 생각하고 있는 그에게 있어서 이 사태는 용납되어질 수 없는 것이었다.

비류연은 못 들은 척했다. 이런 일에 일일이 상대했다가는 끝이 없었다.

“이건……!”

여전히 노발대발 날뛰는 나백천을 무시한 채 침상의 여기저기를 훑어보던 비류연이 무언가를 발견하고는 눈을 크게 떴다. 한 손으로 입에서 불이라도 토할 것 같은 나백천의 발작을 제지한 다음, 신중하게 접근했다. 조심스럽게 그것에 다가간 다음 무릎을 꿇고 그것을 뚫어지게 쳐다보았다. 내뻗는 손이 조금 떨린다. 조금이라도 눈을 떼면 그것이 눈앞에서 사라지는 게 아닌가 의심스러울 정도로 조심스러운 움직임이었다.

비류연은 침상의 한곳에 떨어진 그것을 주워 들었다.

"여, 역시⋯⋯."

그것은 '뿔 모양'의 조그마한 검정색 장신구였다. 비류연이 이 장신구를 기억하지 못할 리 없었다. 그가 자기 손으로 수고로움을 감수하며 만들어서 직접 건네주었던 물건이다. 사십사 일 동안 동굴에 갇혀 있다 무사히 귀환한 기념으로 동굴 안에서 때려잡은 묵린 혈망의 검은 독니를 뽑아 은과 보석으로 세공하여 정성스레 만들었던 바로 그 장신구였다. 이것은 그가 나예린에게 준 세계에서 단 두 개뿐인 장신구였고, 나머지 하나는 지금 그의 품속에 고이 간직되어 있었다. 이것이 이런 곳에 떨어져 있는 이유는 단 한 가지였다.

"예린은 이곳에 있었어."

조금 전까지 이 침상 위에 누워 있던 것은 나예린 본인이었다. 하지만 지금 이곳은 텅 비어 있었다.

"⋯⋯."

가슴이 들끓어 미칠 것만 같았다. 당장에라도 한바탕 고함이라도 고래고래 지르고 싶은 심정이었다. 여기까지 어떻게든 나예린의 단서를 쫓아왔다. 여기서 그 실을 놓칠 수는 없었다.

"힘내게, 류연. 아직 그녀는 무사하네. 무언가를 하기에는 그들도 시간이 부족했어. 그들 역시 우리의 추적 때문에 급히 몸을 피할 수밖에 없었네."

　장홍이 비류연의 어깨를 두드리며 격려해 주었다. 풀 죽어 있는 모습은 자신의 친구에게 전혀 어울리지 않았다. 항상 안하무인격인 미소가 훨씬 더 어울렸다.

　"많은 자들이 이곳에 들어와서는 무언가를 옮겨갔네. 남겨진 흔적으로 보아 적어도 네 명이 들어야 될 정도로 큰 물건이야. 그럴 만한 물건이 무엇이 있지? 그것도 한두 개가 아닌데? 눌린 흔적으로 봐서 적어도 열대여섯 개는 되어 보이는군."

　"커다란 물건…… 눌린 흔적…… 열대여섯 개…… 큰 장소…… 예린…… 납치…… 퇴거……."

　흩어진 정보는 쓸모가 없다. 정보란 취사 선택의 과정을 거쳐 하나의 흐름을 이루었을 때 비로소 가치를 가지는 것이다. 장홍이 얻은 정보들이 비류연의 머릿속에서 하나하나씩 연결되며, 마치 한 줄의 실에 꿰인 구슬처럼 하나의 고리를 이루었다. 생각을 마친 비류연이 입을 열었다.

　"그들은 예린을 어딘가로 옮기려 하고 있어. 그런데 그녀를 눈에 안 띄게 옮기려면 어떻게 해야 할까? 예린 정도의 미모라면, 기절하고 있다 해도 눈에 확 띌 게 분명해. 얼굴을 가리고 있다 해도 그 미모를 숨길 수는 없지. 그렇다면 어딘가에 숨길 수밖에 없는데… 그럴 만한 물건이 뭐가 있을까?"

　"그렇다면…… 음…… 관이 아닐까?"

　"맞아, 관이라면 얼굴을 보이지 않고도 옮길 수 있지. 힘센 장정 네 명이서 옮길 수 있는 크기라는 이야기와도 맞아."

　"일리가 있군."

그러자 효룡이 의문을 표했다.

"하지만 관 자체도 눈에 띌 텐데? 옮기는 데 많은 인원이 필요한 만큼 눈에 띄는 건 인지상정이라고."

그러자 장홍이 말했다.

"만일 그 관이 하나가 아니라면? 그리고 그 모두가 똑같이 생겼다면?"

"……!!"

"좀 전의 열대여섯 개의 물건이 그럼 모두……."

장홍의 말대로라면 어떤 관 안에 나예린이 들어 있는지 알기엔 무척이나 지난할 것이다.

"그렇다면 그 많을 관을 옮기려면 어떻게 해야 할까?"

장홍이 팔짱을 낀 채 고민하며 말했다.

"적어도 이 강호란도를 벗어나야겠지. 이곳은 좁은 섬이니까."

"그렇다면 단 한 곳뿐이군."

그렇다. 역시 그곳 이외에 다른 곳은 생각할 수 없었다. 가장 확실한 도주 경로란 역시…….

"항……."

장홍이 입을 열어 한마디 하려는 찰나, 비류연이 인상을 찌푸리며 중얼거렸다.

"뭔가 묘한 냄새가 나는 것 같지 않나?"

그러자 당황한 장홍이 하던 말을 멈추고 손사래를 치며 소리쳤다.

"아, 아냐! 난 항문에 힘준 적 없다고!"

그러자 비류연이 다시 코를 킁킁거리며 말했다.

"아니, 그런 구린내 말고, 다른 냄새 말야."

그제야 이상함을 감지한 장홍이 따라서 코를 킁킁거렸다. 의혹에 가득 차 있던 얼굴에 핏기가 썰물처럼 빠져나가며 창백하게 변해 중얼거렸다.

"공성계(空城計)……."

"응, 공성계? 옛날 제갈공명이 썼다던 그거?"

"어, 그렇지……. 예전에…… 라고 말하고 있을 때가 아니잖아, 지금! 뛰어! 폭탄이다! 적은 비밀 통로 전체를 폭발시킬 속셈이야!"

너나 할 것 없이 네 사람은 달리기 시작했다. 모든 내공을 경공에 쏟은 채 바람을 가르듯 달리기 시작했다.

치이이이이이이이이!

콰콰콰콰콰콰콰콰콰콰콰콰콰콰콰콰콰쾅!

하늘이 찢어지는 듯한 굉음과 함께 시뻘건 불꽃이 솟구쳐 올랐다. 비밀 통로 뒤에 있던 비밀 밀실도, 돈왕의 집무실도 단숨에 날려 버릴 정도로 강력한 폭발이었다.

'폭염진'이 발동한 것이다.

유능한 정보상의 마음가짐
—정보의 바다

　세상에는 셀 수 없을 정도로 수많은 소문들이 떠돌고 있다. 참된 이야기, 거짓된 이야기, 사실, 진실, 허위 등등등. 진짜도 가짜도 모두 정보라는 이름의 탈을 쓰고 돌아다니고 있다. 하지만 이런 것들은 아직까지 정보라고 불리기에 미흡한 것들이다. 말하자면 옷으로 가공되기 전의 천 쪼가리 같은 상태인 것이다. 의복점 주인이 천들을 자르고, 자른 천들을 시침질 날침질을 해 옷을 만들 듯, 정보상은 이야기들을 자르고 이어 붙여서 정보라는 이름의 옷을 만든다. 옷이 천보다 비싸게 팔리듯 정보로 가공된 이야기는 훨씬 비싼 값에 팔린다.

　의복점 주인이 옷의 수급을 예상하며 옷을 짓듯, 진짜 정보상이라면 미리 정보에 대한 수급을 예측할 수 있어야 한다. 아직 아무도 필요로 하지 않는 이야기라도 후에 누군가가 필요로 하면 그 이야기는 정보가 된다. 그러므로 유능한 정보상은 수요가 예상되는 정보들을 미리미리 수집 가공해, 구매자가 나타나기 전에 그의 보이지 않는 꾀주머니나 비밀 서랍 속에 담아두어야 한다. 그렇게 축적해 놓은 이야기가 많으면 많을수록 수많은 고객들의 요청에 언제라도 즉각적으로 대응할 수 있게 된다. 이른바 맞춤복인 것이다.

남들보다 한발 먼저!

그것이야말로 직업의 종류나 성별, 시대를 막론하고 성공할 수 있는 비결 중 하나인 것이다. 남들과 보조를 맞추면 중간은 간다. 그렇다면 남들보다 한발 먼저 갈 수 있다면? 그는 틀림없이 성공할 수 있다. 지금으로부터 천 년 전에도 유효했고, 앞으로 천 년 후에도 여전히 유효할 성공 비법인 것이다. 그렇게 되기 위해서는 언제든지 평범하지 않은 일, 일상에서 어긋난 일에 귀를 기울이고 시선을 맞추고 있어야 한다.

때문에 이 강호란도를 비롯한 각지에 퍼진 그의 눈과 귀로부터 이런저런 자질구레한 이야기들이 수없이 들어오는 것이다. 그런 소소한 이야기들은 언제든지 싸게 싸게 구입할 수 있다. 그 자질구레하고, 언뜻 보기에 별 볼일 없어 보이는 이야기들을 하나로 묶고 가공해서 쓸 만한 정보를 만들어 비싸게 파는 것, 그것이 바로 그, 구이십안(九耳十眼) 아홉귀 두노이가 정보상으로서 하는 일이었다.

그리고 '그' 이야기—열여섯 개의 관이 동시에 이동하고 있다—를 들었을 때, 그는 오랜만에 전율했다.

'왔다! 왔다! 왔다!'

이 감각! 콧구멍 깊숙한 곳을 짜릿하게 자극하는 이 감각은 틀림없는 '돈이 되는' 감각이었다.

'이 정보! 돈이 되겠어!'

분명 짧은 시간 안에 구매자가 나타날 것 같다는 예감이 들었다. 그렇다면 그때를 위해 좀 더 그럴듯하게 이야기에 더 살을 붙이고, 좀 더 비싸게 팔 수 있도록 가공할 필요가 있었다. 그러기 위해서는 정보가 좀 더 필요했다.

"이번 이야기는 확실히 돈이 될 거야!"

내기를 해도 좋았다.

"드디어 그 감이 오셨군요."

보좌인 전상이 기뻐하며 말했다. 그의 상관이 그 감각을 느꼈을 때는 실패하는 일이 단 한 번도 없었다.

"크하하하! 그래, 정보의 신이 내려오신 거지! 바로 오늘! 이 자리에!"

"그물을 펼칠까요?"

그물이라는 것은 눈과 귀를 내보내는 것을 의미했다.

"그래. 대어니까 그물도 큰 놈이 좋겠지. 전원 동원령을 내리게. 눈과 귀를 항구에 집중한다."

"알겠습니다. 즉시 시행하겠습니다."

"나도 나가겠네."

"헉! 직접 말씀이십니까?"

직접 움직이기까지 하다니, 좀처럼 없는 일이었다.

"그래, 총동원이란 이야기 못 들었나? 당연히 나도 포함이지."

그는 돈 냄새가 솔솔 나자 안달이 나서 가만히 있을 수가 없었다.

"자, 슬슬 대어를 낚아볼까! 오랜만에 직접 낚아보는군. 솜씨가 녹슬지 않았나 몰라?"

하지만 그렇기 때문에 더더욱 현장에도 나가봐야 하는 것이다.

인식이라는 행위에는 인식하는 당사자가 무엇보다 중요하다. 왜냐하면 인식의 질이라는 것은 가지고 있는 지식의 양과 지혜의 질에 정비례하기 때문이다. 쉽게 말해서 많이 알고 있을수록 많이 얻어낼 수 있다는 이야기다. 정보량이 다른 만큼, 보고 듣는 게 같아도 그곳에서 뽑아낼 수 있는 정보의 질에는 엄청난 차이가 있는 것이다. 때문에 중요한 일이 있을 때는 두노이가 직접 움직였다.

그러나 그는 정보의 신이 그의 코앞에 내려오는 데 너무 신경을 쓴 나머지 또 하나의 신이 그의 등 뒤에 함께 내려왔다는 사실을 깜빡하고 말았다.

*　　　　*　　　　*

열여섯 개의 관이 네 개의 배에 각자 나누어져 실려졌다.

첫 번째는 흑천맹행.
두 번째는 정천맹행.
세 번째는 천무학관행.

그리고 마지막 네 번째가 마천각행이었다.

네 대의 배에 각각 네 개의 관이 실렸다. 관은 각각 두 명의 장정이 들고 있었다. 그러나 검은 모자를 눌러쓰고 있어 얼굴이 잘 보이지 않았다. 하지만 두노이는 얼굴로 사람을 찾지 않는다. 그가 찾는 사람에게는 굳이 용모파기가 필요없었다.

'있다!'

두노이는 속으로 쾌재를 불렀다. 저 땅딸막하고 뚱뚱한 몸, 살찐 거위가 걷는 듯한 뒤뚱거리는 듯한 걸음걸이.

'틀림없어. 돈왕, 그 돼지새끼다!'

강호란도에서 이 정도로 일을 크게 벌이는 걸로 보아 틀림없이 관련이 있을 거라 생각했던 것이다.

'도대체 뭘 옮기는 걸까? 황금이라도 밀수하는 건가?'

그는 유능한 정보상으로서의 숙련된 사고로 머리를 굴리기 시작했다. 중요한 것은 저들의 사고를 읽는 것이었다. 그리고 이 행동의 의미를 이해하는 것이다. 그래야 보다 진실에 가까워질 수 있는 것이다. 진정한 정보상이 팔아야 하는 것은 바로 그 '진실'이었다. 진실에 가까이 가면 갈수록, 진정성의 농도가 짙어지면 짙어질수록 정보의 가치는 더욱 높아진다. 그리고 완전해진 진실이란 보석과도 같은 광채를 머금게 마련이다. 그는 그 광채를 다시 한 번 보기 위해 머리를 굴리기 시작했다.

'문제는 어느 게 진짜냐는 거군.'

저 모든 것이 진짜일 리는 없었다. 대부분의 관은 눈속임을 위한 미끼에 불과했다. 진짜는 적어도 사분의 일, 아니면 열여섯 중 단 하나일 수도 있었다. 물론 사분의 일이든 단 하나든 개수가 중요한 것이 아니다. 중요한 것은 그 안에든 진짜 물건이었다.

'뭘까? 역시 보물일까? 아니면 저 돼지새끼가 번 돈을 다른 곳으로 옮기려는 건가? 만일 그렇다면 적지 않은 돈일 텐데……'

대체 저 안에 뭐가 들었는지 궁금하기 짝이 없었다. 하지만 그는 정보상이지 강도가 아니었다. 그러니 달려들어서 지금 당장 모든 관 뚜껑을 열어젖히라고 요구할 수는 없었다. 그런 능력도 없었다. 그렇다면 머리를 쓰는 수밖에 없었다. 그는 진실을 알고 있는 한 인물에게 더욱 가깝게 접근하기 시작했다. 몸은 늙었어도 아직 그 몸놀림은 민첩했다. 그는 작달막한 돼지 돈왕에게 신중하게 접근해 갔다.

'돈왕 저놈은 어느 배로 오를 생각이지?'

돈왕은 아직도 배에 오르지 않고 있었다. 누군가를 기다리고 있었다. 그때 붉은 삿갓을 눌러쓴 붉은 장포의 사내가 나타났다. 그의 등장은 너무나 갑작스러웠다. 갑자기 땅에서 솟기라도 한 듯했다. 왜냐하면 그가 걸어오는 것을 두노이는 전혀 볼 수 없었던 것이다. 두노이는 필사적으로 눈을 부릅뜨고 그를 관찰했지만, 커다란 붉은 삿갓 때문에 얼굴은 보이지 않았다.

'외팔이로군.'

붉은 장포의 사내가 걸친 적포의 오른팔 부분이 강바람에 날려 헐렁거리고 있었다. 그가 오는 것을 보고 돈왕이 허리를 숙여 인사했다. 지극히 공손한 자세였다. 그 광경을 훔쳐본 두노이는 깜짝 놀랐다.

'저 망할 돼지가 고개를 숙여? 넙죽넙죽 절하는 사람들의 머리통을 징검다리처럼 밟아온 저놈이? 대체 저 외팔이는 뭐지?'

그의 정보상으로서 가진 또 하나의 감각이 경고하고 있었다. 더 이상 가까이 가지 말라고. 저자는 위험하다고. 그러나 여기서 멈추면 진실은 저 멀리 멀어지게 되는 것이다. 이 각도에서는 얼굴을 확인할 수 없다. 복면을 하고 있지 않은 지금이 절호의 기회였다. 어떡할까, 고민하던 두노이는 마침내 결정을 내렸다. 좀 더 진실에 가까이 다가가기로. 그는 정보상으로서의 본능을 차마 거스를 수 없었던 것이다.

"오르시지요."

마침내 붉은 옷의 사내가 배에 올랐다. 그 뒤를 공손하게 돈왕이 따랐다. 그 배의 행선지는…… 그리고 그의 얼굴은…….

조금만 더. 조금만 더.

필사적으로 가까이 다가간 두노이의 눈이 마침내 삿갓의 사각을 넘어 그 얼굴을 봤다. 놀랍게도 본 적이 있는 얼굴이었다.

'저… 저… 저분은……!'

저분이 대체 왜 여기에?

눈이 휘둥그레진 두노이는 너무 놀란 나머지 실수로 숨어 있던 짐더미를 건드리고 말았다.

덜컹!

'아차!'

"누구냐?!"

붉은 장포를 입은 사내가 두노이 쪽을 보며 외쳤다. 그것은 분명 흉포한 맹수의 눈이었다. 아니, 악마의 눈이었다.

'잡히면 끝장이다! 뼛조각 하나 남길 수 없어.'

풍덩!

두노이는 앞뒤 잴 것 없이 냅다 물속으로 뛰어들었다. 동정호의 넓은 물은 그의 가장 든든한 아군이었다.

"추살(追殺)하라!"

쫓아가 죽이라는 명이 적포인의 입에서 떨어지자마자 세 명의 흑의인이 동시에 물속으로 뛰어들었다. 그러나 물속으로 사라진 두노이는 벌써 흔적도 없이 사라진 이후였다.

은밀히 행동하는 정보상의 특성상 알려져 있지는 않았지만, 두노이의 가장 강력한 능력은 수공이었다. 그가 강호란도 최고의 정보상이 될 수 있었던 것도 이 동정호를 제집처럼 드나들 수 있는 이 물질 때문이었다.

“아무래도 놓친 것 같군.”

“송구스럽습니다.”

돈왕이 면목없다는 태도로 고개를 조아렸다.

“상관없다, 누군지 짐작이 가니까.”

돈왕의 고개가 번쩍 들렸다.

“대체 누가…….”

자신의 무례를 떠올린 돈왕이 다시 황급히 고개를 숙였다.

“대단한 빠르기지 않나? 벌써 수하들의 추적을 따돌리다니 말이야. 그만한 수공을 가진 자는 많지 않지. 게다가 그중에 호기심으로 자기 명을 재촉하는 자는 딱 한 명뿐이고.”

우환거리는 미리미리 청소해 둘 필요가 있었다.

“잔풍(殘風)!”

그러자 붉은 옷의 사내 뒤에 검은 복면인 하나가 소리없이 모습을 드러냈다.

“속하, 여기에 대령했습니다.”

붉은 옷의 사내는 한 사람의 이름을 말한 다음 명했다.

“가라.”

그 순간 그의 그림자가 갑판 위에서 사라졌다.

“준비는 모두 끝났느냐?”

“예, 주군.”

붉은 장포의 외팔이사내는 흡족한 미소를 머금으며 고개를 끄덕였다.

“출발한다.”

촤라라라라락!

　부두와 배를 연결하는 밧줄들이 일제히 풀리며, 배는 섬과 점점 멀어지기 시작했다. 일정한 거리가 되자 돛이 오르고, 네 척의 배는 넓은 동정호를 향해 부채꼴 모양으로 퍼져 나갔다.

*　　　　*　　　　*

　"괜찮아요, 여보?"
　들고 있던 쌍검을 아래로 늘어뜨리며 빙월선자 예청이 물었다.
　"덕분에 살았소. 하마터면 통구이가 될 뻔했군."
　나백천이 머리 위에 내려앉은 돌먼지들을 털어내며 말했다. 말쑥하던 그의 옷차림이 지금은 여기저기가 그슬려져서 말이 아니었다.
　"무림맹주씩이나 되는 사람이 이런 데서 통구이가 되면 사람들이 비웃어요."
　쌍검을 집어넣은 다음 예청이 그의 옷 여기저기에 묻어 있는 먼지들을 털어주기 시작했다.
　"자네들은 괜찮나?"
　잠시 몸가짐을 다듬은 다음 바닥에 널브러지듯 누워 있는 효룡을 향해 물었다.
　"전 모두 새하얗게 불태워 버렸습니다. 여기 남은 건 그냥 단순한 재일 뿐입니다."
　바닥에 대 자로 뻗은 채 효룡이 숨을 들썩이며 말했다.
　"재만 남은 것치고는 말을 잘하는군. 설마 통째로 날려 버리는 기관이 남아 있을 줄이야……. 그걸 파악하지 못한 건 내 실책일세. 하마터면 자네들을 모두 저승으로 보낼 뻔했군."

효룡과 똑같이 바닥에 누운 채 장홍이 가쁜 숨을 몰아쉬며 말했다. 전문가라고 큰소리쳐 놓고 마지막에 그런 큰 실수를 범해서 엄청나게 미안한 모양이었다.

"이 빚은 나중에 갚으라고."

어느새 몸을 일으켜 바닥에 앉아 있던 비류연이 폭발 때문에 엉클어진 머리를 손가락으로 다듬으며 툴툴거렸다.

심지가 타는 냄새를 맡고 냅다 달리기는 했지만, 한발 늦어 있었다. 비밀 밀실과 함께 폭발한 폭염진의 불꽃이 노도와 같은 기세로 네 사람의 등 뒤를 쫓았다. 그들은 기다란 통로에서 불꽃의 폭풍과 경주를 하는 처지에 빠지게 되었다.

아무리 고수라 해도 이만한 불꽃에 휩쓸리면 버텨낼 재간이 없었다. 게다가 화끈화끈한 열기가 바로 등 뒤에 쫓아오다 보니 다른 수단을 쓸 틈도 없었다. 좁은 통로를 타고 용암처럼 솟구쳐 올라오는 홍염의 파도는 그 기세가 무시무시했다. 저 멀리 위에서 빛이 보였지만 그곳에 도달하기 전에 불꽃에 먹힐 것만 같았다. 불꽃의 파도는 거의 반의 반 장도 안 되는 거리에까지 도달해 있었던 것이다.

"모두들 숙여요!"

예청의 목소리가 들린 것은 바로 그때였다. 나백천이 도려내 놓은 집무실 비밀 통로의 입구 앞에 그녀가 언월도 같은 쌍검을 든 채 서 있었다. 그녀의 몸에서는 새하얀 서리 같은 검기가 일렁이고 있었다.

빙월검

오의

빙월운무

교차한 쌍검이 찬연한 검광을 뿌렸다.

설풍처럼 차가운 한기를 품은 검기가 반쯤 숙인 그들의 뒤통수를 스치며 날아갔다.

"히익!"

그 기세에 효룡이 자신도 모르게 기함을 토했다.

쉐애애애애애애애액!

차가운 검기의 폭풍을 정면으로 받자, 불꽃의 기세가 누그러지면서 조금 뒤로 밀려났다. 거리가 벌어진 틈을 타 네 사람은 마지막으로 있는 힘껏 도약했다. 아슬아슬한 순간에 그들은 비밀 통로를 벗어나서 그대로 바닥에 몸을 던졌다. 예청도 몸을 뒤로 뺐다. 바로 다음 순간 불꽃이 입구를 통해 용암처럼 뿜어져 나왔다. 그 위력에 천장에 금이 가며 흙먼지들이 잔뜩 떨어져 내렸다. 그러나 그 기세는 순간적이었을 뿐, 넓은 공간으로 나온 불꽃은 이내 사그라졌다. 먼지를 뒤집어쓰긴 했지만, 네 사람은 목숨을 부지할 수 있었다. 만일 예청의 도움이 없었다면, 훨씬 더 낭패를 당했을 것이다.

"이제 불꽃과 달리기 경주를 한 이유를 말해줘야겠죠?"

차가운 별처럼 눈을 빛내며 예청이 물었다.

"그 얘기는 나중에 해주겠소. 그보다 지금은 우선 할 일이 있소이다."

"그게 뭐죠?"

"우린 지금 당장 항구로 가야 하오."

어떤 서찰
—아우에게서 형에게

항구는 텅 비어 있었다.

"배요? 방금 모두 떠났는데요."

"관 같은 걸 본 적이 있냐고요? 물론이죠. 십몇 개나 되던걸요."

"아, 그 관들이라면 배 네 척에 나뉘어 실렸어요."

"어디로 가는 건지야 저도 모르죠."

"그 배들이요? 저기 가고 있잖아요?"

비류연과 그 일행이 나백천과 함께 부두에 도착한 것은 네 척의 배가 모두 동정호의 수평선에 걸려 있을 때였다. 여기저기 그슬리고 먼지를 뒤집어쓴 탓에 모두들 몰골이 엉망진창이었다. 고명한 무림맹주도 여기서 예외는 아니었다.

"예린아아아아아아아아아아아아!"

수평선 저편으로 사라져 가는 배를 향해 내공을 실어 딸의 이름을 불렀다. 그러나 그 쇠종의 울림 같은 커다란 외침도 드넓은 동정호의 수반 위에선 낱낱이 흩어질 뿐이었다.

"맹주님, 진정하십시오. 그렇게 외치시다가 원기를 상하십니다."

지극한 분노와 슬픔은 원정을 상하게 할 수 있었다. 원정의 손실은 내공의 손실을 가져온다. 무림인이라면 마땅히 피해야 할 일이었다.

"예리이이이이이이이이이이이이인!"

그때 나백천의 외침에 지지 않는 사자후 같은 외침이 터져 나왔다. 장홍이 귀를 틀어막으며 친구를 바라보았다. 이번에는 비류연이었다.

"예리이이이이이이이이이이이이인!"

이쪽은 아버지인 나백천보다 더 심각했다. 거의 악을 쓰고 있었는데, 그 외침에 분노와 슬픔이 가득했다. 금방이라도 피를 토할 것처럼 격렬하게 나예린의 이름을 부르고 있었다. 옆에서 듣고 있는 것만으로도 마음이 슬픔으로 차올랐다. 이대로 두면 위험하다고 판단한 효룡과 장홍이 그의 어깨 한쪽을 끌어안으며 말렸다.

"진정해, 진정하라고. 류연, 자네까지 이러면 어쩌나? 진정하게. 원정이 상하면 공부가 흐트러지네. 자칫 잘못하면 주화입마에 빠질 수도 있어."

손상당한 원기는 기혈의 폭주를 가져오고, 그 제어력을 빼앗긴 당사자는 그 사태에 대해 속수무책으로 당하게 된다. 폭주한 기가 이리저리 얽은 실타래처럼 엉키게 되면 기혈이 봉쇄된다. 그렇게 찾아오는 것이 바로 '주화(走火)'다. 그렇게 되면 주화입마의 원인이 되는 슬픔과 분노의 감정을 조절할 수 없게 된다. 슬픔과 분노가 넘치게 되면 정신이 미치게 된다. 광기에 빠져 자기 자신을 잊어버리게 되는 것이다. 그렇게 되는 것이 바로 '입마(入魔)'다. 주화는 몸이 망쳐진 것이고 입마는 정신이 망쳐진 것이다. 그러나 정신과 육체는 서로 상통하는 불가분의 관계, 때문에 주화와 입마는 함께 찾아오는 경우가 많다. 그래서 운기(運氣) 중에 사고가 나서 기(氣)가 막히는 것을 주화입마라 통칭하는 것이다. 장홍이 걱정하는 것도 비류연이 이대로 넘치는 감정과 분노를 주체하지 못하고 주화입마에 빠질까 봐 저어돼서 그런 것이었다.

"지금 자네가 주화입마하면 누가 예린을 구하겠나? 보다 이성적이되게. 자넨 아직 할 일이 있어! 내 눈을 똑바로 보게!"

장홍이 비류연의 어깨를 흔들며 외쳤다.

"자넨 아직 그 할 일을 끝내지 못했어. 미치려면 그 일을 모두 마친다음에 미치게. 내가 아는 비류연이라면 분명 그렇게 말했을 걸세."

잠시 먹구름이 낀 암천처럼 흐릿해졌던 비류연의 눈동자가 서서히 맑아지기 시작했다.

"맞다, 내가 이러고 있을 때가 아니지. 아직 할 일도 잔뜩 남았고 지켜야 할 약속도 있으니까. 게다가 멀쩡한 적을 남겨두고 혼자 여기서 주저앉다니, 수지에 안 맞잖아! 암, 그렇고말고."

자신의 세계를, 잃어버린 반쪽을 찾아야 한다. 게다가 적에겐 아직 제대로 된 보복도 못해주지 않았나. 적은 아직 건재했다. 계산 하나만큼은 철저한 비류연이었다.

비류연이 다시 정신을 차리자 장홍은 안도의 한숨을 내쉬었다. 자칫 어떻게 되는 게 아닌가 싶어 간이 콩알만 해졌던 것이다. 밑바닥을 알수 없는 녀석이 미치면 무슨 일이 일어날지 알 수가 없었다. 그것만은 어떻게든 피하고 싶었다.

"저게 뭐죠?"

그때 효룡이 한쪽을 손가락으로 가리키며 물었다.

끼익끼익!

그것은 뱃사공도 없는 조그만 나룻배였는데 무언가를 싣고 이쪽으로 다가오고 있었다.

그 나룻배 안에 실려 있는 것, 그것은 분명 '관' 이었다.

정천맹주 나백천 친전.

관 위에는 붉은 글씨로 그렇게 적혀 있었다. 먹물 대신 피로 쓰여진 글자였다. 그 피가 혹시나 나예린의 피는 아닐까 싶어 나백천은 몸을 부르르 떨었다. 온갖 나쁜 상상들이 머릿속을 헤집었다. 그냥 미쳐 버리는 게 차라리 간단할 것 같았다.

끼이이이익!

나백천은 떨리는 손으로 관 뚜껑을 열었다. 관 안은 텅 비어 있었다. 대신 그 바닥에 서찰 하나가 놓여 있었다. 그 위에는 '정천맹주 나백천 친전' 이라고 적혀 있지 않았다. 대신 서찰 위에는 '형님 친전' 이라고 적혀 있었다. 서찰을 펼치는 나백천의 손이 세차게 떨렸다.

안녕하세요, 형님.

그동안 잘 지내셨는지요? 저는 잘 지내고 있습니다.

건강은 어떠신지요?

덕분에 저도 건강합니다. 너무 건강해서 혈기를 주체하지 못할 정도지요.

귀엽고 사랑스러운 조카는 제가 데리고 있습니다. 더욱 아름답게 큰 것을 보니 숙부로서 참으로 자랑스럽더군요.

아, 이렇게 서신을 올린 건 다름이 아니라 부탁이 하나 있어서입니다.

별거 아닌 부탁이니 분명히 들어주시리라 생각합니다.

요즘 가지고 싶은 게 하나 생겼거든요. 그게 뭐냐고요? 바로 흑천맹주 갈중천의 목입니다.

그걸 형님이 좀 가져다주시면 좋겠습니다.

만일 제 청을 들어주시지 않는다면 예린이를 죽이겠습니다, 라고 하면 놀라시겠죠? 하하하. 하지만 그렇게 놀랄 것 없습니다. 이 사랑스런 아이를 제가 어떻게 당장 죽일 수 있겠습니까? 이 아이는 언제나 저의 숨겨진 본모습을 자각하게 해줍니다. 제가 얼마나 추악하고 잔인한 놈인지를. 제 영혼이 얼마나 깊은 어둠 속에 떨어져 있는지를 말입니다.

이 아이의 새하얀 피부를 볼 때마다, 갈기갈기 찢어서 붉은 피로 흥건하게 적셔 버리고 싶습니다. 그건 무척이나 황홀하고 흥분된 일이겠죠? 상상만으로도 불끈불끈합니다. 그러니 걱정 마십시오. 예린이의 목숨을 거둬가는 일은 없을 테니까요. 다만 이 아이의 너무나 사랑스러워 분질러 버리고 싶은 새하얀 백옥 조각 같은 손가락을 하나 잘라 보내 드리겠습니다. 이 아이가 저 곱고 붉은 입술로 울부짖는 비명은 얼마나 절 기쁘고 황홀하게 만들어줄까요? 벌써부터 그 비명이 듣고 싶어져 심장이 뜁니다.

그러니 이 서찰에 적힌 일을 전혀 시행하지 않아도 전혀 상관없습니다. 어느 길이든 이 동생에게는 한없는 기쁨이 될 테니까요. 사랑스런 손가락을 받아 든 형님의 얼굴이 눈에 선합니다. 손가락 다음은 어디를. 잘라내 보내 드릴까요? 가지고 싶으신 부위가 있으시면 미리 알려주세요.

하지만 이 아이의 지고의 보석 같은 눈동자만은 누구에게도 주지 않고 혼자 보관하고 싶군요. 그러니 그것만은 제외해 주시기 바랍니다. 전 저의 검은 영혼을 자극하는 이 아이의 눈동자가 평생 저만을 바라보기를 바라니까요.

―격조했던 동생으로부터.

추신:흑천맹의 옆에 있는 주점인 '흑상루'에 두 번째 서신을 보내두겠습니다. 만일 그 서신을 받아보시지 않는다면, 저에게는 무척 행운이 되겠죠. 제 날뛰는 심장을 감미로운 비명으로 진정시킬 수 있을 테니까요.

서찰을 읽는 순간, 나백천은 구역질이 나고 온몸이 불타는 듯한 분노에 사로잡혀 부들부들 떨었다. 뇌가 타버릴 듯 뜨거워지고 현기증이 나는 듯했다.

그 서찰을 낚아채듯 받아 든 비류연은 천천히, 한자한자 빠짐없이 그 서찰을 읽어 내려갔다. 한자한자 다음 글자로 읽어 내려갈 때마다 그의 얼굴에서 표정이 빠져나갔다. 마치 생명이 빠져나가는 듯했다. 그러나 시선을 돌리지 않고 끝까지 읽었다. 마지막 한 줄까지 읽은 다음 비류연은 잠시 석상처럼 서 있었다. 분노도 격정도 울분도 눈물도 없었다. 다만 한줄기 피가 그의 입가를 타고 조용히 흘러내렸을 뿐이다.

방금 그는 한 사람의 운명을 결정했다. 하늘이 거부한다 해도 그는 그 운명을 그 사람의 운명 위에 덧씌워줄 작정이었다. 그것은 아마 지금까지 그 누구도 경험하지 못했던 가장 잔인한 운명으로 기록될 터였다.

그는 자신의 내부에 잠들어 있던 모든 자비와 용서를 버리고, 차분하고 묵묵하게 결정했다. 그리고 각오했다, 그의 상상을 현실로 만들겠다고.

'지옥이 있는지 없는지 나는 아직 모른다. 그러나 만일 내세에 천국도 지옥도 없다면, 지금 이 현세에서 충분히 지옥을 경험시켜 주마. 죽어서 네놈이 떨어질 지옥이 없을 때를 대비해서!'

"이 땅에 태어났다는 사실 자체를 후회하게 만들어주겠다. 두 번 다시 환생할 마음이 들지 않을 정도로. 만일 지옥이 떨어졌을 때, 그 십 팔층 무간지옥조차 편안하게 느껴지게."

그렇게 조용히 맹세했다.

한동안 아무도 입을 여는 이가 없었다. 쫓아가고 싶어도 쫓아갈 수도 없고, 애초에 어느 쪽으로 쫓아가야 하는지도 문제였다.

"단서가 모두 끊겼네."

장홍이 참담한 목소리로 말했다. 배가 네 군데로 향했다면 그 네 군데 중 어디에 나예린이 들어 있는 관이 있는지 알 수가 없었다. 하나씩 하나씩 쫓아가기에는 시간이 부족했다. 그러는 동안 납치범은 계속해서 장소를 옮겨갈 수 있는 것이다.

"이제 어쩌면 좋겠소, 부인?"

나백천이 예청을 돌아보며 물었다. 그녀는 이쪽 마천각과 강호란도에 대해서 잘 알고 있으니 무슨 방법이 있을지도 몰랐다. 적어도 표적을 줄일 수만 있다면…….

"음……."

잠시 고민하던 예청이 말했다.

"두노이한테 가보죠."

"그 늙은 정보상 말이오?"

"네, 그는 비록 늙었지만 여전히 유능한 정보상이랍니다. 혹시 우리가 모르는 정보를 가지고 있을지도 몰라요. 이곳 강호란도 곳곳에는 그의 눈과 귀가 숨겨져 있으니까요. 그리고 항상 돈이 될 것 같은 정보를 놓치는 법이 없죠. 분명 우리가 원하는 정보를 줄 거예요. 왜냐하면 우린 그에게 많은 대가를 지불할 용의가 있으니까요."

약속을…… 약속을…….
—칠공주 예청과 아홉귀 두노이

물컹물컹!

며칠 전에 봤을 때만 해도 쌩쌩했던 두노이는 바닥에 누워 있었다. 그의 가슴으로 붉은 피가 샘물처럼 솟아오르고 있었다. 달려간 예청이 그의 손을 꼭 붙잡았다. 그러나 그의 눈꺼풀은 파르르 떨리기만 할 뿐 아무런 말도 입 밖에 내지 못했다. 목구멍까지 차오른 피 때문이었다.

"젠장! 놓쳤습니다."

자객의 뒤를 쫓았던 장홍과 효룡이 허탕을 친 채 돌아왔다.

"엄청 재빠른 놈이었습니다. 상당히 솜씨 좋은 놈이 틀림없습니다."

좀 더 빨리 쫓아갔더라면 따라잡을 수 있었을지도 몰랐으나, 그자는 그들이 문을 여는 순간 이미 자취를 감추고 도주를 시작하고 있었다. 바닥에 쓰러진 두노이한테 신경을 빼앗기면서 그가 방을 벗어나는 것을 허용하고 말았다. 그 시점에서 이미 숙련된 자객을 쫓기란 불가능했다. 이미 마련해 놓은 도주 경로를 통해 모습을 감추고 말았기 때문이다. 장홍은 필사적으로 흔적을 더듬으려 했으나, 이미 그자의 자취는 어디에도 남아 있지 않았다. 만일 살수라면 특급에 속하는 자였다.

"두노이는 어떻습니까?"

나백천은 인상을 찌푸린 채 고개를 가로저었다.

"우리가 온 탓에 마무리는 짓지 못한 모양이지만, 가망이 없네. 심장은 비켜갔지만 폐가 뚫렸어. 응급조치는 취했네만 어찌 될지…….

"자객이 올 이유는 하나뿐입니다."

장홍의 말에 동의하는지 나백천도 고개를 끄덕였다.

"이 친구가 봐서는 안 될 걸 본 게지."

입막음을 위해 보낸 것이 분명했다.

"우리가 제대로 오긴 왔었군요."

"늦었지만."

죽은 자는 말이 없다. 그들에겐 살아 있는 두노이가 필요했다.

"단전에 더 내공을 불어넣어요, 어서! 반드시 살려야 해요, 반드시!"

예청이 날카롭게 외쳤다. 매우 다급한 목소리였다. 평소 좀처럼 동요를 보이지 않던 그녀가 지금 크게 흔들리고 있었다.

"아, 알았소이다, 부인."

나백천은 서둘러 단전에 손바닥을 얹고 기를 불어넣기 시작했다. 과다한 출혈 탓에 창백해진 두노이의 얼굴이 잠시 발그레해지며 파르르 떨리던 눈꺼풀이 열렸다. 그 눈이 맨 처음 발견한 것은 예청의 얼굴이었다. 그녀의 얼굴은 지금 울상이 되어 있었지만, 여전히 아름다웠다. 두노이의 입이 힘겹게 열렸다.

"고, 공주님……."

구이십안(九耳十眼) 두노이(杜老二).

두 노야, 두 대인으로도 불리는 명실상부한 강호란도 최고의 정보상이다. 그의 원래 이름은 두이(杜二)였다. 두씨 집안 둘째라는 뜻에서 두이. 지을 때부터 아주 불성실하고 무식이 티나는 이름이 아닐 수 없었다. 그래서 그는 그 이름이 싫었고, 크게 성공하고 싶었다.

그러던 어느 날, 그는 자신이 정보에 대해서 비상한 '감'을 가지고 있다는 것을 알아차렸다. 그리고 깨달았다. 모든 이야기에는 '무언가'가 있다는 것을. 그리고 그 무언가는 이야기에 따라 등급이 나뉘어진다는 것을.

그것은 일종의 냄새였다. 왠지 모르게 냄새가 나는 것이다. 이유는 알 수 없지만 그에게는 그 냄새를 맡을 수 있는 재능이 있었다.

그렇게 해서 그는 여기저기 흩어진 이야기들 중에서 돈이 될 만한 이야기를 선별해 내는 코를 얻었다. 물론 언제나 그 감이 오는 것은 아니었다. 하지만 그 감이 올 때면 틀리는 법이 없었다.

그 능력을 악용해 나쁜 짓을 하기도 했다. 돈을 벌기 위해서라면 무슨 수를 써도 되는 게 바로 흑도라고 생각했던 것이다. 그가 했던 일은 거짓 정보를 진짜처럼 가공해서 파는 일이었다. 아니면 역으로 일부러 거짓된 정보를 흘려보내기도 했다.

비밀리에 의뢰를 받고 암중으로 강호란도와 마천각에 유언비어를 퍼뜨렸다. 대부분 그 유언비어는 한 사람을 공격하여 모욕을 주고 깎아내리기 위해서였다. 상당히 음험한 공격이었지만, 의뢰자는 항상 끊이지 않았다. 그의 공격 대상이 되는 것은 마천각에서 이름을 날리는 사람들이 대부분이었다. 그중 한 사람이 바로 그 미모와 무공 실력과 성깔로 이름을 높이고 있던 흑도제일미 예청이었다.

당시 그녀는 여자들로만 구성된 칠공주파의 필두로 그 성깔 때문에 얼음 달처럼 차가운 공주라 해서 빙월희 적예라 불렸다. 적예란 '붉은 색의 예청'이라는 말의 줄임말이었는데, 한번 손을 쓰면 용서가 없었기 때문이다. 그녀의 싸움 대상은 대부분 우악스러운 사내들이었고, 그녀는 여자들을 대표해 사내들을 쓰러뜨렸다. 전혀 손속에 용서가 없었기에 자주 피가 튀었고, 그녀의 하얀 옷과 하얀 검은 붉게 물들기 일쑤였다. 그래서 나중에는 아예 붉은 옷으로 갈아입고 다니곤 했다. 피가 튈 때 눈에 덜 띄기 위해서였다. 그러다 보니 적이 많을 수밖에 없었다. 마천각 내의 여자들에게서는 압도적인 지지를 받고 있었지만, 사내들은 자신들의 콧대를 시도 때도 없이 뭉개놓는 망할 년이 눈에 거슬릴 수밖에 없었다.

여자들 중에서도 너무 앞에서 튀는 예청을 시기하는 이들이 있었다. 마천각 내에서 여자들이 무시당하지 않게 하기 위해 싸웠지만, 쓸데없는 참견이라고 보는 이들도 개중에는 있었던 것이다. 그렇게 해서 이다귀(耳多鬼) 두이에게까지 의뢰가 들어왔다.

―그년의 콧대를 뭉개 버려.

그녀에게 모욕을 주기 위해서라면, 깎아내리기 위해서라면 무슨 짓을 해도 상관없다는 게 의뢰 내용이었다. 보수도 두둑이 받았다. 그는 언제나처럼 그가 하던 일을 했다. 한 여자를 깔아뭉개고 모욕하기 위한 방식은 예나 지금이나 거의 비슷했다.

　─빙월희 예청은 암캐다.
　─빙월희 예청이 남자들에게 암고양이처럼 할켜대는 건 남자가 그립기 때문이다.
　─빙월희 예청이 여자들의 권익을 대변해 주고 있는 것처럼 보이는 것은 사실 겉보기일 뿐이고, 뒷구녕으로는 몰래 여자들로부터 돈을 갈취하고 있다. 그년은 단순한 쌍년이다.

　등등등의 유언비어가 돌기 시작했다.
　그 정도 암투는 흑도에선 흔히 있는 일이었다.
　그도 그 자신이 하는 일에 그다지 죄책감 같은 건 느끼지 않았다.
　'남들도 다 하는데 뭐 어때?!'
　그렇게 생각했다.
　그러던 어느 날.
　샤샤샤샥!
　그의 집무실 문짝이 깨끗이 사등분으로 베어져 나갔다. 무너져 내리는 문 뒤에 붉은 옷을 입은 여인이 서 있었다.
　"너냐? 혀끝으로 거짓을 퍼뜨리고 다닌다는 쓰레기가?"
　그 순간 예청의 입가에 번지고 지나간 것은 눈이 부실 정도로 화사한 미소였다.
　"남에 대한 악성 덧문을 써 갈기려면 손목이 잘려 나갈 각오 정도는 하고 있으라는 이야기가 있지. 생각없이 혀를 놀려 사람을 모욕할 때는 그만한 각오가 되어 있어서 한 거겠지?"

애초에 생각이 없기 때문에 그런 생각도 하지 않았었다. 그러니 그
가 뭐라 말할 수 있겠는가.

"아니요."

그렇게 말하는 게 고작이었다.

"어머, 그래? 그럼 더 맞아야겠네."

입가에 머금은 미소가 더욱더 화사하게 빛났다.

"끄아아아아아아아아아아아아아!"

거짓된 정보와 악성 유언비어를 퍼뜨린 대가로 그는 생사를 넘어야
했다. 그날 어떻게 그가 죽지 않고 살아날 수 있었는지 그 역시도 미지
수였다. 아마 어린 아들 두칠이 이상한 비명 소리를 듣고 찾아와 '아
빠, 뭐 해?' 라고 묻지 않았다면 그는 정말 그날부로 인생을 접었을지도
모른다.

"지금 자기가 입은 상처만 보이고 자신이 준 상처는 보이지 않지?
내 몸은 네 눈에 멀쩡해 보일 테니까. 눈에 보이지 않는 상처라 별거
아닌 것 같아? 몸의 상처는 시간이 지나면 낫지만 마음의 상처는 쉽게
지워지지 않아. 누군가는 평생 그 상처를 안고 살아가야 할지도 모르
지."

화사한 미소가 눈부시게 빛을 발하던 그 입가에는 어느덧 슬픔이 맺
혀 있었다.

"기왕 이야기를 팔 거면 오물 같은 말이나 거짓 이야기 말고 정직과
신용을 팔아. 너의 혀로 이야기와 말을 더럽히지 말고. 자식 보기에 부
끄럽지도 않아?"

그녀의 맑은 두 눈이 꼭 눈물이라도 흘릴 것만 같았다.

"……"

입이 백 개, 아니, 천 개라도 할 말이 없었다.

"너를 봐서가 아니라 너의 자식을 봐서 목숨은 남겨주마. 하지만 지켜볼 거야. 그러니 잘해. 상처가 아니라 다른 것을 줘보라고."

그리고 그녀는 떠났다.

그 후 그는 노선을 바꾸었다. 그대로 머물러 있을 수는 없었다. 생명을 남겨둔 만큼 잘하라는 말을 들었는데 어찌 그냥 있을 수 있겠는가. 자식이 지켜보고 있고, 예청이 지켜보고 있었다. 그는 달라지지 않으면 안 되었다.

그 이후, 그녀에 대한 나쁜 소문은 싹 사라졌다.

그리고 다시 한 번 강호란도와 마천각에 그녀의 소문이 파다하게 돌기 시작한 것은 마천각을 졸업하고 몇 년 후였다. 그녀의 혼약 때문이었다. 놀랍게도 그녀는 수십 살이나 더 많은 무림맹주 나백천과 혼약하기로 한 것이다. 온 강호가 시끌거렸다. 그중에서도 가장 시끄러운 곳이 바로 마천각과 강호란도였다. 혼인에 대한 온갖 이야기가 오갔다. 나백천이 젊은 처자만 밝히는 호색한이라는 이야기도 있었고, 예청이 신분 상승과 재산을 탐내 먼저 꼬리를 쳤다는 이야기도 돌았다. 더군다나 나백천이 처와 사별한 지 반백 년이 넘었다고는 하지만 재혼이기까지 했으니 요란스럽지 않을 리 없었다.

그 결정을 들은 얼마 후 두노이는 예청을 만날 기회가 있었다. 그녀가 찾아온 것이다.

"오랜만이네. 작별 인사를 하러 왔어."

예청이 웃으며 말했다.

"나쁜 소문이 돌 것입니다. 지금도 벌써부터 이 결혼에 대해서 쑤군

거리는 사람들이 나오고 있습니다. 지위를 위해서라던가, 정략적인 결혼이라던가……."

"상관없어. 누가 뭐라던 난 이 결정에 대해 후회하지 않으니까. 내가 결정하고 내가 행하는 거니까. 난 최고의 남자와 결혼하는 거야. 나이 따윈 장식 같은 거야."

"하지만……."

"쿡쿡, 그 소문 두노이가 퍼뜨린 건 아니겠지?"

두노이는 펄쩍 뛰었다.

"말도 안 됩니다! 제가 그런 일을 할 리 없지 않습니까? 전 정직과 신용을 파는 정보상입니다. 이제는 이다귀 두이가 아니라 구이십안 두노대입니다."

"알아, 농담이었어. 그럼 된 거고. 그만 갈게."

"가십니까?"

"그래, 가기 전에 '나의 진실' 이란 정보를 두노이한테 맡기고 싶었다. 두노이만큼은 내 진실을 알아야 하니까. 왜냐하면 두노이는 진실을 파는 정직한 정보상이니까. 안 그래? 그럼 잘 있어."

손을 흔들며 유유히 사라지는 그녀의 뒷모습을 향해 두노이는 깍듯이 인사를 올렸다.

"혼인 축하드립니다, 공주님."

고개 숙인 두노이의 발치 앞 지면에 눈물 두 방울이 뚜둑 떨어져 내렸다.

그 후 이십 년 동안 그는 그녀와 만나지 못했다. 다만 얼마 후 정말 아름다운 딸을 낳았다는 이야기를 들었다. 그녀는 행복해 보였고, 두노이는 만족했다.

＊　　　＊　　　＊

　이십 년이 흐른 지금, 두노이는 예청 앞에서 피에 젖은 채 가쁜 숨을
몰아쉬고 있었다.

　"헉헉헉!"

　숨이 힘겹다. 이어졌다 끊어졌다를 반복하는 간헐적인 호흡, 불규칙
하게 들썩이는 심장, 눈꺼풀이 떠졌다 감겼다를 반복한다. 눈꺼풀이
열릴 때도 눈동자는 흐릿하고 초점이 맞지 않았다. 의식은 아직 혼미
하다는 증거였다.

　"두노이, 정신 차려, 두노이!"

　예청이 필사적으로 두노이를 불렀다. 그 부름에 답한 것인지 떴다
감겼다를 반복하던 눈꺼풀이 완전히 열렸다. 그의 시선이 조금 돌아가
며 예청을 향했다.

　"공주님……."

　미약한 소리로 두노이가 중얼거렸다.

　"두노이, 정신이 드나? 두노이, 날 알아보겠어?"

　"공주님… 전 약속을… 약속을……."

　노인의 눈동자는 전혀 초점이 맞지 않았다. 의식이 혼미해지고 있다
는 증거였다.

　"두노이, 두노이? 정신 차려!"

　파바바밧!

　추궁과혈의 수법으로 혈도를 두드린 다음, 단전에다 장심을 대고 내
공을 불어넣어 주었다. 하지만 폐에 관통상을 당했기에 무리하게 추궁

과혈을 했다가는 임시로 점혈한 곳이 뚫려 버릴 수도 있기 때문에 동작이 극히 조심스러웠다.

두노이의 흐릿했던 눈동자에 서서히 빛이 돌아오기 시작했다.

"공주님……?"

좀 전까지는 그냥 몽롱한 의식 중에 그냥 헛소리처럼 내뱉은 말이었으나, 지금은 정확히 대상을 인식한 말이었다.

"그래, 나야. 알아보겠나?"

"무, 물론이지요. 제가 어찌 공주님의 얼굴을 못 알아보겠습니까? 우십니까?"

"아냐, 울긴 왜 우나. 잘못 본 거야."

그러자 두노이의 노안이 떨리며 희미한 미소를 지었다.

"그렇군요, 제가 잘못 본 거군요. 쿨럭쿨럭."

두노이가 참지 못하고 다시 한 번 기침을 터뜨렸다.

"저를 위해 울어주시니 영광입니다. 정직과 신용을 판 보람이 있었다는 뜻이겠죠."

"안 울었다니까."

"그럼요, 안 우셨죠."

두 노이가 필사적으로 웃음을 머금으며 말했다.

"왜 이렇게 된 거야, 두노이?"

"제 오른쪽에 정보의 신이 내려왔다고 좋아했었는데, 그때 제 왼쪽 어깨에는 검은 옷을 입은 사신이 내려왔던 거군요. 쿨럭쿨럭. 저도 아직 멀었……."

두노이는 하던 말을 끝내지 못했다.

"두노이, 두노이?"

다시금 두노이의 의식이 혼미해지기 시작한 것이다. 대기하고 있던 나백천이 급히 내공을 불어넣었다. 하지만 이미 내공을 불어넣어 살릴 수 있는 단계가 아니었다.

뻐끔뻐끔.

피 묻은 두노이의 갈라진 입술이 움찔거렸다. 마지막 기력을 짜내듯.

"마, 마천각으로…… 마천각으로 가십시오. 범인은…… 진실은 그곳에…….."

마지막 숨을 헐떡였다.

"전 정직과 신용과…… 진실을 팔았습니다……. 약속을…… 지켰습니다!"

예청을 향해 뻗었던 두노이의 손이 마른 고목처럼 땅에 툭 떨어졌다. 숨이 끊어진 것이다. 정직과 신용과 진실을 취급한다고 공언했던 정보상 두노이는 죽었다.

그 모습을 지켜보던 비류연이 조용히 몸을 돌려 밖으로 나갔다. 나백천이 비류연의 발걸음을 잡으며 물었다.

"어디 가느냐? 겁이 나서 도망이라도 칠 셈이냐?"

나백천의 두 눈에는 비류연에 대한 불신으로 가득했다. 그러자 비류연이 냉소했다.

"겁이요? 예린을 잃는 것보다 더 무서운 게 뭔지 생각이 안 나는군요."

"그럼?"

"잠시 다녀올 곳이 있을 뿐입니다."

"네 녀석, 미쳤느냐? 지금 한시가 급한데 딴 볼일을 볼 정신이 있단 말이냐? 네놈은 예린이를 구할 마음이 있는 게냐 없는 게냐?”

이런 불성실함은 난 인정 못한다는 눈빛이었다. 급해하는 티가 역력했다. 그렇게 애지중지하는 딸이었으니 무리도 아니었다. 하지만 비류연에게는 말할 수 없는 그만의 사정이 있었다.

“예린을 구하기 위해서입니다. 다녀오겠습니다.”

부탁하거나 양해를 구하지도 않고 비류연은 멈추었던 발걸음을 다시 떼더니 성큼성큼 앞으로 걸어갔다.

“아니, 저, 저, 저놈이!”

뒤에서 나백천이 길길이 날뛰는 소리가 들렸지만 싹 무시했다. 지금 그가 처리해야 될 일은 그런 것보다 훨씬 중요하고 위험한 일이었다.

‘어쩌면 목숨을 걸어야 할지도……’

사부에게 대들다
— 막무가내

강호란도에서 가장 유명한 숙박업소인 '신라각'.

지금 그 신라각 후원에 한 채의 독채를 빌린 채 강호란도에서 가장 유명한 술인 '달의 이슬'을 홀짝이고 있는 한 노인이 있었다.

얼마 전 배를 판 덕분에 당분간 술값 걱정할 일은 없었다. 그리고 어지간한 것은 모두 중양표국의 국주 장우양이 편의를 봐주고 있었다. 덕분에 이 노인이 할 일이라고는 이렇게 창가에 앉아 호화롭게 꾸며진 후원의 경치를 바라보면서 투명한 황옥빛 술을 백옥 술잔이 찰랑찰랑거릴 정도로 따른 다음, 찬찬히 그 농염한 향기를 음미하며 입가로 가져가 가볍게 들이켜는 것뿐이었다. 이름한 그대로 달의 이슬처럼 맑은 술방울의 알싸하고 달콤한 맛이 그윽한 향과 함께 혀끝을 타고 달린다.

"좋구나! 좋은 여자만큼이나 좋은 술이로구나."

오랜만의 강호 나들이에 오랜만의 동정호였다. 백 년 전하고 달라진 건 많지만, 마음에 쏙 드는 건 하나도 없었다. 원통투기장이라는 저 웃긴 이름을 가진 곳도 마찬가지였다. 그 속에는 추악한 인간의 욕망이 소용돌이치고 있을 뿐이라, 보고 있어도 어떤 운치도 느낄 수 없었다. 마음에 드는 것은 오직 하나뿐이었다. 백여 년이란 시간 동안 숙성된 이 '달의 이슬' 만이 그때처럼 이 노인의 마음을 흡족하게 해줄 뿐이었다. 다만 당시에는 그 이름을 모르고 마셨고 지금은 그것의 이름을 알고 마신다는 것뿐이었다. 하지만 이 술맛만은 백 년이 지나도 잊혀지지 않았다.

'그때 술을 따른 녀석이 그 이쁜이 녀석이었나?

그 녀석을 만난 것도 아마 동정호 근처였던 것으로 기억났다.

'그 녀석을 여기 어디쯤에서 주웠었는데…….'

백 년 하고도 십몇 년이 더 흐르다 보니 기억이 가물가물했다.

'하나뿐인 제자라는 놈이 여장이나 하고 돌아다닐 줄만 알았지 사부를 공경할 줄은 모르는구나. 이럴 때는 와서 옆에서 존경하는 사부님의 술시중도 들고 그래야지.'

그 제자가 그가 마련해 오라는 '비뢰도 대여료' 때문에 고생하고 있다는 것은 몽땅 까먹고 있는 노사부였다.

"망할 제자 녀석! 제자라는 것들은 정말이지 키워봐도 아무짝에도 소용이 없어."

다시 술잔에 술을 따른다. 한 방울도 밖으로 떨어지지 않게 조심하며. 하지만 술 줄기는 면면부절하게 흐르는 노인의 내공에 의해 보호되고 있기 때문에, 아무리 거칠게 따라도 튀거나 넘치는 경우가 없었다. 후원으로 누군가가 들어온 것은 백발백염의 노인이 막 술잔을 입가에 가져다 대고 들이켜려 할 때였다.

‘응? 저건 망할 제자 녀석이잖아?

약간 급한 듯한 얼굴로 들어온 것은 다름 아닌 원래의 모습으로 돌아온 비류연이었다.

막 후원에 들어선 비류연은 사부의 기운을 느끼고 그곳을 향해 고개를 돌렸다. 사부와 비류연의 시선이 한데 마주쳤다. 먼저 입을 연 것은 사부 쪽이었다.

“응, 웬일이냐? 남장을 다 하고?”

“원래 남자입니다.”

노사부는 통명스럽게 대답하는 망할 제자 녀석의 얼굴을 찬찬히 뜯어보기 시작했다.

‘이놈은 대체 누구지?

그의 앞에 나타난 제자라는 놈은 생전 처음 보는 얼굴을 하고 있었다. 지금까지 그가 거두고 가르친 녀석과 동일인물인지 의심스러울 지경이었다.

제자를 키운다는 것은 육아와 비슷했다. 그것은 하나의 예술품을 만들어가는 지난한 과정인 것이다. 수많은 외적 요인을 감안하여, 교육의 방향성을 조정해 나가는 험난한 과정이다. 때문에 항상 상태를 관찰하며 그때그때 적절한 조치를 취하지 않으면 안 된다. 부모의 생각 그대로 크는 아이가 없듯, 사부의 마음 그대로 크는 제자도 없다. 그 역시 크나큰 대가를 치르고 그 사실을 깨달았다. 아이 역시, 제자 역시 생물이고 인간이다. 생물이란 거대한 자연 속에서 주고받으며 커나가는 존재인 것이다. 자기 마음대로 되길 바라는 것은 자연, 즉 세계를 거역하는 것과 같다. 부자연스러움은 왜곡을 생산해 낼 뿐이다. 그가 보기에 그의 제자는 아직 미완성이었다. 하지만 이렇게 금방이라도 무너질 것처럼 불안정하지는 않았다.

"대체 무슨 일이냐? 그런 멍청한 낯짝을 하고선. 돈은 준비됐느냐?"

아마 장홍이나 효룡이 옆에서 들었다면 깜짝 놀을 것이다. 아니, 저 비류연에게 돈을 요구하는 간 큰 할아버지가 있다니, 라고 말이다.

"그런 저급한 인질범 같은 말투는 그만두세요. 지금 당장은 안 돼요. 먼저 해야 할 일이 있거든요."

"아니, 이 사부한테 약속한 돈을 가져오는 것보다 더 중요한 일이 있단 말이냐? 잊었나 본데, 그 돈은 원래 사문의 비보를 빌려간 데 대한 대여 금액이야. 그것도 이 노부가 하해와 같은 마음으로 줄여준 거란 말이다."

"너무 넓고 깊어 꼬르륵 익사할 것 같은 마음씀씀이네요."

예전과 비슷한 말투를 쓰는 것 같지만 힘은 없다. 그 차이를 노인은 예리하게 간파했다. 어딘가 건성으로 대답하고 있었다. 정신이 딴 데 팔려 있는 것이다.

'대체 무엇이 이 녀석을 이렇게 만들었지?'

어지간한 충격으로는 이렇게까지 망가질 리가 없었다. 그리고 그것은 아마 준비된 돈도 없이 자신을 만나러 온 것과 틀림없이 모종의 연관 관계가 있음이 분명했다.

"뭐냐?"

퉁명스런 어조로 노사부가 물었다.

"뭐냐뇨?"

"돈도 없이 여기 온 이유. 이 '달의 이슬' 한잔 얻어 마시러 온 거면 포기해라. 어림도 없으니까."

"절 어디 사는 술주정뱅이 노인이랑 같이 취급하지 마세요. 그런 거

줘도 안 마시니까요."

"그럼 뭔데?"

"부탁이 있습니다, 사.부.님!"

진지한 목소리로 비류연이 말했다. 그 말에 노사부의 미간이 한가운데로 좁혀졌다.

"부탁? 네 녀석이 노부에게? 별일도 다 있구나. 내일은 해가 서쪽에서 뜨겠는걸?"

"해는 내일도 여전히 동쪽에서 뜰 겁니다. 부탁 하나 가지고 너무 과장하지 마세요."

"그래? 뭐냐, 그 부탁이라는 게?"

이 노부는 아주 불안하고 걱정이 된다는 투로 사부가 말했다.

"필요한 게 있습니다."

"네 녀석이 단번에 말하지 못하고 빙빙 돌려 말해야 될 만큼의 물건이란 말이냐? 이거 점점 더 불안해지는구나."

더 이상 질질 끌 필요 없다는 뜻이었다. 비류연은 그 말에 따르기로 했다. 시간이 없기는 그도 마찬가지였다.

"비뢰도가 필요합니다."

"안 돼!"

"빌려주십시오."

"안 돼! 불가!"

"빌려주십시오. 저에게 그것이 꼭 필요합니다."

"안 된다."

"정말 안 됩니까?"

“정말정말 안 된다.”

“그럼 대여해 주십시오. 대여비는 내겠습니다.”

“대여는 싫다.”

“어째서요?”

“무조건 싫다. 이유가 필요하냐? 노부가 싫다면 싫은 거다. 싫은 데 이유가 필요하냐? 노부가 대여해 주기 싫으니 싫은 거지.”

“정말 하나뿐인 제자한테 이러시깁니까?”

“그러시다면?”

“알겠습니다. 할 수 없죠.”

“드디어 너도 이해했다니, 다행이구나.”

“물론이죠. 더 이상의 대화와 설득은 무의미하다는 것을 잘 알았습니다.”

“그걸 이제야 알다니, 예전에 비해 이해력이 많이 떨어졌구나.”

더 이상 대화가 소용없다고 느꼈는지 비류연은 휙 몸을 돌려 앞으로 걸어갔다. 그리고는 세 걸음을 걸은 다음 멈추었다.

“왜 멈추느냐?”

“예린을 구하기 위해서는 그것, 비뢰도가 반드시 필요합니다.”

여전히 뒤돌아보지 않은 채 비류연이 말했다.

“노부는 여전히 빌려줄 생각이 없는데?”

“그렇다면……”

“그렇다면? 왜, 힘으로라도 빼앗게?”

피식 하고 노사부가 비웃었다.

“……”

비류연은 어떤 반박도 하지 않았다. 대신 침묵하는 뒷모습으로 대답을 대신했다.

노사부의 눈이 휘둥그레졌다. 제자의 뒷모습에서 뿜어져 나오는 기운은 틀림없는 맹렬한 투기였다.

"네 이 녀석! 미쳤느냐?"

비류연이 몸을 돌리며 대답했다.

"그럴지도요."

좀 전과는 다르게 무척이나 무표정한 얼굴이었다. 마치 감정이 모두 빠져나간 사람 같았다. 돌아선 제자는 어느새 처음 보는 얼굴을 하고 있었다.

"진심이냐?"

"물론이죠."

무척이나 무미건조한 목소리로 비류연이 대답했다.

"네 녀석 목소리가 갑자기 왜 그러냐? 감정은 어디다 팔아먹었느냐?"

"방금 버렸어요."

무감정한 목소리로 비류연이 대답했다.

"왜? 쓸데없이 그런 건 왜 버려? 환경 파괴할 일 있냐?"

사부가 이죽거리며 말했다.

"위험하니까요."

사부의 이죽거림을 보고도 비류연은 여전히 무표정했다.

"왜 위험한데?"

"그런 걸 가지고 있다가는 미쳐 버릴지도 모르잖아요."

"지금도 충분히 미쳤거든?"

"실망시켜 드려서 죄송하지만 아직 덜 미쳤습니다. 지금부터 하려는 일에 비하면 정말 별것 아닌 일이죠."

비류연의 입가에 고소가 맺혔다.

"감정을 버린 게 아니라 이성을 버렸구나!"

노사부가 눈썹을 치켜세우며 말했다.

"'두려움'이란 감정을 버린 것뿐입니다. 저는 어느 때보다 이성적입니다."

매우 진지한 어조로 비류연이 대답했다. 노사부는 헛웃음을 터뜨렸다.

이놈 진짜로 맛이 갔구나, 라고 노사부는 확신했다. 승산이 있다고 생각하는 걸까? 아니면 지푸라기라도 잡아보려는 것일까? 어지간히 궁지에 몰렸다는 뜻이리라.

'무엇이 이 제자 녀석을 이 정도까지 정신적으로 몰아넣을 수 있었던 걸까?

안 보던 사이에 무언가 소중한 것이 생긴 모양이었다. 하지만 지키고 싶은 것이 생겼다고 해서 금방 강해질 만큼 세상은 만만하지 않다는 걸 보여주는 것이 어른의 일일 것이다.

"허어, 미친놈이 자기 미쳤다고 하는 거 봤느냐? 네놈이 그렇게 진지하게 말하고 있는 것 자체가 이미 정상이 아닌 거다, 이놈아!"

참다못해 화가 폭발한 노사부가 일갈했다.

"홰까닥하면 노부에게 덤빌 수 있을 것 같았느냐, 이 망할 제자 녀석아? 웃기는 소리! 노부에게 덤빌 생각이면 처음부터 기습을 했어야지!"

휘익!

말이 끝나자마자 노사부의 검지손가락이 번개처럼 움직여 공간과 함께 비류연의 몸을 허리로부터 정확히 반으로 갈랐다. 한 치의 망설임도 없이 날린 손속이었다.

스르릭!

허리가 잘려 나간 비류연의 신형이 아지랑이처럼 공기 속으로 흩어졌다. 그 광경을 본 노사부의 눈이 크게 떠졌다.

스윽!

비류연의 신형이 허깨비처럼 다시 모습을 드러낸 곳은 노사부의 등 뒤였다. 신출귀몰한 신법이 아닐 수 없었다. 그러나 상대는 다름 아닌 노사부였다.

번쩍!

빙그르르 반 바퀴 몸을 돌린 노사부가 다시 한 번 망설임없이 지검(指劍)을 날렸다.

"그 정도 잔상으로 이 노부의 눈을 속일 수 있다고 생각했느냐? 무르구나!!"

검지손가락으로부터 뻗어져 나온 가늘고 희뿌연 빛무리가 검날처럼 비류연의 몸을 절단했다.

츄와아아아아아아악!

비류연의 신형이 다시 한 번 어깨부터 허리까지 정확히 갈라졌다.

스르르르릭!

비류연의 신형이 다시 안개처럼 흩어졌다.

"아니! 설마!"

이번에 벤 것도 허상이었다.

"그게 통하지 않을 거라는 건 이미 알고 있었죠!"

스윽!

비류연의 신형이 다시 나타난 것은 사부의 왼쪽이었다.

봉황무(鳳凰舞) 오의(奧義)
삼첩영(三疊影) 비의(秘意)
삼재(三才)의 장
천지인(天地人)

이 기술은 단순히 세 개의 잔상을 일직선으로 겹쳐 내보이는 기존의
삽첩영과 다르게 삼각형 모양으로 천지인 세 방위에 차례대로 허상을
만들어내는 보법으로, 봉황무의 극의였다. 세 방위의 허상과 실상이
교차하기 때문에 어느 것이 허상이고 어느 것이 실상인지 구분하기가
거의 불가능에 가까웠다.

마침내 노사부의 몸에 빈틈이 드러났다.

"허점!"

찰나에 드러난 그 틈을 향해 비류연은 혼신의 힘을 다해 현천은린을
찔러 넣었다. 역시 맨손으로는 힘들 것 같아 준비해 온 것이었다.

차칵!

현천은린의 꼭대기에서 창날이 튀어나왔다.

파지지직!

창에서 새하얀 빛무리가 불꽃을 튀기며 일어났다. 바로 창강이었다.
비류연은 진심이었다.

척!

그러나 그 일격은 너무나 간단하게 사부의 오른손에 잡혀 버렸다.
혼신의 힘이 담긴 찌르기를 아무렇지도 않게 받아낸 것이다. 그런데도
표정에 아무런 변화도 없다. 게다가 무쇠도 두부처럼 자른다는 창강이

어린 창날을 맨손으로 잡아내다니. 말도 안 되는 일이었다. 아무리 금종조나 철포삼 같은 외가호신기공을 익혔다 해도 '검강'이나 '창강' 같은 강기는 맨손으로 잡아낼 수 없다. 피부와 근육이 숯처럼 타버리고 말기 때문이다. 그러나 창강을 뿜어내는 창을 잡고 있는 노사부의 손은 멀쩡했다.

"노부에게 양손을 다 쓰게 하다니, 기특하구나! 하지만 이 정도 실력으로 어디 노부에게 이길 수나 있겠느냐? 비뢰도도 없이? 물론 비뢰도가 있다 해도 이 사부에게 이길 리는 만무하지만 말이다."

사부의 입가에 오만한 미소가 맺혔다.

"말도 안 돼!"

비류연은 그만 기함을 터뜨리고 말았다. 그것은 명명백백한 실수였다. 왜냐하면 그는 의표를 찔러야 할 사람이었지, 찔려서 안 되었던 것이다. 그 이유를 생각하기에는 시간이 부족했다. 눈 깜짝할 사이에 수십 번의 공수가 교차하는 이런 공방 중에 한가롭게 수수께끼를 풀 시간은 없었다.

분해하는 비류연을 아랑곳하지 않고 노사부가 계속해서 말을 이었다.

"네가 방금 쓴 삼첩영 비의 천지인(天地人)은 일직선이 아니라 삼각형의 구도로 차례차례 허상과 실상을 교차시키는 봉황무의 비전 오의. 잘도 거기까지 터득했구나."

간단하면서도 당연한 얘기지만 일직선으로 잔상을 만드는 것보다 도형을 그리면서 여기저기 잔상을 만드는 게 더 어렵다. 이 기술을 쓰기 위해서는 훨씬 더 초인적인 능력이 필요한 것이다.

"노부에게 빈틈을 보이게 한 것은 칭찬해 주마. 하지만 지금 네 녀석의 상태로 그렇게 계속 몸을 혹사해도 괜찮을까? 너, 아직 내상도 회복 못했잖느냐?"

"그걸 어떻게?"

"다 알지. 제자의 상태조차 파악 못해서야 사부라 할 수 있겠느냐?"

사부는 한마디를 더 덧붙였다.

"포기해라."

사실 지금 비류연은 봉쇄된 현천은린을 타고 전해져 온 반탄력 때문에 기혈이 뒤틀려 있었다. 금방이라도 피를 한 움큼 토해낼 것만 같았다. 몸이 만전(萬全)일 때도 승패를 가늠할 수 없는데, 지금처럼 내장이 엉망진창인 상태에서 싸워 이길 상대가 아니었다. 하지만 그만두는 건 더더욱 할 수 없었다.

파악!

사부의 손에 잡혀 있던 현천은린이 활짝 펴졌다. 우산의 그림자가 월식 때의 달처럼 비류연의 몸을 숨겼다.

"어디서 하찮은 장난 짓을!"

노사부가 손아귀를 움켜쥐자 펴졌던 우산이 강제로 접혔다. 그러나 그 뒤에 비류연의 모습은 없었다. 비뢰도가 없는 지금 유일무이한 무기를 스스로 포기한 것이다. 이 대범한 시도에 노사부는 '나름' 놀랐다. 제자 녀석의 각오가 느껴졌기 때문이다.

'이 녀석 보게!'

비류연의 사라졌던 신형이 다시 나타난 것은 노사부의 등 뒤였다. 다시 한 번 삼첩영 오의 천지인이 펼쳐진 것이다.

또다시 사부의 뒤를 잡는 데 성공한 비류연의 손에는 현천은린의 우산대가 들려 있었다.

삼복 구타봉법
천지무견 구구절절

파바바바바밧!

비류연이 손에 들린 봉이 수백 갈래로 갈라지며 하늘과 땅을 뒤덮었
다. 사부의 저 손이 강기마저 맨손으로 잡을 수 있다면, 잡을 수 없는
공격을 할 수밖에 없었다. 변화무쌍한 공격을!

쐐쐐쐐쐐쐐색!

사부의 신형이 흐느적거리는 가 싶더니 비처럼 쏟아지는 봉영 사이
를 유유히 걸어가든 피했다.

봉황무 오의
우중거 불점의

쏟아지는 빗속을 걸어도 옷이 젖지 않는다는 극상의 신법이었다. 과
거 비류연도 이 신법을 이용해 …한 적이 있었다.

"개 패기에 딱 좋아 보이는 몽둥이질은 어디서 배웠느냐?"

쏟아지는 봉 그림자 속을 자유자재로 누비며 사부가 물었다. 말속에
비웃음이 섞인 것으로 보아 여유가 만만하다는 뜻이었다.

"그런 것도 모르세요? 개 패는 데 가장 풍분한 재능을 가진 사람들
한테서 보고 배웠죠."

손속을 멈추기는커녕 더욱 가속하며 비류연이 말했다.

"그게 어딘데?"

전개한 보법을 멈추지 않은 채 사부가 물었다. 봉의 속도를 더욱 빠르게 했는데도 발걸음의 속도는 더 빨라지는 일 없이 일정했다.

"개방이오. 아실란가 모르겠네요?"

"몰라. 그런 게 있었던 것 같기도 하고 없었던 것 같기도 하고."

천하의 개방이 개무시당하는 순간이었다. 하지만 비류연은 조금도 놀라지 않았다. 저 망할 사부의 쫀쫀한 눈에 드는 문파가 있다면, 그게 더 이상한 일이었다.

사부가 여유만만할수록 반대로 비류연은 초조해졌다. 아직 옷자락 한 번 스치지 못했던 것이다.

불가에 이런 말이 있다.

옷자락 스치는 것은 삼생의 인연이라고. 그만큼 기적에 가까운 일이라는 것이다. 그리고 그것은 지극히 사실이다.

하지만 지금 그 말을 실감하고 있는 비류연의 입장에서는 그 말의 무게가 견딜 수 없이 무거웠다. 아직 그는 사부의 옷자락조차 만지지 못했던 것이다.

그동안 자기만큼 사부를 잘 아는 사람은 없다고 생각했었다. 물론 그건 사실이지만, 그런 자신도 모르는 부분이 많았다. 그동안 몰래 영투(影鬪)도 해보았다. 가상으로 머릿속에서 싸워본 것이다. 일종의 일인 논검이었다. 사부와 싸우는 것을 정신적으로 게을리한 적은 없었다. 하지만 그 바닥을 모른다는 것은 그 진가를 완전히 파악해 내지 못했다는 뜻이었다. 숨겨진 부분이 있다 해도 오 할은 보지 않을 거라 생각했다. 즉, 자신이 알고 있는 전력은 사부 실력의 칠 할 정도라고 가정했었다. 사부니까 그만큼 신경을 쓰고 주의를 한 것이다. 그런데 지금 다시 싸워보니 어떤가? 필살의 각오로 덤비는 만큼 숨겨진 부분이 계속해서 드러나고 있었다.

'모르는 부분은 삼 할 정도라고 생각했었는데, 알고 있는 게 삼 할이었단 말인가?'

무한의 양파처럼 껍질을 계속해서 벗겨내도 그 끝이 보이지 않았다. 알 수 없다는 것만큼 두려운 것은 없었다. 그러나 두렵다고 그대로 주저앉는다는 것은 도망치는 것밖에 되지 않는다. 그 두려운 감정을 극복할 수 있어야만 더 높은 단계로 나아갈 수 있는 것이다.

'어떻게 해야 하지? 어떻게 해야 하지? 어떻게 해야 하지? 어떻게 해야 하지?'

스스슥!

다음 순간 비류연의 신형이 일적선으로 겹쳐서 세 개로 불어났다.

"천지인도 통하지 않았는데 일반 삼첩영이 통할 거라 생각했느냐?"

아직 여유가 있는지 노사부는 비뢰도를 쓰지 않은 채 다시 지법을 날렸다. 그 말은 반대로 비뢰도를 쓰게 하지 못하면, 패배는 확정이라는 뜻이었다. 아니면 얕보고 비뢰도를 쓰지 않는 동안에 어떻게든 쓰러뜨리는 수밖에 없었다.

노사부의 검지 끝에서 번쩍인 뇌신지가 섬광처럼 세 겹의 잔상을 일직선으로 꿰뚫었다. 첫 번째 잔상부터 세 번째 잔상까지 정확히 심장이 일직선으로 관통당했다.

"크윽!"

비류연이 고통스러운 듯 심장을 움켜쥐며 허리를 숙였다.

"아차! 손속이 너무 과했나?"

거울처럼 살기를 반사하다 보니 자신도 모르게 지나치게 반응한 듯 싶었다. 그러나 이미 때는 늦어 있었다.

스르르륵!

그런데 그때 허리를 반쯤 숙인 비류연의 신형이 안개처럼 흐트러졌다. 그리고는 사부의 오른쪽에 모습을 드러냈는데, 셋으로 분리된 신형 모두 방금 전 노사부가 아무렇게나 던져 놓은 현천은린의 검은 우산갓을 들고 있었다. 현월이라 이름 붙인 그것을.

현천은린
삼월야

세 개의 신형이 동시에 현월을 날렸다.

촤라라라락!

비류연의 손을 떠난 검은 만월이 허공 가득히 검은 달 그림자로 채웠다. 해가 가려지고 밤이 찾아온 듯했다.

삼월야를 전개한 직후 비류연의 신형은 다시 사라졌고, 이번에는 노사부의 왼쪽에 그 모습을 드러냈다.

오의 천지인의 '천(天)'에 해당하는 위치였다.

봉황무 오의
천지인
변형
삼중 천지인

천지인만으로 사부를 깰 수 없다고 생각한 비류연이 천지인과 삼첩영을 동시에 섞어 펼친 것이다. 육체의 부담은 보통을 천지인보다 당연히 세 배는 더 힘들었다.

'천'의 위치에 나타난 비류연의 그 신형 역시 세 개의 잔상으로 분리되어 있었고, 그 손에는 모두 현천검이 들려 있었다. 이 검으로 펼칠 수 있는 검법은 오직 하나였다.

심검
삼중 묵뢰살

세 개의 신형에서 동시에 펼쳐진 묵뢰살이었다. 검은 번개와 은색 번개가 뒤섞인 뇌광이 하늘과 땅을 가득 채웠다. 어디에도 노사부가 피할 곳은 없어 보였다. 이 심검 묵뢰살을 깨뜨릴 수 있는 초식은 오직 하나뿐이었다.

"하아, 할 수 없군."

노사부가 약간 체념한 듯한 한숨을 내쉬었다. 동시에 노인의 동작 역시 완전히 멈춘 듯했다. 그러나 그것은 폭풍 전의 고요에 불과했다. 노사부의 입술이 살짝 달싹였다.

"풍신(風神)!"

아무런 사전 동작도 없었다. 어떤 기척도 없었다.

파아아아아아아앙!

엄청난 엄청한 폭음과 함께 폭풍이 몰아쳤다. 그것은 단순한 회오리가 아니라 은빛으로 빛나는, 하늘과 땅을 잇는 듯한 거대한 소용돌이였다.

쿠콰콰콰콰!

처음에는 단 한줄기였던 용권이 두 가닥으로 나뉘어지더니 서로를
집어삼킬 듯이 나선을 그리며 서로의 몸을 꼬았다.

풍신
오의
쌍용권

콰아아아아아아아앙!
은빛의 용권풍은 천지간에 가득하던 검광을 단숨에 쓸어버렸다. 그
다음 그 주위에 남은 것은 진공뿐이었다.
쾅! 쾅! 콰콰콰쾅!
쾅! 쾅! 콰콰콰쾅!
동시에 두 가지 소리가 울려 퍼졌다. 하늘의 북이 울리는 듯한 요란
한 굉음과 함께 비류연의 몸이 뒤로 날아가 담장 벽에 그대로 '퍽!' 처
박혔다. 벽이 진동하며 거미줄 같은 자글자글한 금이 벽 전체를 완전
히 뒤덮었다.
거대했던 두 줄기의 용권의 기세가 점점 사그라지더니 완전히 소멸
하자 비로소 노사부의 모습이 드러났다. 그러나 놀랍게도 노사부는 한
명이 아니라 두 명이었다. 그러나 양쪽 모두 잔상이 아니라 실체인 것
같았다.

봉황무 극오의
쌍신(雙神)

이 보법은 삽첩영 천지인보다 훨씬 상위의 보법으로 둘 모두 허상이면서 둘 모두 실체였다.

스르르르르륵!

비류연의 양쪽에 나타났던 노사부의 신형이 사라지며 한데 모였다.

"에구구구, 오랜만에 했더니 하마터면 발이 꼬일 뻔했네."

어깨를 툭툭 치며 말하는 품새가 여유가 흘러넘쳤다. 반면 벽에 푹 틀어막혀 머리카락 한 올 보이지 않는 비류연은 죽었는지 살았는지 아무런 반응도 없었다. 뿌연 먼지만이 아지랑이처럼 그 주위를 맴돌고 있을 뿐이었다. 제자가 생매장당한 돌무더기를 바라보는 사부의 눈은 냉정하게 착 가라앉아 있었다.

"이런 멍청한 놈! 이렇게 어디서 대충 주워 배운 것들 가지고 노부를 이길 수 있을 거라 생각했느냐?"

돌무더기에서 대답이 있을 리 없었지만 노사부는 상관하지 않았다.

"노부에게 풍신까지 쓰게 한 것은 칭찬해 주마."

원래는 비뢰도를 쓸 생각이 없었는데 마지막에 어쩔 수 없이 쓰고 말았던 것이다. 스스로의 규칙을 어기고 만 것이다.

"하지만 풍신에 그렇게 속수무책으로 당하다니. 바보같은 녀석, 꼬락서니를 보아하니 아직 뇌신의 경지에 이르지 못한 모양이구나. 쯧쯧."

여전히 아무런 반응이 없자 노사부가 냉소하며 말했다.

"아직 안 죽은 거 안다. 나오너라."

그제야 돌무더기에서 반응이 있었다.

"쿨럭! 쿨럭!"

투둑투둑, 돌멩이 수십 개가 이러저리 굴러 나오더니 비류연이 모습을 드러냈다. 생각보다 멀쩡한 모습이었다. 그러나 세 발짝을 걷지 못하고 급히 몸을 숙였다.

"우웩!"

비류연이 참지 못하고 피를 토했다. 역시 몸 상태가 정상이 아니었던 것이다. 사부가 손에 사정을 봐줬다 해도 풍신은 풍신. 얻어맞고 살아 있는 게 기적이었다.

"아야야, 피났잖아요. 어떻게 책임지실 거예요?"

비류연이 투덜거렸다.

"그래, 맞았더니 정신이 좀 드느냐?"

"때린다고 다 정신 차리면 세상의 선생들이 다 필요없게요? 몽둥이만 들면 누구나 다 교육잔데 뭐 하러 굳이 선생을 갖다 쓰겠어요? 안 그래요?"

"안 때리고 오냐오냐한다 해서 정신을 차리는 것도 아니지. 사람을 망치려면 원하는 것 다 들어주면 된다는 옛말도 모르느냐?"

"폭력사부의 입에서 나올 말은 아니죠."

이죽거리는 제자를 향해 사부의 불호령이 떨어졌다.

"멍청한 놈! 아직도 왜 맞았는지 깨닫지 못한 모양이구나! 처음 보는 신선한 무공이라면 노부의 의표를 찌를 수 있을 것 같았느냐? 웃기지 마라! 아무리 신선해도 깊이가 없으면 결코 노부를 이길 수 없다! 잊었느냐? 비뢰문의 제자를 이길 수 있는 무공은 비뢰문의 무공뿐이라는 사실을. 날 쓰러뜨리려면 비뢰문의 무공을 사용했어야지!"

물론 그런다고 이길 수 있을 리는 없지만 말이다, 라고 한마디만 더 덧붙이지 않았어도 훨씬 좋았을 것이다. 참지 못한 비류연이 소리쳤다. 여기에 대해서는 그도 할 말이 있었다.

"젠장! 비뢰도도 없이 비뢰문의 무공을 펼친다는 게 말이 된다고 생각합니까!"

"말이 안 되지. 하지만 그게 나랑 무슨 상관이냐?"

짐짓 시치미를 떼며 사부가 말했다.

"상관없다고요?"

비류연이 어이없다는 투로 반문했다.

"물론! 그건 네 녀석이 해결할 문제지 노부가 해결할 문제가 아니지 않느냐!"

뻔뻔하기가 피하지방강철강화신공을 익혔다고 소문이 자자한 비류연이 울고 갈 정도였다. 자신은 아직도 사부의 뻔뻔함을 뛰어넘을려면 멀었구나, 묘한 패배감에 사로잡히고 만 비류연이었다.

"비뢰도가 없어도 몸 상태만 멀쩡했다면 지지 않았다고요."

계속 사부에게 지고 있는 듯한 느낌이 무척 싫은 비류연은 뭐라도 말해야만 했다.

"풋, 결과가 나온 다음에 가정 따위가 무슨 소용이란 말이냐? 과거로 돌아가기라도 할 생각이냐? 아니면 현재를 부정할 생각이냐? 변명 따위로 니 마음이 편해진다면 백날 그렇게 변명이나 하고 있어라. 하지만 네가 진짜로 해야 하는 것은 지금 바로 이 순간이 아니었냐? 지금 이 순간이 아닌 순간의 너가 무슨 상관이 있단 말이냐?"

"크윽. 젠장!"

지극히 맞는 말이었기에 비류연은 아무런 반박도 할 수 없었다. 지금 이 순간에 비뢰도를 얻지 못한다면 다 무슨 소용인가. 며칠 뒤에 몸 조리하고 와서 재도전이라도 할 건가? 그때는 이미 모든 것이 늦어 있을 터였다.

“그래서는 평생이 가도 노부의 옷깃 하나 스치지 못한다.”

그러자 비류연이 입가의 피를 닦아내며 툭 내뱉었다.

“했어요.”

“뭐가?”

“옷깃 스쳤다고요.”

흠칫 놀란 노사부가 팔을 들어 소맷부리를 확인해 보았다. 어느새 그의 소매 부분이 너덜너덜해져 있었다.

“어때요? 정말이죠.”

잠시 뜯겨진 소매를 보며 한참을 생각하던 노사부가 천천히 입을 열었다.

“……이 옷 꽤 맘에 드는 옷이었는데, 망쳐 놓다니……. 조금은 나아졌구나.”

제자가 너무 지지부진해도 못마땅한 게 바로 사부의 마음이란 것이었다.

주섬주섬 흐트러진 옷을 바로 하며 비류연이 일어났다. 소매로 입가를 훔치자 붉은 피가 묻어났다. 하지만 검은 무복을 입고 있는 탓에 그렇게 티가 나지는 않았다. 게다가 내부는 오히려 더 심했다. 그런 상황에서도 그 눈빛만은 영롱한 황금빛으로 빛나고 있었다.

“아직 포기하지 않은 게냐?”

눈동자가 황금빛으로 빛나고 있다는 것은 아직도 전투 의지를 거두지 않고 있다는 뜻이었다.

“포기라뇨? 그게 뭐죠? 그런 건 가르쳐 준 적도 없잖아요?”

비류연이 피식 웃으며 말했다.

"그랬었나?"

"'포기, 불가능. 그게 뭐냐? 개가 먹는 거냐? 우리 비뢰문에 포기란 없다! 포기할 거면 애초에 시작하지도 마라!' 그렇게 가르친 건 사부였잖아요? 그러니 그 말에 책임을 지셔야죠."

"이 사부한텐 모든 게 다 예외야. 그것도 몰랐냐?"

"그런 편리한 이론, 전 몰라요. 알고 싶지도 않고요. 전 아직도 사부가 비뢰도를 빌려줄 거라 믿고 있어요."

"그 황당한 믿음의 근거가 뭐냐? 갑자기 궁금하구나."

"그야 그렇지 못하면 상금 삼십만 냥을 못 받게 될 테니까요."

"뭐라고?"

털썩!

갑자기 비류연이 무릎을 꿇으며 외쳤다.

"사. 부. 님!"

노사부의 눈이 불신으로 인해 휘둥그레졌다.

"뭐, 뭐냐, 이 녀석아? 이건 또 무슨 음모냐?"

"음모 아닙니다."

"그럼 미친 게로구나. 아니면 바보가 되었거나. 의원한테 가보는 게 어떠냐? 좋은 의원 하나 소개시켜 줄까?"

그렇게 무릎이 뻣뻣하던 녀석이 게다가 생전 안 붙이던 '님' 자까지 재차 붙이다니. 오늘 본 해가 마지막이고 내일부터는 더 이상 해가 뜨지 않을까 걱정될 정도였다.

"미쳤든 안 미쳤든 그런 건 지금 전혀 중요하지 않습니다!"

또박또박한 목소리로 비류연이 소리쳤다. 무릎 꿇은 주제에 어째 기세는 더 등등했다. 살짝 잘린 앞머리 사이로 드러난 호박색 눈동자가 이글이글 금색으로 불타오르고 있었다.

"에구머니, 깜짝이야. 심장 떨어질 뻔했다."

제자의 이런 돌발적인 반응을 처음 접하는 사부는 문득 호기심이 생겼다. 무엇이 이 녀석을 이렇게까지 하도록 만들었을까? 어지간한 일에는 항상 냉소로 일관하지만 자존심만은 절대로 굽힐 것 같지 않던 이 녀석을 말이다.

"그럼 무엇이 중요한데? 네가 한번 말해보려무나."

그러자 비류연이 진지한 목소리로 말했다.

"반드시 구해야 할 사람이 있습니다."

"그래서?"

"여자입니다."

"그런데?"

"그녀를 ……합니다."

그 순간 노사부의 움직임이 그대로 정지했다. 사고마저 멈추어 버린 듯했다. 석상이라도 된 듯 굳어 있던 노사부의 몸이 움직이기 시작한 것은 영원 같은 시간이 흐른 후였다.

"음…… 방금 건 못 들은 걸로 해두겠다."

아무래도 그게 본인의 정신 건강에도 이득이 될 것 같았다.

"절 바보라고 불러도 좋습니다. 그녀를 위해서라면 바보 정도는 되어줄 수 있으니까요."

"그래? 바보."

그러자 비류연의 이마에 푸른 힘줄이 빠직 솟아올랐다.

"그렇다고 꼭 바보라 부르란 건 아닙니다."

"뭐가 그렇게 복잡해, 바보 제자?"

빠직.

"어.쨌.든! 지금 저에게 필요한 건 단 한 자루의 진(眞) 비뢰도입니다. 지금 이 순간 필요한 것은 그것 이외엔 아무것도 없습니다. 나머지는 제가 알아서 하겠습니다."

"음……. 그건 말야, 바보 제자 너도 알다시피 터무니없이 강한 살기를 품고 있는 무기다. 그런 걸로 사람을 구할 수는 없어. 그건 사람을 철저하게 죽이기 위한 물건이지 살리기 위한 물건이 아니다."

이른바 정론(定論)이었다. 하지만 그런 정론 따위 비류연에게는 아무런 가치도 없었다.

"전 지금 싸우기 위한 무기가 필요합니다. 소중한 것을 구하기 위해서는 먼저 싸워야 하니까요. 그리고 전 이 싸움을 회피할 생각 따윈 추호도 없습니다. 부탁드립니다, 사부님. 저에게 소중한 사람입니다."

그 말에 노사부는 너털웃음을 터뜨렸다.

"거참! 소중한 사람이라……. 너, 그런 것도 만들 줄 알았냐?"

제자가 강호에 나가더니 희한한 것을 만들 줄 아는 재주를 얻은 모양이다.

"사부님보다는 훨씬 제대로 된 인간이니까요."

"너, 약 먹었니?"

"안 먹었습니다."

잠시 침묵하던 사부가 되물었다.

"여자 맞는 거지?"

"당연하죠. 그건 왜 묻죠?"

"아니, 세상 취향은 다양하니까. 얼마 전에 여장도 해서 혹시 그쪽으로 관심이 있나 했지."

"여장시켜서 돈 벌어오라고 한 원흉은 따지고 보면 사부잖아요. 이제 와서 제 취향 탓으로 돌리지 마세요!"

당시의 일은 가련한 근로혹사소년이 강압에 등이 떠밀려 어쩔 수 없이 한 일에 불과했다. 그러나 그 원흉이 할 수 있는 사부는 짐짓 못 들은 척 다시 물었다.

"미인이냐?"

"엄청 미인입니다."

"흠, 미인이란 건 귀한 보물이긴 하지. 아름다움이 훼손되는 것은 안타까운 일이고. 그것이 어떤 경우에라도 말이다."

약간 마음이 움직이는 듯하자 때를 놓치지 않고 비류연이 말했다.

"장담하건대 그녀에게 비견될 아름다움 따윈 없습니다."

비류연의 대답에는 전혀 망설임이 없었다.

"흠……. 약만 먹은 게 아니라 눈도 멀었구나. 그런 낯간지러운 소리 아무렇지도 않게 하는 걸 보니."

증상이 제대로구만, 이라고 노사부가 중얼거렸다.

"사.부.님!!"

비류연이 다시 한 번 '사부님'을 외쳤다.

"어째, 그 사부님이란 소리가 적응이 안 되는구나. 바보 제자 네놈이 네놈이 아닌 것 같아서."

"싸부……."

비류연이 평소처럼 노인을 불렀다. 그 목소리가 은은하게 격동하고 있었다. 그러자 노사부가 인자한 미소를 지으며 말했다.

"'님' 자 붙여라!"

칼날처럼 단호한 목소리였다.

얘기가 다르잖아!

어째 행동이랑 말이 전혀 달랐다.

"마지막으로 한 가지만 묻자. 삼십만 냥을 못 받게 된다는 건 무슨 소리냐?"

"우승 상금을 줘야 할 쩐주가 공범이거든요."

"뭣이랏!"

"게다가 우승 상금도 안 주고 튀었어요."

그러자 노사부가 불같이 화내며 외쳤다.

"그런 건 좀 더 일찍 얘기했어야지!"

금적신 돈왕이 원통투기장의 주인이자 대회 주최자였다. 모든 상금의 그의 호주머니에서 나왔다. 그런데 그가 자신이 숨겨둔 재산 모두와 함께 자취를 감추었으니 그를 찾지 못하면 끝장이었다. 노사부로선 막대한 수익을 얻을 기회를 날려 버리게 되는 것이다. 물론 강제로 비뢰도 대여료를 내야 하는 처지인 비류연도 마찬가지였다.

"옛다!"

사부가 지니고 있던 봉뢰함을 앞으로 내밀었다.

"아니, 이게 뭐예요?!"

비뢰도 전용 보관함인 봉뢰함을 열어본 비류연은 깜짝 놀랐다.

"왜?"

"반밖에 없잖아요!"

"반씩이나 있잖느냐. 좀 더 긍정적으로 생각하는 사고방식을 가져야지."

"이게 물잔인 줄 아세요? 왜 반밖에 없는 거죠? 혹시 엿 바꿔 드신

건 아닐 테고."

그에 대한 대답은 간단했다.

"다는 안 돼, 들고 튈지도 모르니까."

비류연은 어이가 없었다.

"그렇게 제자를 못 믿습니까?"

그러자 노사부는 주위를 이리저리 둘러보았다. 그 행동이 의미하는 바는 명확했다. 혹시 여기에 다른 제자라도 있는가 하고 주위를 둘러본다.

"응? 믿을 만한 제자라니, 어디? 혹시 설마하니 널 말하는 거냐?"

아직 노부는 너를 냉큼 믿어줄 정도로 노망들지 않았다, 그 백발이 성성한 눈썹 밑에 형형히 빛나는 눈동자는 그렇게 말하고 있었다.

"관두죠."

더 이상 이야기해 봤자 시간낭비라는 것을 비류연은 깨달았다. 말은 말이 통하는 상대랑 해야 하는 법이다.

"그거면 됐잖아? 아니면 두 개로 줄여줄까?"

그러자 비류연이 봉뢰함의 뚜껑을 쾅! 닫은 후 벌떡 일어나며 외쳤다.

"쓰고 꼭 돌려 드리죠, 싸부님!"

그리고는 등을 돌려 쏜살같이 달려갔다.

금세 한 개의 검은 점으로 변해 버린 제자를 바라보며 노사부는 헛웃음을 터뜨렸다.

"하도 어이가 없어서 쫓아갈 마음도 안 드는구나. 뭐, 조금 더 지켜보기로 할까? 제자 녀석의 활약상이라는 것을?"

그건 그런대로 만족스런 안줏거리가 될 것 같았다. 아직 술병에 술은 남았으니 할 일이 많았다.

"그나저나 저런 정신줄 놓은 상태로 괜찮을까 모르겠군. 뭐, 내 알 바는 아니지만 말이야."

참으로 비정하기 짝이 없는 사부였다.

소중한 것을 만드는 것은 후덜거리게 두려운 일?

— 선착장에서

강호란도의 한 선착장.

백발이 성성한 노인과 중년의 무사가 옷깃을 부여잡고 티격태격하고 있었다. 두 사람 모두 신수가 훤하고 입고 있는 옷이 단순하지만 고급스러워 이런 시장통에서 실랑이를 벌일 사람들로는 좀처럼 보이지 않았다. 그 광경을 검은 옷을 입은 청년 하나와 중년의 미부인이 지켜보고 있었다.

푸욱! 푸욱! 푸욱!

노인의 나아가고자 하는 의지와 힘이 어찌나 대단한지 백염노인의 한 발 한 발에 땅바닥에 발자국이 패일 지경이었다.

푸우욱! 푸우욱! 푸우욱!

중년 무사의 힘도 만만치 않아 전진을 저지하기라도 하듯 땅에 발을 일부러 박아 넣고 있었다. 아무리 중년인의 나이가 한참 젊고 한창 잘 나가는 무인이라고 해도, 내공의 깊이에 있어서 엄청난 차이가 있었기 때문에 내공 화후가 부족한 그가 노인을 말리기 위해서는 거의 필사적 이 될 필요가 있었다.

"놓아라!"

노인이 이마에 핏대를 돋우며 외쳤다. 외치는 목소리에도 은은한 노 기가 서려 있었다.

"안 됩니다!"

"왜 안 돼? 아버지가 납치된 딸을 찾으러 가는데 안 되는 게 어딨 어?"

나백천은 말리는 팔을 단호하게 뿌리쳤다.

"그래도 안 됩니다!"

좌호법 남궁진이 다시 한 번 맹주를 말렸다.

"웃기지 마! 안 된다고? 그러고도 자네가 자식을 가진 부모인가? 나 는 가겠네. 무슨 일이 있어도 가겠네!"

"절대로 안 됩니다. 가시려면 저를 쓰러뜨리고 가십시오!"

세 번째 말리는 남궁진의 목소리에는 절실함이 배어 있었다.

"왜 그렇게까지 자네는 나의 앞을 막는 건가?"

"몰라서 물으십니까?"

"어허, 자네 참 사람을 우습게보는군. 내가 모르니까 묻지, 알면 뭣 하러 묻겠나? 안 그런가? 내가 그렇게 실없이 보였나? 당연히……."

요대를 움켜잡고 있던 양손 중 하나를 떼어내 항구에 떠 있는 배를 거칠게 가리키며 남궁진이 외쳤다.

"저 배가 가는 곳이 어딘지 아시지 않습니까!"

"물론 알고말고! 날 뭘로 보는 건가? 치매 걸리려면 난 아직 멀었네. 저 배는 마천…… 헙!"

자신의 실책을 깨달은 나백천이 급히 입을 닫았다.

"그곳에 가서서 뭘 할 생각이셨습니까?"

"그야 쳐들어가서 우리 예린이를……."

"본인의 입장은 자각하고 계시겠지요?"

"음, 그게 정천맹주…… 지."

기가 많이 죽어 있었다.

"아직 잊지 않고 계시다니 무엇보다 다행입니다. 그럼 이제 아시겠죠? 지금 이대로 무작정 마천각으로 쳐들어가시면 곧바로 전면전쟁입니다, 전면전쟁!"

"아니, 남궁 호법, 그렇게 큰 소리로 말하지 않아도……."

"아뇨. 누군가는 말하지 않으면 안 됩니다! 물론 괴로운 일인 것은 알고 있습니다. 저 역시 괴롭습니다. 그놈들을 찢어 죽여 버리고 싶습니다. 십 등분, 아니, 삼십 등분도 모자랍니다. 하지만 당신께서는 백도무림 전체를 등에 짊어지고 계시는 분, 수만 명의 백도무림인을 대표하는 유일한 분이십니다! 그런 분이, 흑도의 심장이라 할 수 있는 마천각에 단독돌격해 보십시오. 어떤 변명도 그 사태를 설명해 주지는 못합니다. 더욱이 그것이 맹주님의 개인적인 문제일 때는 말입니다."

"하지만 먼저 내 딸을 납치한 것은 그놈들이야!"

"증거가 없습니다."

그것이 지금 이 순간 가장 큰 문제였다.

"아무리 그들이 폐쇄적이기로 이름 높은 마천각이라 해도, 증거만 확실하다면 맹주님 본인의 수색을 거부할 수 없겠지요. 하지만 안타깝게도 증거가 없습니다. 심증만으로는 안 됩니다."

"그럼 나더러 어쩌란 말인가? 이대로 여기서 발만 동동 구르고 있으라고?"

"지금은 마천각 각주님께 직접 통고를 넣고 답변을 기다리는 것은 최선책입니다."

그러자 예청이 나섰다.

"진정하세요. 당신은 갈 수 없지만 전 갈 수 있으니까요."

"어, 어떻게 말이오? 당신은 무림맹주의 아내라는 신분이 있잖소?"

그러자 예청이 씨익 웃었다. 예린을 잃은 후 처음 보이는 미소였다. 과거만큼의 밝은 힘은 없어 그것이 그를 안타깝게 했지만. 그녀 역시 엄마로서 필사적인 것이다.

"맞아요. 전 당신의 아내죠. 하지만 그전에 그곳의 졸업생이기도 해요. 아무리 폐쇄적인 마천각이라 해도 동문을 내치는 법은 없답니다."

"부인……."

"봄 날씨에 홀려 여기 동정호까지 오다 보니 갑자기 옛 사문이 사무치게 그리워지는군요."

그리고는 손가락으로 눈가를 훔쳤다. 그 모습을 보고 나백천과 남궁호법은 주먹으로 동시에 손바닥을 탁, 쳤다.

"과연! 우연이군요."

"네, 우연이에요. 어디까지나 우연. 후배들도 만나고 싶은 거죠."

그러자 이번엔 비류연이 나섰다.

"당신도 안 됩니다."

그러자 예청의 고개가 확 하고 비류연을 향해 돌아갔다. 핏발 선 눈이 동공이 열린 채 비류연을 향하고 있었다. 무시무시한 박력이 아닐 수 없었다. 무림맹주 나백천도 뱀 앞의 개구리처럼 오금을 저리며 벌벌 떨고 만다는 바로 그 눈빛이었다. 그러나 비류연은 그 눈빛을 받으면서도 할 말을 다 했다.

"왜냐하면 당신께서는 이미 일개 마천각의 졸업생일 뿐이 아닌 무림맹주의 부인이시기도 하니까요. 부부 일심동체라는 말도 있잖아요? 어느 누구도 당신을 무림맹주 나백천과 떨어뜨려 생각하지 않을 겁니다. 외교 문제로 번지는 건 시간문제죠."

그러자 예청이 날뛰기 시작했다.

"난, 인정 못해! 난 반드시 갈 거야! 외교 문제가 뭐야? 엄마가 딸 찾으러 가는 데 이유가 필요해? 아빠는 안 돼도 엄마는 돼! 내가 배 아파서 낳은 딸이야. 너희 남자들은 배 아파본 적도 없잖아? 여잔 말야, 애를 낳으면 한 번 죽었다가 다시 태어나는 거라고. 알간?"

억지도 이런 억지가 없었다. 예청이 마치 사나운 암표범처럼 날뛰는 그 모습을 보고, 그걸 쩔쩔매며 말리는 나백천을 보며 비류연은 속으로 생각했다.

'부부가 똑같군.'

"문제가 생겼네, 류연!"

그때 헐레벌떡 달려온 장홍이 외쳤다.

"문제? 무슨 문제?"

"항구에 배가 없네."

"뭐?"

깜짝 놀란 비류연이 반문했다.

"돈왕이라는 자가 모두 떠나보낸 모양이야. 어떡하면 좋겠나? 이대로면 계속 시간이 지체될 텐데……."

지금 그들은 한시라도 빨리 배를 구해 추적을 시작해야 했다. 비류연 일행은 마천각으로, 그리고 나백천은 흑천맹으로 향해야 했다. 먼저 출발한 배를 따라잡아 그 안에 있는 관들도 확인해야 한다. 때문에 지금 필요한 배는 두 척이었다. 그런데 항구는 텅 비어 있었다. 돈왕이 권력과 금력을 이용해 모두 내보낸 탓이었다. 그 배들이 돌아오려면 얼마나 걸릴지 아무도 몰랐다. 한 시진이 걸릴 수도 있고, 최악의 경우 하루가 걸릴 수도 있었다. 잠시 모두들 할 말을 잃었다. 초조감이 그들 주위를 떠돌기 시작했다. 나백천 역시 평정을 잃고 안절부절못하기 시작했다. 예청도 날뛰는 것을 잊고 멍하니 서 있었다. 안색이 무척 좋지 않았다. 아무도 해결책을 못 내놓자 분위기는 점점 더 안 좋아지기 시작했다.

효룡은 그 분위기에 눌려 위가 따끔따끔해지려 했다. 효룡이 신경성 위염에 걸릴 대위기의 순간, 비류연이 입을 열었다.

"아니, 배는 있어."

＊　　　＊　　　＊

마천각 각주 집무실.

제구번대 대장 철가면의 보고를 들은 마천각주는 잠시 어둠 속에 묻힌 채 생각에 잠겼다.

"그가 이렇게 빨리 움직일 줄은 몰랐군. 예상외야, 예상외."

멈추어져 있던 시간이 다시 흐르기 시작한 듯한 느낌이었다. 게다가 그 속도가 예상외로 빨랐다.

“나백천은 어찌 되었나?”

“보고에 따르면 그는 강호란도에 남아 흑천맹으로 가는 배를 기다리고 있다고 합니다.”

철가면이 공손한 자세로 대답했다.

“흑천맹이라……. 그것에 가야 하는 이유는 하나뿐이겠지. 그가 정말로 흑천맹주의 목을 딸까? 사랑하는 딸을 위해서?”

일방적으로 서천에게서 받은 통보를 한 손에 흔들어 보이며 마천각주이자 북천멸겁이기도 한 그는 혼잣말처럼 중얼거렸다.

“아마 불가능할 겁니다.”

“그거 아쉽군. 책임감 때문에 이러지도 저러지도 못하니 말이야. 높은 자리에 앉아 있는 것도 좋은 것만은 아니군. 약간 더 어리석고 무책임하고 이기적이었으면 그런 고민은 하지 않아도 됐을 텐데 말이야.”

백도도 그렇고 흑도도 그렇고, 양 진영의 두 맹주 모두 책임감이 쓸데없이 높아 사사로운 충돌을 기피하는 경향이 강했다. 그렇기 때문에 백 년이라는 지루한 시간 동안 평화 비스무리한 기류를 만들어낼 수 있었던 것이다. 하지만 그는 그 기류가 썩 마음에 들지 않았다.

“그럼 이쪽으로 오고 있는 것은 누구누구지?”

“천무학관에서 온 아이들 몇 명입니다.”

정천맹주 나백천과 빙월선자 예청이 동정호 주변에 접근한 후로 항상 동향을 감시하고 있었던 터라 그의 보고에는 막힘이 없었다.

“억지로 쳐들어오기라도 할 생각인가? 어린애들이 배짱 한번 좋군.”

듣자 하니 마천각을 출입할 자격이 없는 자도 끼어 있다고 하지 않는가.

“허가할 생각이십니까?”

"허가라고? 여긴 내 구역이다. 함부로 들어오고 나갈 수 있는 곳이 아니지. 설혹 그가 정천맹주라 해도 말이야. 서천, 그자가 너무 일을 크게 벌이는군. 마천각을 자신의 무대로 삼을 셈인가?"

아직은 조용하게 있고 싶었는데……. 이곳에서 소동이 일어나는 것은 말리고 싶었다. 하지만 제어가 안 되는 게 그자의 가장 큰 문제점이었다. 그렇다. 서천, 그는 자신이 지배권을 쥐고 절대권력을 휘두르고 있는 이 마천각에서 몇 안 되는 예외 중 하나였다.

"쓸데없는 짓을 하다니……. 전면전쟁이라도 일으키고 싶은 건가? 그렇게 무책임한 자로는 보이지 않았었는데? 지금 그 '딸'의 행방은?"

그러자 그의 철가면 뒤에서 무수한 식은땀이 줄줄 떨어졌다.

"죄, 죄송합니다. 마천각으로 들어온 정황까지는 포착했지만 그 후로는……."

감쪽같이 증발했다는 말이 차마 입에서 떨어지지 않았다. 그 말을 내뱉었다가는 자기 자신의 존재 자체가 증발해 버릴 것 같았던 것이다. 타의에 의해서.

"놓쳤다라……."

아무 두려움도 없을 것 같던 마천십삼대 대장 중 하나가 말 한마디와 의자 손잡이를 두드리는 톡톡 소리에 겁을 집어먹고 덜덜 몸을 떨었다.

"그는?"

"잠시 사라졌다가 다시 나타났습니다. 지금은 자신의 부대에 체류하고 있습니다. 몇몇 대장들과 비밀리에 면담을 가진 듯합니다."

"대장들과?"

"그동안 포섭한 자들입니다. '서천(西天)' 쪽에 붙은 대장들의 움직임이 심상치 않습니다."

아무 말 없이 어둠 속에서 지켜보고 있는 각주보다 직접 그들과 만나고 이야기하는 '서천' 쪽이 더 가깝게 느껴졌기 때문일 것이다. 어둠 속에 숨겨진 진짜 힘을 보지 못하고.

'어리석은 친구들…….'

그들은 자신들의 일거수일투족이 모두 읽히고 있다는 것도 모르고 있을 것이다. 알면서도 그냥 넘어가 주고 있는 것을. 이곳의 지배자는 단 한 사람뿐이었고, 그 사실은 백 년 전에도, 백 년 후인 지금에도 변함이 없었다.

"어리석은 자들은 확실하지만 멀리 있는 것보다는 불확실하지만 가까이 있는 것을 더 선호하지. 그것이 손에 잡힐 수 있는 실체라고 생각하기 일쑤니까. 보는 눈이 짧아! 근시안밖에 지니지 못한 우민들."

그런 어리석은 자들이 자신과 함께 숨을 쉬고 있다는 것 자체가 그에게는 참을 수 없는 고통이었다.

"서천 그도 자신에게 감시가 붙어 있다는 것쯤이야 수년 전부터 익히 알고 있겠지."

그동안은 그의 은밀한 움직임을 알고 있으면서도 방치해 두었다. 강호란도에서라면 몰라도 이 마천각 내에서는 그 역시 함부로 운신하지 못할 거라 생각했던 것이다. 그리고 생각 이상으로 이빨을 감춘 채 얌전히 있었다.

"그때부터 구 년씩이나 조용히 틀어박혀 있었으니 더 이상 얌전히 있을 수는 없다, 그 말인가? 절치부심, 와신상담이니 하면서 잘도 지껄이더니……. 그자의 인내도 여기까지였나 보군."

"개입하시겠습니까?"

"아니, 당분간 두고 본다. 때때로 밭을 갈고 고여 있던 물을 한 번쯤 휘저어주는 것도 나쁘지 않은 일이지. 강호란도에서 출발한 배는 잠시 지켜본다. 그건 서천 그자가 맡아야 할 몫이니까. 단, 감시는 지금의 두 배로 늘리도록. 그리고 '서천'의 동향을 파악하는 데 전력을 집중시켜라."

"존명!"

손을 저으며 물러나라는 표시를 하자 철가면은 아무 말도 없이 뒷걸음을 쳐서 그 장소를 벗어났다.

혼자 남은 그는 천장을 보며 조용히 숨을 들이쉬었다.

'좀 더 맑은 공기를 마시고 싶군.'

이 세상에는 우민들의 어리석음이 정도 이상으로 흘러넘치고 있었다. 그걸 민감하게 느낄 때마다 그는 몸속의 모든 걸 게워낼 것 같은 구토감에 휩싸이곤 했다.

'대중(大衆)이라 이름 붙은 어리석기 짝이 없는 무뇌아 우민 놈들!'

미천하고 힘없는 벌레들. 그 수 또한 적지 않다. 그것들이 숨 쉬고 있다는 사실 하나만으로도 공기가 더러워진다. 그런 우민들의 수를 줄이고, 그중에서 보다 뛰어난 자를 선발하기 위해 행했던 작업이야말로 '천겁혈세'가 아니었던가!

지난 백 년간, 그는 마천각 각주로서 조금도 업무를 소홀히 한 적이 없었다. 왜냐하면 그가 이 직책을 맡고 있는 이유 역시 열성한 '우민(愚民)'과 '열등자(劣等者)'를 배제하고 우수한 우성종을 고르기 위한 중요한 분류 작업이기 때문이었다.

'지배당할 가치조차 없는 인간들, '적(敵)'조차 될 자격이 없는 인간들이 이 세상에는 엄연히 존재한단 말이지.'

자신의 선별소에 자신이 원하지 않는 일이 일어나는 것은 그다지 달 갑지 않았다. 하지만……

'이것 역시 또 하나의 '선별'이 될 수 있겠지.'

이 선별을 통해 또 다른 우수한 적을 만들 수 있다면 그것도 나쁘지 않았다.

'큭큭큭큭! 그로부터 백 년! 그동안 뿌린 씨에서 얼마나 싹이 자라고 나무가 되고 열매를 맺었을까?

그건 상당한 기대가 아닐 수 없었다.

'백 년 전에 뿌린 피와 살이 얼마나 튼실한 열매를 맺었을까…… 이 제 곧 수확의 때!'

그의 기다림에도 곧 결실을 있을 거라 생각하자 입가에 저절로 미소 가 맺혔다.

"귀환의 때는 멀지 않았다!"

그때야말로 새하얀 백지로 머물러 있는 '신무림기!'의 서장이 시작 되는 때!

그때야말로 세계는 멸망하고, 그 파멸의 잿더미 속에서 신세계가 다 시 태어난다.

이 위대한 재생을 위한 영광스런 죽음을 받아들이지 않고 구차하게 살아남으려 발버둥 치는 어리석은 자들이 있다면 신속하게 제거, 박멸 할 뿐.

손을 뻗자 접인지기가 발휘되며 탁자 위에 놓여 있던 서찰이 공중으 로 들어 올려졌다. 손목을 가볍게 당기자 서찰은 자연스럽게 그의 손 아귀 안으로 빨려 들어왔다.

허공섭물로 받아 든 서찰을 다시금 펼쳐 보았다. 바로 서천이 보낸 것이었다.

"신무림기의 탄생에 '무림맹주' 만큼 어울리는 제물도 없지."

좍좍좍!

찢어진 하얀 서찰이 조각이 되어 꽃잎처럼 바람에 날려 방 안에 가득 찼다. 마치 봄날에 흩날리는 꽃잎 같았다. 그러나 다음 순간,

화르르르르륵!

드넓은 집무실 가득 펼쳐져 있던 하얀 꽃잎들이 일제히 불타올랐다. 그리고는 재가 되어 허공중에 덧없이 스러졌다. 마치 무림의 앞으로의 운명을 예견하는 듯한 불길한 광경이었다.

그 과정을 처음부터 끝까지 묵묵히 지켜보기만 하던 그의 입가에 처음으로 보일락 말락 한 광기에 찬 미소가 번뜩였다.

"잠시 외출을 해야겠군."

*　　　*　　　*

중앙표국 국주 장우양은 표물 인계와 기타 잔업으로 바쁜 일정을 보내고 있었다. 이곳에서 천무학관 사절단이 쓸 물건과 기타 표물들을 내려놨으니, 돌아갈 때 남창까지 옮길 만한 표물을 물색하는 것도 매우 중요한 일이었다. 빈 배로 돌아갔다가는 손해가 막심하기 때문이다. 때문에 요즘 적당한 계약거리를 찾아 여기저기 동분서주하고 있었다. 지금도 숙박하고 있는 신라각의 별실에서 사무 처리에 여념이 없었다. 그런데 밖이 잠시 소란스러워지더니 그의 방문이 벌컥 열렸다.

어느 놈이 감히 국주의 업무를 이따위로 방해한단 말인가! 업무 과중으로 신경이 날카로워져 있던 장우양이 호통을 치기 위해 고개를 번

쩍 치켜들었다. 그러나 나타난 사람을 보자 치켜올라 갔던 눈썹이 언제 그랬냐는 듯 아래로 주저앉았다. 대신 눈이 화등잔만 하게 휘둥그레졌다.

"비, 비 공자! 여, 여긴 어떻게?"

나타난 것은 바로 비류연이었다.

'크, 큰일 났다!'

장우양은 속으로 기겁했다. 노사부만이 아니라 이 막무가내의 비류연까지 나타나다니, 무언가 커다란 풍운이 일어날 게 분명했다. 더욱더 문제는 그 풍운이 자신의 소중한 중앙표국까지 휩쓸어 버릴 것 같다는 것이다.

'아무 일도 없이 끝나지는 않겠지?'

약간 체념하자 마음이 조금 안정되었다.

"배 있죠?"

비류연이 대뜸 물었다.

"배요? 물론 있습니다. 표물을 싣고 온 표선이……."

더 들을 것도 없이 장우양의 말을 자르며 비류연이 말했다.

"배 좀 빌려갈게요."

"어디다 쓰시려고요?"

"잠시 다녀올 데가 있어서요."

"그곳이 어딘데요?"

"마천각!"

"……!"

마천각에 자신의 표선을 타고 가겠다는 말에 장우양은 경악했다.

"거긴 표선이 갈 수 없는 곳입니다! 이번에 저희 표국에서 마천각으로 배달할 표물들을 가지고 왔는데도 접근조차 시켜주지 않았습니다.”

그래서 이렇게 강호란도에 배를 댄 것이 아닌가.

“상관없어요. 난 꼭 그곳에 가야 하니까요. 안 되나요?”

장우양은 잠시 생각에 잠겼다. 원래 거절해야 마땅했다. 하지만 여기서 안 된다고 하면 어떻게 될까? 잠시 그 생각을 하자 끔찍한 생각이 들었다. 아무래도 안 좋은 예감이 뭉게구름처럼 무럭무럭 피어오르는 것이 아닌가. 게다가 자신의 온몸을 꿰뚫는 시선. 도저히 거절할 엄두가 나지 않았다. 그러나 그래도 그는 한 표국의 국주로서 용기를 내어 말했다.

“음, 그렇지만 만일 무슨 일이 생기면 저희 표국에도 피해가…….”

마천각에게 미운털이 박히면 영업을 하는 데 좋을 게 하나도 없었다. 비록 중앙표국이 백도에 속한다 해도 강호에 미치는 그 영향력을 도저히 무시할 수가 없었다.

“걱정 말아요. 무림맹주님이 뒤를 봐줄 테니까요.”

“정말입니까?”

“물론 정말이죠. 그분도 지금 누구보다도 배가 필요하거든요.”

여기서 무림맹의 가장 높은 분과 인연을 맺는다면 여러모로 앞으로의 표국 운영에 유리한 점이 많았다. 만일 배를 잃는다 해도 결코 손해는 나지 않으리라. 마침내 장우양은 결정을 내렸다.

“좋습니다. 빌려가십시오.”

*　　　　*　　　　*

먼저 주작단이 배에 올라탔다.

그들은 비류연이 우뢰매를 통해 날려 보낸 서찰을 받고 급히 되돌아온 것이다. 아직도 거동이 불편한 남궁상과 진령은 들것에 실린 채 배에 올랐다. 환자는 환자답게 의원에서 치료나 받으라는 말을 그는 듣지 않았다. 지금 당장은 움직일 수 없어도 마천각에 도착할 때쯤에는 움직일 수 있을지도 모른다는 게 그 이유였다. 남궁상이 가는데 자기가 안 갈 수 없다고 진령도 따라나섰다. 바람을 피우지는 않나 옆에서 감시하겠다는 게 진짜 본심인 것 같았다. 그러다 보니 어떻게 알았는지 류은경이 따라나섰다. 앞으로 지아비가 될 사람의 간호를 하겠다는 이유에서였다. 진령이 간호는 자신이 하면 되니까 됐다고 말렸지만 듣지 않았다.

"환자가 환자를 간호한다는 말은 들어본 적이 없어요. 언니는 쉬고 계세요. 모든 건 이 동생이 알아서 할 테니까요."

진령으로서는 미치고 팔짝 뛸 노릇이었지만, 더 이상 말릴 만한 거리도 없었다. 장홍과 효룡도 배에 올랐다. 윤미로 분장했다가 큰 상처를 입은 윤준호는 이곳에 남겨야 했다. 혼자 남겨지는 것은 위험했지만, 함께 가는 건 더 위험했다. 나백천이 남궁 호법을 붙여주기로 약속했다. 나백천은 어쩔 수 없이 이곳에 남아야 했다. 서찰에 적힌 내용대로 흑천맹을 향해 출발해야만 했다. 한시라도 빨리 다른 배가 들어오길 바라는 수밖에 없었다.

비류연은 갑판에 서서 부두에 서 있는 나백천 부부를 내려다보았다. 비류연과 두 사람의 시선이 한데 마주쳤다. 한참을 침묵한 다음, 약간 먼 곳을 바라보는 듯한 시선으로 동정호에 눈길을 주며 비류연이 입을 열었다.

"원래 전 소중한 것을 만들고 싶지 않았어요. 소중한 것은 소중하기 때문에 때에 따라 약점이 되니까요. 그래요, 그건 정말 커다란 약점이에요. 그 때문에 꼼짝 못하게 될지도 모르죠. 지금처럼 안절부절못하게 될 수도 있고요. 마음의 균형 상태가 무너지고, 자칫하면 이성을 잃어버릴 수도 있죠. 이미 잃어버리고 있는지도 모르고요.”

“그래서 후회하나?”

나백천이 반문에 비류연은 고개를 가로저었다.

“아뇨, 사실 후회하지 않아요. 아주아주 커다란 약점을 만들었다는 사실에 대해서 말이죠. 소중한 약점 하나 못 만들고, 그 소중한 약점 하나 지키지 못해서야 어떻게 진짜 사나이라 할 수 있겠어요? 하긴 남자든 여자든 관계없죠. 그게 삶을 살아간다는 것 아닐까요? 그걸 지킬 수 있는 것도 바로 능력이죠. 애초에 그게 없어질까 봐 만들지 못한다면 그건 단순한 겁쟁이일 뿐이에요.”

지금까지 비류연은 누구 앞에서 이렇게 자신의 마음을 드러내 본 적이 없었다.

“네놈의 소중한 약점이 바로 내 딸이라는 것이냐? 네놈에게 과분하다는 생각은 해본 적이 없느냐?”

“소중한 것이라는 것은 마음대로 만들고 버리고 할 수 있는 게 아니더라고요. 그건 어느 순간 자기도 모르는 사이에 만들어져 버리고 마는 것이죠. 예린은 이제 제 미래의 일부예요. 지금이라는 현재부터 나라는 존재가 사라질 그 최종의 순간까지 쭈욱 이어질 내 미래의 일부죠. 아무리 무림맹주님이라 해도 제 미래에 간섭하실 수는 없어요.”

고의는 아니지만 어쩔 수 없이 옆에 서서 비류연의 말을 듣게 된 주작단원들은 속으로 경악했다.

‘그렇게까지 생각하고 있었던 건가? 이 돈만 밝힐 것 같고, 항상 가

넙고, 진지하게 생각하는 것은 아무것도 없는 것 같고, 자존심과 그 오만함이 하늘을 찌를 것 같던 이 남자가?

아무래도 변하고 있었던 것은 그들만이 아니었던 모양이다. 그들을 변화시켜 주던 비류연 역시 변하고 있었던 것이다. 그것이 그들에게 득이 될지 실이 될이지 모르겠지만, 변하고 있다는 것만은 틀림없는 사실이었다. 그 사실이 왠지 그들에게 안도감을 가져다주었다.

그야말로 '만물유전(萬物流轉)!', 이 세상에 변하지 않는 것은 아무것도 없는 모양이다.

"겁이 없다 못해 네 녀석은 간이 배 밖으로 나온 모양이구나. 예린이는 내 딸이다! 네놈에게 넘겨줄 것 같으냐? 그렇게는 못한다."

"그거야 장인어른이 결정하실 게 아니고 예린이 결정할 문제죠. 설마 부모니까 자식의 운명을 이리저리 좌우해도 된다고 생각하고 계신 건 아니겠죠?"

"그, 그건……. 어, 어흠. 그, 그게 뭐가 나쁘다는 거냐? 자식의 미래를 걱정하지 않는 부모도 있단 말이냐? 다 자식 잘되라고 그러는 거다. 그게 부모의 마음이라는 거다! 그리고 누가 네놈 장인어른이라는 거냐!"

"선의를 지니고 있다 해서 꼭 좋은 결과가 나오지는 않아요. 반대의 경우도 마찬가지고요. 이 세상은 그렇게 편리한 구조로 되어 있지 않아요. 그렇게 단순하지 않다고요."

"그게 어쨌다는 거냐?"

"부모의 선의가 자식의 마음을 짓밟는 경우도 얼마든지 있다는 거지요."

"자넨 지금 내가 딸아이의 마음을 짓밟고 있다는 건가?"

"아직은 아니지만 결과적으로 그렇게 될 수도 있죠. 부모의 역할이라는 건 자식이 스스로의 힘으로 설 수 있도록 만들어주는 것까지가 아닐까요? 부모의 품을 떠나 높은 하늘로 날아가려고 자식의 날개에 족쇄를 채우는 것은 부모의 할 일이 아니죠."

"부모의 말에 고분고분 따르는 것, 그것이 바로 '효(孝)'다!"

"아뇨, 부모의 품에서 벗어나 한 사람의 인간으로 자립하는 것, 그게 바로 진짜 '효(孝)'예요. 자신의 운명을 부모에게 의탁하는 건 효가 아니라 '불효(不孝)'예요."

"그게 부모에게 상처를 입힌다 해도 말이냐?"

딸이 자신의 곁을 떠난다는 생각만으로도 슬픔이 몰려오는 나백천이었다.

"집착과 사랑을 혼동하시면 안 되죠."

"네놈은 어르신의 자식 사랑이 집착이라는 거냐?"

"그럼 아닌가요?"

"이놈이 보자 보자 하니까 정말 못하는 말이 없구나. 노부는 네놈 따위 절대로 인정 못한다!"

나백천이 입에서 불을 토할 듯 길길이 날뛰었다. 비류연도 지지 않았다.

"그러니까 그건 장인어른이 결정할 문제가 아니라 예린이 결정할 문제란 말입니다. 그리고 지금 가장 큰 문제는 그 결정을 내려야 할 예린 본인이 여기 없다는 거구요."

"그럼 대체 어쩌자는 거냐?!"

화를 참지 못하고 나백천이 버럭 소리쳤다. 스스로 대단하다 생각하던 자식 사랑이 완전히 부정당하고 있는데 그가 기분이 좋을 리 없었다. 분노가 폭발하는 것도 당연했다.

"당연히 돌려받아야죠. 이제 그녀가 없으면 나의 미래는 불완전해지고 말아요. 나의 미래와 예린은 이제 떼려야 뗄 수 없는 관계니까요. 그런 결락 따위, 난 인정 못해요, 절대로! 마천각을 뒤엎고 전 무림을 적으로 돌려서라도 나는 예린을 돌려받겠어요, 나의 품으로!"

임계점을 넘어 폭발한 화산의 용암처럼 터져 나온 진심을 의심할 자는 아무도 없었다.

한다면 한다! 안 한다고 하면 억지로라도 하도록 만드는 남자! 그게 바로 비류연이었다.

"그러니 걱정 마세요. 비록 두 분이 가시지 못하더라도 반드시 예린을 데리고 돌아올 테니까요. 부탁하지 않으셔도, 하지 말라 말리셔도 전 꼭 그렇게 할 겁니다. 반드시 예린을 되찾아 돌아오겠습니다, 제 미래와 함께."

결의에 가득 찬 말이었다. 그러자 아직도 화가 삭지 않은 나백천이 한마디 했다.

"그렇다고 아직 내 딸을 준 건 아냐. 난 아직 인정 안 했어!"

그러자 비류연이 씨익 웃으며 말했다.

"알고 있습니다. 인정은 갔다 와서 받도록 하죠, 아버님!"

"누가 네놈 아버님이냐! 엉? 엉?"

나백천이 부두에서 팔짝팔짝 뛰었다. 옆에서 조용히 있던 예청이 방방 뛰는 남편을 진정시킨 다음 비류연을 올려다보았다.

"자네, 재미있군. 조금 마음에 들었네."

그리고는 한마디를 더 덧붙였다.

"예린이를 부탁한다."

비류연은 힘차게 고개를 끄덕인 다음, 드넓게 펼쳐진 동정호를 보며
외쳤다.

"돌아간다, 마천각으로!"

"예!"

일제히 대답하는 주작단의, 각오로 벼리어진 눈빛이 칼날처럼 날카
롭게 빛났다.

"네 개의 섬을 모두 침몰시켜서라도 예린을 되찾는다. 나의 앞길을
가로막는 자는 그동안 자신이 알아왔던 절망이 얼마나 얄팍했던 것인
지를 알게 해주겠다."

윤미의 분투

—납치

"괜찮아요, 윤미 소저? 안색이 안 좋은데?"

"아, 아니에요, 나 소저. 전 괜찮아요. 잠시 딴생각을 하느라 정신이
팔려 있었어요."

"걱정이 되나요? 지금 싸우고 있는 연비가 이길지 질지?"

"그, 그런 거죠. 여기서는 밖의 상황이 어떤지 전혀 알 수 없으니까
요. 참 한심하죠?"

그러자 침상에 앉아 있던 나예린이 희미하게 웃으며 대답했다.

"아뇨, 저도 불안한걸요. 그런 걸로 한심하게 생각하지는 않아요."

"하, 하지만 전 겁쟁이인걸요."

얼굴을 붉히며 윤미가 대답했다. 원래 자신의 본모습인 윤준호는 왕
따에다 자타가 공인하는 겁쟁이였다. 이렇게 소심한 자신이 도움이 될
수나 있을지 그것조차 의문이었다.

"연비도 보증했잖아요. 당신의 안에는 아직 당신이 발견하지 못한 당당함과 자신감이 갖추어져 있다고요."

"그, 그렇지만……."

정말 그런 게 있을까 수십 번 가슴을 내려다봐도 보이는 건 절벽뿐이었다. 정말 이 안에 그런 게 들어 있기나 한 건지 의문이었다.

"게다가 절 부탁하기까지 했잖아요. 연비는 남을 믿는다는 말을 함부로 하는 사람이 아니에요. 그건 그만큼 당신을 믿기 때문이에요."

"그런 건 누구랑 많이 닮았네요."

윤미가 지칭하는 누군가는 당연히 비류연이라는 것을 나예린도 잘 알고 있었다.

"맞아요, 많이 닮았어요. 가끔은 두 사람이 쌍둥이가 아닐까 하는 생각이 들 때도 있어요."

"화, 확실히 그, 그렇네요."

잔뜩 긴장한 채 윤미가 떨리는 목소리로 대답했다. 이렇게 가까이에서 나예린을 본 적은 처음이었다. 남자들은 비류연을 제외하고는 좀처럼 그녀 가까이에 접근하지 못하기 때문이다. 그러나 지금 자신의 위치는 침상 옆에 놓여 있는 의자. 나예린과 지나치다 싶을 정도로 가까운 거리였다. 그리고 확실히 가까이에서 본 그녀의 얼굴은 아름다웠다. 그것은 단순하게 비율적으로 아름답다거나 하는 정도의 아름다움이 아니었다. 이 세상 사람이 맞나 싶을 정도의 신비감이 그녀에게는 감돌고 있었다. 게다가 사람의 접근을 극도로 꺼리는 북풍한설처럼 차가웠던 예전의 모습과 달라서 윤미는 저도 모르게 빨려들어 가는 것 같았다. 그래서 감히 눈도 잘 마주치지 못하고 있었다. 볼 때마다 저절로 얼굴이 붉어져서 똑바로 보기가 힘들었다. 나예린도 그가 여성의 모습으로 있어 조금은 경계를 푼 것 같았다.

천무학관 제일의 미녀 빙백봉 나예린을 호위하는 임무, 만일 그녀의 추종자들인 빙봉영화수호대라면 눈물을 흘리며 영광으로 여길 만한 일이었다. 그렇게 생각하자 막중한 책임감이 느껴졌다. 문제는 그 막중한 책임감이 중압감이 되어 그의 어깨를 짓누른다는 점이었다.

"그렇게 긴장할 필요 없어요."

"저, 저 같은 게 호위로 있어도 괜찮은 걸까요?"

이런 식으로 생각하면 안 된다는 것을 알면서도 잘 고쳐지지 않는 윤미였다. 만일 비류연이 이 사실을 알았다면, '스스로를 비하하는 건 세상에 맞설 용기가 없기 때문'이라며 엄청 화를 냈을 것이다.

"연비가 당신을 믿듯 나도 당신을 믿어요. 그러니 연비가 이기고 돌아오는 동안 짧은 시간이지만 잘 부탁해요, 윤미 소저."

"아, 넵!"

윤미가 씩씩하게 대답했다. 그 순수함이 나예린의 눈에는 잡힐 듯 보여서 자기도 모르게 미소가 지어졌다. 본인이 들으며 무척 싫어할 이야기였지만, 마치 여동생처럼 느껴졌던 것이다.

그러나 나예린의 미소는 곧 차갑게 굳어졌다.

그것은 급작스럽게 엄습해 온 불길한 느낌 때문이었다. 그녀의 용안이 그녀에게 경고하고 있었다. 무언가가 안 좋은 일이 일어날 거라고. 주의하라고. 이 정도까지 강렬하게 느껴지는 감각은 처음이었다. 너무 강력한 나머지 머리가 순간 지끈거렸다.

"조심해요, 윤미 소저."

"예?"

"무언가가……."

슈우우우우우우우우.

대기실의 어딘가에서 희뿌연 연기가 새어 나온 것은 바로 그때였다.

"윽!"

무심결에 한 모금 들이마시자 머리가 어지러워졌다.

"설마 독(毒)?"

그게 아니더라도 거의 그것에 준하는 것이 틀림없었다. 이것은 습격이었다.

윤미는 재빨리 급히 귀식대법을 펼친 후 검을 잡았다.

쾅!

동시에 문이 거칠게 열리며 복면인들이 들이닥쳤다.

'나 소저를 지켜야 해!'

윤미는 급히 침상 앞을 가로막으며 검을 뽑았다.

칠매검(七梅劍)

오의(奧義)

매화만조(梅花滿朝)

검향이 피어오르며 매화 빛의 검기가 복면인들을 휩쓸고 지나갔다. 그러나 이미 연기를 마신 탓인지 제 위력이 나오지 않아 복면인들의 칼에 막히고 말았다. 상당한 훈련을 거친 자들인 듯했다. 그러나 그렇다고 해서 도망칠 수는 없었다. 나예린을 지켜내야만 했다. 아무래도 이들의 목적은 나예린인 것 같았던 것이다.

윤미는 다시 한 번 검을 휘두르며 칠매검을 펼쳤다. 그러다가 호흡이 가빠져 파! 하고 숨을 내쉬고 말았다.

'아차!'

후회해도 때는 늦었다. 윤미는 다시 한 모금 연기를 들이마시고 말았다. 정신이 어질어질해지고 다리가 흔들거렸다.

'안 돼, 이대로 쓰러지면! 나를 믿어준 사람을 위해!'

몽롱해져 가는 정신을 붙잡으며 자신을 향해 날아오는 칼을 피했다. 그리고는 다시 한 번 힘껏 검기를 날렸다.

서걱, 살이 베이는 느낌과 함께 복면인 하나가 쓰러졌다. 그러나 기뻐할 사이가 없었다. 자신이 두 명의 복면인과 싸우고 있는 틈을 타, 다른 두 명의 복면인이 나예린의 양옆으로 접근한 것이다.

'안 돼에에에에에!'

속으로 비명을 질렀지만, 나머지 한 명에게 발이 묶여 도와주러 갈 수가 없었다.

그때 하얀 섬광이 번뜩이며 나예린에게 접근했던 두 명의 복면인이 그대로 고꾸라졌다. 어느새 나예린의 새하얀 손에는 그녀의 애검이 들려 있었다. 검을 이불 속에 숨겨두고 있었던 것이다. 아직 몸이 회복되지 않은 나예린이 할 수 있는 최선은 방식은 바로 기습이었다. 두 명의 복면인은 쓰러뜨렸지만, 나예린은 괴로운 듯 몸을 숙였다. 무리하게 몸을 움직인 탓에 내상이 재발한 것이다.

덕분에 자기 눈앞의 적에게 집중할 수 있게 된 윤미는 있는 힘껏 검초를 전개하며 복면인을 밀어붙였다. 무서운지 안 무서운지 생각할 겨를도 없었다. 한껏 복면인을 몰아붙여 최후의 일격을 날리려던 순간, 갑자기 엄청난 충격에 눈앞이 컴컴해졌다. 옆구리가 화끈했다. 복면인의 칼이 옆구리를 훑고 지나간 것이다.

휘이이이이이잉!

다음 순간 미친 듯한 광풍이 불어와 윤미의 몸을 휘감더니 벽으로 내동댕이쳤다. 윤미의 입에서 피가 튀어나왔다. 벽에 세게 부딪친 다음 바닥에 데구루루 구른 윤미는 꼼짝도 할 수 없었다. 정신이 점점 혼미해져 가고 시야가 흐릿해졌다. 옆구리를 통해 자꾸만 생명이 빠져나가고 있었다. 점점 희미해져 가는 의식 속에서 윤미는 보았다, 붉은 옷의 사내가 천천히 방 안으로 걸어 들어오는 것을. 그자의 오른쪽 소매는 움직일 때마다 제멋대로 움직이고 있었다. 그는 외팔이였다.

붉은 옷의 사내가 방 안으로 들어오는 순간, 나예린은 지금껏 느껴 본 적이 없던 무시무시한 전율을 느꼈다. 검고 사악하면서도 터무니없이 거대한 악이 그녀를 향해 흉악한 미소를 짓고 있는 것 같았다.

누구지?

'난 저자를 알아!'

인정하기 싫지만 나예린은 그 사실을 인정해야 했다. 그녀의 마음속에서 급작스럽게 자라나고 있는 감각에 나예린은 깜짝 놀랐다. 그것은 바로 공포였다. 거대한 공포와 혐오감이 그녀의 마음속을 물들여 가고 있었다.

붉은 옷의 사내는 미소를 지은 채 매우 천천히 나예린을 향해 다가왔다. 그자의 얼굴을 확인하는 게 두려웠다. 알아서는 안 될 것 같았다. 그녀는 전력을 다해 검을 휘둘렀다.

백광이 희뿌연 연기를 가르며 번쩍였다. 하지만 그 검격은 붉은옷사내의 소매에 단번에 사로잡히고 말았다.

"이 정도로는 무리지."

검이 봉쇄되자 나예린은 다시 장으로 공격하려 했다. 그러나 그녀는 아직 몸을 제대로 가눌 수 없었고, 그녀의 장법 역시 붉은옷사내에 의해 완전히 막히고 말았다. 그자의 얼굴이 드러났다. 그는 청동으로 된 가면을 쓰고 있었다. 얼굴을 확인할 수 없지만 그녀는 이자를 알고 있다.

"이런이런. 이렇게 버릇없게 굴면 못 쓰지. 오랜만에 만났는데 인사도 없고 말이야. 참으로 예의가 없구나. 예의가 없는 아이에게는 벌을 줘야지."

붉은 옷의 사내는 사이한 미소를 지으며 나예린의 얼굴 가까이로 자신의 얼굴을 가져다 댔다. 이토록 소름 끼치는 악의를 나예린은 일찍이 느껴보지 못했다. 이자는 자신을 완전히 파괴시키고 싶어하고 있었다. 육체적으로는 물론 정신적으로까지. 그리고 그것은 비단 그녀 개인에 국한된 것이 아니었다. 이자는 그녀가 관련된 모든 것을 파괴하고 싶어하고 있었다. 이처럼 일그러진 흉념을 예전에도 느낀 적이 있었다.

"다, 당신은……."

그녀의 말은 끝까지 이어지지 못했다. 붉은 옷의 사내가 혈도를 짚은 탓이다. 붉은 옷의 사내는 이불을 걷어낸 다음 나예린을 한 손으로 들쳐 올리더니 어깨에 걸쳐 메었다.

"자, 이제 파멸의 전주곡을 울려보도록 하자꾸나. 크크크크. 지금부터가 시작이다."

곧 남은 복면인들이 쓰러진 복면인들을 들쳐 업었다. 그리고는 순식간에 사라졌다. 윤미는 그 광경을 마지막으로 의식을 잃었다.

　　　　　*　　　　　*　　　　　*

　약간 정신이 들었지만 의식은 여전히 혼미했다. 몸이 흔들거리는 것으로 보아 움직이고 있다는 것을 알았다. 그러나 수면향을 너무 맡은 탓인지 머리가 어지러워 사고가 원활하게 되지 않았다. 이어졌다 끊어 졌다를 반복하는 의식 속에서 나예린은 생각했다.

　'그자는 대체 누구지?

　'나를 어디로 데려가려는 걸까?

　그녀의 몸이 높은 계단 위로 옮겨졌다. 그러나 여전히 눈꺼풀은 열리지 않았다. 몸이 무겁고 손가락 끝 하나 움직일 수 없었다. 불안했다. 자신이 완전히 적의 수중에 떨어졌다는 사실에, 그리고 그 무서운 적의 정체를 아직 모르고 있다는 사실에. 그런데 가슴 깊은 곳에서 스멀스멀 기어오르는 이 거무틱틱한 불안감은 대체 뭐란 말인가? 사고(思考)가 그곳으로 향하는 것을 거부하고 있었다.

　문이 열리고 어느 방으로 들어갔다. 누군가가 화급히 달려오는 소리가 들렸다. 발소리로 보아 무척 살이 찐 사람 같았다. 그녀는 여기가 어딘지 알아내기 위해 필사적으로 머리를 움직였지만, 두통만이 가중될 뿐이었다.

　다가온 살찐 남자가 뭐라고 말을 걸자 그녀를 들쳐 업고 있는 붉은 옷의 사내도 무언가를 말했다. 하지만 두 사람의 말은 굉장히 먼 곳에서 이야기하는 것처럼 멀리 들렸다. 소리가 뭉개져 있어서 내용을 알아들을 수가 없었다. 의식이 다시 점점 멀어져 갔다.

　그때 다시 그녀의 몸이 움직였다. 그르르릉 하는 소리와 함께 붉은 옷의 사내가 움직였다. 이번에는 계단을 따라 아래로 향하고 있었다.

이윽고 그녀는 어딘가에 눕혀졌다.

푹신한 감촉.

아무래도 침상인 것 같았다. 자신을 내려놓은 후, 그자가 부하들에게 무언가를 명령하는 소리가 들렸다. 그 내용 역시 알아들을 수가 없었다. 그녀는 어떻게든 몸을 움직여 보려 했다. 그러나 여전히 그녀의 몸은 그녀의 의사를 거부한 채 꼼짝도 하지 않았다. 다시 몇 번이고 계속해서 시도했다. 어떻게든 이 상황에서 빠져나가야만 했다. 이자의 곁에 있는 것만으로도 그 악의에 질식할 것만 같았다. 그래서 필사적으로 움직였다. 그러자 오른손의 검지손가락이 살짝 움직였다. 조금 더 노력하자 손목까지 움직였다. 다시 몇 번 더 손가락과 손목을 움직이자 팔꿈치까지는 움직일 수 있게 되었다. 그녀는 필사적으로 허리춤으로 손을 가져갔다. 장신구 하나가 그녀의 손에 닿았다. 손가락을 움직여 그것을 떼어냈다. 손가락이 마음먹은 만큼 움직이지 않아 생각보다 시간이 오래 걸렸다. 일단 무언가 흔적을 남겨야 한다고 생각했다. 자신이 이곳에 있었다는 증거를.

자신은 왜 이렇게 필사적으로 증거를 남기려 하는 걸까?

순간 두 사람의 얼굴이 동시에 떠올랐다. 비류연과 연비의 얼굴이었다. 그녀의 머릿속에서 떠오른 얼굴은 이윽고 하나로 합쳐졌다.

그녀는 자신이 이상하다고 생각했다. 비류연은 지금 이곳에 없었다. 저 멀리 수천 리나 떨어진 곳에 있었다. 그런데도 왜 자신은 비류연이 자신을 구하러 올 거라고 믿고 있는 걸까? 왜 이 믿음이 부서지지 않는 걸까? 스스로 생각해도 이상했다. 하지만 그런 느낌이 들었다. 확신에 가까운 느낌이. 반드시 비류연이 자신을 구하러 올 거라고. 그러니 절대로 포기하지 말자고. '절망은 인체에 가장 해로운 맹독' 이라고 이야기해 준 사람도 바로 비류연이었다. 마음속의 비류연이 그녀에게 외치고 있었다. 절대 포기하지 말라고. 살기 위해 발버둥 치라고.

그녀는 팔을 조금씩 조금씩 움직여 풀어낸 장신구를 침상 옆 벽 쪽으로 떨어뜨렸다. 그러나 거기까지가 한계였다. 그때 그 남자가 다시 다가왔다. 그리고는 그녀를 어딘가 좁은 공간으로 옮겼다. 굉장히 비좁게 느껴지는 공간이었다. 그곳에서 벗어나려 발버둥 치려 했지만, 팔도 다리도 움직이지 않았다.

드르륵! 드르륵!

소리와 함께 뚜껑이 점점 닫혀왔다. 그녀는 아무것도 할 수 없었다. 그때 뚜껑이 마지막으로 닫히기 전, 그녀는 그 남자의 목소리를 들었다.

"크크. 갑갑하더라도 조금만 참아라, 나의 작은 새야."

순간 정신적인 충격에 그녀는 전율했다.

저 목소리, 저 말투…….

저 소리는…… 저 소리는…….

그러나 그녀의 사고는 끝까지 이어지지 못했다. 그 남자가 예비로 넣은 수면향이 그 순간 그녀의 의식을 송두리째 빼앗아갔던 것이다.

나예린은 다시 깊고 어두운 잠 속으로 빠져들었다. 그 어둠 깊은 곳에서 과거의 악몽이 다시 눈을 뜨고 있다는 사실도 모른 채.

다시 눈을 떴을 때 그녀는 어느 방 안에 있었다. 제대로 가구가 갖추어져 있는 것으로 보아 감옥은 아니었다. 하지만 그녀는 곧 자신의 자유가 구속되어 있다는 것을 알았다. 팔목과 발목에 족쇄가 채워져 있었고, 그것은 벽에 단단히 고정되어 있었다. 나예린은 진기를 끌어올리기 시작했다. 일단 기를 돌려 몸 상태를 점검할 생각이었다.

그러나,

'내공이 돌지 않아…….'

흐르는 강물처럼 자연스럽게 온몸을 순환해야 할 기(氣)의 흐름이 완전히 끊겨 있었다. 마치 거대한 둑이 곳곳에서 흐름을 막고 있는 것 같았다.

'기혈이 봉쇄됐구나.'

점혈에 대항하기 위한 해혈술로 막혀진 둑을 부숴보려고 저항했다. 하지만 생각 이상으로 둑은 단단했다.

'이건 금제인가.'

단순한 점혈이 아니라 금침이나 그에 준하는 도구를 이용한 특수한 폐맥술이 분명했다.

'상당히 강력하구나.'

그냥 순수한 내공의 힘만으로는 이 금제를 푸는 게 불가능해 보였다. 무언가 변화를 이끌어내기 위해서는 우선 진기를 움직여야 하는데, 가장 중요한 진기가 한 발자국도 움직이지 못하고 있는 것이다. 움직이지 못하는 기는 없는 것과 마찬가지였다.

'…….'

차갑고 냉정한 그녀의 마음이 조그만 불안으로 살짝 흔들렸다. 이렇게 온몸이 무기력하기는 처음이었다.

'류연…….'

가장 먼저 비류연의 얼굴이 떠올랐다. 언제나 자신만만한 웃음이 맺혀 있던 바로 그 얼굴. 언제나 그녀에게 용기를 주는 얼굴이었다. 한없이 차갑기만 하던 그녀를 변화시킨 장본인이기도 했다. 그리고 위험할 때 누구보다 의지가 되는 사람이었다. 대부분의 사람들은 그의 진가를 모르지만, 그녀는 잘 알고 있었다. 그의 진정한 힘을. 그러나 그는 지금 이곳에 없었다. 그리고 지금 자신은 아마도 강호란도가 아닌 다른 장소로 옮겨졌을 것이다. 왠지 그런 확신이 들었다.

'아버님, 어머님…….'

강호란도에서 뵈었던 아버지와 어머니의 얼굴이 떠올랐다. 지금 그녀가 사라진 걸 알고 엄청나게 걱정하고 있을 터였다. 얼마나 상심하고 있을지 상상할 수 없었다.

그리고 또 한 사람,

'연비…….'

분명 지금쯤 연비는 자신을 찾기 위해 필사적일 터였다. 연비는 그런 사람이었다. 예전에도 자신을 구해줬듯 지금도 자신을 구해주려고 애쓰고 있을 게 분명했다.

'하지만 하염없이 도움만 기다릴 수는 없어.'

'어떻게든 여기를 빠져나가야 해.'

그래야 부모님과 친구의 부담을 줄일 수 있었다.

하지만 어떻게?

그것이 가장 중요한 부분이었는데, 지금 그녀에게는 그럴 만한 마땅한 수단이 없었다.

철그렁! 철그렁!

양손을 묶고 있는 수갑을 세게 당겨보았다. 그러나 벽에 박힌 쇠사

슬은 꿈쩍도 하지 않았다. 진기를 끌어올릴 수 없는 이상 그녀는 지금 평범한 여자에 불과했다.

그러나 포기하지 않고 다시 몇 번이고 수갑을 당겨본다. 그러나 내공이 금제되어 있는 탓에 나예린의 몸은 금방 피로해지고 말았다.

그녀는 자신의 무력함을 다시 한 번 절감했다. 문이 열린 것은 그때였다.

끼이이이익 소리와 함께 문이 열리고, 그곳으로 붉은 옷의 사내가 걸어 들어왔다.

그는 여전히 가면을 쓰고 있었다. 그의 오른팔 소매가 아무렇게나 펄럭였다. 그 모습에 그녀는 그가 외팔이라는 것을 처음으로 인지할 수 있었다. 그러자 갑자기 소름 끼치는 전율이 등줄기를 타고 솟구쳐 올랐다. 숨이 턱 막히는 것 같았다.

'서… 설마…….'

그는 한 발짝 한 발짝 느린 걸음으로 나예린을 향해 걸어왔다. 항상 당당했던 그녀가 자신도 모르게 뒤로 물러났다. 하지만 묶여 있는 처지에 뒤는 벽이라 그녀의 그런 행동은 거의 무의미했다.

나예린의 온몸이 마치 뱀을 앞에 둔 다람쥐처럼 세차게 떨렸다. 아무리 억눌러 봐도 소용이 없었다.

'역시 이자는……!'

그녀 바로 앞에 멈춰 선 사내가 왼손을 얼굴로 가져갔다. 그리고 청동으로 만든 가면을 벗었다. 나예린은 그곳에서 나타난 얼굴을 보자 숨이 콱 막혔다.

덜덜덜, 온몸에 오한이 돋는 듯했다. 눈앞이 새카만 어둠으로 뒤덮이며 몸이 질척질척한 늪 속으로 가라앉는 것 같았다. 과거에 입은 마음의 상처가 삐꺽삐꺽 절규하고 있었다.

악몽이 그녀의 눈앞에서 환한 미소를 짓고 있었다. 영혼이 떨릴 정도의 악의를 듬뿍 담은 채.

"구 년 만인가? 오랜만이구나, 나의 작은 새야."

정문에서의 실랑이
—조여드는 심장

"멈춰라!"

비류연은 멈추지 않았다.

"멈추라니까!"

그래도 비류연은 멈추지 않았다. 마침내 문지기가 폭발했다.

"야, 이야기를 좀 들어!"

그제야 비류연의 발걸음이 멈추었다. 그리고는 귀찮다는 얼굴로 대꾸했다.

"바쁜데 왜?"

"통행증을 보여라."

"없는데?"

"뭐라고! 통행증이 없으면 들어갈 수 없다."

주작단원들과 장홍, 효룡은 모두들 마천각에서 발급해 준 통행증을 가지고 있었다. 하지만 비류연에게는 통행증이 없었다. 물론 연비의 것을 하나 가지고 있긴 하다. 하지만 그의 이름으로 된 것도 아니었고, 우선 여자 것이었다. 이렇게 사람 많은 곳에서 내보이고 싶지도 않았다. 정체가 들킬 위험이 있기 때문이다.

연비의 모습이었다면 더 편했을 것은 분명했다. 어떤 제지도 받지 않고 통과되었을지도 모른다. 그러나 지금은 그러고 싶지 않았다. 하기 싫었다. 연비의 모습이 아닌 본래의 모습으로 예린을 찾아오고 싶었다.

'그런 나의 앞을 가로막는다?

우선 그 터무니없는 무모함에 대해 칭찬해 주겠다. 하지만 그에 상응하는 대가를 치르는 것에 대해서는 각오해 두는 게 좋았다. 지금 그에게는 여유가 없었다. 헤실헤실 웃으며 손속에 사정 따위 두고 있을 시간이 없는 것이다.

만일 가로막는다면 오늘 마천각 정문은 두 쪽으로 갈라질 각오를 해야 할 것이다. 이미 비류연은 날뛸 만반의 준비가 되어 있었다.

사부한테까지 덤벼들었다. 이제 더 이상 무서울 것도, 주저할 것도 없었다. 더 이상의 막나감은 이제 있을 수 없게 된 것이다. 이제 그 어떤 일을 저지르더라도 덜 무모한 일이 되겠지……. 그렇다면 좋다. 오늘 그의 앞을 가로막는 자는 무사함과는 가장 거리가 먼 자가 될 것이다. 그렇게 결정했다.

"못 들어간다고?"

비류연이 살기를 에누리없이 분출했다. 이렇게 짙은 살기를 드러내는 비류연을 효룡은 일찍이 본 적이 없었다. 지금의 그라면 무슨 일이든 저지를 수 있을 것 같았다. 그건 위험했다.

'어떻게든 막아야 해!'

폭발 직전인 비류연의 앞을 효룡이 급히 가로막았다. 그리고는 마천 각에 사절단으로 왔을 때 받은 통행증을 내보이며 말했다.

"들여보내 주시지요. 원래 같이 왔어야 할 동료였습니다. 사정이 있어서 지금 온 것뿐입니다. 이 친구가 좀 아팠거든요."

"아팠다고? 그런 건 이유가 될 수 없다!"

문지기가 외쳤다. 그는 사십대 중반의 도객이었는데, 풍기는 기도가 범상치 않은 게 아무래도 그는 이 성문의 수비를 총괄하는 자인 듯했다.

"좋군. 나도 일일이 허가받고 있을 시간은 없으니까, 빨리 끝내도록 하자고."

비류연이 한 발을 더 앞으로 내밀었다. 진심이었다. 그는 지금 진짜로 뭔가 저지르려 하고 있었다. 그것도 아무런 망설임 없이. 그 일이 백도와 흑도 사이에 어떤 파장을 미칠지도 그에겐 관심 밖이었다. 그런 건 나예린을 되찾은 다음 천천히 생각해도 늦지 않았다.

"자자, 류연. 진정해, 진정. 그러지 말라고."

장홍은 필사적으로 폭주하려는 비류연을 만류했다. 여기서 폭발하게 놔둬서는 안 되었다. 지금 그의 모습은 평소 그 냉정하고 지독하게 합리적이던 비류연이라고 생각할 수 없는 모습이었다.

"이 친구의 신원은 제가 보증하지요. 들여보내 주십시오."

효룡이 좋은 말로 설득했다.

"너 따위가 뭔데 신원을 보증한단 말이냐? 절대 안 된다! 꺼져라!"

문지기는 단호했다.

"너. 따. 위. 라고라고라!"

효룡의 관자놀이에 푸른 핏줄이 튀어 올랐다. 그는 남에게 무시당하는 게 제일 싫었다.

"내가 좋게 좋게 해결하려는 게 안 보여! 닥치고 들여보내 달라니까!! 크아아아아악!"

효룡이 버럭 소리를 내질렀다. 내공이 실린 탓이 성벽과 성문이 쩌렁쩌렁 울릴 정도였다.

"이봐, 룡룡! 진정해, 진정하라고! 자네까지 날뛰면 어떡하나. 외교 문제가 된다고!"

괴성을 지르며 쌍검을 뽑아 들고 난동을 피우려는 효룡을 장홍이 뜯어말렸다. 장홍의 순간적인 판단이 아니었으면 벌써 성문 앞은 피가 홍건했을지도 모른다.

"류연, 자네도 뭔가 좀 더 평화적인 방법을 생각해 보게."

"난 이쪽이 간단신속해서 더 마음에 드는데? 룡룡이 앞장선다는데 굳이 말릴 필요 없잖아?"

"류연! 제발!"

야생마처럼 날뛰는 효룡을 뒤에서 끌어안은 채 장홍이 버럭 소리쳤다. 자신이 두 손 두 발 다 묶여 있는 상태에서 그가 사고를 치면 막을 방도가 없었다. 어떻게든 저지해야 했다. 그래서 한마디 더 덧붙였다.

"벌써 여기서부터 힘 빼면 시간만 더 잡아먹을 뿐이네. 그건 지극히 비합리적인 일이지 않나."

"그러니까 아저씨 말은 평화적으로 일을 해결하는 게 훨씬 신속하다 그거지?"

그제야 장홍의 얼굴에 안도의 표정이 떠올랐다.

"내 말이 바로 그 말일세. 돌아가는 것 같아 보여도 그게 가장 빠른

길이네."

"좋아, 그렇게까지 말하면 까짓것 하지 뭐. 평화적으로 일을 해결하려면 우선 대화부터 시작해야겠군. 귀찮은데."

"암, 그렇고말고. 모든 건 대화로 시작되는 거라네. 차분히 대화하면서 서로를 알아가다 보면 이 세상에 나쁜 사람은 하나도 없단 말일세."

"그 말 진짜로 믿는 건 아니겠지?"

"일단 믿는다고 해두자고."

비류연이 앞으로 나서며 물었다.

"귀하의, 별호와, 이름은, 뭡니까?"

'오, 일단 통성명부터 시도하려는 모양이군.'

그런데 어째 어조가 굉장히 무미건조했다.

"잔살도 장곡이다."

"아, 명성은 익히 들었습니다. 만나서 반갑습니다."

물론 비류연은 들어본 적도 없는 이름이었다. 이런 잔챙이 알게 뭐람, 속으로 그렇게 생각하고 있었다. 하지만 이런 속마음을 감추고 겉으로는 웃으며 입에 발린 말을 하는 것이 바로 어른들의 세계인 것이다.

'그래, 잘하고 있네. 허례허식을 빼면 어른들의 세계는 시체나 다름없어. 자네도 이제 어른이 되려 하는군.'

장홍이 멀쩡하게 대화를 나누는 비류연을 보며 흡족한 마음이 들었다. 아이에서 어른이 되어가는 자식을 보는 듯한 잔잔한 눈동자였다.

"난 하나도 안 반갑군."

"그런 건 중요한 게 아니니 넘어가죠."

"그럼 뭐가 중요한가?"

"아저씨, 내가 누군지 몰라요?"

마치 자신을 모른다는 것은 지극히 무식하기 짝이 없는 것이라는 눈빛으로 비류연이 바라보자 잔살도 장곡은 무척 당황스러웠다.

"그, 글쎄? 누, 누군데?"

"내 이름은 비류연. 이래도 모르겠어요?"

"그, 글쎄, 잘 모르겠는데?"

비류연이 참으로 딱하다는 표정을 짓자 장곡은 한 일도 없이 괜히 죄책감이 들었다.

"기억 안 나요? 지난 화산지회에서 명예롭고 당당하게 우승했던 비류연이라고요."

"아, 그 비류연!"

장곡도 그 이름만큼은 들어본 적이 있는 모양이었다.

"자, 이제 기억났으니 들어가도 되죠?"

씨익 미소를 한번 지어 보인 다음 비류연은 망설임없이 발걸음을 옮겼다.

"잠깐! 멈춰!"

"왜요?"

"자네가 지난 백 주년 기념 화산지회의 우승자인 건 알겠는데, 그렇다고 해서 마천각에 들어갈 수는 없어. 그런 규정은 없다고. 그러니 은근슬쩍 들어가려 하지 말게."

비류연은 속으로 '쳇' 하고 중얼거렸다.

"관계없어요?"

"관계없네."

"그럼 안 들여보내 줄 건가요?"

"물론일세."

그러자 비류연이 장홍을 돌아보며 말했다.

"들었어?"

"들었네."

"대화 결렬이군. 그렇지?"

"그, 그렇군."

"난 충분히 정중하게 허례허식을 담아 얘기했는데 말이지. 좋은 말로 말이야."

장홍은 갑자기 불길한 예감이 들었다.

'저 친구, 대체 어쩌려는 거지?'

행동을 읽을 수 없다는 게 비류연의 가장 두려운 점이었다.

"그렇다면 그다음 교섭으로 넘어가 볼까?"

비류연은 싱긋 웃으며 손을 앞으로 내밀었다.

"혹시나 해서 묻는데, 지금이라도 들여보내 줄 수 있나요?"

비류연이 확인차 물었다.

"몇 번을 말해야 알아듣겠느냐? 돌아가라."

잔살도 장곡이 인상을 찌푸리며 말했다.

"만일 그래도 꼭 들어가야겠다면요?"

"절대 안 된다. 허가증도 통행증도, 없는 사람을 마천각 안으로 들여보낼 수는 없기 때문이다."

"이해를 못하는군요. 난 지금 무슨 수를 써서라도 들어가겠다고 말하고 있는 거라고요. 이것 하나만은 알려 드리죠. 무슨 일이 있어도 내가 돌아서는 일은 없어요. 그러니 그냥 문을 열어요. 저 안에서 날 기다리는 사람이 있거든요."

"불가하다."

거듭되는 거절에도 비류연은 분노하지 않았다.

"저기 내 뒤의 사람들 안 보여요? 열대여섯 명이 있잖아요? 다들 못 들어가고 있어서 짜증이 많이 나 있단 말이죠. 여차하면 아주 거칠게 나올 수도 있어요. 그럼 서로 문제가 커지지 않겠어요?"

"그 정도 협박으로는 결코 마천각의 문을 넘을 수는 없다."

"아, 그래요? 그렇다면 서로 더 이상 시간 낭비 하지 말죠."

체념한 어투로 비류연이 말했다. 장흥과 효룡은 그가 순순하게 물러나려는 모양새가 너무나 수상했다.

"돌아갈 마음이 들었느냐?"

비류연은 무표정한 얼굴로 오른손을 들어 올렸다.

"좋게 말하는 건 여기까지네."

그러자 잔살도 장곡을 비롯한 성문의 호법 하나가 그를 비웃었다. 그들이 단순한 말단 경비들이 아니라, 나름 이름을 떨치는 고수들이었다. 게다가 저 문 너머에는 정문을 지키기 위해 파견된 수비대도 있었다.

"무력이라도 쓰겠다는 거냐?"

"아뇨, 무력 대신 마술을 쓸 생각이죠."

"마술?"

비류연은 마치 보이지 않는 과일이라도 쥐고 있는 듯한 모양새로 오른손을 들어 올렸다.

"자, 이게 보이나요?"

비류연이 물었다.

"뭐가 보인다는 말이냐?"
잔살도 장곡이 반문했다.
"어라, 안 보여요? 내 손 위에 조심스럽게 올려져 있는 '이것' 이?"
"안 보인다. 미친 것 아니냐? 거기에 뭐가 들려 있다는 거냐?"
"댁들의 '심장(心臟)' !"
비류연이 냉혹한 미소를 지으며 말했다.
"미쳤구나! 어서 썩 물러가라!"
"안 믿는군요."
"보이는 건 빈손밖에 없는데 뭘 믿으라는 거냐?"
비류연의 손은 살짝 오므려져 있긴 했으나, 그 손바닥 위에는 아무것도 올려져 있지 않았다.
"그래요? 그렇다면 한번 시험해 볼까요?"
장곡이 퉁명스럽게 대꾸했다.
"해보던지 말던지."
"그래요? 그럼 사양 않고."
비류연은 들어 올리고 있던 손을 서서히 오그라뜨렸다.
꽈아아아아아악!
"커헉!"
갑자기 장곡도와 또 한 명의 호법이 양손으로 목을 움켜쥐며 몸을 비틀었다. 숨이 막히는 듯, 물 밖으로 내던져진 금붕어처럼 입을 뻐끔거린다. 하지만 좀처럼 호흡은 편해지지 않았다. 숨 쉬기는 더욱더 힘들어지기만 하는지, 그들의 안색이 파리하게 변했다. 창백한 시선에 공포를 담은 채 비류연의 다물어지고 있는 손을 바라본다.
"이, 이게 대체 어떻게……."

　장홍과 효룡은 이 급작스런 사태에 어떻게 대응해야 할지 몰라 망설였다. 고통스러워하는 호법들과 비류연의 서서히 조여들고 있는 손을 번갈아 바라보기만 할 뿐이었다.

　반면 그 모습을 지켜보는 비류연의 눈동자는 무심하기만 했다.

　"이제 좀 믿음이 가나요? 이 손아귀에 들린 게 당신들의 심장이라는 사실이 말이에요."

　비류연이 서서히 움켜쥐어지고 있던 손아귀를 조금 느슨하게 벌렸다.

　"커허어억! 콜록콜록콜록!"

　그제야 두 명의 호법은 한꺼번에 숨을 토해내며 연신 기침을 해댔다.

　"자, 다시 한 번 묻죠. 이제 문을 열어주실 건가요?"

　비류연이 다시 한 번 정중하게 물었다.

　"안 된다! 죽어도 이 길을 지나가게 내버려 둘 수는 없다. 이런 짓을 하고도 무사할 거라고 생각하느냐?"

　"물론 무사할 예정이죠. 그리고 우리의 무사안일은 당신들이 신경 써줄 일은 아니라는 생각이 드는군요. 우선 나에겐 시간이 없어요. 그리고 인내심도 바닥난 상태죠. 그러니까……."

　"자, 잠깐! 뭐 하는 짓이냐?"

　두 호법이 경악하며 소리쳤다.

　"왜요?"

　"그, 그거 말이다! 네, 네 손."

　어느새 비류연은 의식적인지 무의식적인지 알 수는 없지만 보이지 않는 심장을 공놀이하듯이 던져 올렸다 받았다를 반복하고 있었다.

두 호법이 보이지 않는 심장의 움직임에서 눈을 떼지 못했다. 혹시나 하는 의구심이 그들의 마음을 옭매고 있었다. 그 멍청하고 안절부절못하는 모습을 보고 비류연은 회심의 미소를 지었다.

"이번에는 한번 터뜨려 볼까요?"

비류연이 싱글거리며, 잔인한 미소를 띠며 손가락 마디마디를 움직여 보였다.

"그, 그러지 마!"

그 말에 심장이 튕겨 오르는 듯한 충격을 받은 두 호법이 저도 모르게 소리쳤다. 순식간에 심장 박동수가 두 배로 올라갔다. 그런 두 사람의 반응에 비류연은 회심의 미소를 지으며 말했다.

"이제 좀 믿음이 가나 보죠?"

분명 속임수일 것이다. 그렇게 이성적으로 생각하고 마음속으로 되뇌었지만, 마음 밑바닥에서는 여전히 씻기지 않는 불안이 일렁거린다.

"우리가 졌다. 들어가라."

마침내 두 사람이 이를 갈며 말했다. 문을 지키는 책임자로서 이미 그들의 자존심은 엉망진창이 되었다. 증오의 시선을 뿌리는 것도 충분히 납득할 만한 일이었다. 그리고 그 시선을 받고 자책하거나 할 정도로 비류연의 감성은 말랑말랑하지 않았다.

"하지만 이것만은 기억해 둬라, 들어가긴 쉬워도 나오기는 어려울 것이라는 것을."

이 가는 소리가 저 뒤에 서 있는 주작단의 귀에까지 똑똑히 들릴 정도였다. 분하겠지. 그 기분, 왠지 알 것 같아 주작단 중 몇몇은 눈가를 훔쳤다. 왠지 저 모습이 남의 모습 같지 않았던 것이다.

"그 문제는 나올 때 고민하도록 하죠."

그렇게 말하더니 갑자기 오른손을 위로 던져 올렸다.

"무, 무슨 짓이냐!"

비류연은 씨익 미소 지었다. 실로 악마의 미소라 해도 어울릴 만한 그런 미소였다. 던져 올렸던 투명 심장을 받아 든 손과 다른 한 손을 세차게 마주쳤다. 그리고 소리쳤다.

"빵!"

단번에 심장이 터져 나가는 듯한 소리에 공기가 쩌렁쩌렁 울렸다.

우렁찬 소리가 터지자마자 화들짝 놀란 호법 두 사람은 그대로 기절하고 말았다. 기절한 두 사람의 입가에 게거품이 보글보글 솟아올랐다.

"소심하기는."

기절한 두 사람은 안중에도 없다는 듯 비류연은 문으로 다가갔다.

"어떻게 한 건가?"

옆으로 다가온 장홍이 물었다.

"간단한 속임수지. 하지만 알려주면 재미가 없잖아?"

"그래도 좀 가르쳐 주게, 궁금하잖나."

"간파당한 마술은 이미 마술이 아니지. 그건 그냥 속임수일 뿐이야. 나중에 또 써먹을 때도 불편하고."

"그걸 또 쓸 생각인가?"

"그냥 보이지 않는 손으로 심장을 만져 줬다고 생각해 줘."

"그렇다는 건 진짜 그랬다는 건 아니군."

"그 이상은 기업 비밀이야. 문파 비전이라고."

"자네 문파는 그런 속임수도 가르치나?"

"속임수라니, 듣는 사람 기분 나쁘게. 응용이라고 해주게."

비밀은 뇌령사에 있었다. 보이지 않는 뇌령사를 이용해 몰래 그들의 목을 조른 것이다.

사전 심리 조작을 통해 의식을 심장으로 쏠리게 했기 때문에, 목이 조여서 숨이 막히는데도 심장이 움켜쥐어진 거라고 생각한 것이다. 가벼운 암시 덕분에 판단력이 무너진 것이다.

그 때문에 비류연은 굉장한 능력을 가진 것처럼 보인 것이다. 마치 그의 손바닥 위에 진짜 심장이 있는 것처럼.

"이렇게 요란하게 진입했으니 앞으로가 시끄럽겠군."

장홍은 폭풍의 예감에 몸을 부르르 떨었다. 어쩐지 일이 점점 커져 가고 있었다. 이대로는 어떤 수를 써도 수습이 불가능했다. 그렇다고 그 해결을 비류연에게 기대할 수도 없었다. 지금 그의 머릿속에는 나예린에 대한 생각으로만 가득해서 다른 말은 조금도 들어가지 않고 있었다.

비류연은 조금의 망설임도 없이 그대로 문을 발로 차서 활짝 열었다. 그리고는 뒤돌아보며 물었다.

"자, 돌아갈 사람?"

아마 이것이 마지막 기회일 것이다. 이 선을 넘어가면 돌이킬 수 없는 일이 된다. 이것은 비류연은 친구들에게 주는 마지막 선택지였다.

"여기까지 온 이상 어쩔 수 없지, 자네랑 끝까지 어울리는 수밖에."

장홍이 어깨를 으쓱하며 말했다.

"업이죠, 업. 전생에 무슨 잘못을 저질렀기에 이런 꼴을 당해야 하는지 원."

효룡이 한숨을 내쉬며 말했다.

주작단의 반응은 조금 달랐다. 그들은 서로 머리를 맞대고 작은 목소리로 속삭였다.

"돌아갈 거야?"

"갈 수 있을까?"

"가도 된다잖아."

"대사형 말을 믿어?"

"음… 못 믿지."

"아마, 그랬다간 뒈지지 않을까?"

"분명 보복이 기다릴 거야."

"역시 대사형이니까."

"그렇지, 대사형이니까."

"할 수 없지. 함께하는 수밖에."

"이럴 때 잘 보여놓자고. 그럼 앞으로 좀 편해지지 않을까?"

"일리있네. 자, 그럼 빠질 사람?"

"……."

투덜거리면서도 끝내 발걸음을 돌리는 이는 없었다.

비류연은 씨익! 미소를 지으며 다시 고개를 앞쪽으로 향했다.

"악우를 둔 자의 응보 아니겠어."

그렇게 나오면 그와 어울리는 자들은 할 말이 없었다.

"자, 그럼 화려하게 날뛰어보자고, 친구들."

다시 나타난 악몽
—삐걱거리는 상처

그녀는 두려웠다.

이렇게 두려웠던 적은 구 년 전 그날 밤 이후로 단 한 번도 없었다. 아물었다고 생각했던 옛 상처가 삐거덕삐거덕거리며 벌어지고 있었다. 그 벌어진 틈새로 미칠 듯한 공포가 새어 나와 그녀의 정신을 오염시켰다. 수천, 수만 마리의 지네가 그녀의 영혼에 침입하고 있는 듯했다.

손발이 얼어붙고 혀가 굳는다. 뭐라고 말조차 한마디 제대로 꺼낼 수 없었다.

그동안 그렇게 피땀 흘려 수련해 왔는데…… 지금까지의 수련은 모두 헛것이었단 말인가?

그 존재가 눈앞에 나타났다는 것만으로 그녀는 공포에 사로잡혔다.

발작적으로 내공을 일으켜 보려 해도 기가 움직이지 않았다. 마치 몸 안이 텅 빈 듯한 무력감이 그녀를 엄습했다. 그 악몽을 떨치기 위해 그동안 그렇게 노력해 왔던 것이 아니었던가.

"두려우냐?"

나예린은 그 말을 부정이라도 하듯 세차게 고개를 흔들었다. 하지만 너무 꽉 쥐어 푸르스름해진 손과 창백한 안색은 어떻게 해도 숨길 수가 없었다. 억제하고 절제하고 참으려 해도 그녀의 몸은 과거의 상처와 공포를 잊지 못했는지 미약하게 떨리고 있었다. 그 모습을 보고 붉은 옷의 사내는 만족스러운 미소를 지었다.

"좋아! 아주 좋아!"

비에 젖은 작은 새처럼 떨고 있는 나에린을 비리보는 그의 눈동자에 쾌락과 흥분이 차올랐다.

'이 얼마나 달콤한 쾌락이란 말인가……'

구 년 전에 비할 바가 아닐 정도로 눈부시게 개화한 순백의 아름다움, 그 속에 번져 나가는 검은 공포.

"크크크큭, 자신에게 공포와 두려움을 느끼는 상대를 보는 것은 매우 즐거운 일이지. 왜냐하면 자신의 강함을 확인할 수 있으니까. 이 몸이 지배자의 위치에 서 있다는 것을 무엇보다 확실하게 확인할 수 있거든. 더욱더 두려워하고 더욱더 떠는 게 좋아. 그 작고 새하얀 교구를 떨어, 좀 더 이 몸을 기쁘게 해줘야 하지 않겠느냐, 나의 작은 새야? 너의 절망에 찬 두려움에 떠는 노랫소리를 듣고 싶어 참을 수가 없구나. 더욱더 몸부림치도록 해라, 이 몸의 앞에서."

광기에 가득 찬 목소리에 나예린은 퍼뜩 정신을 차렸다.

꾸욱!

그녀의 떨림이 갑자기 멈추었다. 자신이 두려워하면 할수록 이자가 기뻐한다는 것을 깨달았기 때문이다. 이자는 그녀를 한껏 조롱하고 있

었다. 좀 더 자신이 공포에 빠져 벌벌 떨기를 바랄 것이다. 구 년 전 폭
풍우가 치던 그날 밤처럼 절망 속에서 울부짖길 바라는 것이다.

나예린은 매서운 눈빛으로, 분노에 가득 찬 시선으로 그를 바라보았
다. 좀 전까지 두려워하듯 피하던 시선을 지금은 정면으로 맞서고 있
었다. 그녀의 몸은 더 이상 떨리고 있지 않았다.

주르르륵.

나예린의 입가를 타고 붉은 홍옥 같은 핏방울이 흘러내렸다. 몸에서
떨림과 공포를 몰아내기 위해 스스로 혀를 깨문 것이다.

“쯧쯧. 무슨 난폭한 짓이냐, 여자 애가.”

나예린의 눈빛이 하는 말은 명확했다. 조금이라도 허튼짓을 하려 한
다면, 만일 자신을 범하려 한다면 당장 혀를 깨물겠다고 외치고 있는
것이다.

서천이 가볍게 쯧쯧 혀를 찼다.

“뭐, 좋다. 필사적으로 반항하는 것을 보는 것 또한 또 다른 여흥이
지. 하지만 그렇게 경계할 필요는 없다. 아직 시작조차 되지 않았으니
까. 크크크.”

“그건 무슨 뜻이죠?”

나예린이 처음으로 입을 열었다. 계속 입을 다물고 아무 말도 안 하
는 것 역시 그를 두려워한다는 뜻으로 비춰질 수 있었기 때문이다.

그가 가볍게 웃으며 말했다.

“크크, 무슨 뜻일까? 선심 써서 가르쳐 주지. 네가 지금 생각하는 그
렇고 그런 일은 당장은 일어나지 않을 거란 이야기다.”

나예린의 얼굴이 살짝 붉어졌다. 하지만 금방 다시 안색을 회복했
다.

"그 말을 어떻게 믿죠?"

그러자 서천의 입가에 잔인하고 비릇한 미소가 맹독처럼 서서히 번져 나갔다. 잔인하고 일그러진 욕망의 검은 불꽃이 그의 눈동자 속에서 이글이글 불타올랐다. 그 거대하고 비틀린 욕망을 가까이서 느끼는 것만으로도 나예린은 속이 울렁거리고 몸이 딱딱하게 굳어갔다. 내공이 봉쇄되어 있다 해도 그녀의 용안은 지금도 정상적으로 작용하고 있었다. 하지만 지금 이 경우, 그 사실은 오히려 그녀에게 치명적인 독으로 작용했다. 저자의 악의를 그대로 느낀다는 것은 맹독에 쐬이는 것과 똑같은 일이었다. 더럽혀지지 않은 그녀에게 그것은 너무나 치명적이었다.

"크크크크. 예언을 하나 하지."

그는 이 두려움에 떠는 여인을 농락하는 것이 무척이나 즐거운 듯했다.

"너는 본좌 앞에서 스스로 옷을 벗고 오체투지하게 될 것이다! 그리고 스스로 내 종이 되어 복종할 것을 맹세하게 될 것이다."

나예린의 얼굴이 수치심으로 순식간에 붉어졌다가 단숨에 폭발했다.

"절 희롱하시는 건가요? 그런 일은 절대로 일어나지 않아요, 절대로! 제 목숨이 끊어지는 한이 있더라도! 그런 일은 일어나지 않아요."

그는 나예린의 격렬한 부정에도 조금도 아랑곳하지 않았다.

"크크크크크. 과연 그럴까? 지금은 그렇게 기운차다만, 나중에는 어떻게 될까? 그때도 과연 그렇게 건방지고 오만한 태도를 유지할 수 있을까? 누군가의 굳은 의지가 허물어지는 것을 보는 것도 즐거운 도락이지."

"결코 저의 의지를 허물어뜨릴 수는 없을 거예요. 제 영혼은 절대로 당신에게 굴복하지 않아요."

크크, 서천은 웃었다. 그의 눈에 일렁이는 검은 불꽃이 더욱 강렬해졌다.

"글쎄, 과연 어떨까? 이 몸이 너에게 절망을 안겨주마. 끝없는 절망을! 너의 동료들과 동생들은 차례차례 죽어나가고 너의 어미는 네 앞에서 윤간당할 것이다. 그리고 그 증오스럽기 짝이 없는 위선자인 네 아비는 내 손에 천 갈래 만 갈래가 되어 갈가리 찢겨져 참혹하게 죽을 것이다. 크하하하하하하하! 그때도 과연 네가 지금처럼 오만하고 팔팔할 수 있을까? 너의 연약한 영혼이 그 절망을 어디까지 견뎌낼 수 있을지 그것참 기대되는구나. 크하하하하하하! 크하하하하하하하!"

그의 광기 어린 선언을 들은 나예린의 안색이 밀랍처럼 창백해졌다. 심장이 얼어붙는 것 같았다. 으슬으슬한 한기가 그녀의 몸 전체를 휘감았다.

'미쳤다. 역시 이 사람은 미쳤다.'

그렇기에 방금 그의 말은 진심이었다. 그는 진짜 그렇게 하려 하고 있었다. 그리고 아마도 그에게는 그것을 할 만한 힘이 갖추어져 있을 것이다. 지난 십 년간 그는 복수에 눈이 먼 복수귀였다. 그 잔혹한 귀신이 십 년 동안 그가 증오하고 그를 내쫓은 자를 무너뜨리기 위해 준비해 온 것이다. 분명 그것은 결코 가볍지 않을 것이다. 특히나 지금처럼 정천맹의 영역에서 떨어져 나와 있을 때는 더욱더 그러했다.

'이자는 진심이다. 진짜로 할 생각이야!'

그 일그러진 검은 광기가 그녀의 눈에는 너무도 명확하게 실체를 띠고 있었다. 그것은 이미 한 마리의 거대한 괴물이었다. 저 괴물이 지금 그녀의 소중한 것들은 집어삼키고 파괴하려 하고 있었다.

'어떻게든 막아야 해!'

마음이 초조해졌다.

'하지만 어떻게?'

이렇게 사로잡힌 수인(囚人)의 몸으로 무엇을 할 수 있단 말인가? 지금 자신은 인질이나 다름없었다. 사태의 진행을 막기는커녕 사태를 더욱더 악화시킬 수 있는 도화선이었다.

나예린은 조용히 가지런한 치아 사이에 혀를 가져다 댔다.

'내가 있으면 모두의 발목을 잡게 돼.'

지금 가장 위험한 무기가 될 수 있는 것은 바로 그녀 자신이었다. 만일 그녀 자신이 치명적인 약점이 되어 돌이킬 수 없는 일이 일어난다면 그녀는 그 사태를 견뎌낼 자신이 없었다.

'이대로 내가 죽으면……'

적어도 그녀가 무기가 되는 일은 없어질 터였다. 그녀는 서서히 이빨에 힘을 주었다.

"……"

하지만 끝까지 끊어내지는 못했다. 마지막 순간에 떠오른 비류연의 얼굴 때문이었다. 그 얼굴이 그녀에게 절대 포기하지 말라고 말하고 있었다.

'아직 살고 싶어!'

살아서 다시 한 번 비류연과 만나고 싶었다.

'난 아직 해야 할 일이 있어. 하고 싶은 일이 있어. 여기서 무너지면 안 돼! 류연이 항상 말했잖아. 포기하지 마! 자신의 세계에서 가능성을 모두 던져 버리지 마. 끝까지 물고 늘어져 그 가능성을 잡아내라고. 불가능은 가능이 되기 위해 존재한다고. 그러니 포기하지 말자. 그를 믿자. 나의 자랑스런 부모님들을 믿자. 그리고 친구인 연비를 믿자.'

연비와 비류연의 얼굴이 동시에 떠올랐다. 그러자 왠지 힘이 났다. 그녀는 약해져 가는 의지를 다시 벼리기 시작했다.

'여기서 질 수 없어. 여기서 약한 모습을 보이면 안 돼. 그러면 그럴수록 저자를 기쁘게 만들어줄 뿐이야. 그것만은 해서는 안 돼!'

나예린은 숙였던 고개를 번쩍 들었다.

"그렇다면 저도 예언을 하나 하죠."

"재미있군. 어디 한번 들어볼까?"

"그 사람이 반드시 절 구하러 올 거예요. 그리고 절대로 당신 같은 사람한테 지지 않을 거예요. 그때 환마동에서 공포에 떠는 절 구해줬을 때처럼 저를 구해줄 거예요. 당신의 그 하찮은 예언은 그 사람의 손에 의해 부서질 거예요."

그녀의 예언은 들은 그의 입가에 흉험한 미소가 번져 나갔다. 그의 눈동자는 광기에 번들거리고 있었다.

"그 사람이라면 누구? 소문에 들리는 그 비류연이라는 애송이 꼬마 말이냐? 듣자 하니 사고를 쳐서 이곳 마천각에도 오지 못했다 들었는데? 수백 리 떨어진 천무학관에서 너를 구하기 위해 달려오기라도 한단 말이냐? 적어도 한 달은 걸릴 텐데? 그때까지 네가 멀쩡할 수 있을 거라 믿는 거냐? 크하하하하하! 정말 재미있는 농담이구나."

"아니요, 당신은 류연을 몰라요! 상식을 깨는 것이야말로 그 사람의 특기죠. 이번에도 당신의 상식을 깨부수고 그는 나타날 거예요. 그리고 그 사람만이 아니에요. 연비도 있어요. 진설이도 있어요. 그 외에도 많은 사람들이 있어요. 천무학관의 동료들 역시 당신의 만행을 결코 좌시하지 않을 거예요."

지금 그녀가 할 수 있는 것은 동료를 믿는 것뿐이었다.

"내가 그런 조무래기들이나 상대하고 있을 거라 생각했느냐? 나를 쓰러뜨리려면 그런 조무래기가 아니라 천무삼성 정도는 데려와야지. 그래야 이야기가 되지 않겠느냐?"

"그리고 아버님과 어머님이 계셔요. 그분들은 결코 당신은 용서하지 않을 거예요!"

나백천의 이야기가 나오자 그의 눈동자에서 흉망이 번뜩였다.

"크크, 그 잘나신 위선자 무림맹주님도 이제는 더 이상 나의 적이 아니다."

굉장히 오만한 목소리로 그가 자신했다.

"아버님은 결코 당신 같은 잡배에게 지지 않아요."

철썩!

그가 뺨을 후려쳤다. 나예린의 고개가 홱 돌아갔다. 진주를 녹여놓은 것 같은 하얀 피부가 벌겋게 붉어졌다. 그는 돌아간 고개를 천천히 바로 돌리더니 왼손으로 부드럽게 뺨을 쓰다듬기 시작했다. 그리고는 아주 자상한 목소리로 말했다.

"말을 조금 더 조심했으면 좋겠구나, 사랑스런 조카야. 조금은 더 자신의 처지를 생각해야지. 개처럼 끌려 다니고 싶지는 않겠지? 나의 인내심은 바다처럼 넓지만, 너무 그 크기를 시험하지는 말려무나. 난 그런 건 딱 질색이거든. 알겠니?"

그의 손길이 뺨을 타고 지나갈 때마다 마치 뱀이 그녀의 뺨을 핥는 것 같아 소름이 쫙 끼쳤다. 하지만 지금 그녀는 아무것도 할 수 없었다. 그런 자신에게 열이 받았다. 부아가 치밀었다. 분노가 샘솟았다.

"너에게 내 아이를 낳게 해주지. 기뻐하는 게 좋아. 너는 내 후계자를 키우게 될 테니까. 그리고 나중에는 차기 무림의 지배자의 어미가 되는 것이다. 영광이라 생각하도록 해라. 크하하하하하. 크하하하하!"

그가 고개를 들어 앙천대소했다.

"절대 당신의 뜻대로 되지 않을 거예요!"

의지를 꺾지 않은 채 나예린이 외쳤다.

"너와 나의 예언, 어느 쪽이 맞을지 두고 보도록 하지. 그 또한 재미있는 여흥이 될 것 같으니까. 하지만 그전에 주인에게 버릇없게 군 것에 대한 벌을 줘야 할 것 같구나."

그의 마수가 서서히 다시 한 번 나예린의 창백해진 뺨을 쓰다듬더니 이윽고 턱을 지나 새하얗게 드러난 목을 타고 아래로 내려갔다. 그 손이 쇄골을 지나 더 아래로 내려가려는 순간, 요란한 종소리가 멀리서 울려 퍼졌다. 서천의 동작이 우뚝 멈추었다.

"이 소리는……."

분명 비상종 소리였다. 그것도 특일급의 비상사태였다. 잘못 들을 리가 없었다.

"생각보다 빠르군."

그는 잠시 망설이다가 손을 뗐다.

"아쉽지만 시간은 아직 충분해. 나 역시 급하게 모든 것을 다 맛볼 생각은 없으니까 말이야. 그건 정말 아까운 짓이거든. 천하의 미식이 눈앞에 있는데! 그걸 단숨에 먹어치우면, 순간적으로 기쁠진 모르지만 그 달콤함과 황홀함은 너무나 극단적으로 짧지! 참으로 아쉬운 일이야."

그런 일은 그에게 있어 용납될 수 없는 일이었다. 구 년 만에 다시 손에 쥔 기회였다. 충분히 사용하지 않으면 안 된다. 이용 가치를 높이기 위해서라도 당장 손을 대는 것은 참기로 했다.

"천천히 천천히, 한 꺼풀씩 한 꺼풀씩 벗겨 나가며, 발가락 끝부터 시작해서 머리끝까지 너의 모든 것을 음미해 주도록 하마. 시간은 앞으로도 충분하니까 말이야. 그러니 나는 조바심 내지 않아. 안달하지 않는다. 잠시 시간을 죽이기라도 할 겸 너의 친구들을 상대해 주마. 너의 마음에 절망이 가득 차올라 그 보석 같은 눈동자에 눈물이 흘러넘치는 것을 보는 것 또한 절경이겠지."

상상하는 것만으로도 그의 등줄기를 타고 찌릿찌릿한 전율이 훑고 지나갔다. 아아, 한시라도 빨리 그 광경을 보고 싶었다.

"네가 소중하다 여기는 것을 하나씩 하나씩 제거해 주마. 그때마다 너의 가슴에 새겨질 고통을 생각하니 벌써부터 황홀해지는구나. 어서 보고 싶다. 네가 고통에 몸부림치는 것을. 그 교구를 분노에 떨며 나를 증오에 찬 눈으로 바라보는 것을. 종국에 가서 너의 긍지와 의지가 모래성처럼 허물어지는 것을. 그때가 되면 너는 내 앞에 무릎을 꿇고 머리를 조아리게 될 것이다. 그리하여 끝에 가서는 너의 몸과 마음 모두 온전히 나 하나만의 것이 될 것이다! 크하하하하하, 크하하하하하하하!"

그의 웃음소리가 방 안을 쩌렁쩌렁 울리며 퍼져 나갔다. 그는 자신 안에서 이글거리는 어두운 욕망을 살살 달래며 극상의 맛을 볼 때를 기다리기로 했다. 극상의 미식을 맛보기 위해서는 참고 기다릴 줄 아는 인내도 필요한 법. 그는 충분히 그걸 견뎌낼 용의가 있었다.

"벌써부터 그때가 기다려지는구나. 자, 그럼 사냥을 시작해 볼까?"

잠시 후 그자의 모습이 방문 밖으로 사라지고 나서야 나예린은 간신히 참았던 숨을 몰아쉴 수 있었다. 다리와 몸에 힘이 쭉 빠져나갔다. 엄청난 심력을 한순간에 소비한 탓인지 갈증이 나듯 목이 칼칼하고 몸이 무거웠다. 너무 지독한 악의에 구토가 나올 것만 같았다. 쓰러질 것만 같았다. 지켜왔던 의지가 단숨에 모래성처럼 무너질 것만 같았다.

'어둡고 두렵고 무서워…….'

그자 입가에 맺힌 비릿하고 잔인한 미소와 그 형형히 빛나는 독사의 눈은 마치 그녀 자신을 낱낱이 해체하려는 듯 날카롭고 으슬으슬했다.

공포라는 이름의 야수가 천천히 그녀의 숨통을 끊어가고 있었다. 그 야수는 한 점 한 점 육신의 고기를 떼어 먹듯, 나예린의 무구한 영혼을 한 점씩 한 점씩 갉아먹고 있었다. 이 악몽 같은 공포에 견뎌낼 수 있을까? 자신이 서지 않는다. 나예린은 자신의 마음이 쓰러지는 것을 막기 위해 웅크린 채 몸을 감쌌다.

"류연……."

이름을 불러도 대답은 돌아오지 않았다.

여기는 지옥이었다.

*　　　*　　　*

"역시 그냥 보내줄 생각은 없는 모양인데."

장홍의 예감은 곧바로 들어맞았다. 정문을 지키는 사람이 저 두 사람뿐일 리가 없었다. 서른 명이 넘는 수비대가 그들의 앞길을 막았다. 그러나 비류연은 정문을 제압할 생각이 없었다.

"빨리 정리하고 가자고."

"오우!"

두 배 조금 넘는 숫자 가지고는 그들의 앞길을 막을 수 없었다. 비류연은 직접 나서지도 않고 살짝 고갯짓만 했다. 그 작은 동작만으로도 주작단원들은 자신들이 해야 할 일을 인지했다.

아직 부상 중인 남궁상과 진령을 제외하고 주작단 중에서 네 명이 앞으로 나섰다. 남궁산산과 현운이 앞장서고, 노학과 당삼이 뒤를 받쳤다. 굳이 다 나설 필요가 없다는 자신감이었다.

남궁산산의 손에서 뇌전검법이, 현운의 손에서 무당의 현검이, 노학의 손에서 개방의 타구봉법이, 당삼의 손에서 당가의 암기술이 펼쳐졌다. 그동안 비류연에 의해 더욱더 연마된 기술들은 엄청난 위력을 포함하고 있었다.

어중간한 실력의 수비대로는 그들의 상대가 되기에 역부족이었다. 단 한 명의 사망자도 없다는 것이 그 증거였다. 압도적인 실력 차가 없이는 불가능한 일이었다.

"이, 이럴 수가……. 단 네 명에게 수비대가 궤멸되다니……."

서른 명에 가까운 수비대가 단 네 명에서 눈 깜짝할 사이에 제압당했다는 사실이 아무래도 믿어지지 않는 모양이었다. 그러나 그런 와중에 수비대 중 한 명이 자신의 임무를 완수했다. 그것은 바로 침입자의 존재를 마천각 전체에 알리는 일이었다.

땡땡땡땡! 땡땡땡땡땡!

요란스레 울리는 비상종 소리가 바람을 타고 마천각 전체로 울려 퍼졌다. 역시 그냥 얌전히 보내줄 리 없었던 것이다.

이곳에서 비상종이 울려 퍼진 게 얼마 만의 일일까? 그동안 비상사태라고 할 만한 사태를 겪지 못했던 마천각은 오늘, 십수 년 만에 특일급 비상종을 울렸다. 이 사태를 미연에 방지하지 못했다는 것 자체, 종이 울렸다는 사실 자체가 마천각에 있어서는 이미 굴욕적인 일이었다. 잠자고 있던 흑도 제일의 잠재력을 지니고 있는 강자, 마천각이 잠에서 깨어났다. 그리고 거인은 이제부터 대응을 생각할 것이다. 그러나 앞장서서 걸어가는 비류연의 얼굴에는 어떤 동요도 떠오르지 않고 있었다. 대범함과는 달랐다. 저것은…….

"류연, 잠깐!"

장홍이 비류연을 불러 세웠다. 걸음을 멈추지 않은 채 비류연이 대답했다.

"왜?"

할 말이 있으면 발을 멈추지 않은 채 하라는 뜻이었다.

"자네, 일부러 그랬지?"

"일부러라니, 뭘?"

"시치미 떼지 말게. 이 소동 말이야. 아무래도 이상해. 분명 비상종이 울릴 걸 알고 있으면서도 그냥 방치하다니, 자네답지 않아. 게다가 자네의 지금 그 무표정. 지금 그건 대범함과는 달라. 대범하기 때문에 표정에 변화가 없는 게 아냐."

"그럼?"

"의도대로 상황을 이끌었기 때문에 무표정한 거야. 즉, 모든 게 자네의 계산대로였다는 뜻이지. 내 말이 틀렸나?"

"맞아."

비류연이 순순히 인정했다.

"이유가 뭔가, 이렇게까지 소동을 크게 벌인 이유가? 조용히 들어갈 수 있는 방법도 생각해 보면 없지는 않았을 텐데, 일이 더욱 복잡해지기만 했지 않나?"

"예린을 지키기 위해서야."

비류연의 말은 짧았지만 무거운 의미가 담겨 있었다.

"나 소저를 지키다니? 뭘로부터?"

그러자 이번에는 비류연의 날카로운 어조로 반문했다.

"설마 그 죽일 놈이 그녀에게 아무 짓도 안 할 거라고 마음 편하게 생각하고 있는 건 아니겠지?"

"그, 그건……."

이미 나예린은 적의 손에 떨어졌다. 게다가 미녀였다.

"난 그놈이 어떤 놈인지 잘 알지. 어떤 비열한 짓도 서슴없이 저지를 수 있는 놈이지. 그놈은 그 존재 자체만으로도 예린에게 해악이야. 이 세상에서 제거되어야 마땅한 놈이지. 그놈이 지금 그녀의 가까이에 있다는 사실만으로도 나는 미칠 것 같아. 어떻게든 놈을 떼어놓아야 해. 그놈을 그녀의 가까이 있게 해서는 안 돼. 그놈이 그녀를 욕보이게 할 수는 없어!"

"그거랑 이 소동이랑 무슨 관계가 있는 건가, 류연?"

효룡은 여전히 이해가 가지 않는 모양이었다. 그러나 장홍은 조금 눈치를 챈 것 같았다.

'설마, 거기까지 생각했단 말인가……'

비류연이 말을 이었다.

"놈은 바로 마천각의 고위 관계자가 분명하니까!"

비류연이 또박또박한 목소리로 말했다.

"그게 무슨……."

어안이 벙벙해하는 효룡의 말을 장홍이 끊는다.

"그다음은 내가 설명하지. 즉, 이런 걸세. 이 정도의 소동이 몇 년 만에 일어난 걸까?"

"글쎄, 적어도 십 년 안에는 일어난 적이 없겠지."

딱 한 사건을 제외하고는. 그것도 외적의 침입이 아닌 내부의 문제였다.

"그래. 즉, 그렇다는 것은 초유의 비상사태라는 것을 의미해. 고위 관계자들이 놀고먹을 수 있는 상태가 아니라는 뜻이지."

이제야 효룡도 슬슬 이해가 가기 시작했다.

"그러니까 자네의 말은 그 고위 관계자들을 바쁘게 만들기 위해서라는 건가?"

"맞아. 난 적어도 놈이 대장 급 이상이라고 생각해. 나이도 있고, 무공 실력으로도 그 이하가 되긴 힘들지. 그게 아니라면 권한도 적고 할 수 있는 일도 적을 테니까. 난 놈이 마천십삼대의 대장 열세 명 중 하나이거나 아니면 마천각주 둘 중 하나라고 생각해."

"설마……."

효룡은 비류연의 추리가 선뜻 믿을 수 없는 듯했다.

"하지만 지난 백 년 동안 마천각주가 바뀌었다는 소리는 들어본 적이 없지. 그렇다는 것은……."

장홍이 말을 받았다.

"아마 그놈은 틀림없이 마천십삼대의 대장 중 하나인 게 분명해!"

"어떻게 그렇게 단정하나? 물론 마천십삼대의 대장이 강하긴 해. 하지만 고위 관계자라면 꼭 마천각주만 있는 건 아냐. 호법들도 있고 원로회도 있고."

"아니, 난 십삼대 대장 중 하나라고 생각해."

"왜?"

"왜냐하면 오직 대장만이 마천각 내에서 스스로의 세력을 마음껏 키울 수 있으니까. 그는 무림맹주 나백천에 대해 언제나 복수를 꿈꾸는 자이지. 그런 자가 지난 구 년 동안 스스로의 세력도 키우지 않은 채 그냥 있었다고는 생각하기 힘들어."

"그래도 만일 아니라면 어떻게 할 건가?"

"그땐 나머지 원로회인지 호법들인지 하는 것들을 하나씩 족쳐 나가야지."

"너무 막가는 건 아닌가?"

"또 하나 신뢰할 만한 지표가 있긴 있지."

"그게 뭔가?"

"감(感)."

"감?"

"그래, 나의 직감이놈은 그들 중 하나라고 말하고 있어. 그 빌어먹을 외팔이놈이 말야."

"외팔이라고?"

"그래, 그놈은 외팔이야. 그러니 그놈을 보면 금방 찾아낼 수 있어. 그놈이 십삼대의 대장이든 원로회이든 말이야. 일단 수비대도 궤멸시켜 놨고, 이 정도 소동이면 모두들 비상회의라도 개최하지 않을까? 만일 참석하지 않은 놈들이 있다면 그놈들이 가장 수상한 놈들이 되겠지."

일단 크게 한 번 판을 뒤흔들어 놔야 운신의 폭이 훨씬 넓어진다. 적이 딴 짓을 할 여유를 줘서는 안 된다. 그 악적 놈의 시선을 이곳에, 자신들에게 묶어두는 것, 그것이 비류연이 노리는 바였다. 시간을 벌어야 했다.

“하지만 류연, 그건 좀 이상해.”

“뭐가?”

“마천십삼대의 대장 중에 외팔이인 사람은 아무도 없어.”

그러자 장홍은 무척 놀란 표정이 되었다. 그리고 다시 생각해 보니, 마천십삼대에 외팔이 고수가 있다는 정보는 들은 적이 없었다. 그뿐만 아니라 원로회도 마찬가지였다. 그러나 비류연은 조금도 동요하지 않았다.

“당연하지. 그놈은 외팔이이면서도 외팔이가 아니니까.”

“그건 또 무슨 소리인가?”

장홍은 비류연의 말이 마치 수수께끼 같아 쉽게 이해되지 않는 모양이었다.

“직접 보면 알아.”

치매대장

—제육번대

쾌검동자 장소옥.

그는 키가 작았다. 하지만 작다고 무시하다가는 큰코다치는 수가 있었다. 작다고 성질까지 온순한 건 아니었다. 생김새도 상당히 귀여운 이목구비를 하고 있었지만, 이 생김새에 속아 넘어가서는 안 된다. 작지만 그는 육번대의 어떤 거구보다 강했다. 때문에 그는 실력으로 마천 제육번대의 부대장이 될 수 있었다. 그를 땅꼬마라 놀린 기백 명의 인간들의 입을 꿰매고 그 자리에 오른 것이다. 그에게는 중요한 임무가 있었다. 지금도 그 임무를 완수하기 위해 대장실로 가는 중이었다. 그의 손에는 첩지가 하나 들려 있었는데, 긴급을 다투는 붉은 봉투였다. 때문에 다른 때보다 짧은 다리를 더 빨리 움직였다.

"드르르르르르렁! 퓨우우우우우우! 드르르르르르렁! 퓨우우우우우우!"

언제나처럼 문을 두드리려던 장소옥의 손이 우뚝 멎었다.

'또 처자고 있군.'

이 문이 떨릴 듯한 코골이 소리는 대장 특유의 것이 분명했다. 혹시나 했는데 역시나였다.

'하긴 그 인간은 틈만 나면 잠만 자니까……'

그리고는 항상 일어나면 뭔가 횡설수설 꿈 이야기를 해댄다. 그것이 옛날 기억인지 꿈인지는 확실하지 않지만, 대부분 몽상인 게 분명했다. 한 번에 천 명을 상대했는데 아무도 자기를 쓰러뜨리지 못했다는 둥, 하는 이야기가 꿈이 아니면 무엇이겠는가.

장소옥은 숨을 한번 크게 들이쉰 다음 문을 세차게 두들겼다.

쾅쾅쾅쾅! 쾅쾅쾅쾅!

"대장님! 무명(無名) 대장님, 일어나세요! 긴급 통지입니다! 대장님! 대장님!"

큰북을 세차게 치듯 문을 두드린다.

"드르르르르렁! 퓨우우우우우우우! 드르르르르르렁! 퓨우우우우우우우!"

이렇게 크게 문을 두드리는데도 일어나지 않다니, 흑도의 무인이란 자고로 언제든 암습당할 수 있다는 경각심을 가지고 잠을 잘 때도 삼푼 정도는 의식을 남겨두어야 하는 법이 아닌가. 자기 부대 대장이긴 하지만 참으로 한심하게 느껴지는 순간이었다.

'저러고도 잘도 여태까지 암습 한 번 안 받고 살아 있다니까.'

그 점이 오히려 더 신기했다.

'하지만 내 할 일은 완수해야지.'

그가 부대장에 오르기 전 흑천맹으로 전출을 가게 된 전 부대장으로부터 들은 말이 있었다.

"우리 육번대의 부대장이 해야 할 가장 중요한 임무가 뭔 줄 알아?"
"잘 모르겠습니다."
"그건 말야, 바로 잠들어 있는 대장님을 깨우는 거야. 두들겨 패든 입맞춤을 하든 방법을 가리지는 말고."

전 부대장은 여자였다.

"뭐하면 칼을 써도 돼. 도끼를 써도 되고. 깨울 수만 있다면 수단과 방법을 가리지 마. 어차피 죽진 않으니까. 상처 입지도 않고. 궁금하면 시험해 봐도 돼."
"그… 그런……."
"내 전임 부대장도 그랬고, 전전 부대장도 그랬고, 전전전 부대장도 그랬어. 그게 백 년 동안 바뀌지 않은 이 육번대의 규칙이자 가장 중요한 임무야."

처음에는 그게 뭐가 그리 힘든 일인가 했다. 하지만 이제 와서는 그게 얼마나 힘든 일인지 잘 알았다. 한 번 잠이 들면 마치 죽은 듯이 잠을 잔다. 그런 주제에 코골이는 또 얼마나 심한지. 결혼했다면 분명 코고는 소리 때문에 파혼당하고 말았을 게 분명하다. 여기서는 더 이상 불가능하다고 생각하고 문을 열어본다. 그러나 역시 잠겨 있다.
철컥철컥철컥철컥!
대침입자용이 아니라 자신의 수면을 방해하는 사람을 막기 위해 잠가놓은 자물쇠를 차례차례 풀어낸다. 오늘은 총 여섯 개다. 이런 열쇠 따기 기술도 육번대 부대장에게 요구되는 주요 능력 중 하나였다.

재빠르게 열쇠를 따고 안으로 들어갔다. 그러자 침상에서 태평하게 코를 골고 있는 대장의 옆모습과 백발이 흐트러져 있는 뒤통수가 보였다.

정말 태평하다.

한 걸음 한 걸음 빠르게 다가간다. 보통 대장 급이면 삼 보 안에 접근하기 전에 칼이 날아온다. 그러나 이 대장한테는 그런 것도 없다. 무기조차 옆에 두고 있지 않는다. 어디까지나 태평하기만 하다. 긴장감이라고는 찾아볼 수도 없다. 잘도 여태까지 대장질을 할 수 있었구나 하고 어떤 의미에선 감탄하게 된다.

스르르르룽!

검이 뽑혀 나온다.

"대장님, 일어나시지요."

장소옥이 씨익 웃으며 말했다.

"드르르렁! 퓨우우우우!"

대답은 똑같았다.

"안 일어나시면 찌릅니다."

그러나 역시 일어나지 않는다.

"일어나란 말야!"

쉐에에에에에엑!

뒹굴!

백발의 사내가 그 순간 몸을 반 바퀴 틀었다. 그러자 칼날을 애꿎은 침상을 쳤다. 헛나간 것이다. 또 실패였다. 이래도 일어나지 않다니,

정상이 아니다. 하지만 깨우려고 휘두르는 칼날에 맞은 적도 없었다. 이번이 첫 시도가 아니었는지 침상 여기저기에는 어지럽게 칼자국이 나 있었다. 그러나 그의 몸에는 상처 하나 없었다. 오늘도 실패한 장소 옥은 비장의 방법을 쓰기로 했다.

그는 비장한 마음으로 품속에서 무언가를 꺼내 들었다.

"만일을 대비해 비장의 방법을 알려줄게. 이것만 있으면 언제나 성공할 수 있어!"

그의 전임 부대장이 알려준 비법, 그것은 바로 엿이었다.

그러나 이 엿은 보통 엿이 아니었다. 사천성에서 이름 높은 과자점 인 '파리구랑상점(玻璃究琅商店)'이라는 가게에서 만든 엿으로, 그 맛 이 일곱이 먹다가 연쇄 살인이 일어나면 마지막에 엿을 들고 있는 사 람이 진범이라는 이야기가 나돌 정도로 맛있는 엿이었다.

움찔!

꺼내 든 것만으로도 벌써 반응이 있었다. 코가 킁킁거려지는 것이 이 엿의 존재를 눈치 챈 듯했다.

'좋아. 이제 이걸로 슬슬 유도를 하면……'

그는 파리구랑상점의 엿을 천천히 코 가까이 가져갔다. 너무 가까이 가면 먹혀 버릴 수 있다. 원래 가격이 비싼데 먼 곳에서 사 오느라 붙 은 운송비까지 더해져 가격이 만만치 않았다. 한 번 깨울 때마다 하나 씩 써서는 부대 재정이 버티지 못한다.

"킁킁! 킁킁! 킁킁! 킁킁!"

번쩍!

지금까지 잘 자고 있던 대장이 귀신처럼 일어나더니 먹이를 노리는 맹수처럼 날아들었다. 대비하고 있던 장소옥은 재빨리 들고 있던 엿을 뒤로 뺐다. 그러자 한바탕 돌풍이 몰아쳤다.

"악!"

방심한 장소옥은 그만 눈을 질끈 감고 말았다. 그가 다시 눈을 떴을 때, 그의 대장은 반쯤 졸린 눈으로 입에 누런 엿을 물고 있었다.

"앗! 절정의 당분 맛을 자랑하는 파리구랑상점의 엿이!"

또 빼앗기고 만 것이다. 어떻게 이럴 때만 이렇게 재빠른지……. 전생에 당분과 무슨 원한이라도 맺은 것이 아닌가 의심스러울 지경이었다.

대장은 일단 입에 문 엿을 우물우물 다 먹어치웠다. 지금 그에게 가장 중요한 일은 마치 저 엿을 먹는 일 같았다. 눈앞에 있는 자신에게는 관심조차 기울이지 않는다는 게 마음이 아팠다.

"응? 소옥, 언제 왔어?"

"부대장입니다, 부대장. 소옥이 아니고요. 장 부대장이라고 불러주세요."

이 소년은 자신의 이름을 무척 싫어했다. 키가 작은 것만으로도 충분히 서러운데 이름에까지 작을 소(小) 자가 들어 있어 불만이 이만저만이 아니었던 것이다. 게다가 너무 여성스러웠다.

"그래, 소옥. 무슨 일이지?"

전혀 듣고 있지 않았다. 그래, 언제 이 인간이 남의 말에 귀 기울였던 적이 있었던가. 장소옥은 그만 포기하고 자신이 여기에 온 용건인 붉은 서찰을 내밀었다.

"긴급 비상 특일급 서신입니다. 총대장님으로부터 온 것입니다."

"무슨 일 있었어? 기억이 잘 안 나긴 하지만 이게 발령된 건 수십 년 만에 처음인 것 같은데? 아니, 수년 만에 처음인가?"

"침입자가 들어왔잖습니까. 좀 전까지 계속해서 비상종이 울렸다고요."

"그래? 왜 난 못 들었지?"

'그야 자빠져 쿨쿨 처자고 있었기 때문이죠!' 라고 외치고 싶은 것을 꾹꾹 눌러 참고는 퉁명스럽게 말했다.

"주무시고 계셨기 때문이죠."

"수면이라는 건 인간의 기본적인 욕구라고. 아주아주 중요한 거란 말이지."

"그렇다고 시도 때도 없이 자지는 않습니다."

백발의 사내는 귀찮다는 듯 머리를 긁적이며 봉해진 서신을 열어 읽어보기 시작했다.

大至急(대지급).
긴급 대장회의 소집.
각 대장은 지금 즉시 총대장실로 집결할 것.

—마천십삼대 총대장 백.

"뭐라고 적혀 있나요?"

"제일번대 총대장실에서 긴급 대장회의가 있다는군. 당장 달려오라는군."

"그럼 빨리 준비하셔야죠."

"꼭 참석해야 되나? 총대장이 알아서 잘할 텐데."

"일단 대장님도 마천십삼대의 열두 대장 중 한 분이시잖아요. 참석하긴 하셔야죠."

보이지 않는 열세 번째 부대는 없는 것으로 치는 경향이 강했기 때문에, 대장의 수는 열셋이 아니라 열둘이 맞았다.

"노약자 우대라는 것도 있잖아?"

"그런 이십대 후반 정도로밖에 안 보이는 얼굴 가지고 나이 타령해 봤자 안 통한다고요. 어서 준비하세요."

백발사내는 내가 나이를 안 먹으려고 해서 안 먹은 게 아니라 멋대로 겉만 안 늙은 것뿐이네, 속은 이미 백 살 먹은 할아버지라 뼈마디가 성한 곳이 없네, 삭신이 힘들다 보니 잠만 늘었네, 엄살을 떨었지만 전혀 통하지 않았다.

"어서 준비하세요. 엄살 떠셔도 소용없습니다."

"네엥~"

백발의 대장은 풀 죽은 얼굴로 대답한 다음, 아쉬운 잠을 뒤로하며 덮고 있던 이불을 걷어냈다. 그리고는 양팔을 쭉 펴며 늘어지게 하품을 해댔다. 정말 나이는 마천십삼대 대장 중 가장 많은 주제에, 정신연령은 가장 어린 게 아닌가 의심되지 않을 수 없는 행동이었다. 그런 행동들을 뒷바라지해야 하는 게 제육번대 부대장의 임무이기도 했다.

쿠당탕탕탕.

잠시 딴생각을 하고 있는 사이 또 사고가 터졌다. 침상에서 내려오던 중 몸이 옆에 있던 탁자를 치면서 탁자 위에 있던 집기들이 우당탕탕, 떨어져 내리며 산산조각이 난 것이다.

"또 저지르셨습니까?"

기도 안 찬다는 투로 장소옥이 외쳤다. 잠시 한눈판 사이를 참지 못하고 또 한 건을 저지른 것이다.

"아니, 그게… 이게 여기에 왜 있지……? 여기에 이런 게 있었나……. 기억이 가물가물……."

정말 조심성도 없고 칠칠치도 못하다. 가만히 서 있는 탁자 하나 못 피하면서 적들이 뿌려대는 검기는 어떻게 피해내는지 신기하기만 하다. 그의 대장은 정말이지 마천십삼대 열두 명의 대장 중 가장 불가사의한 인물이었다. 그리고 나머지 대장에게 어떻게 이딴 게 대장이 될 수 있었을까, 라는 생각을 심심치 않게 심어주는 장본인이기도 했다.

대장 전체의 위신을 깎아먹는다고, 그 자리에서 끌어내려야 한다고 주장하는 몇몇 대장들도 있었지만 그 의견은 먹히지 않았고, 어떻게 지금까지 자리를 유지하고 있었다. 왜냐하면 저 칠칠치 못한 행동과 다르게 그는 사실 여기서 가장 나이가 많고 가장 오래된 대장이었다. 반로환동의 경지인지 아니면 초절정 미용술인지 몰라도 삼십대 초반의 젊음을 샤방하게 유지하고 있었고, 또한 가장 오래 대장 자리에 앉아 있었다. 사실 그의 나이는 이 마천각 전체의 의문이기도 했다. 소문에 의하면, 마천각주보다 나이가 더 많다는 이야기까지 있었지만 그 진위가 확인된 바는 없었다.

간간이 '나는 파문전사니까요' 라는 뜻 모를 말을 중얼거리기도 했다고 하는데, 그 역시 확인된 바는 없었다. 어떤 의미에서는 늙지도 죽지도 않는 괴물이었다. 그러니 치매 정도는 걸려줘야 하는 게 정상 아닌가 하는 의견이 지배적이었다.

"또 잊어버리셨어요? 그러니까 분명 치매 증상이라니까요."

"아, 너무하네. 그런 식으로 말하다니. 섬세한 나의 마음이 상처받는다고."

이놈의 대장은 어떻게 된 게 부주의할 뿐만 아니라 치매가 있는 게 아닐까 의심될 정도로 기억력이 나쁘다. 뭔가를 곧잘 잊어먹어 버리는 것이다. 때문에 그런 걸 일일이 챙기는 것도 부대장의 역할이었다.

"부대장한테 상처받는 대장도 있습니까? 수뇌부들이 들으면 기절초풍할 일이라고요, 대장님."

"난 치매가 아니라 오래 기억하기 힘든 것뿐이야."

"그런 걸 세상에선 치매라고 부른다고요. 자, 서두르세요. 외부 침입으로 비상종이 울린 건 구 년 만에 처음이라고요. 늦으면 총대장님한테 또 잔소리 듣는다고요."

"유 총대장이 좀 성격이 급하긴 하지."

그러자 장소옥이 지적한다.

"지금 총대장은 유 총대장님이 아니라 백 총대장님이라고요."

"어? 언제 바뀌었지? 난 확실히 유 총대장인 줄 알았는데……."

"유 총대장님은 '얼마 전에' 행방불명됐어요."

"그것참 유감이네. 유 총대장, 그 친구도 장래가 꽤 촉망됐는데……."

잠시 멍해지는 것은 가물가물한 기억을 떠올리기 위해서였다. 이대로 두면 또 시간이 세월아 네월아 흐를 게 분명했다.

"무섭기는 지금 백 총대장님이 더 무섭다고요. 얼마나 불같으신데요."

"그런가?"

"그럼요. 마천각주님이 직접 추천한 분이잖아요. 빨리 안 가면 또 혼나요."

"백 총대장…… 백 총대장…… 백 총대장……."

“뭐 하세요, 대장님?”

우두커니 서서 중얼거리는 대장을 향해 장소옥이 외쳤다.

“아, 또 잊어버릴까 봐 잠시 연습해 봤어.”

천진난만한 웃음을 지으며 백발의 대장이 말했다. 부대장 장소옥은
골이 지끈거리는 기분을 느꼈다.

“자자, 그런 건 가면서 하고, 어서 무기 챙기세요.”

“무기? 나 그런 것도 썼었나?”

장소옥은 잠시 자신의 처지에 대해 절망감을 느꼈다. 이제 끝장이
야. 더 이상은 수가 없어. 파멸이라고, 라고 외치고 싶은 심정이었다.

“당연하죠!”

장소옥이 버럭 소리쳤다.

“자신이 무기를 쓰는지 안 쓰는지도 모른다는 게 말이나 됩니까!”

둔 것을 잊은 것도 아니고, 썼다는 사실 자체를 잊어버리다니. 정말
이지 알면 알수록 황당하기 짝이 없는 대장이 아닐 수 없었다.

“아니, 뭐 굳이 무기가 없어도 상관없으니까…… . 아무거나 들어도
되고…… .”

“자기 무공이 뭔지는 기억합니까?”

“음…… .”

대답이 당장 돌아오지 않는다는 점이 더 무서웠다. 이럴 때는 좀
‘물론이지, 그런 걸 잊을 리가 없잖아, 아하하하!’ 하고 웃으며 불안을
해소시켜 주면 어디가 덧난단 말인가. 이 치매 대장은 기억력은 안 좋
은 주제에 쓸데없이 정직했다. 전혀 흑도인답지가 않았다.

“음…… 기억이 안 나네.”

장소옥은 뒷골이 당겨 하마터면 졸도할 뻔했다. 한 부대의 부대장이

정신적인 충격을 견디지 못하고 졸도라니, 타 부대에 알려졌다가는 놀림감이 되기 딱 좋았다.

'이, 얼굴만 나이를 먹지 않는 괴물이!!'

아아, 자기가 무기를 쓰는지 안 쓰는지는커녕 무공까지 기억이 안 난다고!!

"죽어! 죽어! 죽어! 이 치매 대장아! 죽어버려! 영원한 망각의 세계로 사라져 버려!"

그는 어느새 대장의 멱살을 엇갈아 잡고 목을 조이고 있는 자신을 발견했다. 이성이 끊어진 찰나의 순간에 벌어진 일이었다.

"아하하하하하하하하! 아하하하하하하하하하!"

하지만 백발의 대장은 죽어버리라고 멱살을 잡고 흔드는데도 사람 좋게 웃을 뿐이었다. 목을 조르는데도 안색이 파리해지지조차 않는다. 뭐가 좋은지 마냥 웃을 뿐이었다. 어떻게 보면 손자의 재롱을 보는 할아버지 같고, 어떻게 보면 미친놈 같기도 했다.

"괜찮아, 괜찮아. 무공은 기억 못하지만, 자기 이름도 하나 기억 못하니까."

"괜찮긴 뭐가 괜찮습니까?!! 게다가 용법도 틀렸다고요. 무공은 기억 못하지만 이름 하나는 확실히 기억하고 있다고 해야죠. 앞이 부정이면 뒤는 긍정이어야죠!"

"하지만 전혀 기억이 안 나는걸. 그래서 지금 내 이름이 뭐지?"

"그것도 또 잊어먹었습니까? 무명(無名)이시죠."

그렇다. 이 망할 대장의 이름은 무명이었다. 이름을 버려서라는 그런 거창한 이유에서가 아니었다. 단지 이름을 기억하지 못해서 무명일 뿐이다. 분명 치매 때문에 잊어버린 게 확실하다는 게 마천십삼대의 중론이었다.

"것봐. 이름까지 무명이잖아. 난 대체 무엇을 잊어버렸을까? 과거의 나는 누구였을까? 뭔가 중요한 일이었던 것 같은데 전혀 기억이 나지 않아. 그거에 비하면 무공이나 무기 같은 건 아주 사소한 문제지."

잃어버린 과거는 언제나 그를 신경 쓰이게 만드는 유일한 대상이었다. 그 외에 백도니 흑도니 하는 것은 별로 관심이 없었다.

"대장님……."

장소옥의 안색이 어두워지자, 무명은 다시금 파안대소했다.

"아하하하하, 괜찮아, 괜찮아. 무공 같은 건 머리는 기억 못해도 몸은 확실히 기억하고 있으니까."

분명 좀 전까지 대장의 멱살을 잡고 있었는데, 정신을 차리고 보니 대장의 옆에 나란히 서 있었다. 그의 대장이 변함없는 웃음을 지으며 그의 흐트러진 옷매무새를 가다듬어 주고 있었다.

"어? 이, 이럴 수가……."

뭐가 어떻게 된 일인지 알 수가 없었다. 장소옥은 마치 귀신에 홀린 것 같은 멍한 심정으로 텅 빈 자신의 손을 내려다보았다. 분명 이 손으로 멱살을 움켜잡고 있었는데……. 옷깃 조르기는 확실했는데……. 보통 사람이라면 반의반 각도 되기 전에 졸도했어야 정상이다. 그런데 어느새 조르기가 풀려 있었지? 마치 기억이 도려내어진 듯한 기분이었다.

'나, 나도 설마 치매인 건가……? 대장의 치매는 설마 전염성?!'

그렇지 않고서야 이런 일은 불가능했다. 올려다본 대장의 얼굴은 언제나처럼 별생각없이 웃고 있을 뿐이었다.

"어, 어떻게? 방금 분명 무공이 기억이 안 난다고……."

"아, 그거? 걱정할 거 없어, 잊어버린 건 초식뿐이니까."

"잊어버렸다고요? 무공 초식을요?"

"응, 깡그리."

아주 상쾌한 미소를 지으며 무명이 대답했다.

"이 거짓말쟁이! 방금 전에 제 손을 빠져나온 건 분명 무공이었다고요!"

"잊어버렸다고 해서 꼭 쓰지 못하란 법은 없잖아. 초식을 잃어버렸다는 것은 그 틀에서 벗어났다는 이야기이기도 하니까. 그러니까 너무 걱정할 거 없어. 그럼 키가 안 큰다고."

"누, 누, 누가 걱정한단 말입니까! 게다가 전 키 안 작아요! 전 다만 어디까지나 우리 대를 위해서……."

"그래, 그래. 난 행복한 대장이라 그 말이지."

"크아아아아악! 사람 말을 좀 들어요, 이 치매 대장아!"

장소옥이 다시금 폭발했다. 그러나 대장 무명은 여전히 웃으며 받아줄 뿐이었다.

"자, 갈까? 더 이상 기다리게 하면 싫어할 테니까."

"아, 예. 대장님."

제육번대 대장 무명(無名). 자기가 무슨 무기를 쓰는지 무슨 무공을 쓰는지도 잊어버렸고, 자기 이름도 기억 못하지만, 그가 누군가에게 패배했다는 이야기를 기억하는 사람은 단 한 사람도 없었다.

'역시…….'

"꿀꺽!"

장소옥은 잔뜩 긴장한 채 총대장실 앞에 섰다. 문 하나를 경계로 두고 있는데도, 문 너머의 긴장감이 여기까지 전해져 오고 있었다. 역시 제일 꼴찌인 것 같았다. 이 모든 게 다 망할 대장 때문이었지만 어디다 하소연할 데도 없었다.

"제육번대 무명 대장님 입실하십니다!"

정문 양옆에 서 있던 호위무사 둘이 큰 소리로 고하자 서서히 문이 열렸다.

무명은 아무런 망설임도 없이 발걸음을 옮겼다. 긴장감이라고는 조금도 찾아볼 수가 없다. 방 안에는 이미 각 기숙사를 담당하고 있는 대장들이 자리에 앉아 있었다. 그중 몇 개의 빈자리를 본 무명이 환한 웃음을 지으며 입을 열었다.

"이야이야, 내가 꼴찌인 줄 알았는데 아직 안 온 사람들이 있었네. 이거 운이 좋은걸."

그러자 모두의 시선이 무명을 향해 화살처럼 꽂혔다.

'히에에에에에엑!'

이런 게 처음인 장소옥은 저절로 긴장하지 않을 수 없었다.

"좀 늦으셨군요, 무명 대장님."

도열하고 있던 삼번대 부대장 전총이 맨 처음 말을 걸었다.

"이야, 이거이거, 미안합니다. 하지만 아직 다섯 자리나 비어 있는데……."

확실히 그러했다. 오번대, 팔번대, 구번대, 그리고 사번대. 모두 무교관 출신이 아닌 현 학생 출신이 대장을 맡고 있는 부대였다.

"그들은 이미 맡은 임무에 임하고 있네. 침입자들이 사해도로 향할 가능성이 크기 때문일세."

잠자코 있던 총대장 백천절이 입을 열었다. 단지 한마디 입을 연 것만으로도 엄청난 박력이 전해졌다. 장소옥은 부끄럽지만 오금이 저릴 정도로 온몸이 떨렸다. 등줄기를 타고 식은땀이 흘렀다. 존재감만으로도 이런 위압감을 줄 수 있다니…… . 과연 마천십삼대를 통솔하는 총대장다웠다.

"아, 그런데 칠번대 옥유경 대장 자리도 비어 있는데, 그녀도 임무를 맡았나요?"

"아니, 그녀는 단순히 지각일세."

"그래요? 거참, 성실한 그녀답지 않군요."

"침입자와 맞닥뜨렸는지도 모르지."

"아, 그럴 수도 있겠군요, 유 총대장."

'또 틀렸다아아아아아!!'

기절초풍한 장소옥이 속으로 비명을 터뜨렸다.

"유 총대장이 아니라 백 총대장일세. 자네 기억력은 여전하군, 무명대장."

"아참, 그랬지. 이거참, 미안합니다. 자꾸 기억이 가물가물해서…… . 그냥 쉴까요?"

그는 오히려 이 회의장에서 쫓겨나길 바라는 것 같았다.

"아니, 그냥 앉게. 어차피 들어도 잊어버릴 테지만, 일단 자네도 들어둬야겠지."

그러자 여기저기 쿡쿡 하는 비웃음 소리가 들려왔다. 장소옥이 화난 시선으로 주위를 훑어보았다. 그러나 경멸스런 시선만 돌아올 뿐이었다. 분하고 분하고 또 분했지만, 약하디약한 자신을 탓할 수밖에 없었다. 그의 대장은 이런 명명백백한 비웃음을 듣고도 아무렇지도 않은지 그저 싱글벙글 웃고만 있을 뿐이었다. 그 점에 또 배알이 뒤틀렸다. 하루 이틀 겪는 일도 아니지만, 여전히 적응되지 않는 일이기도 했다. 육 번대 부대장이 가져야 할 덕목 중 하나로 '극한의 인내'가 있는 것도 무리가 아니었다.

쿵!

그때 총대장이 가볍게 들고 있던 검으로 바닥을 내려쳤다. 가볍게 내려친 것 같은데도 엄청난 내공이 실린 음파가 총대장실을 가득 채웠다. 공부가 약한 부대장 몇몇은 고막을 부여잡고 고통스러운 듯 고개를 숙여야 했다. 그러나 대장들은 아무렇지도 않은 얼굴로 자세를 고쳐 잡았다.

"이제 좀 조용해진 것 같군."

주위를 한번 둘러본 후 총대장이 개회를 선언했다.

"자, 그럼 사람도 모두 모였으니 회의를 시작하겠네."

모용휘의 고민
—아직도 풀지 못한 화두와 아직도 갚지 못한 외상값

그 시각, 비류연들은 열심히 제십삼 기숙사를 향해 달려가고 있었다. 일단 거점을 확보하고 남아 있는 사람들을 규합하기 위해서였다. 이렇게 오지에 가까운 곳에 외따로 떨어져 고립되어 있다 보면 평소보다 유대가 늘어나는 법이었다. 천무학관 사절단 전체가 말려들지 모른다고 걱정하는 사람도 있을 테지만, 그 걱정은 이미 늦었다. 모두들 이미 자의든 타의든 말려들고 만 것이다. 장홍은 이 일이 결코 단순하게 끝날 것 같지 않다는 예감을 받았다.

"그러니까 육번대 대장은 범인이 아니라는 거지?"

경공을 멈추지 않은 채 비류연이 물었다. 지금 그들은 전각들을 지나 자신들의 숙소인 제십삼 기숙사를 향해 달려가고 있었다. 장홍과 효룡이 일단 그곳에서 챙겨올 것이 있다고 했기 때문이다. 그리고 비류연 역시 가져와야 할 것이 있었다.

"그래, 될 수가 없어. 그분, 무명 대장님은 나이가 너무 많거든. 거의 마천각 칠대불가사의 중 하나라 불릴 정도로 나이가 많은데 얼굴만은 젊어. 진짜 나이가 얼마인지는 아무도 몰라. 이곳 마천각이 창설되었을 때부터 대장이었고 지금도 대장이야. 얼마나 대단한지 알겠지? 아마 그분보다 이곳에 오래 계신 분은 마천각주 한 분뿐일 거야. 농담 삼아 우린 그분이 초대이면서 말대가 될 거라고 얘길 하지. 마천각의 '두 명의 불사신' 중 하나야. 시간을 멈춘 자, 늙지 않는 괴물, 파문전사, 혹은 탱탱피부라고도 불리고 있지. 그 고절한 피부 관리와 노화 관리 덕분인지 여학생들에게 인기가 많지."

"흠, 그렇다면 그 사람은 용의선상에서 제외되어야겠군. 그럼 이제 몇 명 남은 거지, 장홍?"

"이제 몇 사람 안 남았네. 사천왕은 모두 학생 신분이니까 뺐어. 칠번대도 여자라서 뺐네."

"의심스러운 사람은 일번대, 이번대, 삼번대, 사번대, 십이번대, 이렇게 다섯 사람인가?"

"아니, 광랑은 빼도 된다고 봐요. 그 사람은 확실히 외팔이가 아니거든요."

"그걸 효룡 자네가 어떻게 아나? 설마 자네와 뜨거운 사이라도……."

"절대 아닙니다! 무슨 그런 난폭한 미친 늑대랑! 게다가 남자잖아요. 다만 그 친구, 취미가 몸에 입은 무수한 상처들을 자랑하는 거라 시도 때도 없이 훌렁훌렁 웃통을 벗어젖혀서 알고 있는 것뿐이라고요."

효룡의 말에 장홍은 눈을 가늘게 뜨며 농을 건넸다.

"흐음, 수상한걸?"

“나, 화냅니다?”

“알았어, 알았다고. 농담이었네, 농담. 정색하기는.”

장홍은 두 손을 들며 포기 선언을 했다.

“하지만 주의할 게 있어. 잊지 말아야 할 건, 나머지 대장들이 비록 범인은 아닐지라도 꼭 우리의 적이 아니라는 이야기는 안 된다는 거야.”

“일리가 있군.”

“지난 수년 동안 충분히 포섭됐을 가능성이 있으니까 방심하면 안 돼. 어느 누가 적으로 돌아서도 이상하지 않으니까 말이야.”

가면을 뒤집어쓰고 있는 십이번 대장도 무척 수상하다. 그리고 수수께끼의 십삼번대 대장도 용의 선상에 올라가긴 하지만, 백 년 동안 공석이었으니 일단 한쪽에 미뤄두었다. 요는 구 년 안에 새로 대장이 된 나이 많은 이가 용의자인 것이다. 얼굴을 변하게 하는 수법은 여러 개 있다. 신체의 체형조차도 바꾸는 것은 그리 어렵지 않다. 목소리도 바꾸면 된다.

“이제 어쩌지?”

“일단 휘 녀석을 찾아야겠어.”

“그 친구는 왜?”

“구출대에 합류시켜야지. 결벽증은 있지만 실력은 쓸 만하니까.”

“최근 들어 더 나아진 것 같던데. 본인은 숨기려 하지만 연마되어지는 무인의 예기는 쉽게 숨겨지지 않는 법이니까.”

“그렇다면 그 녀석도 아직 멀었다는 얘기군. 뭐, 비밀 특훈 중인 모양인데, 성과가 있어야지. 없으면 본인도 곤란하지 않겠어?”

                    *   *   *

땡땡땡땡땡땡!

저 멀리서 들려오는 요란스런 종소리에 모용휘는 명상을 풀고 눈을 살며시 떴다. 마천각 전체가 술렁이는 듯한 기운이 느껴졌다.

"뭐지? 소란스럽군."

고요하던 호수에 커다란 돌멩이 하나가 풍덩 던져지기라도 한 듯한 느낌이었다. 하지만 곧 그에 관해서 신경을 껐다. 그의 앞에는 지금 더 중요한 과제가 놓여 있었다.

건곤조화경(乾坤造化鏡).

무신 태극신군 혁월린이 남긴 마지막 오의가 담겨져 있다고 전해지는 보물. 그 보물은 지금 두 조각으로 나뉘어져 어느 인물들에 의해 보관되어지고 있었다.

염도와 빙검, 이 두 사람이 어째서 그런 강호의 보물을 지니고 있는지 모용휘는 아직도 알지 못했다. 다만 두 사람이 태극신군 혁월린의 숨겨진 제자가 아닐까 어림짐작하고 있을 뿐이었다. 하지만 염도와 빙검, 그 누구도 그 사실에 대해 확인해 주려 하지는 않았다.

그 거울은 나뉘어진 이래 한 번도 합쳐진 적이 없었다. 왜냐하면 염도와 빙검, 이 두 사람은 견원지간이라 해도 좋을 정도로 매우 사이가 나빴기 때문이다. 만나기만 하면 싸우고, 서로의 신경을 긁지 않으면 참을 수 없는 듯했다. 과연 이 두 사람이 동문이 맞긴 한가, 혹시 철천지원수지간은 아닌가 의심하게 되는 것도 그런 이유에서였다. 동문이면서도 한쪽은 불의 속성을 연마했고, 다른 한쪽은 얼음의 속성을 연마했다는 것도 수상쩍은 대목이었다.

지금 모용휘는 이 두 사람에게 시간이 날 때마다 몰래몰래 가르침을 받고 있는 처지였다. 한 성질 하는 이 두 사람도 혁중 노인의 말만은 거역하지 못했다.

'가르쳐라!'

이 단 한마디만으로 충분했다. 왜냐고 물었을 때의 대답은 다음과 같았다.

'아마 이 녀석이 태극의 인재 같으니까.'

인재이면 인재인 거고 아니면 아닌 거지, 아마~ 같으니까, 라니! 모용휘에게 있어선 영 마음에 들지 않는 표현이 아닐 수 없었다. 하지만 그동안 아무런 단서도 없었던 두 사람은 혁중 노인의 보증만으로도 해볼 의향이 있었다. 그러나 그들은 단 한 가지에 대해서만은 혁중 노인에게 거역했다.

"건곤조화경은 아직 보여줄 수 없습니다."
"맞습니다. 이것만은 안 됩니다."
"그럼 어떻게 하면 보여줄 테냐?"
"저 녀석이 저희들을 쓰러뜨린다면 그때 보여 드리겠습니다."
"정말이냐?"
"약속드립니다."

혁중 노인은 더 이상 강요하지 않았다. 하지만 그 유명한 천하오검수의 일좌인 빙검 관철수와 천하오대도객의 일좌인 염도 곽영희를 상대로 이기라니, 터무니없을 정도로 무지막지한 요구가 아닐 수 없었다.

　모용휘, 그가 아무리 강호상에서 칠절신검이라는 별호를 얻고 천재라고 칭찬이 자자해도, 염도와 빙검에 비하면 아직 새파란 애송이에 불과했다. 본인 역시 그 부분을 자각하고 있었다. 하지만 혁중 노인의 생각은 좀 다른 모양이었다.

　"검성을 넘어선다는 녀석이 산 초입부터 포기해서야 쓰겠느냐? 저 두 놈도 못 이기면서 어떻게 검성을 능가할 수 있겠느냐? 평생 넌 네 할아비의 그늘에서 살고 싶으냐? 검성을 죽인다는 각오는 어찌 되었느냐? 신화가 될 각오가 없다면 애시당초 포기해라."

　그런 말을 듣고 그대로 주저앉을 수는 없었다.

　"하겠습니다."
　"하겠느냐? 아니, 할 수 있겠느냐?"
　"네, 할 수 있습니다. 꼭 해내겠습니다!"

　그러나 모용휘는 곧 그렇게 대답한 것을 후회했다. 그날 이후 모용휘는 자신의 말을 실현시킬 수 있는 자격이 있는지 없는지에 대해 끊임없이 시험받아야만 했다. 그러나 수십 번의 시험을 거치고도 아직 모용휘는 자신의 장담을 실현시키지 못하고 있었다. 역시 번지르르한 말이나 의지만 가지고 이 세상의 장애를 뛰어넘을 수 있을 만큼 세상은 만만치 않았다.
　그리고 그런 지지부진한 상태로 마천각까지 오게 되었다. 물론 염도와 빙검 노사도 함께 왔기 때문에 아직도 기회는 많았다. 언제나 시험해 볼 수 있었다, 자신의 자격을. 그러나 이 상태로는 백 년이 지나도 불가능하다 하고 있을 때, 혁중 노인이 나타났다.

전해준 말은 단 한마디.

"삼재(三才)의 이치(理致)를 깨달아라."

우물가에서 은설란에게 '바보!' 소리를 듣고 당황하고 있던 그에게 불쑥 나타났던 혁중 노인이 던져 준 화두(話頭)였다.

혁중 노인은 그것을 가리켜 염도와 빙검, 두 사람을 쓰러뜨리기 위한 비책이라고 했다. 무신 태극신군 혁월린이 남긴 깨달음이라 했다. 즉, 그렇다는 것은 이 말이 단지 한마디 문장이 아니라, 이 말의 배경 뒤로 우주만큼 넓은 사고 과정이 존재한다는 의미였다. 그리고 문장 그대로가 아닌 숨겨진 이야기가 감추어져 있다는 뜻이기도 했다.

삼재의 이치, 그것은 무신 태극신군의 정신이 이루 말할 수 없는 여정을 거쳐 도달한 종점(終點)이었다. 그 의미를 음미한 후 해석하기 위해서는 그 과정을 알아야만 한다. 이 화두가 나오게 된 그 과정, 그 과정에 바로 이 깨달음의 진수가 감추어져 있는 것이다. 화룡점정(畵龍點睛)을 하려면 먼저 화룡이 필요한 법. 그 후 모용휘는 밤낮없이 이 '삼재의 이치' 라는 화두에 골몰하기 시작했다. 그러나 역시 무신의 깨달음을 쫓아가야 한다는 것은 그 사고의 폭을 따라가야 한다는 것이라 쉽지 않았다. 하지만 그 과정에서 어렴풋이 깨닫는 것도 있었다. 그것을 추구하는 과정 그 자체에도 의미가 있었던 것이다.

삼재가 삼재검법의 그 삼재가 아니라는 것, 그리고 천과 지, 인은 어떤 다른 것을 비유하는 것이다. 아니, 어떤 것이라기보다 어떤 현상을 비유하는 것이다. 하늘이라는 의미가 단순한 하늘로써 쓰고 있는 게 아니라는 뜻이었다. 지(地)와 인(人)도 마찬가지였다. 그것을 생각하느라 오십만 냥 대회에도 가보지 못했다. 그런 소동이 있었는지조차도 알이지 못한 채 모용휘는 마천각에 남아 수련에 골몰했다. 그리고 현재, 드디어!!

"하아, 그냥 포기할까?"

라는 마음이 들었다.

아무리 고민해도 안개처럼 뿌옇기만 할 뿐 뭔가가 짠, 하고 떠오르는 바가 없었다. 흩어져 있는 구슬을 단번에 하나로 꿰는 듯한 그런 번쩍임이 도저히 찾아오지 않는 것이다. 답을 찾으려 하면 할수록, 정답에 집착하면 할수록 점점 더 멀어져 가기만 하는 기분이었다.

"고약한 수수께끼도 아니고……. 덕분에 은 소저랑 제대로 이야기할 시간도 거의 가지지 못했고, 친구들은 어느샌가 어디로 갔는지 보이지도 않고……."

이래서는 왕따나 다름이 없었다. 혼자 외딴섬에 고립되어 있는 기분이었다. 은설란하고도 다시 한 번 시간을 가지고 지난번 우물가에서 있었던 일에 대해 찬찬히 설명할 필요가 있었다. 무엇을 어떻게 얘기해야 '바보' 라 불렸던 게 취소될지는 모르겠지만, 일단 대화를 다시 해야만 한다는 사실에는 변함이 없었다.

이야기로 들은 적은 있었다. 중요한 무공의 요체나 오의를 설명할 때, 이번처럼 수수께끼나 화두 형태로 가르침을 전하는 경우가 있다는 것을.

"설마, 내가 그 당사자가 될 줄은 상상도 못했지만 말이야."

이런 복잡한 과정을 채택하는 이유는 비의의 비밀을 유지하기 위해서이기도 하고, 전승자의 재능을 시험하기 위한 시금석이기도 했다.

그 정도 화두를 깨우칠 수 없을 정도면 가르침을 사사해도 그 오성으로는 오의 전체를 습득하기 불가능하다는 판단이 배후에 깔려 있는 것이다. 중도에 가르치길 그만둘 바에야 아예 처음부터 가르치지 않는 게 낫다는 뜻이기도 했다.

"난 또다시 시험받고 있는 건가……."

이 시험을 통과하지 못하면, 그에겐 무신의 진전을 이을 자격이 없다는 의미일 것이다. 그 자격이 있고 없음은 이 시험으로 결정되는 것이다. 즉, 이것은 그에게 있어 할아버지 검성을 뛰어넘을 수 있는 마지막 기회라는 의미이기도 했다. 하지만 혼자서는 한계에 왔다는 사실 역시 절감하고 있었다.

"하아, 이럴 때 의논이라도 좀 할 친구가 있으면 좋으련만……. 응? 왜 류연 녀석의 얼굴이 떠오르는지 이해를 못하겠군. 상의해 봤자 선불부터 내라고 손을 내밀 게 분명한데…… 응? 류연?"

어째 눈앞에 나타난 비류연의 형상이 매우 또렷했다. 아무리 봐도 순간적으로 떠오른 환상이 아니었다.

"진짜 류연?"

그러자 그의 앞에 나타난 비류연의 형상이 입을 열었다.

"아니, 자넨 지금 환상을 보고 있는 거야. 요즘 너무 생각을 많이 해서 헛것이 보이는 거지."

"가짜라고?"

"가짜라니, 듣기 안 좋군. 그것보다는 심신탈락에 의한 일종의 의존적 환각 증상이라고 해줘. 왜, 그러잖아? 간절히 원하면 실제로 없는데도 마치 존재하는 것처럼 느껴지는 것 말야."

"내가 뭘 간절히 바라는데? 자네한테 별로 간절히 바라는 건……."

그러자 비류연의 형상이 말했다.

"그야 당연히 그동안 밀린 외상값을 갚고 싶다는 간절한 바람 때문이지."

그 말에 모용휘는 잠시 침묵했다가 입을 열었다.

"자네 진짜군, 진짜 류연이야."

역시 저렇게 돈에 집착하면서 뻔뻔한 인간은 이 세상에 비류연 말고는 있을 수 없었다.

"무슨 잠꼬대를 하는 거야, 휘? 당연히 진짜지."

좀 전에 자신의 입으로 환상이라고 이야기했던 건 벌써 잊어버린 모양이다. 역시 저 뻔뻔함과 타의추종을 불허하는 낯가죽의 두꺼움은 틀림없는 비류연이었다.

"여긴 어떻게?"

질문을 던진 모용휘는 대답을 듣기도 전에 흠칫 몸을 굳혔다.

'뭐지, 이 기운은?'

모용휘는 속으로 기겁했다. 온몸에 소름을 돋게 하는, 의식의 밑바닥까지 얼어붙게 하는 차가운 한기가 그의 심장을 서늘하게 얼리고 있었다.

'설마, 이게 류연의 기운?'

그가 언제 이런 기묘한 기운을 뿌린 적이 한 번이라도 있었던가? 흘깃 쳐다본 비류연의 표정에는 어떤 감정도 느껴지지 않았다. 분노와 후회, 기쁨과 슬픔, 그 어느 것도 지금의 그에게선 느껴지지 않았다. 마치 모든 감정이 빠져나가 버린 듯했다.

'마치 텅 빈 껍질 같군.'

언제나 지나칠 정도로 자신만만해서 주변에 민폐를 끼칠 정도의 인간이었다. 그런데 이건 뭐란 말인가? 이게 정말 그 비류연이란 말인가? 이런 넋이 나간 듯한 면상을 하고 있는 인간이? 이런 걸 비류연이라고 인정해도 된단 말인가? 좀 전까지 자신에게 농담을 하던 그 친구는 대체 어디로 갔단 말인가? 좀 전까지 억지로 가면을 쓰고 있었던 듯한 이 모습은 대체 뭐란 말인가? 이런 건 결코 류연이 아니었다.

"무슨 일이 있었나?"

그러자 한참의 침묵 후 비류연의 입이 무겁게 열렸다.

"외상값을 갚을 때가 왔네, 친구."

"외상값이라니, 무슨 소린가? 자넨 언제나 갑작스러운 데가……."

"예린이 납치됐어."

모용휘는 할 말을 잃고 그대로 굳어버렸다. 그러나 그다음에 이어진 말에는 더욱 놀라고 말았다.

"도움이 필요해, 휘."

긴급 대장회의
—마천십삼대의 대장들

보통 대장회의는 제십이번대 대장 철가면으로부터 시작되었다. 왜나하면 십이번대야말로 첩보와 정보를 담당하는 역할을 맡고 있었기 때문이다. 이곳의 대장은 대대로 철가면을 써왔는데 그것은 스스로의 정체를 숨기기 위해서였다. 그 때문에 다들 철가면이라 불렀지만, 정식 명칭은 따로 있었다.

은신비영(隱身秘影) 은존(隱存).

진짜 이름이라기보다 공인된 명칭에 가까웠는데, 부르는 명칭조차 없으면 불편하기 때문에 붙은 이름일 뿐이었다. 십이번대는 첩보와 정보를 담당하는 곳, 이곳에서 본명을 쓰는 이는 아무도 없었다. 있을 존(存) 자를 쓰고 있지만, 본인이 진짜 쓰고 싶은 것은 아무래도 '存(존)'보다는 높을 '尊(존)' 자였다. 대단한 자신감이 아닐 수 없다.

과거를 버리고 그림자 속에 숨어든 자들, 그것이 바로 십이번대의 본성이었다.

“침입자의 수는 현재 스무 명이나 더 늘어날 가능성이 있습니다. 그중 대부분이 천무학관의 사절단원인 것으로 밝혀졌습니다. 각 내에 남아 있던 천무학관의 잔존 세력과 결탁하여 그 수를 더 늘릴 가능성이 있습니다.”

“그들이 굳이 강제로 성문을 강행돌파까지 하며 침입할 이유가 있나? 사절단이면 통행증도 있을 텐데?”

사자의 갈기같이 찢어진 승복을 입고 목에 거대한 철염주를 건 거한이 물었다. 그의 가슴에는 ‘삼(三)’이라는 숫자가 새겨져 있었다. 삼번대 대장 ‘현장’으로, 파계신승이라 불리는 자였다. 키도 크고 강철침 같은 검은 수염이 듬성듬성 나 있었지만, 그 머리만은 맨들맨들했다. 과거 소림사의 제자였다가 파문되었다는 소문도 있었지만, 본인은 딱히 긍정도 부정도 하지 않고 있었다. 다만 그의 목표 중 하나가 ‘백팔나한진의 파훼’라는 데 이견을 다는 자는 없었다. 그래서 그 목표가 창랑대의 최강 진법 창조 계획과 충돌돼서 서로 사이가 안 좋았다.

“그것도 모르나? 통행증이 없는 놈이 있었겠지.”

구번대 대장 창랑(蒼狼)이 이죽거리며 말했다. 그는 푸른 옷을 입고 있었는데, 가슴에는 ‘구(九)’자와 늑대 문양이 새겨져 있었다. 그는 날카롭게 초승달처럼 휘어진 칼날이 세 개씩 박힌 철조를 양어깨에 견갑처럼 차고 있었다. 그의 독문병기라 할 수 있는 한 쌍의 ‘창랑월아조’였다. 현장은 매우 못마땅한 시선으로 창랑을 바라보았다. 그는 현장의 시선에 아랑곳하지 않고 피 묻은 살코기를 뜯어 먹고 있는 늑대처럼 씨익 웃었다. 시비를 건다면 언제든지 받아줄 수 있다는 태도로 이빨을 숨기지 않았다. 험악해지려는 공기를 은존이 무마시켰다.

"창랑 대장의 말이 맞습니다. 그들 중 두 명은 통행증을 가지고 있지 않은 외부인이었습니다."

"그들의 신분은 밝혀졌나?"

"그중 한 명이 자신이 지난 화산지회의 우승자인 '비류연'이라고 밝혔다고 하오. 나머지 한 명은 아직 어린 소녀인데 아직까지 별다른 정보가 없습니다."

"호오, 그것참 흥미로운 소식이로군요. 하지만 소문에 의하면 그 비류연이라는 자는 허풍쟁이에 기회주의자라고 하던데? 이번에도 우연히 무주공산된 산의 정상을 차지했을 뿐이라던가 뭐라던가?"

"과거 별명 중 하나가 운수대통 격타금이었다고 합니다."

첩보부대의 대장답게 그는 비류연에 대해서는 꽤 많은 정보들을 수집해 둔 모양이었다.

"이야기만 듣기로는 그다지 별 볼일 없는 자 같은데?"

"하지만 화산지회의 화재를 진화하는 데 결정적인 도움을 준 신비의 인물이 바로 그라는 소문도 있습니다."

"신비의 고수 '신풍협(神風俠)'이 그 녀석이라고?"

신풍협. 그는 지난 화산의 겁화를 진압한 장본인이라는 소문이 돌고 있는 신비의 고수였다. 그런 소문이 돌게 된 이유는, 미친 화룡처럼 날뛰던 골짜기의 화염을 제압해 준 것에 대해 사람들로부터 감사를 받은 천무삼성이 남긴 말 때문이었다.

"응? 우리한테 감사할 필요 없다네. 왜냐하면 그거 우리가 안 했거든. 우린 사실 포기하려 그랬지."

"맞아. 이번에는 진짜 죽는가 보다 했지. 상당히 화끈하던걸."

"하지만 살아 있잖아요? 끝이 좋으면 다 좋은 거죠. 이번에 배운 게 많아
요."

그럼 누가 했습니까, 란 질문에 그들은 이렇게 답했다.

"그건 못 가르쳐 줘. 그 젊은이가 말하지 말랬거든."
"약속은 약속이지. 한가하면 자네들이 알아들 봐."

그 이후, 그 신비의 젊은 청년 고수는 '신풍협' 이라 불리게 되었지
만, 그게 단순한 천무삼성의 장난이라는 의견도 심심찮게 있었다. 그
런 활약을 한 젊은이가 스스로를 당당히 밝히지 못할 이유가 없다는
이유에서였다. 게다가 천무삼성이 불가능하다고 선언한 일을 해낼 수
있는 젊은 고수란 상식적으로 있을 수 없다는 의견이 상당히 지배적이
었다. 대중들은 자기 편한 대로 생각하고 이해하는 걸 좋아하는 편이
다. 덕분에 초반에 들끓던 신풍협에 대한 관심도 지금은 타다 남은 잿
불처럼 수그러든 상태였다.
"물론 믿을 만한 소식통들은 다들 이 사실을 사실로 인정하고 있지
않지만 말입니다. 지나온 그의 행적으로 볼 때 그런 이적에 가까운 업
적이 가능할 리 없다는 것이지요."
"그럼 텅 빈 수레 아닌가?"
"다만 천무삼성들이 그자를 꽤 좋아한다는 이야기가 있습니다."
"이유가 뭐지?"
"재미있기 때문이라더군요."
"강한 것하고는 상관없잖아?"

"천무삼성의 호감을 산다는 것은 쉽지 않은 일이지요."

"그놈이 어떤 놈이든 상관없지 않나? 오랜만의 사냥감이잖아?"

"구번대 창랑 대장님께선 왠지 즐거우신 듯하군요."

은존이 물었다.

"침입자잖아. 싸울 기회가 생겼다는 것은 좋은 일이지. 그동안 실전이 너무 부족해서 불만이었거든. 우리 창랑대는 좀 더 실전적인 훈련을 하고 싶었는데, 좀처럼 기회가 안 생겨서 고생 좀 했지. 애들이 따분해도 하고. 이번 침입자는 좀 쫓을 맛이 있었으면 좋겠군. 피가 끓지 않나?"

사실 돌연한 침입자에 대해 흥분하고 있는 것은 비단 그 혼자만이 아니었다. 다른 부대의 대장들도 반응은 대체로 무척 긍정적이었다. 침입자에 대해 긍정적이라는 것이 이상했지만, 사실은 사실이었다. 약간의 가벼우면서도 들뜬 흥분이 총대장실 안에 감돌았다.

"제사번대 생사무허가 불락구척 대장님께서는 하실 말씀 없으신지요?"

다른 대장들의 의견들도 들어볼 필요가 있기에 은존이 물었다. 좌석에 앉은 채 가만히 앉아 있던 구 척 장신에 얼굴에 사선으로 상처의 남자가 천천히 입을 열었다.

"싸움이 시작되면 환자들이 늘겠군."

참으로 무심한 어조였다.

"그래서 걱정이라도 되나?"

"아니, 잘된 일이라고 생각하네. 환자가 늘면 부하들에게 좋은 연습거리가 될 테니까. 다양한 부상을 당해주면 좋겠군. 다양한 연습이 되게 말이야."

간단하게 말해 환자가 많아지는 편이 그들로서는 연습도 되어 오히려 좋다는 뜻이었다.

"제이번대 천변만화장 철혼 대장님께서는 어떠십니까?"

"응? 나? 나 같은 늙은이야 뭐 아무래도 상관없지. 애들 무기야 뭐 좀 상하겠지만, 가끔 피도 먹여주고 그래야 하지 않겠어? 좋은 검이라도 손에 넣으면 좀 가져와 보고. 특이한 기문병기 같은 걸 쓰는 사람이 끼어 있었으면 좋겠군. 수집물에 넣게 말이야."

특이한 기문병기나 명검명도만 손에 넣으면 어찌 돼도 상관없다는 뜻이었다.

"제삼번대 현장 대장님은 어떠십니까?"

"거기 소림사 애들이 끼어 있나?"

그의 관심은 오로지 소림사뿐인 듯했다.

"소림사 출신으로 보이는 무승이 한 명 있다는 보고가 있습니다."

그러자 현장의 눈이 반짝 빛났다.

"호오, 그래? 그럼 선배로서 교육을 좀 시켜줘 봐야겠군. 요즘 애들 물이 어떤지도 궁금하고 말야."

침입자가 침입했다는 사실에는 별 불만이 없는 모양이었다.

"육번대 무명 대장님, 대장님께선 하실 말씀 없습니까?"

반쯤 졸고 있는데 자신이 호명되자 무명은 깜짝 놀랐다.

"아, 나? 아니, 난 그냥 가서 자면 안 될까? 요즘 잠이 자꾸만 많아져서……."

"기각합니다."

"적들이 우선 사해도를 향했다면 잘된 일 아닐까? 자잘한 일은 애들한테 맡겨놓으면 그만이고……."

"만일 실패하면요?"

"설마 그런 무능한 짓을 저지르진 않을 거라 생각하지만, 만일 그런 일이 일어난다면 그때 가서 막아도 늦지 않다고 보는데? 어차피 대인 원도 아니잖아?"

"아무리 커다란 둑도 작은 구멍 하나로 무너질 수 있는 법이지요."

"호오, 과연 그들이 이 두터운 제방에 작은 구멍을 뚫을 정도의 실력 이 될까?"

두 사람의 대화에 창랑이 끼어들었다.

"그건 두고 볼 일이지. 하지만 방심은 좋지 않아. 일단 천무학관에 서 가려서 뽑은 자들이니까 말이야."

현랑이 나직한 목소리로 주의를 주었다.

"가려서 뽑았다는 그것 잘됐군요. 흥미로운 사냥감이 될 것 같거든 요."

창랑이 혀로 입가를 핥으며 웃었다.

"그 안에는 팔대세가의 후계자들과 구대문파의 기명제자도 끼어 있 습니다."

"호오, 그 자기 땅에만 안주하는 밥버러지들의 후예 말인가? 그거 정말 전도유망한 침입자들이군. 사냥할 맛이 나겠어. 세상이 넓다는 것을 가끔 맛보여 줘야 항상 고기가 썩지 않고 싱싱한 법이지."

"일단 지켜보도록 할까? 과연 그들이 네 개의 섬을 모두 통과할 수 있을지."

"몇 개나 통과할 수 있을지 내기할까, 우리?"

"다들 태평하군."

그때 회의가 시작되고 지금까지 꾹 다물려 있던 총대장의 입이 열렸

다. 나직하지만 힘이 담긴 목소리가 흘러나오자 도열해 있던 대장들의
시선이 일제히 상좌에 앉은 총대장에게로 향했다. 그는 피처럼 붉은
적포를 두른 채 오만하게 앉아 대장들을 내려다보고 있었다.

"그동안 너무 평화라는 독에 찌들렸나? 긴장들이 많이 느슨해져 있
군. 그건 좋지 않아."

목소리는 잔잔했지만, 그 안에는 서서히 증식하는 괴물 같은 힘이
서려 있었다.

마천십삼대 총대장 천패마풍 백천절.

겉보기에는 나이를 쉽게 짐작할 수 얼굴에 검은 수염이 가슴까지 드
리워져 있고, 두 눈이 칼날처럼 빛나고 있었다. 이 적포인이야말로 길
들여지지 않은 열두 마리 야수의 우두머리로, 격이 다른 압도적인 존재
감을 가지고 이 야수들 위에 군림하고 있었다.

"본인은 체면을 중시하는 편이야. 마천각이 아무나 드나들어도 되는
곳이라고 무시당할 수는 없어. 왜냐하면 체면이 깎이니까. 체면이 깎
이면 여기저기서 얕보게 돼. 그리고 난 얕보이는 게 싫어. 알겠나?"

순간 그의 온몸에서 엄청난 기파가 뿜어져 나왔다. 순간 총대장실
전체에 사나운 바람이 몰아친 듯했다. 나름 강자라고 자부하는 이들의
몸이 부르르 떨렸다. 그만큼 강력한 존재감이었다.

"단 한 명도 남김없이 처리하도록. 알겠나?"

거부를 용납하지 않는 목소리였다.

"천무학관과 외교 문제로 번질 수도 있습니다만, 괜찮으시겠습니
까?"

십이번대 대장 은존이 확인차 물었다.

"상관없어. 각주한텐 내가 말해놓지. 자네들은 자네들 할 일만 하면

돼. 마천십삼대가 무엇 때문에 만들어졌다 생각하나?"

아무도 대답하지 않았다. 이 열로 도열한 대장들의 얼굴을 한 번씩 훑어본 후 백천절은 다시 입을 열었다.

"그건 바로 '적'을 무찌르기 위해서야."

그리고 잠시 간격을 둔 후 마지막으로 덧붙였다.

"그리고 이런 것들이 바로 '적'이지. 적의 섬멸, 자네들은 그것만 생각하면 돼. 나머지에 대해선 생각할 필요가 없어. 그건 나나 각주가 알아서 할 문제니까. 생각할 필요도 없고, 때문에 책임질 필요도 없지."

조용한 눈빛으로 좌중을 한번 훑어보았다.

"척살령을 발령하겠다."

설마 그런 최고 수준의 강경책이 나올 줄 예상치 못했던 대장들은 깜짝 놀랐다.

"척살령을 말씀이십니까?"

"문제가 엄청 커지겠는뎁쇼? 물론 나야 싸움이 커지면 좋긴 하지만."

창랑이 큭큭 웃으며 말했다.

"각주님의 재가는 어떻게 하시겠습니까?"

척살령을 내리기 위해서는 각주의 허가가 필요했다. 이렇게까지 문제가 커질 여지가 다분한 문제를 과연 결제를 해줄 것이냐가 문제였다.

"나머지는 생각할 필요가 없다고 했을 텐데? 대장 직을 반납하고 싶나?"

"……!"

반론이 곧 잠잠해졌다. 더 이상 입을 여는 이가 아무도 없는 것을 확인하고서야 그는 만족했다.

"이상으로 회의를 마치겠다. 해산."

폐회를 선언하자 각 부대의 대장들은 부대장을 대동하고 총대장실을 빠져나갔다. 혼자 남게 된 마천십삼대 총대장 백천절은 그대로 좌석에 앉은 채, 칠(七)이라 쓰여진 자리를 바라보았다.

텅 비어 있는 자리.

대장회의가 모두 끝날 때까지, 제칠번대 대장 혈나찰 옥유경은 나타나지 않았다.

벌벌 떠는 장홍
—물밀듯 밀려오는 후회라는 이름의 파도

"아아, 받아들이지 말걸……."

장홍은 한숨을 내쉬었다.

"내가 왜 그랬을까……."

후회가 물밀듯이 밀려왔다.

"이게 아닌데……. 이럴 생각은 없었는데……. 크아아아악!"

장홍은 비류연의 말을 냅다 받아들인 자신의 결정에 대해 후회했다. 내가 왜 그랬을까? 잠시 미쳤었나? 그래, 분명 미쳤던 거야. 그렇지 않고서는 이런 일을 냅다 맡았을 리 없잖아.

"지금이라도 그냥 돌아갈까? 못한다고 할까?"

애초에 비류연 그놈이 나빴다. 왜 그런 경우가 있잖은가, 선인이 착한 일을 하면 그다지 눈에 띄지 않는데 악인이 선한 일을 하면 눈에 확 띄는 그런 경우 말이다. 이번 일도 그런 경우였다. 평소에 뻣뻣하고 지

잘난 맛에 사는 녀석이 고개 숙여 부탁하니 너무 기특해 보이는 게 아닌가.

원래 부탁할 때는 고개 숙이는 게 정상 아닌가. 그런데 정상을 정상적으로 했다고 흐뭇해하다니, 뭔가 잘못돼도 한참 잘못됐다. 그래서 그 내용이 뭔지 깊게 곱씹지도 않고 받아들이고 말았다. 그래서 여기까지 왔다. 장홍은 죽고 싶을 정도로 두려웠다. 당장 꼬리를 말고 도망치고 싶었다. 하지만 사나이의 자존심이란 게 대체 뭔지……. 식은땀을 흘리면서도 한 발 한 발 앞으로 나아가는 자신이 있었다. 후회막급이지만 이미 때는 늦었겠지.

비류연의 부탁은 간단했다.

"마천각에 대해 자세히 알고 있는 사람이 필요해. 특히 지위가 높으면 좋겠어. 보니까 장 아저씨는 그 칠번대 대장 아줌마를 잘 알고 있는 것 같던데? 그 사람에게 도움을 좀 받았으면 좋겠어. 부탁해."

"어, 어, 어!"

그런 터무니없는 요구를 어찌 받아들였단 말인가. 스스로 무덤을 판 꼴이 아닌가. 정신을 차렸을 때는 이미 고개를 끄덕인 후였다.

"자, 잠깐! 다시 물리면 안 될까? 방금 건 실수였어. 그런 짓을 했다가는, 나 죽는다고!"

그에 대한 비류연의 반응은 다음과 같았다.

"괜찮아, 사람은 누구나 한 번은 죽으니까."

"이봐! 오늘이 내 제삿날이 되는 거라고. 남 얘기처럼 하지 마. 당사자가 앞에 있다고!"

"내년에 제사상 차려지면 음식은 먹어줄게."

"뭐야, 먹기만 하고 땡이냐!"

"먹어주는 게 어디야. 그래야 명부(冥府)에서 덕을 쌓을 수 있는 거라고."

이미 그의 이야기는 전혀 먹히지 않았다. 그대로 계속 거부하면 칭칭 손발을 묶은 다음 제칠번대로 넘기겠다는 협박에 장홍은 어쩔 수 없이 순응하고 말았다. 현실은 어디까지 잔인해야 직성이 풀리는 것일까. 잔혹한 현실을 한탄해 보지만 돌아오는 것은 아무것도 없었다.

다음에는 속나 봐라, 다음에는!

그래, '만약' 다음이란 게 있긴 있다면 그때는 절대 속지 않으리라 맹세했다.

그러나 그녀를 만난 후에 과연 자신에게 다음이란 게 있을 수 있을까?

그는 장담할 수 없었다.

*　　　*　　　*

마천십삼대 제칠번대 소속 부대장, 진홍의 검희 석류하는 대(隊)로 접근하는 수상한 자를 발견하고는 경계 태세에 들어갔다.

'누구지?'

상당히 나이가 들어 보이는 얼굴을 하고 있는데, 부대 소속이 표시

되어 있지 않은 복식으로 봐서 외부인이 분명했다. 저렇게 나이 든 얼굴이라면 천무학관 사절단은 아닌 것 같았다. 그런데 무슨 중병에라도 걸린 것처럼 안색이 무척 파리하고 아편 중독자처럼 손발을 부들부들 떨며 불안해하는 모습이 충분히 수상쩍었다.

'게다가 어디서 분명히 본 듯한 얼굴인데……'

검병에 손을 올려놓으며 석류하가 외쳤다.

"잠깐, 거기 아저씨! 멈추세요!"

화들짝 놀란 그가 몸을 굳히며 석류하 쪽으로 고개를 돌렸다. 사신이라도 본 듯 무척 놀란 얼굴이었는데, 그녀의 얼굴을 확인하고는 안심한 듯 안도의 한숨을 내쉬었다. 점점 더 수상했다.

"저희 혈봉대에는 무슨 일이시죠, 아저씨?"

약간 경계하며 석류하가 물었다. 가까이서 보니 어디선가 본 적이 있는 얼굴이 분명하다는 확신이 들었다. 그것도 굉장히 안 좋은 일로 본 듯한 느낌이 드는데, 잘 기억이 나지 않았다. 엄청 굉장히 불쾌한 일이라 잊어버리려고 애쓴 탓에 그 당사자까지 함께 잊어버린 듯한 그런 미묘한 기분이었다.

"난 수상한 사람이 아니오, 아저씨는 더더욱 아니고. 난 이번에 천무학관에서 온 사절단 중 한 명인 장홍이라고 하오."

"천무학관 사절단이라고요? 나이가 많아 보이시는데, 혹시 인솔자인 무 사부님이신가요?"

"아, 아니오. 무 사부라니, 당치도 않소. 난 그저 일개 관도에 불과하오."

"하지만 얼굴 나이가……."

"얼굴이랑 나이 이야기는 그만 하면 안 되겠소, 아가씨?"

마음 아픈 곳이 후빔당한 장홍이 목소리를 높이자 그제야 석류하는 물고 늘어지는 것을 그만두었다.

"염도 노사님은 잘 지내고 계신가요?"

상당히 뜬금없는 질문인지라 장홍은 이 아가씨가 왜 그런 질문을 하는지 갑자기 궁금해졌다. 하지만 남의 사생활이다 보니 대놓고 물을 수는 없는 노릇이었다.

"아, 물론 그분이야 한창 활동 중인 화산처럼 팔팔하시오. 그런데 그건 왜⋯⋯?"

"아, 아니에요. 단지 궁금했을 뿐이에요."

살짝 얼굴을 붉히며 석류하가 대답했다.

'왜, 왜, 왜 얼굴을 붉히지? 부, 불안하게시리 왜 붉히는 거야? 대체 무슨 일이 있었길래? 설마⋯⋯말도 안 돼! 그쪽이야말로 진짜 새빨간 아저씨잖아!! 아저씨 사이에도 등급이 있다는 건가? 그런 건 인정 못 해!'

아저씨는 다 아저씨. 아줌마든 아저씨든 그건 이미 남성과 여성을 떠난 제삼과 제사의 성(性)이었다. 그건 일개의 생물이 아닌 거대한 집단 의식과도 같은 정신 생물체인 것이다. 그러니 아저씨라는 것을 개별적인 생물로 판단하거나 개성을 부여하려는 시도는 시답지 않은 짓이었다. 아저씨 세계에 차별은 인정할 수 없었다. 그래서 왠지 차별당하는 것 같자 기분이 몹시 나빴다.

"아저씨가 절대 아닌 '내我]!' 는, 단지 사람을 만나러 왔소이다, 아가씨!"

장홍은 이상하게 배알이 꼴리는 것을 꾹꾹 참으며 하하 웃으며 말했다. 하지만 어딘지 억지가 끼어 있는 웃음이었다. 상당히 초조하고 불안해하는 속내는 거짓웃음으로도 쉽게 감추어지지 않았다.

"누구를 만나러 오셨죠, 아저씨?"

아저씨가 아니라니까, 이 아가씨가! 하지만 장홍의 의견은 간단히 묵살되었다.

"이, 이곳에 혈옥선자 옥유경이라는 분이 있는 걸로 알고 있소만."

행여라도 혈나찰이라 불렀다가는 경을 칠 수 있기 때문에 조심해서 혈옥선자라고 칭했다.

"네, 저희 대장님이세요."

대답하는 석류하의 목소리에는 존경의 염이 담겨져 있었다.

"아가씨, 기별을 넣어주겠소? 아저씨가 아니라 젊은 오빠인 난 여기서 기다리겠소."

석류하는 잠시 망설였다. 정말 이 아.저.씨.를 믿어도 되는 걸까? 자신이 아저씨가 아니라고 주장하는 그 말부터 전혀 신뢰할 수 없는 이 아저씨를? 그러나 그 망설임은 오래가지 않았다. 일단 대장님에게 온 손님이었다. 그녀의 선에서 거절하는 것은 옳지 않았다. 석류하는 마침내 웃으며 대답했다.

"잠깐 기다려 주세요, 아.저.씨!"

만일 장홍이 얼마 전 복도에서 옥유경의 깊고 풍만한 가슴 골짜기에 얼굴을 묻었던 그 장본인이라는 걸 깨달았다면 그녀는 장홍을 아마 가만두지 않았을 것이다. 하지만 그때 당시 장홍은 옥유경의 시선을 피해 얼굴 가리기에 급급해 이리저리 고개를 돌리고 있었기 때문에, 약간 떨어져서 따라가고 있던 석류하는 그의 인상착의를 정확히 파악하지 못했다. 그것이 말썽을 피하게 해주었다.

기별을 하고 대장실의 문을 열고 들어가자 붉은색 '혈린갑(血鱗鉀)'을 상체에 두르는 옥유경이 보였다. 혈린갑은 옥유경이 지닌 기보로, 특수한 기능을 가진 갑옷인데, 이것을 두른다는 것은 완전무장을 하고 전투 태세에 들어간다는 뜻이었다.

"류하냐? 지금은 바쁘구나."

옥유경에게서는 날카로운 긴장이 느껴지고 있었다. 좀 전에 십이번대 대원으로부터 긴급 서신을 받은 탓인 모양이었다. 분명 수년 만에 울린 긴급 비상종과 관련있는 게 틀림없었다.

'정복을 입으시는 것으로 보아 대장회의에 가시는 건가?'

그래서 물었다.

"혹시 대장회의에 참석하시나요?"

"그래, 그것도 대지급이라는구나."

좀 전에 옥유경이 받았던 서찰은 오른쪽 탁자 위에 보란 듯이 펼쳐진 채 놓여 있었다.

"그것도 모르고, 제가 시중을 들었어야 하는데… 죄송해요, 대장님."

"괜찮다. 나도 손이 있는데 이 정도는 혼자 할 수 있다. 신경 쓰지말거라. 부대장의 일이란 게 대장을 보좌하는 거지 대장 뒤치다꺼리해 주는 것은 아니지 않느냐? 우린 육번대가 아니다. 나 역시 육번대가 아닌 칠번대 대장이고."

석류하의 머릿속에서 마천십삼대 중 가장 불쌍한 부대장이라는 평을 받고 있는 육번대 부대장 장소옥이 잠시 떠올랐다 사라졌다. 그에 비하면 자신은 상당히 축복받은 부대장이었다.

"어쨌든 다른 손님을 받을 때는 아닌 모양이네요. 돌아가시라 전하겠습니다."

"응, 손님이 왔다고?"

"네, 별일 아니에요. 장홍이라는, 아저씨처럼 생긴 분이 오셔서 면담을 요청했지만, 그런 아저씨, 지금은 바쁘니 돌아가시라고……."

그 순간 가죽 토시를 팔뚝에 차던 옥유경의 동작이 우뚝 멎었다.

"바, 방금 누구라 했느냐?"

석류하는 허리를 숙이며 사과했다.

"방해해서 죄송합니다. 당장 돌아가라고 하겠습니다."

"아니, 이름 말이다. 그자의 이름."

다그치듯 묻는다.

"장홍이라고……."

그녀의 상관이 귀신처럼 무서운 표정을 짓고 있자 석류하는 자신이 무엇가 큰 실수라도 한 것 같아 목소리가 저절로 작아졌다.

"만나겠다. 안내하거라!"

서릿발 같은 냉기가 묻어나는 목소리였다.

"하지만 대지급 서신이……."

대지급이라는 것은 이각(30분) 안에 총대장실로 집합하는 뜻이었다. 다른 업무를 볼 여가는 없었다. 그러나 옥유경의 의지는 바위처럼 단단했다.

"만나겠다고 했다!"

"어떻게 되었소, 소저? 만나준다고 하오?"

기별을 전하러 갔던 석류하가 돌아오자 장홍이 기다렸다는 듯 물었다.

“따라오시지요.”

석류하의 그 말에 장홍이 눈을 크게 떴다.

“저, 정말 만나준다고 했단 말이오?”

“대장님께서 기다리고 계십시다.”

그리고는 몸을 홱 돌려 성큼성큼 걸어갔다. 따라올 테면 따라오라는 태도였다.

“자, 잠깐 기다리시오.”

그녀를 놓칠 세라 장홍이 발걸음을 빨리했다. 그녀는 칠번대의 본관을 지나 오른쪽으로 이어진 회랑을 지나갔다.

“아, 안에서 만나는 것 아니었소?”

“…….”

석류하는 대꾸하지 않았다. 그녀는 잠시 후 오른쪽으로 방향을 꺾었다가 다시 왼쪽으로 방향을 꺾었다. 그곳에 작은 월동문 하나가 나타났다. 그 문 위에는 ‘연무(鍊武)’라는 두 글자가 적혀 있었고, 오른편에는 ‘대장 전용’이라는 팻말이 걸려 있었다. 아무래도 대장 전용의 개인 연무장인 모양이었다.

“여깁니다.”

석류하가 먼저 문 안으로 사라졌다. 남겨진 장홍은 망설임 때문에 잠시 머뭇거렸다. 그러다가 눈을 질끈 감고는 문 안으로 들어갔다. 그러나 차마 눈을 뜰 용기가 없어 한참을 감고 있었다. 순간순간이 마치 영겁의 시간 같았다. 말소리가 들린 것은 그때였다.

“너는 여기서 다른 대원들이 들어오지 못하도록 막고 있거라!”

그가 절대로 잊을 수 없는 목소리였다.

장홍은 질끈 감았던 눈을 떴다. 연무장의 한가운데에 붉은 무복을 걸치고 왼쪽 허리에 검을 찬 채 당당한 자세로 옥유경이 서 있었다. 두 사람의 시선이 허공에서 마주쳤다.

장내에 내려앉은 무거운 침묵에 석류하는 가슴이 답답해 숨도 쉬기 힘들 지경이었다. 옥유경과 장홍은 서로 마주 본 이후 단 한마디도 입을 열지 않았다. 대장이 입을 열지 않는데 주제넘게 자신이 나설 수도 없었다. 하지만 왠지 옆에 있는 것만으로도 몸과 마음이 다 함께 불편해지는 느낌이었다. 대체 무슨 일일까? 석류하는 옥유경의 옆얼굴을 살짝 훔쳐보았다. 옥유경은 그녀가 지금까지 한 번도 본 적이 없는 얼굴을 하고 있었다.

그렇다.

그녀는 마치 마천십삼대의 열두 대장 중 한 명이 아니라, 보통의 평범한 여인 같은 얼굴을 하고 있었다. 명약관화한 동요가 분노와 함께 그 속에 깃들어 있었다. 이 복잡무쌍한 감정을 단 한마디로 축약한다면 '한(恨)'이라 칭할 수 있을 것 같았다.

"여기 오다니, 배짱 한번 좋군요! 죽고 싶어 찾아왔나요?"

첫마디부터 옥유경의 말은 살벌했다.

듣고 있던 석류하는 깜짝 놀랐다. 옥유경이 장홍이라는 아저씨에게 마치 오래전부터 아는 사람인 것처럼 말을 했던 것이다. 게다가 그 내용이 심상치 않았다. 대체 무슨 일이 벌어지려는 걸까? 자신이 여기에 있어도 되는 걸까? 석류하는 갑자기 이 자리가 한없이 불편해졌다.

"아니… 그게 그러니까……."

평소에 느물느물하던 장홍도 쉽게 입이 떼어지지 않는 모양이었다.

하긴 그는 입이 백 개라도 할 말이 없었다. 그래도 끙끙거리며 여기까지 왔는데 용건 정도는 밝혀야 했다. 하지만 막상 마주 대하고 보니 입이 잘 떨어지지 않았다. 겨우겨우 용기를 짜내 입을 연다.

"도움이 필요하오."

장홍의 목소리는 기어들어 가는 듯했다.

"도움? 지금 도움이라 했나요?"

옥유경은 기가 막혀서 말도 잘 안 나오는 듯했다. 장홍은 그녀의 심정을 충분히 이해했다. 자신이 생각해도 미친 짓인데, 그녀가 보기에는 어떻겠는가. 그를 참으로 뻔뻔스럽다고 생각하고 있을 터였다. 그러나 이제 와서 그만둘 수도 없었다.

"그, 그렇소. 마천각 내를 잘 아는 사람이 필요하오."

"설마 좀 전에 비상종에 울린 것, 당신들 탓은 아니겠죠?"

날카로운 어조로 힐문한다. 어림짐작일지는 몰라도 예리한 감이었다.

"아니…… 그게 그러니까…….”

"맞아요, 틀려요? 그것만 말해요."

"마, 맞소."

장홍이 얼떨결에 대답했다.

"하아…… 대체 무슨 배짱으로 그런 터무니없는 일을 저지른 거죠? 당신, 죽고 싶어요? 하긴 여기에 날 만나러 온 걸 보니 죽고 싶은 것 같긴 하군요."

"나예린 소저가 납치당했소. 그녀를 구출하려다 보니…….”

빠직.

"지금 다른 여자를 구하기 위해 내 앞에 나타났다는 말을 하고 있는 건가요!"

그녀가 폭발했다. 소리치는 그녀의 말속에는 예리한 칼날이 벼리어
져 있었다. 전신에서 뿜어져 나오는 한기가 점점 더 높아져 주변의 공
기를 얼어붙게 만들고 있었다. 그 기운 탓인지 장홍의 안색이 급격하
게 파리해졌다.

"아니… 그게 아니라……. 오해요, 오해!"

"오해? 그런 허접한 변명은 이 검에다 대고 하시지, 이 난봉꾼!"

챙!

뽑혀져 나온 혈나찰 옥유경의 검이 붉은 검기를 뿌렸다.

"으헉!"

기함을 터뜨리며 장홍이 급히 몸을 뒤로 뺐다.

'저 아저씨, 아직 살아 있네?

그 모습을 보고 석류하는 상당히 놀랐다.

부지불식간에 내질러진 혈옥선자의 절초 '혈봉일침'을 장홍이 피해
낸 것이다.

'저 아저씨, 겉보기와 다르게 상당한 실력자네. 저런 아저씨처럼 생
긴 자에게 저런 숨겨진 실력이 있을 줄이야…….'

역시 사람은 겉모습만 가지고 판단하면 안 되는 모양이었다. 아저씨
가 아저씨인 것은 변함없는 사실이지만.

"확실히 어디선가 본 적이 있는 것 같단 말이야……."

옥유경이 이렇게 불같이 화를 냈던 일이 얼마 전에도 있었던 것 같
은 기분이 들었다.

"아!"

그 순간 흐릿했던 모든 것이 선명해졌다. 그리고 깨달았다.

"아! 바로 그 색골!"
석류하의 두 눈에서 불꽃이 화르르 타올랐다.

"오호, 뻔뻔스럽게 피하시겠다?"
"아니, 이건 어디까지나 본능적으로……."
"그 본능 때문에 젊은 처자의 뒤나 쫓아다니는 건가요?"
"오해요, 오해. 쫓아다니는 게 아니라 납치를 당해서 구출하려는 것 뿐이오."
"사내들은 다 똑같아요. 그저 예쁘기만 하면 다들 정신을 못 차리죠! 죽어버려요!"
파라라라라라락!
다시 한 번 혈나찰 옥유경의 검이 붉은 꽃잎을 뿌리며 장홍의 전신으로 쇄도했다.

혈봉검무
제이초
쌍봉화려

두 마리의 벌이라기보다 두 마리의 독사처럼 사나운 공격이 장홍을 향해 쇄도했다.
장홍은 피하기에 급급했다.
"진짜 오해라니까 그러시오! 나를 좀 믿어주시오!"
날카로운 검초가 웅웅 벌떼 소리를 내며 달려드는 걸 피하며 장홍이 외쳤다.

"지금 나보고 당신을 믿으라고요?"

살다 살다 그런 개소리는 처음 들어봤다는 투로 옥유경이 반문했다.

"칠 년 사 개월 동안 죽었는지 살았는지 알 수도 없었던 당신을?"

장홍의 안색이 시커메졌다.

"아니, 그건 그러니까……."

찔리는 게 많은지 장홍의 말끝이 흐려졌다.

"다 필요없어요! 당신이 해줄 수 있는 건 딱 하나뿐이에요."

"그게 뭐요?"

"오늘 여기서 죽어주는 것!"

쉐에에에에에엑!

다시 한 번 옥유경의 검이 윙윙 사나운 말벌 떼의 날갯짓 같은 소리를 내며 검기를 뿌렸다.

마천십삼대 제칠번대, 혈봉대라 통칭되는 이곳에는 아름답지만 사나운 붉은 여왕벌 한 마리가 살고 있었다. 그 여왕벌의 이름은 바로 혈옥선자 옥유경, 학생들 사이에서는 혈나찰이라 불리는 여인이었다. 그 여인의 검법이 바로 '혈봉검(血蜂劍)'이었다. 검초를 펼칠 때마다 벌떼가 무리 지어 날아다니는 듯한 소리가 난다 해서 붙여진 이름이었다. 그리고 지금 사나운 혈봉이 피를 구하며 윙윙윙윙, 무시무시한 소리를 내며 날아다니고 있었다.

혈봉검무
비전 오의
봉침밀밀

　사나운 울음소리와 날카로운 찌르기가 병행된 초식으로, 소리로 상대의 정신을 흐트러뜨리고, 그 빈틈으로 검을 찔러 넣는 수법이었다. 옥유경의 애검 '적봉(赤蜂)'의 검신 끝에 뚫린 세 개의 구멍은 이 소리를 보다 강하게 증폭시키기 위한 장치 중 하나였다.

　장홍은 피하고 피하고 또 피했다. 그의 신법은 굉장히 특이해 치명상을 입을 것 같으면서도 아슬아슬하게 공격들을 피해냈다. 때로는 베었다고 생각했는데 허상인 경우도 있었다. 마치 환술이라도 쓰고 있는 듯했다. 하지만 피하는 게 한계인 듯. 아직 한 번도 제대로 된 반격은 못하고 있었다.

　"왜 반격을 안 하는 거죠? 날 무시하는 건가요?"

　윙윙윙윙!

　검속을 늦추지 않으면서 옥유경이 날카롭게 소리쳤다.

　"…난 당신을 공격할 수 없소……. 당신을 다치게 할 수는 없소."

　"흥, 다치게 할 수 없다고요? 거짓말쟁이!"

　"나, 난 진심이오."

　장홍이 당황한 목소리로 대답했다. 그러자 옥유경이 사납게 소리쳤다.

　"몸만 다치게 하지 않으면 끝인가요? 내 마음을 다치게 한 건요? 그건 다치게 한 게 아닌가요?"

　억눌린 한이 담긴 목소리, 지난 세월의 분노가 그 외침 속에 고스란히 담겨 있었다.

　"그, 그건……."

　장홍의 눈동자가 세차게 흔들렸다. 마음의 동요가 육신을 통해 드러난 것이다. 입을 열어 뭐라고 말하고 싶었지만, 아교가 붙은 듯 입이 떼어지지 않았다. 죄책감이라는 아교가 그의 입과 혀를 봉하고 있었다.

"왜 그날 내 앞에서 사라진 거죠? 왜?"

옥유경의 입이 힘겹게 열렸다. 좀 전에는 그렇게 사납게 외치더니 지금은 오히려 애잔하기까지 하다. 그녀 역시 혼란스러운 것이리라.

"……."

그 일에 대해서라면 장홍은 입이 백 개라도 할 말이 없었다.

"내가 얼마나 당신이 돌아오길 기다렸는 줄 알아요? 문 앞에 서서 삼 일 밤낮을 기다렸어요. 쏟아지는 비를 맞으며… 눈물 흘리며……. 하지만 당신은 끝내 돌아오지 않았죠. 왜 그랬죠? 왜! 그리고 왜 이제야 내 앞에 나타난 거예요! 난 모든 걸 잊었는데, 겨우 모든 걸 정리했는데, 왜!"

"……."

침묵하고 있는 장홍이 표정이 더욱 어두워졌다.

"그동안 내가 얼마나 기다렸는 줄 알아요?"

그러나 이 년이 지나고 삼 년이 지나도 장홍은 나타나지 않았다.

"나도 돌아오고 싶었소."

"그런 개소리를 말이라고 하나요? 칠 년 사 개월 동안 소식 한 번 없었던 주제에!"

쉬잉! 번쩍!

다시 한 번 붉은 검광이 공간을 가득 메운다. 일 초 일 초에 한이 서린 일격이었다.

"미안하오. 정말 미안하오."

장흥은 미안하다는 말 이외에 다른 말은 할 줄 모르는 사람 같았다.

"미안하면 닥치고 죽어요!"

푸욱!

혈봉검법의 숨겨진 찌르기 '암침(暗針)'이 장흥의 어깻죽지를 꿰뚫었다.

뚝뚝!

땅바닥에 방울방울 핏방울이 떨어졌다.

"왜…… 왜…… 피하지 않았죠?"

적봉을 쥔 옥유경의 손이 그녀의 목소리만큼이나 세차게 떨렸다. 설마 이 정도로 얕은 공격에 장흥이 당할 거라고는 미처 생각지도 못했던 것이다. 왜냐하면 예전에 그녀는 한 번도 장흥을 이겨본 적이 없었던 것이다.

"나는 겁쟁이였소……."

나는 빛을 바라보는 그림자였다
—빛과 그림자

빛에는 그림자가 따른다.

아무리 정도(正道)를 표방하는 곳이라 해도 모든 것을 깨끗하게 처리하는 것은 불가능했다. 때문에 어두운 일, 더러운 일을 대신 처리해줄 그림자가 필수불가결이었다. 더러운 것을 치우는 자는 그 몸을 더럽힐 수밖에 없다. 깨끗함을 유지하기 위한 더러움, 그는 그런 그림자 중 하나였다.

그는 고아였다.

어머니나 아버지에 대한 기억은 한 조각도 지니고 있지 않았다. 주변과 자신을 분리해서 인식할 수 있게 되었을 때, 그는 바다에 둘러싸인 곳에 서 있었다. 그곳은 섬이었다. 주변에는 자기 또래의 아이들이 수십 명이나 있었다.

섬에서는 밥과 옷과 잠자리가 제공되었다. 고아들에게 먹여주고 입혀주고 재워준다는 것은 대단한 일이었다.

"섬에 남고 싶으면 강해져라!"

섬을 관리하는 자들은 소년들을 모아놓고 그렇게 말했다. 편하게 먹고 입고 자고 싶으면 강해지라고. 그러면서 기본적인 무술을 가르쳐주기 시작했다. 그리고 한 달에 한 번 서로서로 싸움을 붙여 약한 아이들은 섬 밖으로 쫓아냈다.

그들은 복면 같은 건 쓰고 있지 않았지만 머리가 산발되어 있고, 수염이 지저분해서 쉽게 기억하기 힘든 그런 얼굴을 하고 있었다. 지금 생각해 보면 복면을 쓰면 오히려 쓸데없는 의심을 키워줄 수 있다고 생각했던 모양이다. 아이들은 그곳을 어느 이름있는 상단의 호위무사 양성소쯤으로 알고 있었다. 어른들은 그 섬을 '요람(搖籃)'이라 불렀다. 거기야말로 요람처럼 편안하고 따뜻한 곳이라는 뜻이니 끝까지 남아 있을 수 있도록 발버둥 치라는 의미였다.

약한 놈은 더 이상 요람에 있을 수 없게 된다. 요람에서 쫓겨나면 다시 어디에도 기댈 곳 없는 고아로 돌아가는 것이다. 소년들은 필사적으로 경쟁했다, 그곳에 남기 위해서.

그곳에 있는 이상 굶어 죽을 염려도, 얼어 죽을 염려도 없었다. 사고로 죽을 가능성이 농후하다는 것 따윈 먹고 자는 생존 문제 앞에서는 별 대수롭지 않은 이야기였다. 시간이 흘렀고, 아이들은 점점 성장했다. 그러는 동안에도 대여섯 살 먹은 고아들은 계속해서 섬으로 유입되었다.

살아남기 위해서 소년들은 강해져야 했다. 그리고 무자비해져야 했다. 소년들은 요람에서 고통을 배우고, 그 고통을 견뎌낼 인내를 배웠다. 아이들에게는 이름이 없었다. 서로서로 모두 번호로 부를 뿐이었다. 그의 번호는 '사십칠호'였다.

탈락하지 않은 아이들에게는 새로운 기술이 전해졌다. 자신에게 주어진 기술들, 그동안 배워온 지식들을 최대한 활용해 살아남아야 했다. 강한 자가 살아남는 게 아니라, 살아남은 자가 바로 강한 자였다.

'요람'이라 불리는 이 섬이 실제로는 무림맹의 비밀 첩자를 키우는 양성소라는 것을 알게 된 것은 섬에 들어온 지 십 년이 지난 후였다. 그곳은 빛으로 가득 찬 백도의 '그림자'를 키우는 곳이었다. 그들이 직접 나서서 하지 못하는 일을 대신해 줄 존재를 양성하는 곳이었다. 그들은 더럽혀지기 위해 존재하는 자들이었다.

당시 무림은 정천맹과 흑천맹의 균형과 천무학관과 마천각의 균형으로 인해 겉으론 평화를 유지하고 있었다. 겉으로 평화를 유지하고 있는 만큼, 보이지 않는 곳에서의 물밑 경쟁은 더욱 치열해졌다.

천겁령이라는 무시무시한 적에게 공동으로 피해를 입고, 공동으로 대응한 이후 거의 구십 년이 흐른 때였다. 평화가 너무 길어지자 사람들은 위기에 대해 느슨해졌고, 그 반동으로 다시 억눌렀던 욕심이 솟구치던 때였다. 공동의 이익보다는 백도나 흑도 모두 자기의 이익에 대해 조금이라도 더 차지하고자 하는 욕구에 시달리고 있었다. 그 다툼은 겉[表]으로가 아닌 속[裏]으로 진행되었다.

조용한 전쟁, 이른바 '냉전(冷戰)의 시대'였다.

이 조용하지만 치열한 경쟁의 역사는 벌써 삼십 년째를 맞이하고 있었다. 이 치열한 암투에서 밀리지 않기 위해서는 실력 좋은 그림자들이 필수불가결이었다. 실력 좋은 고급 그림자는 하루아침에 만들어지지 않는다. 비밀 엄수와 충성심을 고양하기 위해서는 어릴 때부터의 양육이 필수적이었다. 외부 영입된 그림자를 믿는 데는 한계가 있었다. 그래서 그들은 아낌없이 상승무공들을 풀었다. 그리고 머리를 맞대고 그림자의 암약에 적합한 무공들을 만들어냈다.

성장한 장홍에게도 정식으로 고급 무공들이 전해졌다. 물론 충분한 사상 교육과 정신교육이 병행되었다. 다른 생각을 하지 못하고 한 가지 생각만 하도록 만들기 위한 교육이었다. 그림자에게 스스로 생각하는 머리는 필요없었다. 필요한 것은 주어진 명령을 어떤 의문도 없이 행할 수 있는 단호한 임무 수행 능력뿐이었다. 그러기 위해서 최면과 암시를 병행한 정신교육이 필수였다. 이런 교육 과정은 흑도와 백도 모두 다를 게 없었다. 양쪽 모두 자기 체제가 정의라고 믿도록 만들어야 할 필요가 있었던 것이다. 하지만 가끔은 최면과 암시가 잘 안 먹히는 체질을 가진 이도 나왔다.

장홍은 후자였다. 암시 학습과 사상 교육이 성과를 거두지 못했지만, 딱히 이곳이 싫지도 않았다. 어쨌든 이곳은 그의 집이었고, 나름대로 정도 들었고, 동료들도 있었다. 하지만 이제는 세상에 나가고 싶었다. 그러자 양성소장의 말은 다음과 같았다.

"섬에서 나가려면 강해져야 한다."

과거에는 섬에서 남아 있기 위해 강해졌고, 이제는 섬에서 나가기 위해 강해져야 했다.

그로부터 삼 년 후, 그는 마침내 자격 심사에서 통과해 섬을 나올 수 있게 되었다. 그리고 '무영 사십칠호'라는 암호명과 함께 '장홍식'이라는 가명을 받았다. 그 순간부터, 이름없는 고아는 장홍식이라는 이름의 사내가 되었다.

그의 장기는 잠입이었고, 그가 맡은 임무도 잠입이었다. 그러나 적
측은 아니었다. 그는 아군들 한가운데 잠입해서 주변의 동향을 안에서
감시하는 감시자였다. 그는 임무에 따라 천무학관에 들어갔다. 합격은
간단했고, 그는 천무학관의 관도가 되었다.

새로운 세계가 그를 기다리고 있었다.

가짜 이름을 받고,

가짜 신분을 받았다.

그리고 천무학관에 들어왔다.

그의 임무는 관도들 사이에 스며들어, 그들과 함께 지내며, 각 가문
과 문파의 정보를 빼내는 역할이었다. 무림맹과 천무학관이 필요한 것
은 흑천맹과 마천각의 정보만이 아니었다. 조직을 유지하기 위해서는
구파일방과 팔대세가의 동향에도 한시라도 신경을 늦추어서는 안 되었
다. 그들의 반발이나 불만을 적절히 억누르고, 원하는 방향으로 움직
이게 하기 위해서 그것은 필수불가결한 처치였다. 이상만으로 움직이
기에는 평화의 시간이 너무나 길었던 것이다.

가짜 이름에 가짜 신분이었지만 장홍은 즐거웠다. 어차피 그가 익힌
것은 은신잠행술을 제외하고는 모두 정도의 무공이었다. 그리고 그만
큼 처절하게 단련한 인간은 드물었다. 천무학관의 체계적인 가르침 속
에 그는 한층 더 강해졌다. 삼성제에도 출전하고 화산지회에도 나갔
다. 그의 이름이 학관 내에서 오르내리기 시작했다. 그림자는 너무 눈
에 띄어서는 안 된다는 주의를 받았지만, 그는 상관하지 않았다. 세인
들의 주목을 받으며 빛의 한가운데 서 있으니 마치 자신이 빛인 것 같
았다. 그러나 그는 여전히 그림자였다. 그 사실을 잊으려고 할 때마다

조직에서는 그의 입장을 상기시켰다. 마음만 먹으면 조직은 그가 쌓아왔던 모든 것을 단숨에 허물어뜨릴 수 있었다. 어차피 거짓 위에서 쌓아 올렸던 탑이다. 거짓이 드러나면 모든 것은 모래성처럼 단숨에 무너지게 되어 있었다. 자신의 입장을 항상 잊지 말라는 경고였다. 그리고는 말했다.

"이제부터 진짜 임무를 내리겠다."

"진짜 임무요?"

"그렇다. 그동안의 실적 쌓기는 모두 이번 임무를 위한 것이었다."

그동안 외부적으로 활약해서 세간의 주목을 받게 만든 것 역시 모두 계산된 일이었던 것이다. 그동안 자신이 쌓아왔던 모든 것 역시 거짓이었단 말인가? 무엇이 자신의 힘으로 이룬 것이고, 무엇이 아닌지 구분할 수가 없었다.

"마천각에 사절단으로 동행하라. 그리고 임무를 수행하라."

"임무가 뭡니까?"

"흑도의 일곱 기둥, '흑칠주(黑七柱)'에 관한 정보를 모아라. 마천각의 인물들에게 가깝게 접근해 정보를 수집하라."

그는 시키는 대로 마천각으로 향했다.

흑칠주(黑七柱).

흑도를 떠받치는 일곱 개의 기둥.

백도로 보면 팔대세가에 해당하는 곳이다. 원래 십삼주였으나, 백 년 전의 천겁혈세 이후 여섯 가문이 멸문하고 일곱 가문만 남아 아직까지 맥을 이어오고 있다. 그들이 흑도무림에 미치는 영향력은 아직도 지대하다. 그리고 그들은 자신들의 영향력을 더 강화하기 위해 인재 영입에 망설임이 없었다. 흑도무림이란 원래 실력으로 모든 것을 얘기하는 곳이었다. 때문에, 가문이든 출신이든 상관없이 최우선으로 여기는 것은 실력이었다. 그리고 인재 영입을 위해서는 정파 출신이라 해도 망설임없이 받아들이곤 했다. 구십 년간의 평화와 몇 년 전에 있었던 무림맹주 나백천과 칠주의 하나인 '월하가'의 장녀 빙월선자 예청의 전격적인 결혼도 이런 분위기를 더욱 부채질했다. 이제 백도와 흑도의 교류라는 것은 매우 당연한 것처럼 여겨지게 되었다.

천겁혈세로부터 구십 년, 내키지는 않지만 정사 흑백은 겉모습만이라도 평화를 유지하고 있었다.

삼성제와 화산규약지회에서 맹활약을 펼친 장홍식의 이름도 이미 흑도 안에서 파다하게 퍼져 있어 많은 가문들이 그를 노리고 있었다. 특히 그가 집중적인 관심을 받게 된 이유는 그에게 아무런 연고가 없는 탓도 컸다.

그는 마치 하늘에서 뚝 떨어지고 땅에서 불쑥 솟은 것처럼 어떤 유명 문파나 세가의 제자도 아니었고, 유명 고수의 제자도 아니었다. 명문의 가르침을 받지 않은 그가 화산규약지회에서 삼위를 먹은 것 자체가 거의 기적 같은 일이었다. 개인의 능력과 실력을 중시하는 흑도로선 더욱더 그가 탐날 수밖에 없었다. 연고가 없는 만큼 끌어들이기도 수월했다. 그런 식으로 전향하는 자도 꽤 있었다. 구파일방이나 팔대세가가 아닌 고수라면 자신의 출신에 얽매이지 않고 완전히 가문에 동화될 수 있었다. 지금은 선(善)과 악(惡)이라는 이분법적인 관점이라기보다, 일종의 세력전이었던 것이다. 계산에 밝은 흑도의 가문들이 그를 내버려 둘 리가 없었다.

그리고 영입 중 가장 간단한 방법은 바로 결혼이었다.

마천각에 사절단으로 간 이후, 그는 사방에서 쏟아지는 혼담에 당황해야만 했다. 그리고 당시 갑작스럽게 제시된 혼담에 당황한 것은 비단 그뿐만이 아니었다.

"싫어요."

가문에 불려가 아버지 혈봉만천 옥진 앞에 앉은 소녀는 단호한 목소리로 거부의 의사를 표했다. 아직 어리지만, 가슴은 나이 또래에 비해 무척이나 풍만한 소녀였다. 하지만 큰 가슴에 비해 소녀의 눈빛은 한 마리 사나운 말벌처럼 날카로웠다. 그녀의 눈빛에서는 반항의 기색이 물씬 풍겨나고 있었다. 자유롭게 살고 있던 그녀에게 갑작스럽게 내려진 혼인 이야기 때문이었다.

"왜 꼭 저죠?"

"별 뜻은 없다. 그저 같은 나이 아니냐? 나이가 같은 쪽이 오히려 더 편하게 대할 수도 있겠지. 접근도 쉽고."

딸의 반항기를 읽고는 있지만, 그녀의 아버지는 무턱대고 화부터 내지 않았다. 강하게 억누를수록 더욱 크게 반발할 거라는 걸 읽은 탓이다.

'거짓말!'

그녀는 속으로 외쳤다.

"너도 이제 과년한 나이가 되지 않았느냐. 이참에 좋은 혼인 상대를 물색하는 것도 좋은 일이지. 안 그러냐?"

"절대로 싫어요. 그리고 전 절대로 혼인하지 않아요."

자신의 몸이 도구로 쓰이는데 기분이 좋을 리 없었다. 아무리 결혼이 정략의 도구로 흔하게 쓰이는 시대였지만 옥유경은 싫었다. 하지만 관습에 저항하기 위해서는 '능력' 이 필요했다.

'강해져야만 해!'

자신의 의견이 묵살되지 않기 위해서, 자신의 의지를 관철시키기 위해서 그녀는 더욱 강한 힘을 원했다. 마천각 최대 여자 파벌인 칠공주파에 들어갔던 것도 그런 생각에서였다.

어차피 칠공주파는 남성을 극도로 꺼리고 배제하는 곳이었다. 남성을 찍어누르고 이기는 것만이 여성의 능력을 증명할 수 있는 유일한 길이라고 믿고 있었다.

눈에는 눈, 이에는 이라는 사고방식이었다.

이 사고방식이 옥유경은 그다지 싫지 않았다.

무림은 '힘' 이 지배하는 곳, 약한 자는 강한 자에게 먹힐 뿐이었다. 남자와 대등해지기 위해서는 보다 강한 힘이 필요했다.

비록 그녀에게 재능이 있고 또래보다 월등한 실력이 있었지만, 아직 가문에 거역할 만큼 능력은 겸비되어 있지 않았다. 그리고 가문을 거부할 만한 능력도, 배짱도 없었다. 그저 소소하고 작은 반항만이 그녀가 할 수 있는 전부였다.

"설마 이 아비가 딸자식에게 나쁜 일을 꾸미겠느냐? 혹시 그가 너의 운명의 상대일지 누가 알겠느냐? 일단 만나보거라. 그다음에 다시 이야기하도록 하자꾸나."

그녀는 그 말에 따를 수밖에 없었다. 가문의 속박을 끊기에 그녀의 능력은 아직 너무 보잘것없었다.

*　　　*　　　*

　그때 아버지의 말을 들은 것이 실수였다고 그녀는 후회했다. 그때 그 말에 순순히 따르지 않았더라면 그런 일은 없었을 것을.

　무엇이 문제였을까?

　그랑 만나게 될 자리에 오지 못하도록 손을 써달라고 칠공주의 언니들에게 부탁한 게 실수였을까?

　아니면 언니들의 저지를 뚫고 유유히 약속 시간에 맞춰 나온 그를 다르게 보게 된 게 실수였을까?

　아니면 그가 다른 남자들처럼 자신의 큰 가슴에 시선을 빼앗겨 물끄러미 쳐다보지 않는 것에 호감이 간 게 실수였을까?

　아니면 자기를 이기면 결혼해도 좋다고 당돌하게 말했던 게 실수였을까?

　이 남자라면 자신이 알던 남자랑은 다를 수 있다고 생각했던 게 실수였는지도 모른다.

　하지만 무엇보다 큰 실수는 그녀가 그를 사랑하게 되어버렸다는 것이다. 그녀도 천상 무림의 여인이었고, 무림의 여인은 강한 힘에 끌리게 마련이었다. 게다가 그는 어쩐지 주위의 가문이나 세력만 믿고 날뛰는 멍청이들과는 달랐다. 그는 아무런 연고도 없이, 스스로의 힘으로 길을 개척하고 지금의 자리에 올라선 입지전적의 인물이었다. 그런데 옥유경의 이상형이 바로 그런 가문이나 세력에 얽매이지 않고 홀로 설 수 있는 사람이었다. 우연찮게 장홍식은 그녀의 이상형이었던 것이다.

＊　　　＊　　　＊

장홍식 역시 오랫동안 섬에만 갇혀 있다 보니, 세간의 상식에 대해서 무지했다. 특히 연애 관계라는 것에 대해선 젬병이었다. 거기다가 정상적인 혼인 절차가 어떻게 되는지 알 리도 없었다. 그가 배운 것은 오직 강해지는 법과 그림자처럼 자신을 숨기는 법, 그리고 정보를 들키지 않고 빼내는 법뿐이었다. 그러니 주위에서 혼담이 쏟아질 때 그가 얼마나 당황했겠는가.

결혼이라는 게 뭔 줄은 알고 있었지만, 그것은 자신과는 아주아주 먼 나라 이야기였다. 요람에서도 세상의 상식은 극히 일부밖에 가르쳐 주지 않았다. 그것도 세상 물정에 너무 어두우면 주위에 수상하게 보일 수 있기 때문이라는 이유에서 가르친 것에 불과했다. 수상한 짓을 하다 보면 정보 수집에 차질이 생길 수 있기 때문에 그걸 미연에 방지하자는 차원에서 가르친 상식에 불과했다. 그중에 연애하는 법과 결혼하는 법은 들어 있지 않았다. 그래서 옥유경이 '나를 이길 수 있다면 결혼해도 좋아요' 라고 했을 때, 그게 혹도 특유의 혼인 전통인 줄 알았다. 그리고 조직에서는 '무슨 수를 써서라도 혈봉가의 정보를 획득하라' 라는 단서를 달았기 때문에 결혼을 하면 보다 정보에 접근하기 쉽겠구나, 하고 생각했을 뿐이었다. 세상의 상식과 도덕이 당시의 그에게는 무척이나 결핍되어 있었던 것이다.

그녀는 무척 강했다. 확실히 큰소리칠 만했다. 가문에서 벗어나가 위해 발버둥 치며 쌓은 실력이 허구는 아니었다. 하지만 그는 십수 년 동안 살아남기 위해 발버둥 쳐왔다. 게다가 그 밑바탕에 천무학관의 가르침을 흡수하면서 더욱 강해졌다. 상승무공에 대해서도 충분히 대응할 수 있을 만큼 강해진 것이다. 그런 그에게 옥유경이 상대가 될 리 없었다. 이러니저러니 해도 그녀는 아직 가문 안에서 안주하고 있는 아가씨였던 것이다.

그에게 패한 옥유경은 커다란 충격을 받았지만, 그를 다른 눈으로 보게 되는 계기가 됐다. 이런 남자라면 괜찮을지도 모른다는 생각이 들었던 것이다. 그도 굳이 반대할 이유가 없었다. 그러다 보니 결혼은 자연스럽게 진행되었고, 어느새 정신을 차리고 보니 두 사람은 결혼해 있었다.

수많은 실수와 실수들이 중첩된 끝에 이루어진 일이었다.

＊　　　＊　　　＊

그런데……

그런데……

"왜 날 버렸죠? 왜 날 떠난 건가요? 왜? 왜? 더이상 나를 사랑하지 않게 된 건가요?"

"그, 그건 결코 아니오. 맹세코 아니오."

"그럼 왜죠?"

장홍이 괴롭게 입을 열었다.

"……당신을 위해서였소."

기어들어 가는 듯한 그 소리에 옥유경의 얼굴이 대변했다.

"헛소리! 사랑한다면 옆에 있어줘야 하는 거 아닌가요? 사랑하니까 떠난다니! 정말 멋진 개소리군요. 또 다른 헛소리는 없나요?"

"나에게…… 나에게 전혀 예상치 못한 일이 일어났기 때문이오."

"예상치 못한 일? 그게 뭐죠?"

"내가 당신을 진심으로 사랑하게 된 것이오."

"거짓말! 당신은 날 사랑하지 않아요! 그러니 날 떠난 거예요!"

옥유경이 참지 못하고 소리쳤다.

"믿지 못하겠지만 사실이오. 당신과 지냈던 시간이, 그림자로서 살아야 했던 나에게는 가장 눈부신 시간이었소."

"그런데 왜? 왜!"

옥유경이 외쳤다.

"그대로는 나는 당신과 나란히 설 수 없었소."

그리고는 괴로운 마음으로 한마디를 덧붙였다.

"빛 속에서."

무영대주
—이별

수신: 사십칠호

필요한 정보는 모두 얻었다. 더 이상 그곳에 있을 필요가 없다고 판단.

현재의 혼인 임무를 중단하고, 즉시 다음 임무로 넘어가길 바란다.

십이호와 접선 요망!

언제나처럼 차기 임무는 십이호가 직접 전달한다.

건투를 빈다.

—무영대주

서찰을 든 사내의 손이 부르르 떨렸다.

끝내라고? 무얼? 그녀와 헤어지라는 건가? 나에게 그녀를 떠나라고?

밤마다 악몽에 시달리는 그를 따뜻하게 감싸주는 그녀를? 사납게 굴

다가도 때때로 한없는 따뜻함을 안겨주는 그녀를? 겨우 알게 된 행복

을 그만두라고?

그럴 수는…… 그럴 수는…….

명령에 거부하려고 하자 심층 의식에 심어져 있던 금제가 힘을 발휘하기 시작했다.

이 정신 금제는 암시보다 훨씬 강력한 정신 제재 수법으로 그림자를 속박하기 위한 최후의 보루이기도 했다.

자, 명령을 수행하라. 너는 그림자. 빛의 방향에 따라 드리워질 곳을 바꾸는 그림자.

너의 의사는 중요하지 않다. 필요한 것은 명령을 수행하는 행동뿐. 스스로 생각할 필요는 없다. 생각하지 마라. 생각하지 마라. 그저 따르라. 그저 따르라.

따르라. 따르라.

명령을 거부하려 하자 엄청난 반발감과 거부감이 몰려왔다. 전신에 식은땀이 흐르고 의식이 멍해지는 듯했다. 숨 쉬기도 힘들었다. 정신 깊숙히 새겨진 금제가 그의 명령 거부에 반발하고 있었다. 그 괴로움을 끝내기 위해서 할 일은 간단했다. 그저 명령대로 따르면 된다. 지금까지와 똑같이.

그렇다는 것은 지금까지 쌓아왔던 모든 것을 포기한다는 뜻이었다. 그녀를 포기한다는 뜻이었다. 이제 겨우 사랑이라는 것을 알게 되었는데… 이제 사람답게 사는 법을 배우게 되었는데 다시 어둠 속으로 돌아가라 하고 있었다. 지금까지 쌓아왔던 탑 역시 모래탑이라고 말하고 있었다. 그것 역시 환상이었다고, 신기루였다고 그를 조롱하고 있었다.

너는 아무것도 쌓을 수 없다. 거짓의 토대 위에서는 아무것도 쌓을 수 없다, 말하고 있었다. 슬픔에 가득한 절망이 그를 잠식하기 시작했다. 무력함이 온몸을 집어삼키고 있었다. 난 아무것도 아닌 건가……. 난 거짓의 존재일 뿐인 건가…….

"명령에 따르…… 명령에 따르겠…… 따르…… 으아아아아아아악!"

쾅!

왼 손바닥으로 벽을 세차게 때리자 벽이 강하게 진동했다.

푸확!

발작적으로 단검을 뽑아 든 장홍식은 그대로 그것을 왼 손등에 찍었다. 터져 나오는 비명은 이를 악물고 참아냈다. 벽을 타고 붉은 피가 하염없이 흘러내렸다.

"따를까 보냐! …이런 명령…… 절대로 따를 수 없어…….."

그날, 그는 태어나서 처음으로 명령을 거부했다.

"날 이 먼 강호란도까지 불러내다니… 희한한 일이군."

사십대 중반의 사내가 술잔을 내려놓으며 한마디 했다.

"……."

장홍은 아무런 대답도 하지 않았다. 그저 상대의 눈을 조용히 바라보았다. 그는 이 사내의 진짜 얼굴을 알지 못한다. 그뿐만 아니라 무영대의 그 누구도 이 사내의 진짜 얼굴은 본 적이 없다. 매번 만날 때마다 얼굴이 바뀌는 사나이, 본인조차도 스스로의 본얼굴을 잊어버렸다고 일컬어지는 사나이, 언제나 흔적을 남기지 않고 어떤 흔적이라도 끝까지 쫓아갈 수 있는 사나이, 지금까지 그 어떤 배신자도 그의 추적을 피하지는 못했다.

백도의 그림자, 무영대를 총괄하는 무영대주는 그런 사람이었다.

그런 사람을 앞에 두고 있으니 장홍이 긴장하는 것도 무리는 아니었다.

"그렇게 긴장하지 말게, 남들이 수상하게 보면 곤란하니까. 안 그런가, 조카?"

장홍식이 공손히 대답했다.

"예, 삼촌."

삼촌과 조카라 부르고 있지만 임시로 만들어진 신분일 뿐, 이 자리를 벗어나면 다시 모르는 사이로 돌아간다.

"그래, 날 불러낸 이유를 들어볼까?"

잠시 침묵하던 장홍이 드디어 입을 열었다.

"이번 명령에는 따를 수 없습니다. 철회해 주십시오."

예전만큼 명령 거부를 말하는 게 힘들지 않았다. 그가 명령에 거역하는 의사를 밝히자 무영대주는 상당히 놀라는 기색이었다. 당연했다. 원래대로라면 절대로 있을 수 없는 일이었다.

"명령을 거부한다고?"

"예, 거부합니다. 그러니 철회해 주십시오."

"정신 금제를 깨다니, 놀랍군."

무영대주가 혼잣말처럼 중얼거렸다.

"이만 대를 떠나고 싶습니다."

한 번 입을 열기 시작하자 그다음은 거침이 없었다.

"명령 거부 다음에는 은퇴인가? 나도 못해본 걸 자네가 해보려 하는군."

장홍이 가타부타 대답이 없자 무영대주가 다시 입을 열었다.

"자네는 지금까지 날 실망시킨 적이 한 번도 없었지. 언제나 주어진 일을 완벽하게 처리해서 나를 기쁘게 했지. 그런데 이번에 임무를 거부하는 이유가 뭔가? 배신할 생각이었으면 거부한다고 말하지도 않았겠지."

"배신하는 게 아닙니다. 다만 이제 그림자를 그만두고 싶을 뿐입니다."

그래서 자유를 얻고 싶었다. 물론 그 과정은 결코 쉽지 않으리라는 것도 알고 있었다.

"우리에게 은퇴는 용납되지 않아. 그건 자네도 잘 알고 있을 텐데? 알면서도 억지를 부리다니, 이유가 뭔가?"

"평범하게 살고 싶을 뿐입니다."

"평범하게 살고 싶다니…… 자네 너무 어려운 것을 바라는군."

"빛에… 빛 밑에 서고 싶습니다."

무영대주의 눈살이 살짝 찌푸려졌다.

"빛이라……. 자넨 그림자야. 그림자는 결코 빛이 될 수 없어. 자네는 그림자로 살아가는 데 아무런 불만도 없었잖나?"

"지금도 그 사실에 불만은 없습니다. 다만……."

"다만?"

"그녀를 사랑합니다. 그녀와 함께하고 싶습니다, 평생을."

그것은 그림자로서는 불가능했다. 빛 아래 설 수 있어야 가능했다.

“허허……. 이거 참, 의외의 발언이로군. 사랑이라……. 그런 개념이 있다는 건 들어서 알고 있네. 어떤 건지 말로는 알아도 이해는 가지 않지만 말이야. 사랑에 관한 우리 쪽의 금언은 알고 있겠지?”

“ ‘사랑은 치명적인 독이다.’ 손에 넣을 수 없는 것을 갈구하게 만들기에.”

장홍식이 기계적으로 그 말을 읊었다.

“그런데도 사랑을 하겠다는 건가?”

“불가항력입니다. 저는 저항할 수 없습니다.”

무영대주는 잠시 턱수염을 쓰다듬으며 생각에 잠겼다.

“빛 아래에 서고 싶은 자네 마음은 알겠지만, 그림자는 결코 빛이 될 수 없네.”

“정녕 불가능하단 말입니까?”

장홍은 눈은 무척이나 필사적이었다. 빛으로 향하는 길이 점점 막혀가고 있었던 것이다. 그의 절망이 점점 커지고 있을 때, 무영대주가 다시 입을 열었다.

“그림자이면서도 빛의 세계에서 살아갈 수 있는 방법이 딱 한 가지 있긴 있지.”

“그게 무엇입니까?”

“각오가 되어 있나?”

쉽지 않은 길이라는 뜻이었다. 하지만 각오는 애초에 되어 있었다.

“물론입니다.”

“그 방법은 말이야…….”

장홍은 몸을 더욱더 가까이 내밀었다. 그의 귓가에 대고 무영대주가 아주 커다란 비밀을 말해주기라도 하는 듯 나직이 속삭였다.

“무영대주가 되는 거라네.”

장홍의 눈이 휘둥그레졌다.

“무영대주가요? 제가 될 수 있는 겁니까?”

“자넨 방금 그 자격을 손에 넣었네. 그러니 무영대주가 되기 위해 도전할 수 있지.”

“자격이요?”

언제 자신이 그런 걸 얻었단 말인가? 장홍은 어리둥절하기만 했다.

“그래, 자네는 명령을 거부할 수 있게 되었지? 그건 심층 의식에 걸린 금제로부터 벗어났다는 것일세. 그만큼 강한 정신력을 가졌다는 뜻도 되고, 더 이상 꼭두각시가 아니라는 이야기도 되지.”

그렇다면 그동안 자신은 그저 명령에 반응해 움직이는 꼭두각시 인형일 뿐이었다는 뜻일까?

“명령을 거부할 수 있게 된 자만이 무영대를 이끌 수 있는 자격을 가지게 되지. 그리고 방금 자네는 그 자격이 있음을 증명해 보여줬고.”

“무영대주가 되려면 어떻게 해야 합니까? 당신을 죽이기라도 해야 합니까? 그래야 능력을 인정받아 무영대주가 될 수 있습니까?”

“아니, 그건 아니고. 그래도 이쪽은 명색이 정도 아닌가. 우리가 비록 더러운 일을 처리해 주곤 있다지만 그렇게 막나가서는 안 되지.”

말은 저렇게 하지만 지금까지 그 누구보다 막나가는 짓을 서슴없이 해치워 온 것은 다름 아닌 무영대주 본인이었다.

“그럼……?”

“연수를 받으면 된다네. 쉽지?”

“연수요?”

어떤 의미에선 맥이 빠질 정도였다.

"대체 어디서 무슨 연수를 받아야 하는 겁니까?"

너무 쉬워서 오히려 불안했다. 뭔가가 분명히 더 있을 것이다. 다만 그것은 동굴 속에 웅크리고 있는 호랑이처럼 나올 때를 기다리고 있을 뿐이다.

"바다 건너에 부상국이라는 곳이 있지. 자기네들끼리는 '일본'이라고 부른다던가? 여러 장군들이 땅을 갈라 먹고 맨날 싸우는 땅이 있다네. 수백 년간 계속된 전쟁 덕분에 '인자술'이라는 첩보술이 아주 발달한 곳이라네. 연수 장소는 거기라네."

바다를 건너가서, 연수가 끝날 때까지는 아무도 만날 수 없다는 뜻이었다.

"얼마나 걸립니까?"

"십 년."

"시, 십 년이오?!"

강산이 한 번 바뀔 동안의 일이었다. 강산이 바뀌는데 사람의 마음은 안 바뀔까? 장홍은 감히 장담할 수 없었다.

"자네 하기에 따라 더 짧아질 수도 있지. 잘 생각해 보게. 십 년이라는 세월 동안 자네의 마음이 변치 않을 자신이 있는가? 설혹 자네 마음이 변치 않는다 해도 상대는 과연 그때까지 기다려 줄까? 마음이 변치 않은 채? 사람의 마음은 약해. 언제 변해도 이상하지 않지. 그래도 할 텐가? 그 유리처럼 약하디약한 인간의 마음을 믿고서? 이것은 도박이라네. 하지만 그것이 끝나면……."

잠시 뜸을 들인 다음 무영대주는 다시 입을 열었다.

"자넨 더 이상 그림자가 아니야. 그림자를 이끄는 빛이 되는 거지. 어떻게 할 텐가?"

고민은 길지 않았다.

"하겠습니다."

"정말인가?"

"빛의 세계에 설 수만 있다면, 하겠습니다."

"좋아, 그럼 결정됐군."

싱글벙글 웃으며 무영대주가 결론을 내렸다.

"한 가지 물어봐도 되겠습니까?"

"얼마든지."

"왜 절 이렇게까지 도와주시는 거죠?"

그러자 무영대주가 말했다.

"나도 은퇴란 걸 하고 싶거든."

＊　　　　＊　　　　＊

"어느 늙은이 은퇴나 도와주려고 가정을 버렸다는 건가요?"

"아니, 그 늙은이가 꿍꿍이가 있었던 거고, 선량한 젊은이가 어쩌다 보니 피해를 보게 된 거였소. 난 정말 억울하다니까."

하지만 십 년은 걸리지 않았다.

장홍은 그 기간을 반의반으로 단축했다. 그리고 다시 무림으로 돌아왔다. 그리고 마침내 모든 시련을 통과하고 무영대주가 될 수 있었다.

"그런데 왜 안 돌아왔죠?"

"갑자기 무서워졌소."

"무서워졌다고요?"

"그렇소. 당신이 나를 잊었을까 봐 무서워졌소. 그리고 그걸 확인하는 것도 무서웠소. 내가 아는 당신이 아닐까 봐 두려웠던 거요.”

“그날 이후 난 변했어요. 그러니 당신이 알고 있던 난 아니겠죠. 그래서 내가 싫어졌나요?”

“아니오, 절대 그건…….”

“아니긴 뭐가 아니에요! 그러니까 돌아오지 않은 거잖아요? 모르는 여자랑 바람이나 피면서!”

“바, 바람이라니. 당치도 않소! 난 결백하오.”

장홍은 억울하기 짝이 없었다.

“글쎄요, 과연 어떨지? 당신은 그냥 단순한 겁쟁이였을 뿐이에요. 이번에도 그저 도망치기만 했을 뿐이잖아요. 이렇게 가까이 있었는데. 칠 년 사 개월 만에 만났는데! 내가 그렇게 하찮은 여자인가요?”

“당신은 절대 하찮지 않소!”

장홍이 소리쳤다.

“그럼 증명해 봐요!”

옥유경도 소리쳤다.

“어, 어떻게 증명하란 말이오?”

“홍, 역시 못하겠죠? 당신의 마음은 겨우 그 정도에 불과했단 말이군…….”

와락!

장홍이 갑작스럽게 옥유경을 껴안았다. 그의 돌발적인 행동에 옥유경은 깜짝 놀랐다.

“자, 잠깐! 이러면…….”

찰칵!

그 순간 혈린갑이 작동했다.

혈린갑(血鱗鉀).

‘혈옥가’ 의 가보 중 하나로, 그녀가 혼인할 때 선물로 받은 것이다. 어지간한 도검창은 다 막아주고, 적이 손을 대면 바늘이 튀어나와 적을 찌른다. 살상력은 없지만 무턱대고 만지게 되면 몸이 상하고, 그러다 보면 빈틈이 드러나게 마련이다. 장홍도 그걸 알고 있었다. 혼인 예물을 그가 못 알아볼 리가 없었다.

“혈린갑 을 입고 있다는 걸 알면서 왜…… 왜 그랬죠? 빨리 놓아요.”

옥유경의 목소리가 세차게 떨렸다. 검을 제대로 잡고 있기도 불편해 보였다.

장홍은 고통스러웠다. 타인을 거부하는 고슴도치처럼 자신을 거부하는 그녀의 기분을 느낄 수 있었기 때문이다. 하지만 온몸에서 피가 흐르는데도 장홍은 그녀를 놓지 않았다. 옥유경이 그의 가슴을 양손으로 두드리며 빨리 놓으라고 외쳤다.

“놓지 않겠소.”

“뭐라고요?”

“놓지 않겠다고 했소. 더 이상 놓지 않을 거요.”

그녀의 흔들리는 눈동자가 이유를 묻고 있었다.

“더 이상 당신을 잃을 수 없기 때문이오. 지금 놓치면 영원히 멀어질 것 같아서 두렵소.”

그녀를 만나기도 두려웠지만, 그녀가 없는 세상은 상상만으로도 나락에 빠질 만큼 더욱 두려웠다. 그 공포에 비하면 이런 아픔은 아무것도 아니었다.

“사랑하오.”

그의 가슴을 때리던 옥유경의 손에서 힘이 서서히 빠져나갔다. 그리고는 눈물이 흘러내린다. 석류하가 한 번도 본 적이 없는, 혈나찰이라고 불리던 여인의 눈에서 흘러내린 눈물이었다.

“바보!”

그리고 그녀는 자신의 얼굴을 그의 어깨에 묻었다.

*　　　　*　　　　*

비류연은 두 명을 데리고 다시 일행에 합류했다. 원래는 모용휘 하나만 데려올 예정이었으나 덤이 하나 붙고 말았다. 예기치 못한 그 덤의 이름은 공손절휘라 했다. 그는 비류연이 모용휘와 이야기를 끝내고 움직이려고 하는 그 순간에 갑자기 튀어나왔다. 숨죽이고 있다가 튀어나온 그는 헛기침을 하며 다음과 같이 말했다.

“어흠어흠, 굳이 가고 싶지는 않지만, 도움을 청한다면 돕는 게 협의를 지향하는 무림인으로서 해야 할 일이지요.”

“필요없는데?”

비류연이 딱 잘라 말했다.

“아니, 잘 생각해 보시오. 분명 도움이…….”

“필요없어.”

“아니, 분명 지금 오판하는 거요. 여기 있는 모용휘보다 더 활약할 자신이 있소.”

“그럴 리가.”

비류연의 대답은 냉담하기만 했다.

"저 모용휘가 가니 나도 꼭 따라가야겠소. 말려도 꼭 따라갈 거요. 그 왜, 다다익선이라는 말도 있지 않소. 나도 끼워주시오. 아니, 끼워주세요."

마지막이 상당히 비굴했다. 그제야 비류연이 말했다.

"싫어."

비류연의 인정사정없는 말에도 굴하지 않고 공손절휘는 두 사람의 뒤를 쫄래쫄래 쫓아왔다. 따라오지 마, 라는 말에도 꿋꿋이 뒤를 따라와 끝내 일행에 합류했다. 찰거머리처럼 모용휘의 옆에 붙어 떨어질 생각을 하지 않았다. 더 이상 실랑이를 벌이기가 귀찮아진 비류연은 그냥 내버려 두기로 결정했다.

"마음대로 해. 하지만 죽든 말든 난 신경 안 쓴다?"

자기 목숨은 자기가 챙기라는 말이었다. 그러나 공손절휘의 하찮은 합류는 잠시 후 벌어진 일대 사건에 의해 금방 묻혀 버렸다.

장홍이 칠번대 대장 옥유경과 함께 돌아온 것이다. 설마 칠번대 대장을 직접 데리고 올 줄은 몰랐던 사람들은 그녀의 등장에 깜짝 놀랐다. 몇몇은 자동적으로 임전 태세에 들어가는 이들도 있었다. 그도 그럴 것이, 지금 그들은 마천각과 전쟁 중인 처지였던 것이다. 그리고 그들을 가로막을 가장 큰 적은 마천십삼대의 열두 대장들이었다. 그러니 사람들이 경계하는 것은 당연했다. 바짝 긴장하는 사람들을 진정시키며 비류연이 앞으로 나섰다.

"장 아저씨, 어찌 된 거야? 몸이 엉망이네?"

피에 물든 상의를 벗고 상처를 대충 수습한 다음 새 옷으로 갈아입긴 했지만, 장홍의 몰골은 말이 아니었다. 움직임이 어딘지 부자연스러웠고 안색도 창백했다. 혈린갑에 당한 상처를 응급처치하긴 했지만 어디까지나 임시방편에 불과했던 것이다. 걸을 때마다 그의 몸은 붕대 밑의 상처 때문에 비명을 내지르고 있었다.

"아니, 그게 좀… 사소한 오해가 있어서……."

사소한 오해치고는 상처가 가볍지 않았다. 옥유경은 괜히 다른 곳을 보며 딴청을 피웠다. 찔리는 게 있는 탓이다.

"저분은?"

비류연이 옥유경을 가리키며 물었다.

"우릴 도와주기로 했네."

"마천십삼대의 대장 중 한 사람이 우릴 도와준다고?"

비류연이 믿겨지지 않는 듯했다. 지금 그들은 마천십삼대 대장들을 의심하고 있는 중이었다. 그리고 그 대장들 역시 그들의 앞을 가로막 을 게 분명했다.

"정말 도와줄 생각 있어요?"

비류연이 옥유경에게 직접적으로 물었다.

"마천각 사람이 정말로 납치를 했다니, 난 믿을 수 없다. 그것은 매 우 불명예스러운 일이기 때문이다. 하지만 만일 그게 진짜라면 절대로 용납할 수 없지. 특히 여성을 납치하는 일은 절대로 용서가 되지 않는 다. 용서할 수 없다. 그 일의 진위를 확인하기 위해 그대들을 잠시 도 와주는 것뿐이다. 만일 그대들의 말이 거짓이라면 그때는 그대들에게 그 책임을 묻겠다."

옥유경이 당당한 어조로 말했다.

"흐음, 다른 이유 때문은 아니구요? 혹시 여기 장 형 때문이라던 가……."

"관계없다."

칼로 자르듯 단호한 대답이다.

"칼로 물 좀 베다 온 모양이군. 좀 적당히 할 것이지."

비류연이 쯧쯧 혀를 차며 말했다.

"그, 그걸 어떻게……."

화들짝 놀란 장홍이 반문했다.

"그걸 꼭 들어야 아나?"

속으로 '딱 걸렸군!' 이라고 생각하면서도 굳이 그걸 내색하지 않은 채 비류연이 말했다. 심증이 확증으로 바뀌는 순간이었다.

"부부 싸움도 좋지만 적당히 해, 적당히."

"적당히 할 걸세, 앞으로는."

장홍이 과거를 숨기고 있다는 것은 알고 있었다. 그 이름도 아마 가짜이리라. 분명 과거 역시 범상치는 않을 것이다. 그 안에 얼마나 많은 사연이 잠재해 있는지는 본인밖에는 알 수 없겠지만 말이다. 하지만 지금 비류연은 남의 과거에 별로 관심이 없었다. 지금 그가 관심이 있는 것은 오직 하나, 나예린의 행방뿐이었다.

"필요한 정보는?"

"모아왔네. 하지만 쉽지는 않겠어. 아무래도 네 개의 섬을 하나씩 뒤져 봐야 할 것 같거든."

"왜?"

"여기 실려온 관은 각 섬에 하나씩 흩어졌다는군."

어느 쪽에 진짜가 들어 있는지 알 수 없는 이상 차례대로 뚜껑을 열고 확인해 보는 수밖에 없었다. 번거로운 절차도 절차지만, 그 과정이 결코 쉽지는 않으리라.

이미 비상종이 이리도 요란히 울린 뒤에 침입자의 요구를 순순히 들어줄 얼빠진 대장은 단 하나도 없을 터였기 때문이다.

"저희들 모두 따라나설까요?"

남궁상을 대신해 주작단 단장 직을 임시로 맡고 있는 현운이 조심스런 어조로 물었다.

"아니, 구출대는 소수 정예로 구성할 것이다. 모두 나를 따를 필요는 없다. 너희들 말고 필요한 사람을 두어 명씩 붙여서 구성할 생각이다. 점찍어둔 사람도 이미 다 모았고, 의외의 덤들이 딸려오긴 했지만. 하지만 너희들에게는 너희들만이 할 수 있는 일이 있다. 궁상과 령이는 지금 쓸 수 없는 상태이니 대신 너희들이 한 가지 일을 해줘야겠다. 이건 임무다."

"어떤 임무입니까?"

비류연이 목소리를 낮춘 채 대답했다.

"두 가지 임무를 주겠다. 우선 첫째는 사대섬을 제외한 다른 마천십삼대의 시선을 묶어놓을 것. 사대섬에 들어갔다가 뒤에서 공격당하면 골치 아프니까."

"이쪽에서 소란을 일으키라는 거군요."

"그래. 너희들 쪽으로 이목을 집중시켜 사대섬에까지 신경을 못 쓰도록 만들어놔라. 단, 정면으로 부딪칠 필요는 없다."

"이럴 때 염도 노사님이랑 빙검 노사님이 계시면 좋을 텐데……."

지금 그들은 아직 강호란도에 남아 있었다. 너무 급하게 출발하느라 함께 오지 못했던 것이다.

"일단 중앙표국을 통해 기별을 넣어놓긴 했다. 하지만 올 수 있을지는 확실치 않아. 배도 문제고."

“음……."

약간 자신이 없어지는 모양이었다.

“그동안 충분히 가르쳤다. 너희들은 충분히 강해졌어. 여러 번의 지옥을 넘어왔으니까. 그러니 자신을 가져. 여기 마천각의 애송이들 중에 너희들을 이길 수 있을 만한 놈들은 없어. 알겠지?”

“예, 대사형! 알겠습니다. 지옥의 특훈에서도 살아남은 저희들인데요, 이 정도쯤은 아무것도 아닙니다.”

“좋아. 그럼 두 번째 임무다.”

첫 번째가 그 정도인데 두 번째는 어떨까? 주작단은 신경을 바짝 세웠다.

“만일 쓸모없어진다면 그보다 더한 다행이 없겠지만, 혹시나 해서 미리 대비해 두는 거다. 그러니까 너희들이 해야 할 일은 바로 ……이다. 알겠느냐?”

비류연의 한 자 한 자 자신이 원하는 바를 말했다. 입에서 나온 말을 듣고 현운은 경악했다.

“그런 준비까지 필요한 겁니까?”

그렇다는 것은 최악의 최악을 상정하고 있다는 뜻이었다. 아무래도 사태는 여기서 더 심각해질 모양이었다.

“그래, 꼭 필요해. 절대 착오가 있어서는 안 돼. 그랬다가는 우리 모두 죽을지 모르니까.”

서해도를 치다
—작전 개시

"네 곳을 동시에 친다!"

비류연의 계획은 다음과 같았다. 하나씩 하나씩 섬을 공략해 나가면 힘을 집중할 수는 있지만 너무 느렸다. 그러는 동안 무슨 일이 벌어질지 아무도 장담할 수 없었다. 여전히 그들은 시간에 쫓기고 있었다. 그래서 선택한 것이 다방면 동시 공격이었다.

모용휘와 공손절휘가 동해도, 장홍과 옥유경이 북해도, 유유검 현운과 남궁산산이 남해도, 그리고 비류연은 효룡과 함께 한 조를 이루어 서해도로 향했다.

서해도로 간 비류연과 효룡 쪽은 처음부터 일의 진행이 편하지 않았다.

차캉!

"멈춰라! 여기서부터는 서해왕님의 영역, 우리 제십번대 '철신대(鐵

身隊)'의 구역이다. 더 이상 앞으로 갈 수 없다!"

독특하게 생긴 은색 갑옷을 걸친 두 명의 거한이 자신들의 몸보다 훨씬 큰 도끼창을 교차하며 비류연과 효룡의 발길을 막았다.

지금 비류연과 효룡이 서 있는 곳은 서해도로 들어가는 입구로, 이 두 명의 거한은 서해도로 통하는 다리를 지키는 자들이었다. 효룡이 급히 전음을 보냈다.

"류연, 저들 둘 모두 서열 오위 안에 드는 수뇌부야. 평소라면 다리나 지키고 있을 사람들이 아닌데…… 왜 여기에?"

비류연 역시 전음으로 대꾸했다.

"뭔가 벌써 조치가 취해졌다는 거겠지."

평소라면 내려져 있었을 도개교도 지금은 전투 태세에 들어간 성처럼 올라가 있었다. 다리는 양쪽으로 하나씩 올리는 형식이었다.

"칫, 이놈들을 쓰러뜨려도 한쪽밖에 못 내린다는 거군."

이놈들을 쓸어버려 봤자 반쪽짜리밖에 되지 않는다. 나머지 다리를 내리는 도르래 장치는 저쪽 섬쪽 성벽 뒤에 있는 게 분명했다.

"어떻게 하지?"

"일단 대화를 해야지."

일단 쓰러뜨려 놓고 보려고 했는데, 잠시 계획을 변경할 수밖에 없을 것 같았다. 먼저 효룡이 앞으로 나섰다. 비류연에게 맡겼다가는 무슨 험한 말이 나올지 몰라 미리 자신이 앞장선 것이다.

"물어볼 게 있소. 좀 전에 이 다리로 관 하나가 지나간 일이 있지 않소?"

"관?"

"그렇소. 나무로 만들어진 목관이오."

잠시 상의하던 두 사람이 대답했다.

"있다."

'역시!'

비류연과 효룡은 서로를 바라보며 고개를 끄덕였다. 이번에는 비류
연이 말했다.

"우리는 그 관 안에 무엇이 들어 있는지 궁금할 뿐이다. 그 안만 확
인하면 얌전히 돌아가겠다."

효룡이 한마디 덧붙였다.

"그러니 다리를 내려주시오. 그러면 당신들도 다치지 않고 끝날 거
요."

그러자 폭소가 터져 나왔다.

"푸하하하하하하하하하! 우리들을 다치게 한다고? 누가? 너희들이? 그
런 빈약한 몸으로? 강철의 근육을 가진 우리 철갑사패에게 생채기 하
나 낼 수 있을 것 같아? 바보 아냐? 어림도 없는 소리! 푸하하하하하하!
아이고, 배꼽이야!"

자신의 강함에 매우 자신이 있는 모양이었다.

"바보군."

비류연이 짧게 평했다.

"분명 뇌가 근육으로 가득 차 있는 게 분명해."

여기서 말씨름이나 하고 있을 여가는 없었다. 비류연은 슬슬 짜증이
나기 시작했다.

"그럴지도."

효룡도 동의했다. 스스로의 무덤을 파는 삽질을 지켜본다는 것은 참
으로 마음이 애잔한 일이었다. 하지만 세상은 넓고 바보는 많았다. 지

금 자신의 눈앞에도 이렇게 덩치 큰 바보들이 두 마리나 있지 않은가.

"그럼 어떻게 하면 지나갈 수 있지?"

"여기서부터는 힘이 정의다. 스스로의 힘을 증명한 자만이 이 다리를 지나갈 수 있다."

"힘이 정의라……. 간단해서 좋군. 그럼 어떻게 하면 되지?"

"간단하다. 우리들을 쓰러뜨리면 된다."

나름대로 거칠어 보이는 웃음을 지으며 말했다.

"너희 대장도 너희들만큼 바보냐?"

비류연이 짜증난다는 듯 머리를 북북 긁으며 말했다.

"뭐라고!!!"

"진짜 그 말대로 간단해서 하는 말이다. 바보병은 역시 죽을 때까지 고쳐지지 않는 불치의 병이라는 게 사실인 모양이군. 그렇게 죽고 싶다면 소원대로 해주지. 그러면 혹시 바보병이 나을지도 모르니까."

비류연이 질렸다는 투로 한마디 중얼거렸다. 그리고는 한 손으로 턱하고 효룡의 어깨에 손을 올려놓은 다음, 남은 한 손을 쭉 펴며 손가락 끝으로 두 거한을 찌를 듯 가리키며 외쳤다.

"자, 효룡, 해치워!"

"뭐, 뭐? 내, 내가 하는 거야?"

당황한 효룡이 외쳤다.

"그럼, 자네가 해야지 누가 해? 난 싫어. 바보가 옮는다고."

비류연이 몸서리를 쳤다. 그 태도가 마음에 안 드는지 뚱한 표정으로 효룡이 툴툴거렸다.

"난 옮아도 되고?"

"엉."

참으로 덧없는 우정이었다.

"자, 가라! 효룡! 바보 거한 두 명을 무찌르는 거다! 바보의 무한 증식으로부터 세상을 구하는 거다!"

비류연이 뒤에서 주먹을 불끈 쥐며 응원했다. 효룡은 하나도 기쁘지 않았다. 그래서 선뜻 움직이지도 못했다.

"뭐 해? 효룡, 가라! 무찔러!"

자기는 편한 곳에 서 있고 효룡 자신 혼자 '궂은 일'을 담당하라니, 저 열불받는 뻔뻔함. 확실히 비류연 본인이 맞긴 맞는 모양이다. 이렇게 성격 나쁜 인간이 세상에 하나 이상 있으면 그것만으로도 말세인 것이다. 한두 달 안 본 걸로 인간이 변할 리 없는 것을……. 인간은 그렇게 편리한 물건이 아닌 모양이다.

"싫어!"

효룡이 삐친 채 말했다.

"난 하나만 맡을 거야. 그러니 류연 자네도 하나 맡아. 그래야 공평하지."

"이런이런. 친구, 원래 세상은 불공평한 거라고. 불공평한 세상에서 공평을 찾다니, 자네가 그런 순진파일 줄은 몰랐군."

"시끄러, 남이사! 말해두지만 이상한 건 내가 아니라 류연 자네야. 이것 하나만은 확실히 짚고 넘어가자고."

"진리란 때때로 잔인한 법이지."

비류연이 딴청을 피우며 말했다.

"함부로 세상의 진리를 왜곡하지 마!"

그러나 비류연은 하던 말을 멈추지 않았다.

"차이가 변화를 만드는 법이야. 모든 게 공평하다는 건 공평함이란 것 자체가 없다는 거잖아? 그건 공평함이란 걸 알기 위해서는 불공평함이 뭔지 알아야 하는 법이지. 쾌변의 소중함을 알기 위해서는 변비의 고통을 알아야 하는 거랑 같은 거야."

"그런 지저분한 비유 쓰지 말라고. 냄새나는 쾌변, 아니, 궤변이 되었잖아. 난 그런 차이 필요없어. 난 공평한 게 좋아. 그러니 하나씩 나눠 가져."

"칫, 안 넘어오는군. 좀 쉬려 했더니. 좋아, 하나씩 처리하자고. 사이좋게. 불만없지?"

"누가 먼저 쓰러뜨리나 내기할까?"

효룡이 호기롭게 외쳤다. 둘 다 처리하려다가 하나만 처리하게 되니 왠지 땡잡은 기분이었다.

"좋아, 나중에 쓰러뜨리는 사람이 밥 사는 거다."

"좋지[好]!"

그리고 그 둘은 나란히 사이좋게 거한들을 향해 걸어갔다.

한편 자신들의 존재를 깡그리 무시한 두 사람의 작태에 거한 둘은 화가 날 대로 나 있었다.

그들은 언제든지 이들을 짓뭉갤 준비가 되어 있었다.

드디어 싸움은 시작됐고, 두 거한은 그동안 무시당했던 울분을 한꺼번에 격발시켰다.

"우오오오오오오오! 죽어라아아아아아아아아!"

무시무시한 대검과 도끼가 하늘 높은 곳에서 수직으로 떨어졌다.

쿵!

삼 장 정도의 지면이 갈라질 정도의 강격(强擊).

굉음과 함께 뭉게먼지가 피어올랐다.

철갑사패(鐵甲四覇)!

서해왕이 거느린 제십번대 철신대에서도 최고 최강을 자랑하는 네 명의 강자를 가리키는 말이다. 서열 일위 서해왕을 제외한 서열 이위부터 오위까지를 메우고 있는 자들이 바로 이들이기도 했다. 십번대의 주력이자 핵심인 이들은 제십번대 대장 서해왕의 충실한 부하들이자 추종자들이었다.

이들은 힘을 맹종하는 자들. 때문에 이들은 기교와 기술을 비웃고, 강권, 강격을 숭상했다.

이들이 좋아하는 것은 일격필살(一擊必殺)!

두 번째 공격은 없다는 마음으로 내려치는 전심일체의 공격, 막아서는 방어까지도 함께 깨부수는 무시무시한 일격이야말로 이들이 추구하는 일격필살의 강격(强擊)이었다.

확실히 끝없는 반복 훈련을 통해 얻어진 일격필살의 공격은 강력하다. 하지만 그런 만큼 이격을 생각해 두지 않는다. 즉, 연결기가 미비하다.

첫 일격이 실패했을 때, 그다음 공격으로 어떻게 몸의 균형을 무너뜨리지 않고, 발과 손이 꼬이지 않은 채 가장 짧은 순간 넘어갈 수 있느냐가 무공에서는 매우 중요한 요소였다. 일격필살을 추구하는 자는 그 부분을 무시한다. 그렇기 때문에 공격의 위력과 속도를 배가시키기 위해서 이격을 포기한다. 즉, 어느 정도까지만 움직이고 멈춘다, 라는 과정이 없다. 멈추지 않고 끝까지 내려친다. 이격을 위한 멈춤조차 이들은 망설임이라고 보는 것이다. 움직임에 망설임과 주저가 끼어 있으면 온 힘을 실을 수 없다. 그런 만큼 그 일격은 본인 스스로도 제어할 수 없다. 제어를 위한 여력까지 모두 일격에 쏟아 붓기 때문이다.

때문에 일격필살이란 모 아니면 도.

성공한다면 단 일격에 상황을 정리할 수 있지만, 만일 실패하면………

그들의 균형은 완전히 붕괴되고 단순한 허점덩어리로 변한다.

콰쾅!

바위도 단숨에 쪼갤 정도의 거력이 담긴 강맹한 일격이 대지를 향해 떨어졌다.

고막을 얼얼하게 울리는 파괴음과 함께 토사가 튀어 올랐다. 그러나 비류연과 효룡은 그들의 일격을 정면으로 맞아줄 생각이 없었다. 일격필살에 목숨을 거는 이의 첫 일격을 그대로 받는다는 것은 어리석은 짓이었다.

위력도 위력이지만, 바람을 찢는 듯한 무시무시한 파공성으로 볼 때 속도도 대단했다. 다만 문제는 비류연과 효룡의 눈에는 그 속도가 그다지 위협적이지 않았다는 데 있었다. 세상일이란 게 모든 게 상대적인 것이다. 특히 무공만큼 사람에 따라 천차만별인 것도 드물었다.

'얼마나 강해야져 합니까?' 라는 제자의 질문에 한 유명한 고수는 이렇게 답했다 하지 않는가.

딱 '적보다만 더' 라고.

비류연과 효룡은 그들의 공격을 살짝 움직이는 것만으로 피해 버렸다. 물론 일격필살인만큼 피하는 것 역시 쉽지는 않다. 그들은 자신의 일격을 살리기 위해 엄청난 속도로 돌진해 왔기 때문이다. 그러나 비류연과 효룡에게는 그들의 속도가 굼벵이처럼 보일 뿐이었다. 특히 이미 수많은 수라장을 거쳐 온 효룡의 실력은 이미 자신도 모르는 사이에 굉장히 높아져 있었다. 아무리 '철갑사패'라 치켜세운다 해도 어차피 효룡의 상대는 되지 못했다.

두 거한의 무기가 땅에 박혔다. 땅이 갈라지면 뭐 하나, 구부러진 허리와 땅에 박힌 무기로 제대로 된 방어 초식을 전개할 수 있을 리 만무했다. 게다가 이들에겐 공격이 곧 방어. 방어를 위한 방어 초식 따윈 없었다.

씨이이이익!

비류연이 웃었다.

씨이이이익!

효룡도 마주 보고 웃었다.

순간적이지만 불길함을 느낌 두 거한의 안색이 거무죽죽하게 변했다. 정면으로 막아내지 않고 피해내다니, 전혀 예상치 못한 일이었다. 불길한 미소를 입가에 매달고 있는 두 사람을 향해 두 거한이 외쳤다.

"비겁하아아아아아아아안!"

그러자 비류연이 툭 내뱉었다.

"역시 바보였네."

"그러게."

효룡이 대꾸했다. 이미 그의 손에는 허점투성이를 완전히 두들기기 위한 쌍검이 뽑혀져 있었다.

번쩍!

효룡의 눈이 먹이를 노리는 호랑이처럼 번뜩였다.

"받아라!"

오의(奧義)

쌍검혈란(雙劍血蘭)

쌍검이 빛의 연무를 추기 시작한다.

파바바바바바바바밧!

두 자루의 쌍검이 눈부신 검기를 발하며 화려한 기술과 함께 대검을 든 거한을 향해 쏟아져 내렸다. 그들이 그렇게 싫어하는 화려함과 정묘한 기술이 겸비된 미려한 검초였다.

"으아아아아아아아아악!"

두 거한이 할 수 있는 일은 있는 힘껏 비명을 지르는 정도뿐이었다.

승부는 쌍검을 휘두르기도 전에 이미 갈려 있었다.

찌리릿!

번쩍이는 비류연의 눈은 조금 나른했지만, 그 밑바닥에는 수상한 빛이 일렁거렸다.

비류연은 기왕 줄 바에는 싫어하는 것보다는 좋아하는 것을 주는 성격이었다. 그게 더 좋은 일이기 때문이 아니었다. 그게 더 잔인한 일이었기 때문이다.

'힘이 그렇게 좋다면 힘으로 상대해 주지.'

그의 취미 중 하나는 남의 장기로 남을 깨버리는 것이었다. 그리고 그렇게 무너진 사람은 다시 재기하기 힘들었다. 하지만 자신의 적이 재기하든 말든 비류연으로서는 전혀 상관할 바가 아니었다. 자신의 적을 철저하게 부숴놓는 것, 그리하여 재기 불능으로 만들어놓아야 한다는 것은 그에게 있어 지극히 당연한 일이었다. 노력, 우정, 승리를 통해 적과 친구가 되고 싶은 마음은 추호도 없었다.

이에는 이, 힘에는 힘.

"냠냠쩝쩝! 먹어라!"

특이한 외침과 함께 비류연의 양주먹이 백 개의 유성처럼 뻗어나갔다.

삼복구타권법(三伏毆打拳法)

오의(奧義)

중복(中伏)

아구창창(餓狗昌昌) 주구장창(周拘長搋)

뚜쉬뚜쉬! 뻑뻑! 투박투박! 퐉퐉! 퐉버벅! 퓨욱뻐벅!

뼈버버버버버버버버버버버버버벅!

늘어나는 배고픈 개를 두루두루 잡아 오래도록 팬다는 무시무시한 이름의 초식이 불을 뿜었다.

두 거한은 문자 그대로 떡이 되도록 얻어맞고 그대로 실신하고 말았다. 걸치고 있던 철갑도 여기저기가 고철처럼 우그러져 있었다. 비류연에게 얻어맞고 효룡에게 베인 탓이다.

"검등으로 쳤다."

쌍검을 갈무리하며 기절한 상대를 향해 효룡이 말했다. 그러자 비류연이 한마디 찌르고 들어갔다.

"룡룡, 자네 쌍검은 둘 다 양날검이잖아? 검등으로 치면 그냥 죽어."

"아, 그렇네! 깜빡했어. 버릇이라 그만……."

그 버릇이란 것은 쌍검이 아닌 쌍도를 쓰던 때의 버릇이었다. 보통 때는 도가 아니라 검을 들고 있다는 것을 자각하고 있으면서도 실전에 들어가면 종종 그 사실을 잊어버리고 마는 효룡이었다. 그도 그럴 것이, 그가 비록 쌍검을 쥐고 있다곤 하지만 펼치고 있는 무공은 어디까지나 '도법'이었다.

"바보병이 옮았군. 룡룡, 이 불쌍한 친구."

비류연이 눈가를 훔치며 흐느꼈다.

"안 옮았어! 난 깨끗해!"

흘끔 보아하니 그의 쌍검이 흩뿌린 검기에 당한 거한은 피를 철철 흘리며 쓰러져 있었다. 그러나 힘을 좀 뺀 탓도 있고, 걸치고 있는 갑옷이 정도 이상으로 강한 탓에 아직 목숨이 붙어 있었다. 효룡은 안도의 한숨을 내쉬며 말했다.

"봐, 죽지 않았잖아. 그러니 됐어, 된 거라고. 됐다고 해줘."

"뭐, 그럼 된 건가?"

너무나 쉽게 수긍해 버리는 비류연이었다.

목숨을 취하지 않고 제압했다는 것은 그만큼 이 둘의 실력이 월등했다는 의미이기도 했다.

"그건 그렇고, 거참, 튼튼한 놈들이네."

"동감이야."

하지만 덕분에 한시름 놓은 효룡이었다.

"자, 그럼 다리를 내려볼까?"

"그러지."

힘을 숭상하는 만큼 서해도의 인간들은 상당히 단순했다. 이긴 놈이 왕이라는 생각을 가지고 있는지, 나머지 반쪽의 다리도 순순히 내려졌다.

양편으로 올려져 있던 다리가 하나로 연결되자, 비류연과 효룡은 서

둘러 다리 위를 달려갔다. 곧 서해도로 통하는 송문이 보였다. 이 섬 주위도 높다란 대나무 철책으로 둘러싸여 있기 때문에 정문을 통해서만 안으로 들어갈 수 있었다. 그런데 굳게 닫힌 철문 앞에 좀 전에 본 것과 비슷하지만 좀 더 화려한 철갑을 걸친 건장한 사내 두 명이 서 있었다. 좀 전의 두 명보다는 좀 더 날렵해 보이는 자들이었다.

"멈춰라!"

별로 내키지는 않았지만 일단 멈춰 섰다. 참으로 말이 짧은 놈들이었다.

"누구냐?"

비류연이 물었다.

"서열 사위와 오위를 쓰러뜨렸다고 우쭐대지 마라. 서열 이위와 서열 삼위인 우리들을 이기지 못하면 문은 열어줄 수 없다."

"그만두지? 그러다 다칠 텐데?"

"그건 우리가 할 소리지 너희가 할 소리가 아니다. 무서우면 그대로 돌아가라."

"그럴 순 없지. 저 안에 꼭 볼일이 있거든. 나야말로 좀 언짢긴 하지만, 이대로 얌전히 문을 열어주면 다 없었던 일로 해줄 수 있어. 난 너그러우니까."

효룡은 조용히 혼잣말처럼 '거짓말' 하고 중얼거렸다.

"그렇다면 십번대의 규율대로 '힘' 으로 정하도록 하지."

"규율까지 힘에 의존하다니, 제정신이 아니군."

원래 규율이란 것을 정하는 이유는 제멋대로 넘치는 힘을 제어하기 위해서였다. 그런데 여기 십번대의 규율은 마치 불난 곳에 기름을 끼얹은 듯한 그런 규율이었다. 힘을 제어한다기보다는 오히려 부추기고 있었다.

"힘이야말로 정의, 십번대에겐 강한 자의 말이 곧 법이다. 너희도 이곳을 통과하려면 스스로의 힘을 증명해 보이지 않으면 안 된다."

"모든 걸 그렇게 단순화시키다 보면 언제가 된통 당하게 되어 있어. 세상이란 놈은 그렇게 단순하지 않거든?"

"우린 입만 산 놈은 좋아하지 않는다. 약한 개가 자주 짖는다고 하지 않는가."

방금 말은 비류연을 멍멍이 취급한 것이었다.

"오우, 이거 기분이 좀 상쾌해지는걸."

비류연의 입가에 상큼한 미소가 맺혔다.

"무식하지만 간단해서 좋군. 멍멍이보다 지능이 떨어지는 것도 같고. 이럴 때 몽둥이 찜질이 약이지. 얘들아, 약 먹을 시간이다!"

장난치는 멍멍이들에 대한 애정이 듬뿍 담긴 듯한 목소리로 비류연이 외쳤다.

"잠깐, 류연! 약물 과다복용은 죽음의 지름길이라고."

비류연의 이상을 눈치 챈 효룡이 은근히 손 조절하라고 암시를 주었다.

"딱 좋네. 괜찮아, 괜찮아. 건강한 폭력이 건강한 정신을 낳는다는 이야기도 있잖아?"

"아니, 그런 말 없거든. 폭력은 정신을 피폐하게 만들 뿐이야!"

"폐허 속에서 새로운 새싹이 자라는 법이지."

그걸로 대화는 끝이었다.

철갑사패가 좋아하는 말이 일격필살이라면, 지금 비류연이 좋아하는 말은 속전속결이었다.

겉으로는 있는 여유 없는 여유 다 부리고 있지만 속은 엉망이었다. 단시간에 회복해 보려고 노력했으나 한계가 있었다. 효룡에게 다 맡길 까도 생각했었는데 그것도 여의치 않았다.

'쩨쩨한 녀석.'

최소한의 힘으로 승리를 거머쥘 필요가 있었다. 너무 잦은 충돌은 그의 힘을 깎아먹을 뿐이었다.

그걸 방지하기 위해서는 내공을 쓰지 않는 부분의 능력을 좀 더 개방할 필요가 있었다. 그건 바로 감각이었다.

비류연은 오감을 활짝 연 채 철갑일호와 철갑이호의 움직임을 읽어 내려가기 시작했다. 철갑이호의 신경은 온통 효룡을 향해 쏠려 있었다. 효룡이 저런 근육명청이한테 질 것 같지는 않았다. 그렇다면 자기 몫으로 배정된 철갑일호만 신경 쓰면 그만이었다. 좀 전에 고철로 만들어놓은 철갑삼, 사호와 이 녀석 둘의 행동으로 미루어볼 때, 대충 부대와 대장의 성격이나 행동 양식을 알 만했다. 그렇다면 이 녀석들을 쓰러뜨리고 가도 대화는 기대하지 않는 편이 좋았다.

도대체가 '대화'가 뭔지 모르는 족속임이 분명했다. 그들이 할 수 있는 거라곤 근육과 병장기로 하는 대화가 고작이었다.

'골치 아프군.'

어쨌든 대화란 걸 하기 위해서는 적어도 두 사람 이상이 필요했다. 그리고 원활한 소통을 위해서는 상대에 맞는 대화 방식을 고르는 수밖에 없었다.

그리고 이 경우, 올바르고 합당한 소통 방식은 바로 '폭력'이었다.

자기 듣고 싶은 말만 듣고 하고 싶은 말만 하는 것을 소통이라고 하지는 않는다. 또한 원활한 소통을 위해서는 상대에 맞는 방식을 택해야 한다. 그런 면에서 보면 비류연은 언제든 소통할 준비가 되어 있었다.

대화를 잘하는 방법은 다음과 같다.

—첫 번째, 상대의 말에 귀를 기울인다.

비류연은 철갑일호의 공격을 귀기울여 들었다. 공격이 궤도가 눈에 잡히는 듯 보였다.

—두 번째, 감정보다는 이성으로 대화한다.

비류연은 냉철한 이성을 발휘하여 침착하게 대응하며, 어떤 공격이 가장 효과적이고 합리적일지 판단했다. 역시 이번에는 첫수는 회피하는 데 중점을 두었다.

쾅!

철갑일호의 거도가 땅을 내리찍었다. 그러나 대화라는 것은 상대와 공명하는 것이다. 비류연은 상대의 움직임에 몸을 맞춰 공격을 완벽하게 피해냈다.

이성적으로 적의 허점을 간파하고, 반격 초식을 정한다. 그러나 역시 서열 이위답게 일격필살의 절초가 실패했는데도 다음 공격으로의 전환이 빨랐다. 하지만 이건 양날의 검이기도 했다. 이격으로의 전환이 빠르다는 것은 일격에 전심이 실리지 않았다는 뜻이기도 했다.

—세 번째, 말에 진심을 담아야 한다.

이 부분도 비류연은 자신있었다. 이번 대화에서 쓰는 말은 바로 주먹이었다. 철갑일호는 일도에 진심을 담는 데 실패한 듯했지만, 비류연은 그러지 않을 자신이 있었다.

아주 묵사발을 만들어주겠다는 진심이 듬뿍 담긴 주먹을 안겨주었다.

정확히 빈틈을 찔러서.

"비겁하아아아아아아아안!"

어디선가 많이 들어본, 왠지 기시감이 쫠쫠 흐르는 비명을 지르며 두 남자가 도끼에 찍힌 거목처럼 '쿵!' 소리를 내며 쓰러졌다. 효룡도 거의 동시에 철갑이호를 쓰러뜨린 모양이었다.

"…이놈들, 정말 단순하군."

대화를 마친 후 질렸다는 투로 비류연이 한마디 했다. 따지고 보면 그리 유익한 대화는 아니었다.

"우아함이 부족했어."

그러나 그걸 설명한다고 이해하지는 못했을 것이다.

"당하는 걸 뻔히 보고도 다시 일격필살 전법이라니……. 이놈들은 학습 능력도 없나?"

쓰러진 두 거한을 보며 효룡이 질렸다는 듯 한마디 했다.

"뭐, 원래 일격필살이라는 게 그렇지. 오직 그것만 연마한 사람들은 다른 초식을 쉽게 쓸 수 없어. 그들의 사고방식과 수백 개의 근육 모두 가 필살의 강격을 휘두르기 위해 존재하니까. 다른 방식으로 해보자고 의식을 했다 해도 아마 몸이 못 따라주었을 거야. 일격필살의 폐해 같 은 거지."

"그럼 이들이 그동안 해온 그 기나긴 수행들은 뭐지? 오직 일격에 목숨을 걸었던 이들의 수행의 나날들은?"

약간 감상적인 마음이 된 효룡은 친구에게 한마디 묻지 않을 수 없 었다.

"삽질이지!"

일말의 망설임도 없는 확답.

"자넨 정말 잔인한 친구야, 류연."

"정직하다고 해줘, 룡룡."

그동안 쌓아온 고련의 세월을 단 한마디로 뭉개 버리는 잔인한 처사도 서슴없이 해치워 버리는 비류연이었다.

"자, 이제 대빵을 만나러 가볼까."

그들의 지나간 세월이 어떻게 평가되든 말든, 지금은 나예린의 행방 이외에 그 어떤 것에도 관심이 쏠리지 않는 비류연이었다.

그리고, 그 단서 중 하나를 잡고 있는 이가 이 성문 너머에 있었다. 망설일 이유 따윈 전혀 없었다. 힘을 숭상하는 만큼, 또 단순무식한 만큼 한 번 내뱉은 말은 잘 지켰다. 철갑사패의 나머지 둘을 쓰러뜨리자 성문은 저절로 열렸다.

'열려라, 참깨!' 라고 말할 필요도 없었다.

"꽤 정직한 사람들이군."

"단순한 거겠지."

비류연과 효룡은 열려진 성문을 통과해 서해도의 심처로 들어갔다.

미남자 대 미남자
—미의 호적수, 미의 대전

"여기가 확실히 동해도 맞겠죠? 그 기생오라비 같은 놈이 있다는?"
공손절휘가 심통한 어조로 물었다.
"그런 것 같네."
모용휘가 조용히 대답했다.

연비에게 구혼한 것 때문에 공손절휘는 동해왕이 무척 싫었다. 그 빼질거리는 면상을 보면 주먹이라도 한 대 후려치고 싶었다. 그래서 동해도 쪽을 지원했다. 그러자 비류연이 모용휘에게 동해도로 같이 가는 게 좋겠다고 말했다.
"나 혼자서도 충분하오."
공손절휘가 자신만만하게 외쳤다. 모용휘가 할 수 있는 일은 자기도 할 수 있다는 걸 보여주는 게 목적이었기 때문에 모용휘랑 함께하기 싫었다.

짝!

비류연이 거침없이 공손절휘의 뺨을 때렸다. 그의 고개가 홱 하고 돌아갔다.

"이, 이게 무슨 짓이오?"

"웃기지 마, 이 애송아! 넌 아직 멀었어. 그 자존심만 더럽게 센 형편없는 실력으로 뭘 어쩌겠다는 거야? 죽기 싫으면 얌전히 모용휘 옆에 찰싹 달라붙어 있어. 아, 그리고 존대말 써라. 다 니놈 선배들이니까."

"이, 이, 이이이이이!"

뺨을 맞는 굴욕과 그의 자존심을 무참히 짓밟는 비류연의 말에 발끈한 공손절휘가 비류연에게 달려들려 했다. 이때만 해도 그는 아직 이 비류연이란 인간이 얼마나 무서운 인간인지 꿈에도 모르고 있었던 것이다. 원래 무식하면 용감한 법이다. 그러나 용감하다 해서 꼭 결과가 좋으란 법은 없다. 왜냐하면 무지는 뼈아픈 결과를 가져다주기도 하기 때문이다.

"워워, 젊은 친구가 겁이 없군."

하룻강아지 범 무서운 줄 모르고 달려드는 공손절휘를 모용휘와 주작단원들이 뜯어말렸다.

"그만둬. 그러다 죽는 수가 있어."

"아직 젊은데 목숨을 소중히 여겨야지."

"지금 바빠서 봐줄 때 얌전히 있어. 그러다가 떡이 되도록 얻어맞는 수가 있으니까."

다들 그의 양팔과 양다리를 하나씩 제압하니 옴짝달싹도 할 수 없었

다. 천 근 바위가 짓누르는 듯 도저히 빠져나갈 수가 없자 공손절휘는
또다시 자존심이 상했다. 그리고 놀랐다.

'이 사람들, 대체 얼마나 강한 거야?

이들의 손발을 단 하나도 뿌리치지 못한다는 것은 그만큼 그들의 실
력이 대단하다는 것이었다.

"저 친구, 과연 괜찮을까요? 아직 어린데."

실력이 영 못 미더우니 빼는 게 어떠냐고 노골적으로 묻는 이까지
나오자 공손세가의 후계자로서 그가 가진 자존심이 휴지 조각처럼 구
겨졌다. 비류연이란 인간의 대답은 더욱 가관이었다.

"그래도 제법 번듯하잖아. 저 정도면 여자들한테 먹힐 것 같지 않
아?"

그 말이 의미하는 바는…….

"자, 잠깐! 지금 그 말은 실력이 아니라 얼굴로 뽑았다는 거냐?"

"엉, 당연하지. 뭐, 휘 녀석보단 못하지만, 그래도 그 정도면 그럭저
럭이니까."

그럭저럭은 또 뭐란 말인가, 그럭저럭은.

"내가 누군 줄 알고, 난 공손…….'

짝짝짝짝!

순간 공손절휘의 뺨이 좌로 두 번, 우로 두 번 돌아갔다. 뺨에 불이
라도 난 듯 화끈했다. 번개 같은 속도로 따귀를 네 번이나 맞은 것이
다.

화를 낼 새도 없이 비류연의 손이 공손절휘의 입을 틀어막았다. 언
제 움직였는지 공손절휘에겐 보이지도 않았다.

"닥쳐, 애송아. 난 지금 급하니까 널 교육시켜 줄 시간이 없어. 그러

니 잘 들어. 네 실력엔 기대하지 않고 있어. 그러니까 그 얼굴을 잘 이용해서 여자들이라도 꼬셔봐. 듣자 하니 그곳엔 여자들이 잔뜩 있는 것 같으니까. 하지만 명심해. 여기선 네 뒷배경은 전혀 통하지 않는다는 걸. 오직 실력뿐이야, 얼굴이든 검이든. 아직도 가문의 이름에 매달려 응석 부릴 거면 당장 꺼져. 필요없으니까. 지금 필요한 건 뒷배경이 아니거든.”

순간 공손절휘는 황금색 살기가 자신의 온몸에 꿰뚫는 듯한 충격을 받고 몸을 휘청거렸다. 비류연에게 맞았던 뺨과 잡혔던 턱과 입 주위가 얼얼했다. 몇몇 주작단원들이 불쌍하다는 시선으로 그를 쳐다보았다. 그나마 얻어터지지 않은 게 다행이라고 속닥거리는 이들도 있었다.

공손절휘는 분했지만 반항할 수가 없었다. 좀 전에 자신의 전신을 꿰뚫은 살기에 대항할 마음조차 생기지 않았다. 그리고 깨달았다. 저 인간한테 공손세가라는 가문과 검존이라는 그의 할아버지는 아무 소용도 없다는 걸. 그리고 그걸 모두 벗겨낸 자신은 얼마나 보잘것없는 존재인가를. 그러나 이대로 주저앉기에는 명문세가에서 자라난 그의 자존심이 용납되지 않았다. 이대로는 어느 천년에 모용가를 꺾고 공손세가의 이름을 강호에 알리겠는가.

“강해지려면 적에게서도 배워야 한다!”

조부 검존의 말이 그의 뇌리 속에서 울렸다. 치욕을 감수하고서라도 배우는 수밖에 없었다. 그들의 옆에서 그들의 행적을 눈에 똑똑히 새겨둘 필요가 있었다. 죽기 아니면 까무러치기였다.

　자존심이 상해서 그냥 돌아가나 했는데, 다시 옷가지를 바로 하고
서는 것을 보고는 비류연은 히죽 웃었다.
　"안 가?"
　언제든지 꼬리를 말고 물러나도 된다는 얼굴을 하며 비류연이 물었
다.
　"안 갑니다. 끝까지 남아 있을 겁니다!"
　어느새 자신도 모르게 존대말이 나오고 있는 공손절휘였다.
　"그래? 생각보단 근성이 있네. 이번에 안 죽으면 좀 그럴싸해지겠는
걸."
　나름의 칭찬이었던 것 같지만 공손절휘는 전혀 기뻐할 수 없었다.
그런 공손절휘의 상념은 성벽 위에서 터져 나온 비명 때문에 산산이
깨어지고 말았다.

　"꺄아아아아아아아악!"
　성벽 위에서 여인의 비명이 터져 나왔다. 그러나 지금까지 들어왔던
그런 비명이 아니었다. 그 비명 안에 든 것은 고통과 공포가 아니라 환
희와 기쁨이었다. 모용휘와 공손절휘는 얼떨떨한 마음으로 성벽 위를
쳐다봤다.
　"꺄아아아아아아아악! 어떻게 해! 여기 본다, 여기 봐!"
　"어머머머머머머. 어떡하지, 어떡하지? 빗 어딨어, 빗!"
　"내 거울, 내 거울!"
　왠지 굉장히 어수선하고 적응 안 되는 분위기였다.
　"꺄악, 어떡하지? 미남이야!"
　"저 백의의 귀공자는 확실히 소문의 그 남자지? 모용세가의 신성이

자 천재 미소년, 칠절신검 모용휘!"

비류연이 들었으면, 그 명칭은 오직 나 하나만을 위해 존재한다고 화를 냈을지도 모르겠다.

"맞아, 분명해! 얼마 전에 마천각에 온 걸 직접 본 적이 있어."

"너, 몰래 가서 확인해 봤구나? 이 배신자!"

"어머, 그냥 호기심이었을 뿐이야, 호기심. 나에겐 자군님, 그분뿐이라고."

확실히 모용휘는 백옥을 깎아놓은 것 같은 미남자다. 선도 가늘고 얼굴도 무림인치고는 갸름한 편이다. 그림을 그려놓은 듯한 얼굴은 보는 이들의 감탄을 자아낸다. 게다가 능력은 또 어떤가? 모범생에 우등생이기까지 하다. 칠절신검이라는 별호를 얻은 장래가 촉망되는 미남자이니 거의 여자들만 모여 있는 이곳에서 단연 화제가 될 수밖에 없었다.

"그건 그렇고, 옆에 있는 남자는 누구지? 약간 성깔있어 보여도 저쪽도 꽤 반반한데? 게다가 어려."

"겉보기에는 틱틱거려도 어느 순간에 흐물흐물 부드러워질 수도 있겠네. 그렇게 마음이 굳어 보이지는 않는걸?"

"분명 저쪽이 틱틱거리는 쪽일 거야! 항상 틱틱거리지만, 저 모용휘가 신경 쓰여서 참을 수가 없는 거지."

여인들의 대화가 진행되면 진행될수록 얼굴이 시뻘게진 공손절휘가 발끈해서 소리쳤다.

"무, 무슨 말도 안 되는 헛소리를!"

그러나 그것은 오히려 역효과였다.

"어머, 화내는 것도 귀엽네. 정곡을 찔렀나 봐!"

"꺄악꺄악! 강한 부정은 강한 긍정이라고 하잖아. 마음을 들켜서 부끄러운 거지."

"그럼 어디가 공(攻)이고 어디가 수(受)야?"

"역시 총수는 모용휘, 아니겠어?"

"아냐, 역시 새침데기 어린 쪽이 갑자기 수로 전환되는 거라고!"

"……?"

"공? 수?"

모용휘랑 공손절휘는 전혀 알아들 수 없는, 알아들었다가는 자살 충동을 느끼고 싶어할 만한 이야기들이 저 성벽 위에서 오가고 있었다.

이럴 때는 '아는 것이 힘'이 아니라, '모르는 것이 약!'이었다. 오늘 무지가 두 사람의 자살을 막은 것이다.

어쨌든 의미를 모른다. 하지만 왠지 부끄러워지고 기분이 기묘해졌다. 그것은 저 여인들이 자신들을 이야깃거리 삼아 질겅질겅 씹고 있다는 것만은 확실히 깨닫고 있었기 때문이다. 무슨 얘기들이 오가고 있기는 한데, 그 내용에 대해서 물을 용기는 차마 나지 않았다. 마음속 깊은 곳에 존재하는 본능이 강력한 거부 반응을 보이고 있었기 때문이다. 때문에 모용휘는 애써 대화의 내용을 무시하고 자신의 흐름을 되찾기 위해 노력했다. 계속 그녀들의 흐름에 말려들었다가는 이곳에 선 채 말라죽을 수도 있을 것 같았던 것이다.

"실례합니다, 소저들."

모용휘가 위에 있는 여인들을 향해 말을 걸었다.

"어머, 부른다. 내가 대답할게."

"아냐아냐, 내가 먼저야. 넌 저기 구석에 박혀 있어."

"싫어. 너나 그러서."

"아냐, 너희 둘은 찌그러져 있으렴. 내가 말할 테니. 저 모용 공자도 나 같은 이쁜이랑 이야기하고 싶을 거야."

"너 같은 메주를 누가 좋아하니. 간장이라도 담그게?"

"누가 메주라는 거야! 그리고 간장이 어때서!"

"자자, 그러지 말고 가위바위보로 정하자고."

잠시 후 성벽 위에서 가위바위보 소리가 여러 번 들려왔다. 큭, 까악, 윽, 이겼다라는 소리가 연달아 들려오더니 다시 잠잠해졌다. 잠시 후 성벽 위로 빼꼼 머리를 내미는 여인이 있었다. 녹색 경장을 입은 꽤 귀엽게 생긴 아가씨였다.

"안녕하세요, 모용 공자님. 전 주영이라고 해요."

"아, 처음 뵙겠습니다, 주 소저."

모용휘가 덩달아 인사했다. 그러자 위에서 '꼬리 치지 마, 이것아!' 라는 이야기가 들려왔다. 주영이라는 소녀가 생긋 애교 섞인 웃음을 지으며 물었다.

"여기 무슨 일로 오셨나요, 모용 공자님?"

"안에 계신 '자군' 대장님께 용건이 있습니다. 들어갈 수 있겠습니까?"

모용휘가 정중하게 부탁했다.

"어머? 어떡하지? 미남자의 부탁은 거절하기 힘든데."

"하지만 들여보내지 말랬잖아, 특히 남자는."

남자라는 부분을 특히 강조하며 다른 여인이 말했다.

"하긴, 그분은 남자들은 싫어하시니까."

"하지만 말야, 그분하고 저 모용 공자하고 나란히 서 있으면 그림이 될 것 같지 않아?"

"꺄아아아악! 난 상상만으로도 쓰러질 것 같아."

"난 코피!"

정말로 주르륵 코피가 나온 모양인지 급히 손수건을 찾는 소리가 들려왔다. 망상의 힘은 정말로 굉장했다.

저 위에서 대체 무슨 일이 일어나고 있는 걸까? 왠지 알아서는 안 될 것 같은 기분이 드는 모용휘였다. 어쨌든 도검창칼에 둘러싸여 있을 때보다 지금 상황이 더 불편한 것만은 사실이었다.

"……."

처음에 이곳에 올 때까지만 해도 전의에 불타고 있던 모용휘는 무척 당황하지 않을 수 없었다. 만일 들어가는 걸 거절당한다면 강행돌파할 각오도 되어 있었다. 그런데 지금 자신들은 완전히 그녀들의 혀 위에서 노니는 장난감이었고, 끌어올려야 할 전의는 점점 더 깎여 내려갈 뿐이었다.

이것이 의도된 정신 공격에 계획된 함정이라면 참으로 무서운 일이었다. 그리고 만일 이것이 그녀들의 진심이라면…… 그건 더 소름 끼치게 두렵기 짝이 없는 충격과 공포였다. 결벽증이 있는 그의 마음은 그걸 견딜 수 있을 만큼 강하지 않았다. 다만 지금은 '무지' 라는 방패와 애써 '외면' 이라는 창이 그의 마음과 더럽혀지지 않은 영혼을 지키고 있을 뿐이었다. 그보다 훨씬 성격이 급한 공손절휘는,

"닥치고 문이나 열어!"

라고 외치고 있었다. 그러나 들어줄 그녀들이 아니었다.

"어머, 입이 험하네. 얼굴은 귀여운데."

"저런 것도 개성이야. 약간 틱틱거려야 귀엽잖아."

"그런가? 하지만 내 취향은 아냐."

“나도.”

“난 좀 취향일지도.”

공손절휘의 존재는 또다시 완전히 무시되었다.

“지나갈 수 있게 해주시겠소, 소저들?”

“꼭 들어오셔야 하나요?”

주영이 대표로 물었다.

“꼭 들어가 봐야 하오.”

거절당하면 힘으로 부수고 들어갈 생각이었다. 하지만 상대가 여자다 보니 무턱대고 힘으로 나가기가 어려웠다.

“좋아요.”

다른 여인들과 한참을 수군거린 주영이 다시 고개를 내밀며 말했다.

“정말이요, 주 소저?”

“네, 물론이에요. 하지만 한 가지 조건이 있어요.”

“뭐요, 그 조건이란 건?”

그러자 주영이라는 여인이 생긋 미소를 띠며 말했다.

“둘이 뽀뽀라도 하면 열어주죠.”

“뭐뭐뭐, 뭐라고ㅇㅇㅇㅇㅇㅇㅇㅇ!”

기절초풍할 듯 놀란 공손절휘가 펄쩍펄쩍 뛰었다. 그가 너무 길길이 날뛰는 바람에 모용휘는 어떻게 반응해야 할지 때를 놓치고 말았다. 엄청나게 황당한 제안을 아무렇지도 않게 하는 그녀들이었다.

“하, 할 수 있을 리가 없잖소. 그리고, 남자랑 남자가 그… 그… 입… 입맞춤이라니… 이상하오. 아니, 괴상하다고까지 생각되오. 그건 정상이 아니오.”

모용휘가 정색하며 말했다. 그는 어디까지나 바른 생활 사나이였다.

결벽증이 있는 그에게 그런 건 있을 수 없는 일이었다.

"어머, 정상이 아닌 게 바로 핵심이에요. 우린 정상인 것엔 별로 관심이 없거든요. 호호호."

주영이란 아가씨는 입심이 대단해 조금도 밀리지 않았다.

"하, 하지만……. 역시 안 되겠소. 다른 걸로 부탁해 주시오."

차라리 문을 부수고 강제로 뚫고 들어가는 게 더 나았다.

"정말정말정말 안 되나요?"

"정말정말정말 안 되오."

모용휘의 의사는 명확했다.

"음, 그럼 옷을 벗는 건 어때요?"

"오, 옷을 말이오?"

당황한 모용휘의 얼굴이 벌겋게 달아올랐다.

"네, 그래요. 그럼 들여보내 주죠."

어떻게 이 여인들은 그런 부끄럽고 남세스런 요구를 아무렇지도 않게 할 수 있는 걸까? 모용휘는 계속되는 정신적 연타에 정신을 차릴 수가 없었다. 하지만 이대로 휘말리면 끝장이라는 것은 알 수 있었다.

"어떻게 그런 남세스러운 짓을 할 수 있겠소. 거절하겠소."

모용휘는 혼란스런 정신을 수습하며 간신히 거절했다.

"으음…… 안 돼요?"

"안 되오."

"어머, 그럼 상의만이라도 좋아요."

두 눈을 먹이를 노리는 살쾡이처럼 빛내며 여인들이 합창했다.

"상체만 말이오?"

"네, 상체만. 우린 아쉬운 대로 목 선이랑 쇄골 정도로 만족할 수 있어요. 어때요? 그렇게 어려운 부탁은 아닌 것 같은데? 남자들은 수련할 때도 곧잘 웃통 벗고 하잖아요?"

어느새 여인들의 대표가 된 주영이 아주 가벼운 어조로 말했다.

"그건 그렇지만……."

확실히 그 정도라면, 이라는 생각이 들긴 했다. 게다가 그녀들이 면죄부까지 던져 주지 않았나. 그가 아닌 사람 중에도 수련하기 위해 웃통을 벗는 이들은 많았다. 다만 모용휘는 지금까지 한 번도 그런 적이 없었다. 다른 사람들에 비해 수련할 때 그렇게까지 땀을 많이 흘리는 체질도 아니었고, 내공으로 어느 정도 신진대사의 조절도 가능한 경지에 올라 있었던 것이다. 육체의 단련도 물론 중요하지만, 어느 경지 이상에 가면 정신과 기의 단련이 더 중요해지는 순간이 온다. 모용휘는 이미 그 단계에 도달해 있었다. 그렇기 때문에 혼자 수련할 때 굳이 웃옷을 벗을 필요가 없었다.

모용휘의 망설임을 감지한 주영이 뒤쪽에 포진하고 있던 여인들을 향해 신호를 넣었다. 여인들이 알았다는 신호를 보낸 다음 일제히 손을 치켜들었다.

"벗어라! 벗어라!"

여인들이 일제히 손을 위로 치켜들며 외쳤다. 모용휘는 점점 더 곤란한 얼굴이 되었다.

"자, 당신도 사내대장부라면 결단을 내리세요. 웃통을 벗을 것인가, 아니면 싸울 것인가!"

참으로 괴상한 선택지가 아닐 수 없었다.

"우리 같은 아녀자들과 드잡이질을 벌이고 싶나요?"

사실 그 부분은 모용휘에게 있어 상당히 꺼려지는 부분이었다. 하지만 어느 쪽이 더 싫냐고 묻는다면 쉽게 대답할 수 없는 부분이었다.

"으음……."

고뇌에 찬 신음 소리가 모용휘로부터 흘러나왔다. 그리고 그는 마침내 선택했다.

"좋소. 하겠소!"

"꺄아아아아아악!"

좋아 죽을 것 같은 함성이 성벽 위에서 터져 나왔다.

"얘들아, 한대!"

"어쩜어쩜어쩜!"

위에서 그런 외침 소리가 들리더니, 갑자기 우르르 소리가 들리면서 성벽 위에 불쑥불쑥 십수 명의 여인들이 나타났다. 대여섯밖에 없는 줄 알았는데 갑자기 인원이 세 배로 불어나자 모용휘는 당황하지 않을 수 없었다. 모두들 성벽 뒤에서 몰래 숨을 죽이고 있었던 것이다. 이유는 간단했다. 보는 사람이 적다고 생각하는 편이 결단을 내리기 편하기 때문이다. 그제야 모용휘는 자신이 완전히 함정에 빠졌다는 것을 알았다. 십수 명의 여인들이 초롱초롱하게 빛나는 눈으로 그를 내려다보고 있었다. 피부가 따끔따끔할 지경이었다.

"진짜 하려는 겁니까?"

떨떠름한 얼굴로 공손절휘가 물었다.

"……어쩔 수 없잖나?"

약속은 약속. 그는 한 번 내뱉은 말을 주워 담을 만큼 그리 요령 좋은 사내가 아니었다.

"미쳤군요!"

공손절휘가 소리쳤다.

"그럴지도……."

확실히 지금 자신은 제정신이 아닌지도 몰랐다. 지금 제정신을 유지하고 있기엔 상황이 너무 가혹했다. 섬세한 그의 정신은 이런 가혹한 환경에서 멀쩡할 만큼 강하지 못했다. 위쪽에서는 기대에 가득한 시선들이 화살비처럼 쏟아져 내렸다.

마침내 모용휘의 손이 옷고름으로 다가갔다.

"꿀꺽!"

여인들의 침 삼키는 소리가 마치 천둥소리 같았다.

스르르르륵!

풀썩!

긴장과 흥분을 참지 못하고 한 여인이 쓰러졌다. 그러나 쓰러진 동료에게 신경 쓰는 여인은 아무도 없었다. 쓰러진 동료를 방치한 채 여인들은 눈에 불을 켜고 모용휘가 벗는 모습을 바라보았다. 이런 구경, 좀처럼 할 수 있는 게 아니었다.

그리고 윗옷이 하얀 어깨를 타고 흘러내리면서, 우아하게 휘어진 쇄골이 드러났다. 그의 피부는 백자처럼 새하얗다.

"꿀꺼덕!"

성벽 위에서 지켜보던 여인들이 다시 한 번 일제히 마른침을 삼켰다. 그녀들의 눈이 점점 더 충혈되어 가기 시작했다. 눈에 힘을 줘서 안력을 잔뜩 높이는 바람에 눈에 피가 몰린 탓이다. 아무도 입을 여는 이는 없었다. 지금 그녀들에게 이 세상에서 가장 중요한 것이 무엇이냐고 묻는다면 서슴없이 모용휘를 보는 일이라고 말할 터였다.

“꺄아아아아아아아악!”

푸슉! 푸슉!

“아아아아아!”

풀썩!

“나 쓰러진다…….”

매우 특이한 음향이 성벽 위에서 울려 퍼졌다.

여인들은 비명을 지르며 차례차례 기절했다.

간신히 한 여인이 일어났는데, 그녀는 왼손으로 코를 부여잡고 있었다. 그녀의 손가락 사이로 붉은 피가 흘러내렸다. 그녀는 아직도 떨리는 오른손을 앞으로 뻗으며, 엄지손가락을 치켜세웠다.

“훌륭해!”

끼이이이이이이이익!

마침내 굳게 닫혀 있던 성문이 열렸다.

그러나 모용휘는 어쩐지 조금도 기쁘지 않았다. 왠지 정신적으로 능욕을 당한 기분이었던 것이다.

공손절휘는 자기도 모르게 그의 등을 툭툭 두드려 주었다.

“가죠.”

“으… 음, 그러지.”

찜찜한 마음을 뒤로하고, 화끈해진 얼굴을 식히며 모용휘는 성문 안으로 들어갔다. 그러면서 그는 생각했다.

‘여자들은 때때로 정말 무섭구나…….’

지켜줘야 할 존재였던 여인들이 뭔가 다른 차원의 것으로 변해 버린, 그런 기분이었다. 특히 일개인이 아니라 단체로 뭉쳐진 여인들은 정말 다른 세계에서 온 괴생물처럼 무시무시하기 짝이 없었다.

"저는……."

그러자 동해왕 자군이 그의 말을 가로막았다.

"자네에 대해서는 소개하지 않아도 알고 있네. 각 내의 여자들이 술렁이고 있다는 것이 나의 귀에도 들어왔으니까. 분하게도 나의 친위대 사이에서도 자네의 소문이 돌고 있다네. 그래서 신경 쓰지 않을 수 없었네. 미를 위협할 자가 누구인가 하고 말이야!"

"미?"

"아, 날 부를 때는 '미(美)'라고 불러주게! 나의 아름다움, '나의 미(美)', 줄여서 미(美)라 하지. 굳이 '나'라는 수식을 안 붙이고 아름다움이란 말만 붙여도 되는 건 이 무림에서 나 동해왕 하나뿐이니까. '미'야말로 정의, 고로 이 몸이야말로 정의 그 자체라네. 왜냐하면 난 아름다우니까!"

"미친놈."

어이가 없어진 공손절휘가 중얼거렸다.

모용휘는 굉장한 위화감을 느꼈다. 이 사람, 위험해. 별로 관여되지 않는 게 좋겠어. 하지만 생각만큼 일은 쉽지 않았다. 그는 여기서 확인해 봐야 할 것이 있었다.

"그러고 싶지는 않군요. 사양하겠습니다."

모용휘가 예의 바르게 대답했다.

"싫다고? 왜? 나의 미를 인정할 수 없다는 건가?"

왜 세상의 진리를 거부하느냐는 투로 자군이 반문했다.

"글쎄요, 그건…… 뭐랄까, 어쨌든 그럴 수가 없을 것 같습니다."

모용휘가 다시 한 번 거절했다. 아까부터 자꾸만 머리가 지끈지끈

아파왔다. 그냥 칼을 들고 서로의 무를 겨루면 안 된단 말인가?

"흠, 과연 그럴 생각이군!"

잠시 고민에 빠져 있던 자군이 갑자기 외쳤다.

"그럴 생각이라니요?"

"자넨 나랑 미를 겨룰 생각이군. 음, 그래, 틀림없어. 나의 미로 자네의 미를 쓰러뜨려 보라는 뜻이지? 음음. 이해했네, 이해했어!"

완전히 이해했다는 듯 고개를 연신 끄덕였다.

'도대체 뭘 이해했다는 건지…….'

모용휘가 보기엔 혼란이 더욱 가중되었을 뿐이다.

"자네의 아름다움은 나의 적수가 되기에 충분하다는 걸 인정하지! 자네를 인정하겠어, 나의 '미(美)의 호적수'로!"

자군이 스스로에게 도취된 목소리로 말했다.

"별로 인정받지 않아도 좋은데……."

그런 걸로 호적수로 인정받고 싶진 않았다. 무공도 아니고, 얼굴 반반한 정도로 싸우고 싶은 생각은 추호도 없었다. 그것은 그가 추구하는 길이 아니었다.

"무공은 얼굴로 하는 게 아니잖습니까?"

"아니, 얼굴이야! 무(武)란 곧 아름다움, 그 자체라네!"

한 치의 망설임도 없이 동해왕은 그렇게 말했다.

"이 무식하게 힘만 판치는 무림이란 세상에서 그다지 쓸모가 없을지도 모르지. 우락부락한 근육덩어리 같은 형편없이 조형미에 감동하는 미맹(美盲)들이 판치는 세상이니까! 아름다움도 모르는 천박한 것들! 하지만 인생이란 싸움에 있어서 이 '아름다움'이라는 것은 매우매우 매우 중요한 것이라네! 인생이란 싸움에서 승리하기 위해서는 아름다울 필요가 있다는 것이지! 그대도 아름다운 자들 중 한 사람으로서 그 사실을 숙지할 필요가 있네! 왜냐하면 나와 자네는 '미(美)의 사도(使徒)'라 할 수 있는 존재니까!"

'미의 사도라니, 이 사람 지금 무슨 말을 하고 있는 걸까?'

알 것 같으면서도 전혀 알고 싶지 않은 모용휘였다.

어째 이야기를 따라갈 수가 없었다. 그래서 느꼈다. 아니, 확신했다.

'저자랑 오래 이야기해서는 안 되겠어……'

그랬다가는 자기마저 이상해질 것 같았다.

사고방식이 너무 달랐다. 그리고 그 격차는 거대한 절벽과도 같아서 노력으로 메워질 만한 것도 아니었다.

"자, 그럼 미(美)의 대전을 펼쳐 볼까!!"

다시 한 번 그가 과장된 몸짓을 취하며 말했다.

"좀 봐주시죠. 사양하고 싶습니다."

모용휘가 사정했다. 그러나 그의 말은 전혀 먹히지 않았다.

"아니, 사양할 것 없네. '미(美)' 야말로 정의! 누구의 정의가 옳은지 여기서 가려봐야 하지 않겠나?"

무림에서 힘이 정의라는 말은 종종 들어봤어도 미가 정의라는 말은 처음 들어보는 모용휘였다.

괜히 동해도로 왔나, 후회가 막심인 그였다.

강한 자, 그것이 정의이다

──유희(遊戲)

"충고 하나 하지, 친구들."

각 섬을 향해 흩어지려는 사람들을 장홍이 불러 세웠다.

"자네들에게 미리 말해줄 게 있네."

사람들은 의아한 시선으로 장홍을 바라보았다.

"미리 말해주다니요? 뭘요?"

효룡이 반문했다.

"살아남기 위해서 조심해야 할 것 말일세."

"그게 뭡니까?"

"흑수(黑手)."

효룡과 옥유경을 제외한 모두의 얼굴에 의아함이 떠올랐다.

"흑수? 그게 뭡니까?"

대부분이 그 말을 처음 들어보는 듯했다.

"흑도의 인물들은 항상 본실력의 삼 할 이상을 숨기고 있지. 그리고 누구나 보이지 않는 마지막 한 수를 숨기고 있다네. 그것을 그들만의 은어로 보이지 않는 손, 즉 '흑수'라 부르지. 정파의 구명절초라고나 할까? 잔챙이들은 상관없지만 고수 급들은 달라. 그들이 감춰두고 있는 '비장의 한 수'는 차원이 다르다네. 그 흑수를 깨뜨리지 못하는 한 자네들은 그들을 이기지 못할 거네. 특히 실력 차가 그리 크지 않을 때는 더욱 말이야. 상대의 흐름에 휘말려서는 안 되네. 그건 곧 죽음을 의미하니까."

장홍이 전에 없이 강경한 목소리로 경고했다.

"자네들, 이것 하나만은 명심해 두게. 이제부터 자네들이 지금껏 경험해 보지 못한 전혀 다른 종류의 싸움이 기다리고 있다는 것을."

"다르다니? 뭐가 다르다는 거죠?"

흑수에 대해 고민하던 모용휘가 질문했다.

"흑도의 싸움은 백도 때와는 달라. 백도 때는 그저 상대보다 강하면 충분했네. 그걸로 자네들은 상대에게 이길 수 있었지. 하지만 흑도에서의 싸움은 달라. 모두들 무언가를 숨기고 속이고들 있다네. 모든 것이 은막에 싸여 있지. 그 막을 벗겨내고 그 진실을 파헤치지 못하는 한, 자네들이 그들보다 무공 실력이 뛰어나다 해도 그들에게 질 수 있네."

상대보다 강한데도 진다? 천무학관에 있을 때는 생각지도 못한 일이었다.

"자네들이 강하다는 것은 인정하지. 아마 같은 나이 또래로 보면 적을 찾을 수 없을 걸세. 하지만 이곳에서는 강하다고만 해서 이길 수는 없네. 게다가 여기는 그들의 앞마당일세. 본거지지. 어떤 암수가 숨어 있다 해도 이상하지 않은 곳일세. 그러니 조심, 또 조심하게. 항상 보이지 않는 암수가 자네들을 노리고 있다는 사실을 잊으면 안 되네.”

“뭐가 그렇게 복잡해?

비류연이 투덜거렸다. 그냥 때려눕히고 이기면 되지, 뭘 그렇기 깊이 생각해야 하는가 하는 의문이었다.

“여긴 말이야, 실력만으로 승부하는 녀석들이 별종 취급 받는 세계니까 말일세. 특히 이 마천각 안은 온갖 괴물들이 판치는 곳일세. 얕봤다간 아무리 류연 자네라 해도 무사하지 못할 거야. 게다가 지금은 완전한 상태도 아니지 않나?”

“난 멀쩡해.”

비류연이 강한 어조로 내뱉었다.

“글쎄, 과연 어떨까?”

장홍은 곧이곧대로 믿지 않는 눈치였다. 다만 지금은 무슨 소리를 해도 먹히지 않으니 두고 보고 있을 뿐이었다.

“나 말고 본인 걱정부터 하셔. 붕대에서 피가 배어 나오고 있으니까.”

장홍 역시 옥유경과 싸운 여파로 상태가 정상이 아닌지라 남 말할 때가 아니었다.

“그들이 괴물이라면 나는 괴물을 잡아먹는 괴물이 되겠어. 괴물들의 입에서 ‘괴물’이라는 소리를 내뱉게 만들어주지. 기대하라고.”

진심으로 비류연은 어떤 망설임도 담지 않은 채 그렇게 말했다.

“기대하지. 하지만 다른 사람들은 이 무모한 친구처럼 행동하지 않길 바라네. 무모해도 되는 사람이 있고, 그래선 안 되는 사람이 있으니 말일세. 난 대부분이 현명하길 바라네.”

＊　　　＊　　　＊

그는 서찰을 펼친 다음 찬찬히 읽어 내려가기 시작했다.

첫째, 천무학관 불순분자들의 마천각에 대한 적대 행동 정황이 포착됨.

둘째, 불순분자들이 노리고 있는 것은 그 관이니 반드시 관을 사수할 것.

셋째, 불순분자들이 무슨 말을 하든 거짓이니 적의 농간에 넘어가지 말 것.

넷째, 만일의 사태에는 적을 죽여도 죄를 묻지 않을 것임. 망설이지 말 것.

이상의 임무를 반드시 수행할 것.

그것을 위해 '살인 허가'를 내림.

그리고 그 밑에 이 서찰을 보낸 사람의 인(印)이 찍혀 있었다.

"흐음……."

받았던 서찰을 접으며 서해왕은 혼잣말처럼 중얼거렸다.

"도대체 저 관 안에 뭐가 들었길래……? 그렇게나 중요한 물건일까? '살인 허가'라……. 이런 거창한 경우는 처음이군."

그렇다는 것은 전력을 다하라는 증거, 절대로 사수하라는 의지.

"목적을 위해서는 수단을 가리지 말라, 라는 뜻이겠지?"

지극히 흑도다운 사고방식이었다. 그리고 그는 이런 단순명쾌명료함이 취향에 맞았다.

"진정한 강함이란 생사의 경계에서 나오는 것! 뒷일을 감당해 주겠다는데 사양할 필요가 없지."

힘의 바닥까지 긁어내는, 전력을 다하는 싸움을 하고 싶었다. 손속에 사정을 두는 시합 따윈 따분할 뿐이었다.

"그놈들, 강할까?"

그러자 대기하고 있던 부하 하나가 즉시 대답했다.

"어떤 놈이든 대장님보다 강한 놈은 없습니다! 대장님은 최강입니다!"

전혀 망설임이 없는 대답. 정말로 굳세게 그렇게 믿고 있는 모양이었다.

"'마천총령'이 발해진 걸 보니, 날 실망시키지는 않겠지? 두근두근해지는군."

그렇다면 미리미리 이 기회에 전력을 다할 준비를 해두는 게 좋겠다. 오랜만에 '그걸' 꺼낼 수 있을 것 같았다. 그건 좋은 일이었다.

"'강순천갑(鋼盾天鉀)'을 내와라!"

그가 명령했다.

"그, 그걸 말씀이십니까?"

부하가 깜짝 놀라 반문한다.

강순천갑, 그것은 대장이 너무 강한 나머지 별로 거의 쓸 일이 없던 최강의 갑옷이었던 것이다.

"물론. 창고에 처박혀 있느라 뻑뻑해진 그 녀석에게 오랜만에 피와 살로 기름칠을 해줄 수 있을 것 같군. 크, 크, 크. 크크크. 크하하하하하하하! 크하하하하하하하하하!"

상상만으로도 즐거워지는 락비오였다. 이런 짜릿한 기회를 제공해

준 '윗대가리' 가 오늘만큼은 고마울 따름이었다.

타인의 피와 살을 대가로 그는 또 한 단계 강해지는 것이다.

그것이 그의 성장 방식이었다.

*　　　　*　　　　*

도개교를 지나 본격적으로 서해도로 진입한 효룡은 잔뜩 긴장했다. 당연히 무수히 많은 십번대 대원이 그들을 공격하리라 예상했기 때문이다. 그러나 막상 들어선 서해도는 지나치게 조용했다.

"왜 아무도 없지?"

아무도 막아서는 이가 없었다. 좀 전에 쓰러뜨린 철갑사패의 호전적인 성격으로 미루어볼 때 십번대 대원들은 무척이나 거친 성격인 것 같았다. 가만히 앉아 있을 만큼 인내심이 강할 것 같지도 않았다. 그런데도 앞길이 횅하니 뚫려 있으니 수상쩍은 마음이 드는 게 당연했다.

"일단 가보자고. 가다 보면 알게 되겠지."

당장 싸우지 않는다면 효룡은 물론 비류연에게도 좋은 기회였다. 이틈에 체력을 조금이라도 회복시켜 놓을 수 있는 것이다. 여전히 주위의 경계를 게을리 하지 않은 채 효룡과 비류연은 앞으로 걸어갔다.

"설마 일부러 그냥 놔두고 있는 건가?"

비류연이 혼자말처럼 중얼거렸다.

"아니, 왜 그럴 필요가 있지? 함정이라도 준비하고 있나?"

"아니면 기다리고 있는지도 모르지."

"뭘?"

"우리들의 체력이 회복되는 걸."

“왜?”

“이런 경우는 한 가지밖에 없지. 한바탕 제대로 싸워보고 싶은 거야, 우리들이랑. 아마 이곳 대장은 상당히 싸움을 좋아하는 인간인 것 같군.”

“일리가 없는 건 아니지만, 여긴 흑도라고. 그런 건 지극히 흑도답지 못한 사고방식이라고.”

일부러 체력을 떨어뜨려 가장 약해 보일 때 공격하는 게 흑도의 방식이었다. 반면 비류연이 말한 방식은 오히려 정정당당이라 불릴 만한 것이었다.

“글쎄, 이건 흑도니 백도니 하는 이념의 문제라기보다 개인 취향의 문제라고 보는데…… 아, 도착했군.”

효룡도 시선을 들어 그들의 앞에 솟아 있는 전각을 올려다보았다. 생각 이상으로 높고 넓은 건물이었다. 정문 위의 현판에는 ‘제십번대 본관’ 이라고 적혀 있었다. 문득 효룡은 이런 의문이 들었다.

“혹시 이 안에 모두 모여 있는 거 아닐까?”

특히 건물 안에서 다수에게 포위당하는 것은 결코 유쾌하지 못한 상황이 될 게 분명했다. 여기서는 신중을 기해야 할 때였다.

“글쎄, 들어가 보면 알겠지. 가보자고.”

그러면서 효룡의 생각은 아랑곳하지 않고 비류연은 성큼성큼 문으로 걸어들어 갔다. 효룡은 신중을 기하려던 계획을 포기하고 한숨을 한번 내쉰 다음 악우의 뒤를 따랐다. 가끔씩 무모해 보이는 일을 아무렇지도 않게 해치우는 게 이 친구의 나쁜 버릇이었다.

“어라?”

효룡의 걱정이 무색할 정도로 건물 안은 썰렁했다. 다만 정면에 솟은 조금 높은 단 위에 커다란 의자가 놓여 있고, 특이한 모양의 갑옷을 걸친 거구의 사내가 앉아 있었다. 그는 은색으로 번쩍이는 얇고 반들반들한 갑옷은 전신에 걸치고 있었는데, 갑옷의 판들이 하나같이 둥글둥글했다. 마치 수십 개의 원형 방패가 전신을 감싸고 있는 듯한 굉장히 독특한 모양의 갑옷이었다. 특히 양어깨가 비정상적으로 부풀어 올라 있어, 저 안에 무슨 비밀 병기라도 감추고 있는 게 아닌가 하는 의심이 뒤따랐다. 그의 옆에 놓여 있는 철갑 투구 역시 무척 특이한 모양이었는데, 전체가 둥글고 눈과 입 부분은 하나로 합쳐져 뚫려 있는데 가로로 철창 같은 강철심이 여러 개 달려 있었다. 눈과 입에 대한 직접적인 공격을 막기 위한 장치인 것 같았다.

그가 바로 서해도의 군림자이자 십번대 대장 서해왕 락비오였다.

그 뒤로는 마찬가지로 거구에 근육이 울퉁불퉁한 네 명의 거한이 서 있었다. 상당히 조촐한 환영이었다.

"너는 강하냐?"

서해왕 락비오가 맨 처음 물은 말은 바로 그것이었다. 신분을 묻기도 전에 강한지부터 묻다니, 어지간히 성질이 급한 모양이었다. 게다가 힘에 대한 집착이 대단했다. 그는 아마 자신과 대등하다고 생각되지 않는 한 대화하려고조차 들지 않을 유형의 인간이었다. 그렇다면 비류연은 자신이 그와 대화할 자격이 충분하고도 넘친다는 것을 보여줄 필요가 있었다.

"물론 나는 강하지."

가볍게 휘파람을 불며 락비오가 말했다.

"대답에 망설임이 없군."

"그럴 이유가 없으니까."

비류연의 자기 확신은 거의 오만에 가까웠다. 그러나 그는 그 누구도 다름 아닌 비류연이었다. 자칭 우주홍황은하제일의 초미소년 초절정고수라고 주장하고 있는 그에게 있어 이 정도의 자기 확신은 별거 아니었다. 보통 정신 가지고는 어림도 없는 일이었지만.

"화산규약지회라고는 들어봤겠지?"

"물론."

"거기 우승자가 나야! 댁보다는 훨씬 강하지."

비류연이 씨익 웃었다.

"류연, 상대를 자극해서 어쩌려고?"

친구의 도발에 불안감을 느낀 효룡이 화급히 전음을 날렸다. 그러나 서해왕의 반응은 예상외였다.

"그것참 잘됐군."

자신보다 강하다는 말에도 락비오는 화내지 않았다.

"……?"

"그렇지 않아도 내가 화산규약지회에 갔어야 됐다는 걸 증명해 주려고 했거든. 사고가 있었다지만 그런 데 가서 우승도 못하고 오다니, 쓸모없는 것들. 잘됐군, 아주 잘됐어. 너를 쓰러뜨리면 나야말로 화산지회의 우승자에 걸맞은 자격을 가진 자라는 게 증명되겠지."

"그건 글쎄? 우물가에서 숭늉 찾는 거랑 다를 바가 없군."

"무슨 뜻이지?"

"무슨 뜻이긴 무슨 뜻이야, 댁은 절대 날 이기지 못한다는 뜻이지."

"뭐라고!"

"그렇잖아? 나랑 싸우기도 전에 승리에 대해 논하다니, 성급해도 너무 성급해."

비류연의 자신만만함을 보자 사내는 호탕한 웃음을 터뜨렸다.

"그럼 그걸 증명해야지. 나는 입으로 하는 건 안 믿거든. 사람들의 입에는 거짓이 너무 많이 들어 있어. 다들 입만 살았지. 혀 하나 가지고 고수가 되려 한단 말이야. 하지만 난 그런 건 안 믿어. 오직 주먹과 칼붙이로 보여주는 것만 믿지."

너도 진짜 실력이 있다면 직접 몸으로 그걸 증명해 보여야 한다는 뜻이었다.

"좋아, 얼마든지."

비류연이 선뜻 대답했다.

"그전에 한 가지 묻고 싶은 게 있는데?"

"뭐지? 물어봐."

"오늘 이곳에 관 하나가 도착했을 텐데? 혹시 알아?"

"아, 그거? 왔지."

락비오가 대수롭지 않다는 투로 대답했다.

"열어봤어?"

"아니, 열어보지 말래서."

"열어보지 말랬다는 것은 당신보다 윗사람으로부터 온 명령이라는 뜻이군."

"궁금한 게 뭐지?"

"그 관 안에 무엇이 들었는지 확인하고 싶은데?"

"난 약한 놈 말은 안 들어. 명령이란 힘있는 자의 특권이거든."

"여기선 모든 게 힘이군."

"바로 그거지. 나보다 강하다는 말을 한 번도 아니고 두 번씩이나 했는데 그냥 돌아갈 생각은 아니겠지?"

아무래도 마음에 두고 있었나 보다.

"덩치에 비해서 소심하군. 그런 것까지 일일이 세고 있었다니 말야. 좋아, 싸우지. 대신 조건이 있어."

"뭐지?"

"내가 이기면 그 관을 받겠어. 그 관과 그 안에 들어 있는 것과 들어 있었던 것 모두!"

"싫다면?"

이죽거리며 묻는다. 그는 어떤 대답을 기대하고 있는 듯했다.

"전대미문의 후회란 걸 하게 해주지."

"후회? 그거 기대되는군. 해본 지 너무 오래돼서 말이야. 어떻게 하는 건지도 잊어버렸거든."

"걱정 마. 잊은 척하고 있지만 몸은 기억하고 있을 테니까."

직접 몸으로 떠올리게 해주겠다는 선언에 다름 아니었다.

"명색이 사천왕 중 한 명인 내가 그렇게 쉽게 '옙! 여기 있습니다!'라고 내놓을 수는 없잖아? 체면이 있지. 게다가 총대장의 명령도 있고……. 게다가 넌 그 관을 손에 넣지 못할 거야."

"왜지?"

"왜냐하면 넌 날 이길 수 없으니까."

락비오가 좀 전에 비류연이 했던 말을 곧바로 돌려주었다.

"싸움은 입으로 하는 게 아니라며? 그렇다면 말만 하지 말고 실천을 해야지."

비류연도 그의 말을 그대로 되돌려주었다.

"좋아, 하지만 여기는 내 구역이야. 손님 접대는 주인이 할 일이지."

락비오가 은색 투구를 들어 올리며 말했다.

"싸움 방식은 그쪽 식대로 하겠다?"
락비오가 씨익 웃었다.
"바로 그거지."

딱!
락비오가 손가락을 팅기자 좌우에 뚫려 있던 문이 열리며 똑같은 남의 무복 복장을 한 한 무리의 무인들이 쏟아져 들어왔다. 모두들 덩치가 크고 근육질로 이루어진 것이, 딱 보기에도 십번대의 부대원들이었다. 그들은 양쪽 벽에 각각 한 줄로 쭉 도열했다. 검은색에 가까운 짙은 남색 옷을 입은 수십 명의 사람들이 양쪽 벽을 완전히 막아서자 그 기세가 사뭇 삼엄했다.
"다들 어디 갔나 했더니 모두 여기 있었군. 다들 낯이라도 가리나?"
철갑사패를 쓰러뜨리고 정문을 통과한 이후 비류연과 효룡은 거의 아무런 제지도 받지 않고 본관에 도착했을 때 왜 다섯밖에 없는 걸까, 왜 아무런 저항도 없을까 의아해했는데 모두 이 건물 뒤쪽에 몰려 있었던 모양이다.
"다수로 소수를 핍박하는 게 이곳의 방식인가? 대가리 수가 많다고 무조건 이길 수 있다고 생각하면 큰 오산이야. 오합지졸 하룻강아지가 아무리 많아도 한 마리 범은 못 이기는 법이니까."
이들이 모두 함께 덮친다 해도 하나도 무섭지 않다는 투로 비류연이 말했다.
"아, 걱정 마. 얘들은 그냥 구경꾼일 뿐이니까. 다수가 한꺼번에 소수를 치다니, 그런 치졸한 짓을 우리 십번대는 경멸해. 우린 힘의 정의를 믿는 만큼 항상 일대일을 선호하지. 여럿이서 한 놈을 패는 건 성미에 안 맞거든. 남자라면 마주 보고 주먹으로 해결해야 한다고 생각하지 않나? 강함과 강함이 부딪치는 그 순간이야말로 사내가 삶을 느낄 수 있는 순간이지.”

그것 외에도 세상에는 여러 가지 의미가 있다고는 생각했지만, 어차피 말해봤자 먹히지도 않을 터였다. 인간은 자기가 보고 싶은 것만 보려는 경향이 있다. 그리고 한 가지 정의를 맹종하게 된 인간은 눈과 귀가 진흙으로 꽉 막히는 법이다.

“호오, 그건 혼자 나서겠다는 뜻?”

“물론! 하지만 그쪽도 혼자 나서야 해.”

“그건 걱정 마. 이쪽도 둘이서 한 놈을 팰 만큼 약하진 않으니까. 그쪽의 접대 방식에 따르지.”

“화끈해서 좋군! 사내라면 무릇 그래야지! 으하하하하하하!”

락비오가 고개를 치켜들며 앙소를 터뜨렸다.

“이쪽에선 물론 이 몸 혼자 나간다. 그쪽에선 누가 먼저 하겠나?”

“호오, 혼자서 우리 둘을 상대하겠다고? 상당히 무모하군. 뭐라고 놀리지 않을 테니까 한 명 더 구해오는 게 어때? 쪽수가 많아서 이겼다는 말은 듣고 싶지 않다고.”

“필요없다, 어차피 너흰 이기지 못할 테니까.”

대소를 터뜨리는 락비오의 말에는 자신감이 가득했다.

‘저 덩치는 뭘 믿고 저렇게 오만한 걸까? 뭔가 숨겨놓은 꼼수라도 있단 말인가?’

숨겨진 비장의 한 수를 조심하라는 장홍은 말이 문득 비류연의 머릿속에 떠올랐다. 하지만 뭘 숨겨놨는지는 미리 알 수 없는 일이었다. 직접 부딪쳐 보지 않는 이상 그것을 알기란 불가능했다. 다만 방심하고 있다가 허를 찔리는 것을 피해보는 게 고작이었다. 하지만 대비하고 있다 해서 막을 수 있을지 알 수도 없는 것, 그것이 바로 숨겨진 한 수인 것이다.

'그렇다면 부딪쳐 봐야지, 여기서 계속 시간 낭비를 할 수는 없으니까.'

비류연은 자신이 나가겠다고 막 입을 열려고 했다. 그런데 그보다 먼저 입을 여는 이가 있었다.

"내가 먼저 하지."

비류연을 제치고 먼저 앞으로 나선 것은 효룡이었다.

"괜찮겠어, 룡룡? 아까는 떠넘긴다고 싫어했잖아?"

비류연이 물었다.

"그건 잔챙이였으니까 그렇지. 그런 건 아무리 쓰러뜨려 봤자 티도 안 나잖아? 자랑거리도 안 되고."

"호오? 계산이 많이 빨라졌는걸?"

"자네랑 어울린 지도 꽤 됐으니까, 이 정도는 기본이지. 다 악우를 잘못 사귄 탓이니 누굴 탓하겠나."

"어른의 세계에 눈을 떴다고 해줘. 소년이 어른이 되는 게 어디 내 책임인가. 누구나 언제가는 어른이 되는 법이라고."

"좀 더 오랫동안 깨끗하게 소년으로 살 수도 있었다고, 아무런 계산도 없이. 세상의 더러움을 모른 채 순진무구한 채로."

"그래서 맛 좋은 부분만 낼름 가져가시겠다?"

"그런 거지."

"믿어도 되는 거겠지?"

"맡겨두라고."

마천십삼대 제십번대의 본관인 철신관 내부는 무척 넓고 높았다. 그리고 바닥은 단단한 청석으로 깔려 있었고, 특이하게도 좌우로 여러 개의 칸이 나누어져 있었다. 비나 눈이 올때는 이곳이 연무장의 기능을 담당하는 듯 바닥 여기저기에 수련의 흔적이 깊게 남아 있었다. 그들이 서 있었던 자리만으로도 그들이 해온 수련의 정도와 그들의 특색이 눈에 보이는 듯했다.

효룡과 락비오는 수십 명의 대원들이 도열한 철신관 한가운데서 서로를 마주 보았다. 먼저 입을 연 것은 락비오였다. 서로에게 인사도 없이 락비오는 손을 휘둘렀다. 그러자 효룡의 머리카락을 흩날리는 바람과 함께 두 개의 선이 효룡과 락비오의 등 뒤에 그어졌다.

"규칙은 간단해. 운균(돌림판)을 돌려서 나온 숫자 만큼 서로를 때린다."

"그리고 맞고 선 밖으로 밀려난 사람이 지는 거겠군."

"맞아, 그게 첫째 판이지."

"둘째 판의 규칙은?"

"아, 그건 첫째 판에서 이기면 이야기해 주지."

효룡의 눈썹이 살짝 치켜떠졌다.

"내가 첫째 판도 이기지 못할 거라 생각하는 건가?"

"크크크크, 알고 있으니 더 길게 설명할 필요는 없겠군."

락비오의 말과 행동에는 자신감이 넘쳐흐르고 있었다. 도저히 자신이 지는 상황을 상상하지 못하는 듯했다.

'사람을 깔보고 있구나. 좋다. 이 어르신께서 오늘 너에게 뼈아픈 패배를 가르쳐 주마.'

비록 자신의 장기가 쌍도이긴 해도, 장법의 수련을 게을리 하지는 않았었다.

'그런 무겁기만 한 갑옷이 네놈의 몸을 지켜줄 수 있을 거라고 생각한다면 큰 오산이다.'

가까이서 자세히 보자 그가 걸친 갑옷은 전신이 하얀색으로 칠해져 있었는데, 양쪽 견갑이 기이할 정도로 부풀어 있었고, 흉갑 한가운데, 붉은 글씨로 '十(십)' 이라고 적혀 있었다. 아무래도 이자는 자신의 전신을 두르고 있는 저 기괴한 모양의 하얀 갑옷을 믿고 있는 듯했다.

"자신없으면 기권해도 돼. 다만 그렇게 됐을 때는 얌전히 돌아가야겠지?"

"하겠다."

효룡이 단호한 목소리로 대답했다. 남자들은 그런 말을 들으면 물러나지 못하는 습성을 가지고 있었다.

"좋아. 그럼 먼저 때리게."

"먼저 때리라고? 진심인가?"

"물론. 그런 쪼잔한 걸로 거짓말을 하는 건 사나이가 할 짓이 아니지."

락비오가 순순히 선봉을 양보했다. 너무 솔깃한 제안에 효룡은 오히려 의심스러워졌다.

'이 녀석이 뭘 믿고 이렇게 대범한 거지? 뭔가 숨겨둔 한 수라도 있나?'

무엇보다 이자는 그가 알던 십번대 대장이 아니었다. 그가 이곳을 떠나 있는 동안 십번대 대장은 뒤바뀌어 있었다. 그리고 이곳은 그가 알던 십번대도 아니었다. 몇 년 사이에 그는 그가 알던 모든 것이 뒤바뀌어 있어 무척 혼란스러웠다. 그러나 그렇다고 해서 얌전히 꼬리를 말 생각은 없었다. 걸어온 도전은 받아주는 게 예의였다.

"좋아. 선봉을 양보한다면 마다하지 않겠네. 단, 후회하지 말게."

"진짜 사나이는 후회 같은 건 하지 않는다!"

후회하지 않는다면 더더욱 후회시켜 주고 싶은 게 또 사람의 심리였다.

"그럼 먼저 돌리지."

효룡은 운균을 잡은 다음, 팽그르르르 돌렸다.

나온 숫자는……

이(二).

"두 대로군."

그 말에 락비오가 웃으며 대꾸했다.

"두 번째를 때릴 수 있다면 말이지."

이놈, 알 수 없는 말을 지껄이다니, 하지만 여기서는 상대의 흐름에 넘어가서는 곤란했다. 자신의 흐름을 찾아야 했다. 아무리 강철의 갑옷을 걸치고 있다 해도 효룡은 그것을 꿰뚫을 자신이 있었다.

효룡은 조용히 운기를 통해 내공을 운용했다. 그리고는 진기를 끌어올려 주먹에 집중했다. 어차피 규칙상 상대는 한 발자국도 움직이지 못한다. 그것은 보법을 이용해 공격을 흘릴 수 없다는 뜻이었다. 문자 그대로 무식하게 공격을 정면으로 받지 않으면 안 된다.

'이런 간단한 승리, 그냥 거저 먹어도 되는 걸까?'

묘한 죄책감까지 드는 효룡이었다. 그러나 본인 스스로 한 입으로 두말하지 않는다고 했겠다, 사양할 필요가 없었다.

"그럼 이 승리, 내가 가져가겠다!"

패왕권(覇王拳)

일격붕(一擊崩)

효룡은 주먹에 진기를 집중한 채, 그가 낼 수 있는 가장 빠른 속도로 주먹을 내질렀다.

쿵!

진각이 바닥을 때리며, 그 힘이 효룡의 허리를 지나 어깨를 타고 팔을 달려 주먹에 도달했다. 그 순간 공기가 찢어지며 기다란 파공음이 울려 퍼졌다.

콰아아아아아아아아아아아아아아앙!

밤하늘에서 떨어지는 유성 같은 주먹이 락비오의 몸에 그대로 격중했다.

'방금 무슨 일이 벌어진 거지?'

효룡의 왼쪽 무릎은 바닥으로부터 겨우 한 뼘밖에 떨어져 있지 않았다. 하마터면 한쪽 무릎을 꿇을 뻔한 것이다. 게다가 기혈이 뒤엉켜 몸 안이 엉망이었다. 아무래도 내상을 입은 것 같았다. 무엇보다 가장 큰 문제는 그가 등 뒤에 그어져 있던 금에서 이 장이나 뒤로 밀려나 있다는 것이었다. 그 증거로 그가 밀려난 자국이 바닥에 거멓게 그대로 남아 있었다. 시커먼 자국 한가운데 갑옷의 일부분으로 보이는 하얀 철판 하나가 뱅그르르르 회전하고 있었다.

'그는 어떻게 됐지?'

홍소가 들려온 것은 바로 그때였다.

"우하하하하하! 무릎을 꿇지 않은 건 칭찬해 주지. 그렇게라도 버틴
건 네가 처음이다."

호쾌하게 외치는 소리에 효룡은 재빨리 고개를 들어 락비오의 위치
를 확인했다.

'이, 이럴 수가!'

놀랍게도 락비오는 좀 전에 섰던 그 자리에서 조금 밀려난 듯했으나,
그의 발뒤꿈치는 여전히 금을 넘지 않고 있었다. 움직인 거리도 매우
미미했다.

"우하하하하하, 역시 내 승리군."

락비오가 입가에 승자만이 지을 수 있는 오만한 미소를 띠며 말했
다.

"말도 안 돼! 단 일격에 승부가 나다니……."

그것도 자신이 공격을 받은 것도 아니고 공격을 했는데 지다니 믿을
수가 없었다. 한바탕 나쁜 꿈이라도 꾼 것 같았다.

뒤에서 팔짱을 낀 채 잠자코 지켜보고 있던 비류연이 참지 못하고
입을 열었다.

"룡룡, 정신 차려! 어떻게 된 거야?"

"모, 모르겠어. 분명히 내가 때렸는데……."

효룡은 어딘가 얼이 나간 것 같았다.

"물론 네가 먼저 때렸지. 내가 궁금한 건 그 뒤에 무슨 일이 일어났
느냐 하는 거야. 난 콰쾅! 하는 폭발음과 연기 때문에 제대로 못 봤어.
연기가 걷히고 보니 넌 뒤로 밀려나 있었고."

효룡은 자신의 주먹을 들어 물끄러미 바라보았다. 내장이 진탕된 것
에 비해 주먹은 예상외로 멀쩡해 보였다. 그렇다면 자신의 주먹을 밀

어낸 그 엄청난 힘은 대체 뭐란 말인가? 마치 주먹으로 뇌탄을 때린 듯한 충격이었다. 그 순간 주먹이 바스러지는 게 아닌가 하는 걱정까지 들 정도였다. 아마 단련을 게을리 했다면, 이미 그의 주먹은 가루가 되고도 남았을 것이다.

"우하하하하하, 그 정도 주먹으로 나의 비전 무공인 '금강반탄강기(金剛反彈罡氣)'를 이길 순 없다!"

"금강반탄강기?"

"그렇다. 그게 바로 내가 익히고 있는 기공이다. 어떠한 공격도 튕겨내는 무적의 신공이지. 우하하하, 어떠냐? 이것이야말로 사나이의 무공이라 생각되지 않나! 우하하하하하하!"

"황당하군. 그렇게 자기의 비전 무공에 대해 미주알고주알 떠들어도 되나?"

비전이라는 건 비밀리에 전수되기에 비전인 것이다. 이처럼 자신의 무공을 적에게 아무렇게나 발설하다니, 굉장히 괴상한 놈이었다. 상식적으로 있을 수 없는 일이었다.

"사나이는 아무것도 숨기지 않아도 강하다!"

정말 상상 이상으로 단순무식한 놈이었다.

"승복하지 못하는 얼굴이군? 다시 한 번 해볼 테냐?"

"아니, 승부는 승부, 진 건 진 거다. 이 승부, 나의 패배다."

분하지만 승패에 승복할 수밖에 없었다. 효룡이 벌떡 일어난 다음 돌아서서 비류연을 향해 걸어갔다.

"미안하다, 친구. 자넬 볼 면목이 없네."

"괜찮아, 다음은 맡기라고. 아직 승부는 끝나지 않았으니까."

비류연은 화를 내거나 책망하기는커녕 웃으면서 효룡을 맞이했다.

"조심해, 뭔가를 숨기고 있어."

"알아. 아직 뭔지는 못 알아냈지만."

아마도 이것이 바로 장홍이 말했던 '흑수'라는 것일 터였다. 방금 전 무슨 일이 어떻게 벌어졌는지 알지 못하는 이상 비류연 역시 승리를 장담할 수 없었다.

바닥에 그어져 있는 금을 넘어 락비오와 마주 선 비류연이 락비오를 올려다보며 말했다.

"선수 교대다."

"이건 당신 건가?"

비류연이 걸어오다가 주운 동그란 방패 모양의 철판을 앞으로 내밀었다.

"오, 일부러 가져다주다니 고맙군."

락비오가 씨익 웃으며 철판을 받아 들었다.

"자, 시작할까?"

"잠깐! 잠시만 기다려라. 그전에 해야 할 일이 있다."

그 순간 비류연의 눈빛이 날카롭게 빛났다.

락비오가 신호를 보내자 십번대 대원 중 한 명이 조그만 나무 상자 하나를 가져왔다. 그는 그 안에서 하얀 반죽을 꺼내더니 갑옷 파편 뒤에 붙이더니 흉갑 부위에 다시 끼워 넣었다. 좀 전에 효룡의 주먹이 일격을 가했던 바로 그 장소였다.

"그게 뭐지?"

"아, 별거 아냐. 그냥 단순한 접착제다."

"철판 갑옷을 접착제로 붙인다는 이야기는 한 번도 들어본 적이 없는데?"

"그럼 오늘 보게 되었군. 이게 바로 사나이의 방식이다! 우하하하하하!"

"여기선 사나이가 바보랑 같은 말인 모양이군."

비류연이 이죽거리자 통쾌하게 웃던 락비오의 웃음이 뚝 멎었다.

"사나이를 모욕하면 용서하지 않겠다."

"입에다가 사나이를 달고 산다고 해서 사나이가 되는 건 아니지."

입가에 맺힌 비웃음이 더욱더 짙어졌다. 위압 한 번 했다고 순순히 물러날 비류연이 아니었다.

"자, 그럼 이제 시작해도 되겠지, 사나이 씨? 용기가 있다면 다시 한 번 선방을 넘길 수 있겠나?"

"물론! 용기는 사나이의 필수품. 사나이를 모욕한 대가를 치르게 해 주마!"

'단순하군!'

락비오가 계산대로의 반응을 보이자 비류연은 회심의 미소를 지으며 돌림판을 힘껏 돌렸다.

팽그르르르르르!

나온 숫자는 '이(二)'였다.

"아깝군. 겨우 둘밖에 안 된다니 말이야."

"충분해."

어차피 상대가 무슨 수를 썼는지 파악하지 못한다면 이가 아니라 십이 나와도 소용이 없었다.

"너는 과연 이격째를 칠 수 있을까?"

락비오가 자신만만한 목소리로 물었다. 그는 자신의 방어에 대해 절대적인 자신감을 가지고 있는 모양이었다.

"물론!"

비류연이 자신만만하게 대답했다.

"좋아, 그 말대로 되길 바라지."

락비오는 하하, 호탕하게 웃으면서 허리를 살짝 숙이며 몸을 앞으로 내밀었다. 다가올 공격에 대비하는 그만의 수비 자세였다. 그 외에는 딱히 어떤 동작도 취하지 않고 있었다.

비류연도 나름 신중했다. 효룡이 당하는 것을 직접 보았기 때문이다. 단순한 무공의 고하를 뛰어넘는 무언가가 분명히 벌어졌고, 그는 이 유희에서 이기기 위해서는 반드시 그것을 알아내야만 했다.

"자, 그럼 우선 한 대!"

비류연이 외치며 주먹을 뻗었다.

<u>ㅈㅈㅈㅈㅈㅈ!</u>

잔뜩 몸에 힘을 주고 버티고 서 있던 락비오의 눈살이 살짝 찌푸려졌다.

'왜 이렇게 느리지?'

비류연이 뻗은 주먹은 마치 굼벵이처럼 느렸다. 그것은 아주 천천히 천천히 그를 향해 다가오고 있었다. 그러나 그 이상하리 만치 느린 주먹을 뻗는 비류연의 태도는 한없이 진지했다. 이 일격에 모든 것을 담겠다는 의지가 전해지는 듯했다.

'혹시 저 일격에 엄청난 거력이 숨겨져 있는 게 아닐까?'

절정에 이른 붕권(崩拳)은 느리면 느릴수록 그 위력이 강해진다는 것을 어디선가 들은 듯했다. 약간 긴장이 된 그는 자신의 비전 무공을 극성으로 끌어올렸다.

'좋아, 이 상태라면 어떤 공격이라도 견딜 수 있지! 자, 와라! 너의 힘을 나에게 증명해 봐라!'

그리고 마침내 비류연의 한없이 느린 주먹이 락비오의 몸에 닿았다.

툭!

약간 맥빠지는 소리와 함께 비류연의 주먹이 락비오의 몸에 닿았다. 그러나 아무 일도 벌어지지 않았다. 그리고 잔뜩 긴장하고 있던 락비오의 몸에도 어떤 충격도 전해지지 않았다. 미심쩍어진 그가 혹시나 하는 마음에 물었다.

"……끝났냐?"

"엉, 끝났어."

너무나 망설임없는 대답이 돌아왔다. 락비오는 갑자기 무척 허탈한 심정이 되었다.

"뭐, 뭐냐? 이 솜방망이 같은 주먹은? 날 놀리는 거냐?"

"아니, 안 놀렸는데? 왜, 좀 긴장했어?"

"누, 누가 긴장 따윌 했다는 거냐!"

"그렇게 강하게 부정하는 걸 보니 긴장했었나 보군. 뭐, 그렇게 부끄러워할 것 없어. 인간이란 누구나 의외의 행동에 대해 의문을 품게 마련이니까."

"긴장 안 했다니까!"

락비오가 소리쳤다. 왠지 자신이 바보 취급당한 기분이 들었던 것이다. 저 앞머리가 지나치게 긴 놈은 왠지 그의 마음에 들지 않았다.

"역시 작은 충격에는 폭발하지 않는 모양이군."

비류연이 지나가는 말투로 한마디 했다.

"호오, 알아챈 건가?"

"반쯤."

"눈썰미가 좋군. 하지만 나머지 반은 어쩌지?"

"한 대 더 때려보면 알겠지."

태연하게 대답한다.

"이번에는 과연 나의 최강의 호체반탄기공인 '금강반탄강기(金剛反彈罡氣)'를 깨뜨릴 수 있을까?"

자신의 금강반탄강기는 절대로 무너지지 않는다고 생각하고 있는 모양인지 그의 태도는 자신만만했다. 그러자 비류연이 물었다.

"그거 알아? 금강석을 연마할 때 부드러운 진흙을 쓴다는 걸? 아무리 단단한 금강석도 부드러운 진흙에는 당해내지 못하지."

"뭐든 영원한 건 없는 법이지. 모든 것에는 다 끝이 있는 법이거든."

그 순간 비류연의 주먹이 섬광처럼 빠르게 뻗어나갔다.

펑!

또다시 좀 전과 같은 폭발음이 들려왔다. 그 연기 속에서 무언가가 뒤로 팅겨 나왔다. 그것을 지켜보던 효룡은 깜짝 놀랐다. 혹시나 비류연이 자신처럼 금 뒤로 밀려난 게 아닌가 하는 걱정이 들었기 때문이다.

그러나 그것은 땅에 떨어지더니 탱! 소리를 내며 팽그르르르르 돌았다. 락비오의 흉갑 부분에 달려 있던 방패가 분명했다. 효룡은 다시 연기가 걷혀가고 있는 대결 장소로 급히 고개를 돌렸다.

비류연은 왼쪽으로 허리를 비스듬히 꺾은 채 멀쩡하게 서 있었다. 그의 발 역시 금을 넘지 않았다. 그리고 그의 주먹은 어느새 접혀 있었다.

"끊어 친 건가?"

락비오가 미간을 찌푸리며 물었다. 설마 제대로 이격 째를 때리고도 무사하리라고는 생각하지 못했던 것이다.

"비슷해. 하지만 역시 이 정도로는 쓰러뜨릴 수 없는 모양이네."

비류연은 자신이 튕겨 나가는 것은 모면했지만 그렇다고 해서 락비오에게 이긴 것도 아니었다. 그의 발을 금 밖으로 밀어내기에는 파괴력이 부족했던 것이다.

"하지만 드디어 알았어."

"뭘 알았다는 거냐?"

"방금 전 효룡한테 무슨 일이 벌어졌는지를 알았다는 거지."

"호오, 정말이냐?"

자신의 숨겨진 비밀이 탄로날지도 모르는데도 그는 상당히 태연했다.

"물론, 난 이런 걸로 거짓말하진 않아."

"하지만 아쉽게 됐군. 비밀까지 풀었는데 말야."

"왜?"

"너에게 다음 기회는 없을 테니까. 왜냐하면 지금부터 내 차례거든."

락비오는 말을 마치자마자 재빨리 운균을 돌렸다.

팽그르르르!

전장을 달리는 전차의 바퀴처럼 힘차게 돌아가던 운균이 멈춰 섰다.

나온 숫자는 '오(五)'.

그 숫자를 만족스러운 듯 바라보며 락비오가 미소를 지었다.

"아무래도 넌 운이 없는 것 같군."

“난 나름대로 행운의 사나이라고 자부하고 있는 편인데?”

그렇지 않다면 운수대통 격타금이라는 해괴한 별명으로 불릴 일도 없었을 것이다.

“그렇다면 그 운도 오늘로 끝이군. 왜냐하면 난 방어에 있어서만 최강이 아니라 공격에 있어서도 최고거든. 지금까지 나의 철권을 정면으로 맞아 세 대 이상 버틴 사람은 단 한 사람도 없었다.”

그러자 비류연도 지지 않고 히죽 웃었다.

“그럼 오늘 한 사람 생기겠군. 어떤 것이든 처음은 있는 법이니까.”

절대로 말로는 지는 법이 없는 비류연이었다. 비류연이 방어 자세를 취하며 외쳤다.

“나의 운을 시험해 본다고? 재미있군. 그 도전, 받아주지! 자, 와라!”

남쪽 하늘이 열릴 때
—장막 그 너머

"나백천이 흑천맹으로 향했습니다."

서천이 받았던 것과 똑같은 보고를 받는 또 한 사람이 있었다. 그는 멸겁이라 쓰여진 장막 뒤에 정좌한 채 그 보고를 들었다.

장막에서 일 장 정도 떨어진 거리에서 부복한 채 보고를 한 이의 등에는 '十二(십이)' 라는 숫자가 쓰여 있었고, 그의 얼굴에는 철가면이 씌워져 있었다.

"나백천으로부터의 방문 요청은?"

"없었습니다."

철가면이 다시 보고했다.

"그의 움직임은?"

"아직 별다른 움직임은 없습니다."

"설마 '천번지복지계' 를 멋대로 시행하려는 건 아니겠지?"

처음으로 동요가 느껴지는 목소리가 그의 입에서 흘러나왔다.

"가능성은 충분히 있습니다. 그렇지 않고서는 딸이 납치되었는데 느닷없이 흑천맹으로 향할 리 없다고 생각합니다. 분명 그가 손을 쓴 것 같습니다."

수십 년의 세월 동안 준비되어져 온 계획이었다. 그 계획을 멋대로 시행하는 것은 용납될 수 없는 일이었다. 그런데도 그 남자는 멋대로 그 일을 저질렀다. 자신에게 일언반구도 없이.

"저지할까요?"

계획의 성공을 위해서는 의외성을 최소한으로 줄여놓지 않으면 안 된다.

"……."

장막 뒤의 사내는 잠시 고민했다. 수십 년의 적공이 한꺼번에 물거품이 될 수도 있었다. 백번천번 신중을 기해도 결코 부족하지 않다.

그 계획은 말 그대로, 하늘과 땅을 뒤집어엎는 계획. 실행에 조금의 오차도 있어서는 안 되었다. 하지만 멈추어놓았던 수레바퀴가 돌기 시작했다. 그렇다면 이것도 하나의 징조로 보아야 할 것인가.

'이건 도발인 건가, 한시라도 빨리 천번지복지계를 시행하라는? 이만한 기회는 결코 오지 않을 거라는?'

그러나 그러기 위해서 가장 중요한 요소가 이곳에는 부족했다.

"아직 그분이 깨어나지도 않으셨는데……."

그대로 계책을 진행하기가 껄끄러웠다. 하지만 이미 달리기 시작한 전차를 멈추는 것 또한 불가능했다.

"그 계획은……."

마침내 북천의 입에서 명령이 떨어졌다. 그 한 번의 결정을 위해 막대한 심력을 소모한 탓인지, 북천은 의자에 천천히 몸을 묻었다. 그리고 그의 입에서 조용한 한마디가 흘러나왔다.

"이제 아무도 막을 수 없다."

＊　　　　＊　　　　＊

또다시 명을 받고 지하 접견실에 들어온 은명이었지만, 역시 마음은 여전히 불편했다.

여기에 올 때마다 언제나 느끼는 것이지만 공기가 무거워 숨 쉬기가 힘들다. 이런 압박을 느끼는 것은 '멸겁' 이라 쓰여진 저 장막 너머에 있는 존재를 강하게 느끼고 있기 때문이었다. 실제로 피를 나눈 부모 자식 간이지만 그 사이에 애정이라는 것이 있었다고 생각해 본 적은 없었다. 자신이 지금까지 제대로 부모의 정이란 것을 느낀 적이 단 한 번이라도 있었던가? 그는 아직도 저 장막 너머로 넘어가 본 적조차 없었다.

'자식인데도…….'

어두운 촛불들 저편에 놓여 있는 얇은 검은 장막이 마치 거대한 장벽처럼 보였다.

어머니의 얼굴은 기억나지 않는다. 그가 아직 철이 들기도 전, 젖먹이일 때 돌아가셨기 때문이다. 그는 어려서부터 유모의 손에서 자랐다. 그러나 그 일로 아버지가 슬퍼한 일은 단 한 번도 없었다.

백 년이라는 까마득한 시간을 산 아버지. 그러나 그가 도달한 무공의 경지를 보여주듯 아직도 그의 머리카락은 새카맸다. 어머니는 백 년이란 시간 동안 아버지가 스쳐 지나간 여러 여자 중 한 명이었다. 정식으로 혼인을 올렸는지조차 불분명했다. 그런 것을 가르쳐 줄 만한 사람이 주변에 아무도 없었기 때문이다.

그는 자라면서 아버지의 얼굴을 거의 보지 못했다. 그렇기에 자신에게 아버지라는 존재가 있다는 것을 자각한 것은 일곱 살이 된 후였다.

"이제 무공을 배울 수 있겠구나."

아버지가 그의 앞에 나타난 것도 자식을 보고 싶었기 때문이 아니라, 무공을 가르칠 필요가 생겼기 때문이다.

"너는 천겁의 아이가 된다."

그 말을 들은 것은 열 살이 되고 나서였다. 그 후부터 끊임없이 천겁혈신의 위대함과 이 강호의 썩어빠진 작태, 그리고 어리석음에 대해 배웠다. 무공을 끊임없이 연마했다. 천겁의 부활을 위해 전심전력으로 몸바쳐 일하는 것이 '천겁의 아이들' 중 하나인 자신의 사명이었다. 자신의 아버지가 아직도 잊혀지지 않고 있는 최강의 전설 '천겁혈신'을 보위했던 네 명의 강자인 '사천멸겁' 의 일좌이자 우두머리인 '북천멸겁' 이라는 것을 알게 된 것은 그로부터 오 년 후였다.

백 년 전에 있었던 동란 때 무신 태극신군 혁월린과 무신마 패천도 갈중혁, 그리고 천무삼성에 의해 동천, 남천이 죽고 서천이 큰 부상을 당해 재기 불능에 빠지고, 우두머리인 북천이 행방불명되면서 이제는 거의 잊혀져 가는 전설이 되어 있던 그 사천멸겁 중 북천이 바로 자신

의 아버지라는 사실을 알았을 때 얼마나 놀랐던가! 그도 마천각 여기
저기에서 소곤거리는 이야기로 천겁령에 대한 무시무시한 전설과 공포
를 익히 들어왔던 것이다. 그런데 지금은 풍화되어 가는 그 전설의 하
나가 자신의 아버지라니……. 하지만 소년이었던 그는 그때 생각했다.

　─굉장해!

　라고.

　자신의 아버지가 전설의 인물 중 하나라는 사실에 그는 선과 악을
떠나 '굉장해!' 라고 생각한 것이다. 그 후로, 천겁령을 부활시키는 것
이야말로 자신이 가지고 태어난 사명이라고 생각하게 되었다. 그것을
위해 존경하던 사람을 배신하는 일까지도 서슴지 않았다. 사랑하던 사
람의 눈을 빼앗는 마물이 되기도 했다.

　모든 것은 '천겁' 을 위해. 모든 것은 다가올 신무림을 위해.

　하지만 예전에는 그 모든 것이 정의라고 생각되었지만 지금에 와서
는 뭐가 옳고 그른지 알 수 없게 되었다. 목소리 큰 사람이 검다 하면
검어지고, 희다 하면 희어지고, 빨갛다 하면 빨개지는 게 아니라는 것
을 알았다. 세상은 알면 알수록 그가 생각하는 것보다 훨씬 더 복잡하
게 얽히고설켜 있었다. 어디서부터 손대야 할지 알 수 없을 정도로. 그
런 것을 단칼에 잘라 구획을 나눈다는 것은 참으로 우스운 일이었던
것이다. 하지만 그것을 알았다 해도 이제 와 어쩔 수 있단 말인가? 이
미 그에게 돌아갈 길을 남아 있지 않았다. 앞으로 나아가는 수밖에 없
었다. 그에게 주어진 운명에 그는 끝내 거역하지 못했다. 몇 번의 반항
이 고작이었던 것이다.

　자신에게 형제가 있다는 말은 듣지 못했다. 하지만 언제나 생각했
다. 저절로 떠올리게 되고 마는 것이다.

아버지는 지난 백 년 동안 몇 명의 여자들을 스쳐 지나왔을까? 그중에 과연 단 한 명의 자식도 낳지 않는다는 게 가능할까? 만일 어떤 여인이 그의 씨로 자식을 낳았다면? 그들은 지금 어디에 있는 걸까? 그렇게 생겨난, 자신과 같은 아버지를 가진 이들이 어딘가에 여기저기 흩어져 있는 게 아닐까 하고, 서로가 서로를 모른 채 그저 지내고 있을 뿐은 아닌가 하고. 그들의 신분을 아는 것은 자신의 아버지, 단 한 사람뿐인지도 모른다고 말이다.

'나는 수백 명의 자식 중 하나에 불과할지도 모르지.'

그리고 그 수백 명의 아이들은 아버지의 편리한 장기말이 될 수 있을 것이다.

'마치 지금의 나처럼 말이지…….'

그런 불순한 생각을 때때로 하면서도 반항할 생각은 하지 못한다. 언제나 그저 복종할 뿐인 꼴 보기 싫은 그가 아버지의 사랑을 갈구하는, 관심을 갈구하는 어린애 같다. 하지만 그 자신이 아버지의 그늘에서 벗어난다는 것은 어림도 없는 일이었다. 그런 아버지 밑에서 태어난 것이 바로 자식인 자신의 숙명이었다. 아기가 태어나는 부모를 고를 수 없듯, 숙명에서도 벗어날 수는 없다.

'역시 운명에서 인간은 벗어날 수 없는 것일까…….'

몇 번 있었던 운명에 대한 거역은 모두 실패로 끝났고, 그에게 참담한 결과를 안겨주었다. 다시금 그것을 시도할 마음은 들지 않았다.

한데 오늘 그의 운명이 또 한 번 크게 뒤틀리려 하고 있었다. 그러나 그런 변화 역시도 그의 의지와는 전혀 관계가 없었다.

"때가 왔다."

어느새 나타난 것일까? 어두운 지하실, 멸겁이라고 적힌 장막 뒤에서 목소리가 들려왔다. 방금 전까지만 해도 분명 기척이 없었는데, 마치 갑자기 그 자리에 나타난 것처럼 그의 존재가 느껴졌다. 동시에 감지되는 압력이 더욱 증가되었다. 심장이 보이지 않는 손에 움켜쥐어진 듯 숨 쉬기가 힘들어졌다. 은명은 장막에서 일 장 정도 떨어진 거리에 부복한 채 온몸을 긴장시켰다.

"……."

무슨 때를 말하는 것일까?

하지만 그에게는 아직 질문하는 것이 허락되지 않았다. 때문에 물어볼 수조차 없었다.

"제사십사계(第四十四計)를 실행한다!"

제사십사 계획? 설마, 그 계획을? 이렇게나 빨리?!

"너무 빠릅니다! 재고해 주십시오!"

자신의 입장도 잊고 은명이 외쳤다.

"너무 빠르다? 재고하라?"

"네, 아직 준비가 완전하다고 할 수 없습니다."

일이 생긴 다음에 생각하기 시작하면 이미 늦다. 시급을 다투는 일에서는 생각하는 시간조차 사치에 불과하기 때문이다. 때문에, 이곳에서는 여러 책략(策略)들이 순번을 붙인 채 대기하고 있었다. 언젠가 쓰여질 때를 대비하여. 상황에 맞추어 책략을 짜는 게 아니라, 상황에 맞는 책략을 예비된 수백 가지 책략 중에서 고르는 것이다. 상황에 따른 책략이기 때문에 규모나 파급 효과에서 하늘과 땅만큼의 차이가 난다. 한 사람을 제거하는 책략이 있는가 하면 한 문파를 멸문시키기 위한 책략도 있다. 그중에서도 제사십사계는 차원을 달리하는 책략이었다.

그것은 지난 백 년 동안 유지되어 왔던 강호의 모든 체계를 뒤엎기 위
한 계책이었다. 때문에 그 계획의 이름 역시 그런 의미에서 '천번지복
지계' 라고 붙여져 있었다. 하늘과 땅을 뒤집는다는 의미를 지닌 이 계
획의 진실한 내용을 알고 있기에 은명은 더욱더 두려웠다. 정체되어
왔던 지난 백 년의 시간이 단숨에 가속하게 될 것이 눈에 보였다. 그리
고 시간의 격류는 강호 전체를 집어삼키며 폭주하기 시작할 것이다.

　"무엇보다 아직 '그분' 께서 깨어나지 않으셨습니다."

　그 계획은 원래부터 그때를 위해 준비되어 있던 계획이었다. 시간의
격류를 멈춰 세워줄 존재가 필요불가결했다. 그렇지 않으면 모든 것이
공멸할 뿐이다. 끝없는 피의 소용돌이가 흑백을 불문하고, 주춧돌 하
나 남기지 않고 휩쓸어 버릴 터였기 때문이다.

　"그래서 때가 왔다고 말하는 것이다, 아들아."

　아들. 그가 이 '지하 접견실' 에 들어온 이후 처음 듣는 말이었다. 그
가 계속해서 말을 이었다.

　"그때로부터 백 년, 여지껏 우리는 기다리기만 했다. 그러나 그것은
잘못된 일이었다. 우린 기다리기만 해서는 안 되었던 것이다. 우리의
주인, 아니, 이 무림의 진정한 주인이 돌아오기를 하염없이 기다리기만
해서는 안 되었던 것이다. 그분이 오시기에 합당한 자리를 마련해야
하는 것이다. 그분이 다시 돌아오실 계기를 마련해야 하는 것이다. 가
만히 앉아 있어봤자 변하는 것은 아무것도 없다. 우리가 먼저 움직여
서 그분이 영접해야 한다."

　"우리가 먼저⋯⋯."

　"그래, 우리가 먼저! 누구보다도 빨리. 평화에 찌들어 있는 어리석은
자들에게 아직도 그분이 건재하심을 알려야 하는 것이다. 이 썩어빠진

낡은 역사를 거두고, 새로운 신무림의 역사를 시작해야 하는 것이다. 그러기 위한 제사십사계. 지리와 인화는 이미 갖추어져 있었다. 필요한 것은 천시(天時)뿐. 그리고 드디어 지금, 이 천시가 갖추어졌다. 천지인(天地人)이 갖추어졌으니, 남은 것은 실행뿐!"

은명은 자신도 모르게 전율했다. 이제 돌이킬 수 없는 일이 시작되려 하고 있었다. 그는 이 떨림이 새로운 시대를 맞이하기 위한 흥분인지, 아니면 현재의 익숙한 상황이 바뀌는 것을 저어하는 두려움인지 알 수 없었다.

"나 역시 '화산지계'가 실패한 이후 이렇게 빨리 기회가 올 줄은 몰랐다. 두려우냐?"

"……."

은명은 대답하지 못했다. 그러자 북천이 다시 한 번 물었다.

"두려우냐, 무림의 운명에 네가 종지부를 찍는다는 것이? 하지만 누구나 결단을 내려야 할 때가 있다. 너는 결단을 내릴 수 있겠느냐?"

은명은 무릎을 꿇은 채 더욱 머리를 숙이며 말했다.

"저의 운명은 천겁과 함께 있습니다. 전 무림을 적으로 돌리는 것은 이미 태어날 때부터 정해져 있던 운명입니다. 아무리 두렵다 해도 전 결단을 내릴 것입니다."

"좋다! 가까이 오너라."

그 말에 은명은 또 한 번 깜짝 놀랐다. 이런 적은 한 번도 없었던 것이다.

"뭐 하느냐? 어서 가까이 오지 않고."

우물쭈물 자리에서 일어난 은명이 장막 가까이로 다가갔다. 그리고는 장막 바로 앞에서 멈추었다. 이 검은 장막은 언제나 거대한 벽처럼 그의 앞을 가로막고 있었다. 이 이상 앞으로 간다는 것은 용서받을 수 없는 일이었다. 그러나 오늘은 달랐다.

"뭐 하느냐? 더 가까이 오너라."

망설이는 은명을 향해 북천이 말했다.

"하, 하지만……."

이 멸겁이라 적힌 장막 이후는 넘어가서는 안 되는 절대금역(禁域)이었다. 아무리 자식이라 해도 예외는 없었다. 은명이 알기로, 그 장막을 마음대로 넘어도 되는 사람은 딱 두 종류뿐이었다.

하나는 천겁의 주인이자 지배자인 분이시고, 다른 하나는…….

"상관없다. 넘어오너라."

은명의 눈이 휘둥그레졌다. 그의 운명이 삐걱삐걱 거대한 굉음을 울리며 비틀리고 있었다. 무언가가 바뀌려 하고 있었다. 그리고는 무의식중에 깨달았다.

'이 장막은 경계선(境界線)이다!'

이 선을 넘으면, 아마 다시는 돌아올 수 없을 것이다. 하지만 돌아갈 곳이 있는가? 이미 그는 자신의 손으로 사랑하던 여인의 눈을 잡아 뽑고, 그녀의 존재를 살해하기까지 했다. 독고령이라는 여인은 이미 이 세상에 존재하지 않는 것과 같았다. 그런 그에게 돌아갈 곳 따위는 없었다. 그 자리는 그 스스로가 부숴 버렸으므로.

"두려우냐? 그렇다면 돌아가거라. 운명에 벌벌 떠는 겁쟁이는 필요 없다."

결단을 내릴 수 있는 강력한 의지가 없으면 어디 제대로 쓸 수나 있겠냐는 뜻이었다.

솔직히 은명은 두려웠다. 뭔가 보이지 않는 거대한 무언가가 그를 기다리고 있었다. 단숨에 은명이란 존재와 대공자 비라는 존재를 사라지게 만들고, 새로운 그를 만들어 버릴 것 같은 무언가가. 자기가 더 이상 자기가 아니게 될 것 같은 그런 기분이 강하게 들었다. 하지만 겁쟁이라는 말은 듣고 싶지 않았다. 그는 쓸모있는 아들이 되어야 할 필요가 있었다. 마침내 결단을 내린 은명이 대답했다.

"아닙니다, 저는 앞으로 나아가겠습니다, 아버님!"

설령 그것이 모든 무림을 적으로 돌리는 일이라 해도 그는 이미 앞으로 나아갈 수밖에 없었다.

그는 장벽을 넘었다.

그 안의 광경을 보는 것은 그로선 처음이었다. 항상 이곳은 어둠으로 감싸여 있는 미지의 장소였다. 은명은 작은 동작으로 주위를 둘러보았다. 양편에는 빛을 발할 만한 물건들이 놓여 있지 않다는 것을 빼놓고 특별한 것은 없었다. 하지만 앞쪽은 조금 달랐다. 그곳은 그의 예상과 많이 다른 모습을 하고 있었다.

어둠의 심처로 더욱 가까이 다가가자 그의 아버지가 앉아 있는 '권좌'가 보였다. 그런데 그 권좌는 하나가 아니었다. 세 단 높은 곳에 네 개의 의자가 나란히 놓여 있고, 각자의 의자에는 '동( )남서'라고 적혀 있었다. 그리고 북(北)이라고 적혀 있어야 할 자리에 한 사람이 앉아 있었다. 바로 그의 아버지이자 사천멸겁 중 우두머리인 북천이었다. 그리고 이 네 의자 뒤, 여섯 단 더 높은 안쪽 깊숙한 곳에 여전히 어둠 속에 묻힌 옥좌가 하나 보였다. 그 옥좌는 지금 텅 비어 있었는데, 반투명한 장막 하나가 그 사이를 가로막고 있었다. 장막 한가운데는 크게 용사비등한 붉은 글씨로 '천겁(天劫)'이라고 적혀 있었다.

‘저 뒤에 바로 그분이…….’

그 글자를 보는 것만으로도 은명은 두려움과 경외감에 사로잡혔다. 떨리는 마음을 억누르며 그 마지막 장막 너머를 뚫어지게 쳐다보았지만, 그 뒤로는 아무런 기척도 느껴지지 않았다.

‘비어 있구나……. 역시…….’

옥좌는 백 년이란 오랜 시간 동안 텅 빈 채 자기 위에 앉기에 합당한 주인이 돌아오길 기다리고 있었다. 주체할 수 없이 떨리는 몸을 간신히 억누르며 은명은 더욱더 태사의 가까이로 다가갔다. 그리고는 삼층짜리 계단 바로 아래에 멈춰 다시 부복하려 했다. 그러자 북천이 그것을 저지했다.

“무릎을 꿇을 필요는 없다. 올라오너라.”

은명은 파르르 몸을 떨었다.

‘올라오라니? 왜? 어째서?’

이미 멸겁막 뒤의 이곳 자체도 그가 올 곳이 아닌 것 같은 위화감이 엄청 들고 있었는데, 이 계단 위는 더더욱 그와 어울리지 않는 곳이었다. 그렇게 높지 않은 이 계단 세 개 위는 전혀 다른 별세계였다.

“왜 그러느냐? 저 장막을 넘은 의미, 너도 모르지는 않을 텐데?”

‘역시! 그런 건가!’

정신이 아득해지고 숨 쉬기가 힘들어졌다. 그를 기다리는 운명은 생각 이상으로 무거워 은명은 간신히 맨정신을 유지할 수 있었다. 자기가 자기가 아니게 되어가는 듯한 그런 무서운 기분이 들었다. 그러나 더 이상 돌아갈 곳이 없다는 것 역시 자각하고 있었다. 후들거리는 다리를 억누르며 은명은 계단을 올랐다.

“나는 잠시 자리를 비우게 될 것이다. 계획을 실행하기 위해서는 내가 직접 움직이지 않으면 안 되기 때문이다."

"예."

"그전에 너에게 이것을 전하겠다."

옆에 '남(南)'이라고 적혀 있는 자리 위에서 상자 하나가 조용히 떠올랐다. 고절한 허공섭물의 수법이었다. 북천의 시선은 전혀 상자를 보지 않고 있었다. 상자는 저절로 움직여 은명 앞으로 나아갔다. 은명은 떨리는 손으로 그 상자를 받아 들었다. 상자에는 커다랗게 '남천'이라고 쓰여 있었다.

"내가 회수한 남천의 비급과 그의 독문무기다. 그리고 연성을 위해 필요한 영약이 들어 있다. 너는 천겁의 무공에 대해 충분히 기초를 닦았으니, 비급만으로도 어느 정도 성취가 가능할 것이다. 나머지 진전은 네 하기 나름이다."

"예, 감사합니다."

"일어나라!"

은명이 자리에서 일어났다. 북천도 처음으로 자리에서 일어났다. 그리고는 남천좌를 감싸고 있던 천을 들어 은명의 어깨에 걸쳐 주었다. 그런 다음 마지막으로 그의 얼굴에 동으로 만든 가면을 씌워주었다.

동가면이 천천히 자신의 얼굴을 덮었다. 그 순간, 자신이 마치 다른 사람이 된 것 같았다. 그리고 은명은 자신이 이제 이 운명의 굴레로부터 결코 벗어날 수 없다는 것을 깨달았다.

모든 의식을 마치자 북천이 선언했다.

"오늘부터 네가 '남천(南天)'이다."

처음으로 그 울림에서 자랑스러움 같은 것이 묻어 나왔다.

"천겁혈세 혈신재림! 신명을 바쳐 천겁의 세상을 위해 분골쇄신하겠습니다!"

은명이 외쳤다.

"드디어 이날이 왔구나. 나는 너를 남천으로 만들기 위해 지금까지 가르쳐 왔다. 너의 무공 역시 남천의 무공에 기초하고 있지. 그러니 상성이 좋을 것이다. 비전과 비전 무기를 손에 넣은 이제, 넌 진정한 남천으로 거듭나게 되는 것이다. 너의 무공 역시 지금과 비교할 수 없을 정도로 비약적으로 향상될 것이다."

북천은 그것이 참을 수 없이 기쁜 듯 홍소를 터뜨렸다.

"하하하하하하! 남천을 끝으로 이제야 사천멸겁이 모두 모였다. 이제 천겁의 세상을 만들기 위해서. 새로운 신무림기를 쓰기 위해서. 이제 낡은 무림의 역사는 종지부를 찍는 것이다."

뜨겁고 혼란스러웠던 머리가 어느 정도 식고 조금 차분해지자, 그제야 주변의 것들이 눈에 들어오기 시작했다. 맨 먼저 그의 눈을 사로잡은 것은 동과 서라고 적힌 두 개의 자리였다.

'저 자리의 주인들은 대체 누구지?

좀 전의 얘기로 미루어보아 사천멸겁이 모두 갖추어진 것이 분명했다. 그렇다면 그가 최고 말단이라는 이야기였다. 나이로 보나 경력으로 보나 실력으로 보나 그건 당연했다. 그것에 불복할 마음은 없었다. 아직도 자신이 남천의 좌에 올랐다는 사실이 믿어지지 않는 은명이기에. 그것은 너무나 급작스러운 일이었던 것이다.

그렇다면 그 이전에 채워진 동천과 서천은 대체 누구란 말인가?

비어 있는 두 자리를 보며 은명은 그들이 누군지 묻고 싶은 마음이 간절했다.

그러나 그걸 직접 물어볼 수는 없었다. 비록 방금 남천의 지위를 받

있다 해도, 그는 아직 반쪽짜리에 불과했다. 남천의 진전을 얻지 못하면 그는 버려져도 할 말이 없었다. 지위가 아닌 실력, 그것이 천겁의 가르침이었다. 약한 자는 도태되는 것이 천겁의 진리였다.

당분간 저 두 자리는 누군지 수수께끼로 남을 듯했다.

사천멸겁의 자리가 모두 채워짐으로써, 마침내 천겁의 후예들이 본격적으로 움직이기 시작했다.

백 년간 유지되던 평화.

그 평화라는 둑에 금이 가더니, 그것이 갈라져 터지며 격류가 세상을 집어삼키려 하고 있었다. 지금 무림의 운명은 격렬한 탁류 속으로 흘러들어 가려 하고 있었다.

〈『비뢰도』 제26권에서 계속〉

비류연과 그 일당들의 좌담회

장홍 : 헉헉헉, 죽다 살았네.

효룡 : 장 형, 안색이 안 좋아요.

장홍 : 아, 이번에는 진짜 죽는 건가 했거든. 식겁했다네.

효룡 : 형수님이 잘 봐주서서 다행이네요.

장홍 : 그, 그럴지도.

비류연 : 아직 무사하다고 장담할 수는 없지. 지난 칠 년 사 개월 동안 바람피운 게 들키면 끝장 아니겠어.

장홍 : 바람이라니! 그건 모함이야! 자네, 날 죽일 작정인가!

비류연 : 호오, 그냥 농담이었는데. 그렇게 길길이 날뛰다니 수상한걸? 진짜 그런 일 있었던 거 아냐? 일본에 연수 갔을 때라거나? 왜 남자들은 자주 그러잖아. 현지처를 만든다거나……

장홍 : 결단코 그런 일은 없었네. 난 언제나 일편단심 민들레였어! 해바라

기처럼 오직 한 사람만을 바라봤단 말일세!

비류연: 그건 모르지. 혼자서 외롭고 쓸쓸했는데, 옆에 가슴 큰 여자 닌자가 있으면 꼬셔보려고 생각했을 수도 있잖아? 순간의 외로움을 달래기 위해……. 뭐, 이해해. 이해하니까 나한테 숨길 것 없어. 자, 편안하게 다 말해봐요.

장홍: 아, 그러니까 그건……. 핫! 방금 내가 무슨 소리를 하려 했지? 달콤한 말로 날 방심시킨 다음 함정에 빠뜨리려 하다니! 정말 너무하는군!

비류연: 칫, 조금만 더 있었으면 됐는데.

장홍: 자, 자네, 나한테 무슨 원한이 있어서 그러나?

비류연: 아니, 뭐, 난 형수 편이라서. 게다가 민들레라 했다가 또 금방 해바라기라고 하고…… 지조가 의심스럽달까.

장홍: 버, 벌써 작업을 해둔 건가. 분명 자기만 믿으라고, 숨겨진 과거를 꺼내다 바치겠다고 했겠지.

비류연: 잘 아네.

장홍: 자넨 피도 눈물도 없는 귀신이야. 사나이라면 사나이의 의리를 지켜야지.

비류연: 바람피우는 걸 눈감아주는 게 의리는 아니잖아? 난 장 형의 결혼 생활을 지켜주려고 이러는 거라고. 내 따―뜻―한 마음 이해하겠어?

장홍: 절대 이해 못해!! 이 배신자!

효룡: 그, 그래, 류연. 이번 일은 장 형 말이 맞아. 실수는 누구나 한 번쯤 하는 것 아닌가.

장홍: (미치고 팔짝 뛰며!) 아, 그러니까 실수는 없었다니까! 이제 룡룡 자네까지 이러긴가!

효룡: 이해합니다, 장 형. 이해하고말고요. 하지만 전 형수님에게 절대 말하지 않겠습니다. 이건 사나이들끼리의 비밀이니까요. 무리에서 떨어져 나

와 생판 모르는 곳으로 들어가야 했던 외로움, 저도 잘 알고 있습니다.

장홍: 이해하지 마!!! 자네도 내 입장이 되어보게.

효룡: 전 결혼 안 했는데요? 그러니 관계없죠.

장홍: 홍, 그 얘기를 이진설 소저에게 한번 해보는 게 어떤가? 아, 번거롭게 그럴 필요 없겠군. 내가 직접 해주겠네. 자네 수고도 덜 겸, 자네가 '아주 잘 이해하고 있다' 라고 말일세.

효룡: 허걱! 그, 그, 그건 너무하지 않습니까!! 그랬다간 전 끝장이라고요!

비류연: (태연하게) 나도 분명히 옆에서 룡룡이 그렇게 말하는 걸 들었으니 '증언' 해 주죠.

효룡: 류, 류, 류연, 친구를 팔 셈인가?

비류연: 위증하는 것도 아니고 있는 일을 그대로 말하는 건데 뭐. 내 양심에 한 점 부끄럼 없으리!!

장홍: 그래, 위증하면 안 되지! 그러니 나에 대해서는 아무 일도 없었다고 꼭 전해주게. 그게 바로 진실을 말하는 걸세. 난 바람핀 적 없으니까.

비류연: 아, 그거야 형수가 결정할 문제죠. 장 아저씨가 결정할 문제가 아니고.

장홍: 크윽…….

효룡: (난 끝장이야, 난 끝장이야, 난 끝장이야, 난 끝장이야, 난 끝장이야, 난 끝장이야!)

작가M: 에, 모두들 패닉에 빠졌기에 제가 대신 이야기를 이어가도록 하겠습니다.

비류연: 난 아냐!

작가M: (무시하고) 음, 드디어 비뢰도 25권이 끝났습니다. 재미있게 읽으셨으면 좋겠습니다. 모든 일이 술술 풀리던 B군도 이번만큼은 일이 잘 풀리지 않는 모양입니다.

이번 25권을 쓰면서 문득 이런 생각이 들었습니다. 작가는 무선 전파 라디오와 닮지 않았나 하고요.

사람들은 왜 글을 쓸까요?

저도 '난 왜 글을 쓰기 시작했지?' 라고 돌이켜 보면, '글쎄, 난 왜 글을 쓰기 했을까?' 라고 생각해 보게 됩니다. 물론 '좋아서!' 이긴 합니다만, 그것만으로는 답이 부족한 것 같습니다.

인간이라는 건 자기 자신을 잘 알 때보다 모를 때가 더 많은 듯합니다. 그래서 자신의 행동을 반추해 보다 보면 이런 의문도 품게 되는 모양입니다.

아마 모두들 제각기 자신만의 입장이나 이유가 있겠지만, 전 글을 쓰는 사람들은 모두들 세상을 향해 뭔가를 외치고 싶지 않았나 생각합니다. 뭔가를 외치고 싶다거나, 뭔가를 보여주고 싶어서 글을 쓰는 게 아닐까 하고 말입니다. 그들은 세상을 향해 뭔가를 발신하고 싶지 않았을까요? 그것이 메시지이든 이야기이든 무언가를 전하고 싶었던 거라고 생각합니다. 누군가가 수신해 줄 것을 믿고, 전파를 발신하는 무선 전파 라디오처럼 말이죠.

그렇게 치자면 세상에는 세계 인구 수만큼의 수신 라디오가 있겠지만, 안타깝게도 주파수는 제각기 다릅니다. 그중에서 자신이 발신하는 전파를 수신해 주는 독자를 만날 수 있다는 것은 기적에 가까운 행운이라고 생각합니다.

단순히 책을 읽어준다고 해서 전파를 수신받았다고 할 수는 없을 것 같습니다. 책을 읽은 다음에 그것을 '어떻게' 받아들여 주는가, 작가가 하고 싶은 말을 정확히 수신했는가, 그 부분이 더욱 핵심이라고 생각합니다. 물론 작가는 자신의 전파를 수신해 줄 독자를 찾아 전파를 발신하고, 독자는 자신이 가진 마음의 주파수랑 동조되는 전파를 찾기 위해 여러 가지 책을 읽는 거라고 생각합니다. 그 두 전파의 주파수가 일치한다면 주파수가 증폭되면서 재미와 감동을 줄 수 있게 되겠지요. 작가도 독자도 모두 의식적으로든 무의식적으로든 그런 증폭 현상이 일어나 주길 바라면서, 오늘도 여러 가지 전파와 접하고 있다고 생각합니다. 물론 그 전파는 꼭 활자의 형태를 취하고 있는 것은 아니겠지요.

아직 글을 쓰지는 않았지만, 자기 안에 무언가 메시지나 이야기가 쌓이고 있는 분들도 있을 거라고 생각합니다. 그것이 어느 날 임계점에 도달하면, 가득 찬 컵의 물이 넘치듯 밖으로 흘러나오게 될 겁니다. 그럼 더 이상 그 메시지나 이야기를 자기의 마음 안에만 담아둘 수는 없게 되죠. 그러면 그것을 배출할 필요가 생깁니다. 견딜 수 없어지는 거죠. 그럴 때 그것을 쏟아낼 수 있는, 세상을 향해 외칠 수 있는 공간이 하나 있었으면 좋겠다는 생각이 문득 들었습니다. 세상의 독자들에게 좀 더 가깝게, 혹은 좀 더 쉽게 전파를 발신할 수 있는 그런 공간 말입니다.

마음 맞는 사람들이 모여 자신이 가진 전파를 발신할 수 있는 공간을 만들면 즐겁지 않을까 하는 생각에, 현재 열심히 마음과 마음을 모으고 있는 중입니다. (웃음)

여러분은 세상을 향해 외치고 싶은 것이 있습니까?

다음 권에서 뵙겠습니다.

비류연 : 난 아직 끝나지 않았어! 이봐, 다들 정신 차려…… 읍!
작가M : 다음 권에서 뵙겠습니다.

연비—혈청님

비류연&나예린—혈청님

연비─티리에님

저작권 보호!!
장르문학의 성장에 힘이 되어주십시오.

저작물의 무단 전재와 복제, 불법 다운로드!
이것은 관심이 아니라 무관심입니다!

작가님들은 창의적 열정과 시간을 투자해 자신의 꿈과 생계를 유지합니다.
한 권의 책을 만들어 많은 사람들은 자신의 인생과 미래를 설계합니다.

저작물 속에는 여러 사람의 노력과 희망이
담겨 있습니다!

저작물의 무단 전재와 복제, 불법 다운로드는 여러 사람들의 꿈과 생계를
위협함으로써 장르문학을 심각한 상황에 빠뜨리고 있습니다.

이제는 무관심이 아니라 관심으로 장르문학의
성장에 힘이 되어주세요.

[도서출판 **청어람**은 항시적인 저작권 보호를 통해 장르문학과
여러분의 희망을 지키겠습니다.]

권경목 게임 판타지 소설

기갑전기 매서커

새로운 소재, 새로운 스타일의 게임 판타지!

가상의 영웅이 현실의 영웅과 동일시되는 시대.
오(五) 바이트족 청년 지오.
작업장 아르바이트를 시작한다.
성장하기 위해선 강자를 죽여야 하는 히든 클래스를 선택.

매서커!
Massacre!!
…대량학살자.

그에게 대량학살을 가능케 하는 병기가 주어지고…….
마법도, 정령도 이 강철거인 앞에선 무의미했다.

매서커 지오!
강철의 시대, 오러의 시대를 열다.

유행이 아닌 자유추구 -
WWW.chungeoram.com
BOOK Publishing CHUNGEORAM